Über dieses Buch

Ein Jahr nach der »Franzosenzeit« befindet sich Hamburg im Umbruch. Die Menschen finden langsam in den normalen, geordneten Alltag zurück, es gibt nun eine Polizeibehörde, die sich um die innere Sicherheit kümmern soll, und im Rathaus diskutiert man, den Wall zu schleifen. Darüber hinaus macht ein süßes Zimtbrötchen von sich reden, das man seit einiger Zeit auf den Märkten kaufen kann und nach dem die Hamburger ganz verrückt sind. Doch dann findet Bäcker Bastian Plüsch in seiner Backstube einen Toten und wird von einem geheimnisvollen Unbekannten gezwungen, das Rezept des Zimtbrötchens herauszufinden. Dabei kommen ungeheuerliche Dinge zum Vorschein …

Sören Ingwersen, 1970 in Hamburg geboren, studierte *Germanistik*, *Philosophie* und *Musikwissenschaften* und arbeitet als freier Autor, Kulturjournalist und Redakteur mit den Schwerpunkten klassische Musik und Theater für diverse Magazine und Tageszeitungen. Ferner schreibt er Libretti, zum Beispiel für die Kinder- und Jugendopern des Komponisten Sebastian Sprenger. Zuletzt feierte 2014 Yijie Wangs Oper *Yang Guifei. Die Konkubine des Kaisers* Uraufführung in Hamburg.

Im Franzbrötchen-Verlag erschienen von Sören Ingwersen: *Das Franzbrötchen* (Hrsg., 2004), *Schlichte Pracht und viel Musik* (Hrsg., 2008), *Nachdenken über Rührei* (mit Manfred Beseler, 2010), *Kurz und Klapp* (Anthologie, 2012).

Der Fremde im Backtrog

Ein Franzbrötchen-Krimi

Sören Ingwersen

Franzbrötchen-Verlag Manfred Beseler
Hamburg

ISBN 978-03-936712-05-6
1. Auflage 2017

www.franzbroetchen-verlag.de

Umschlaggestaltung: Fred Münzmaier
Fotos: Stefan Malzkorn
Umschlag hinten: »Losbäcker«, kolorierte Lithografie von Heinrich Jessen im Stil Christoffer Suhrs, ca. 1847
Druck: druckhaus köthen

Der Fremde im Backtrog

Ein Franzbrötchen-Krimi

Eine schwarze Gestalt huscht an den rauen Backsteinfassaden der Peterstraße vorbei. Die Arme vor dem Bauch verschränkt, damit der züngelnde Wind nicht in die Mantelöffnung dringt, bleibt sie abrupt stehen, als habe sie eine unerwartete Entdeckung gemacht. Doch die Straße liegt so verlassen da, als seien die Häuser nur aufgestellt, um einem Maler eine Vorlage für ein schauriges Nachtbild zu liefern. Auf dem nassen Kopfsteinpflaster spiegelt sich der Mond. Zwei einsame Glockenschläge durchschneiden die Dunkelheit und verfangen sich in den spitzen Giebeln schiefer Fachwerkhäuser. Vielleicht überlegt die Gestalt, ob sie etwas vergessen hat. Ob sie noch einmal umkehren soll. Sie hebt langsam den Kopf und blickt in einen Himmel, der ebenso schwarz ist wie sie selbst, als erwarte sie von dort oben die Antwort auf eine Frage, die sie unter ihrer Kapuze vielleicht sogar ausgesprochen hat, aber so leise, dass die gespenstische Stille nach dem letzten verklungenen Stundenschlag davon unberührt bleibt. Die Gestalt – wir können nicht einmal sagen, ob es sich um einen Mann oder eine Frau handelt – hat mit den hervorstehenden Schultern etwas Verschlagenes, Linkisches an sich. Würde aber ein nächtlicher Spaziergänger auch nur für einen Moment den Blick abwenden, überrascht vielleicht von einer streunenden Katze, die unerwartet aus einer leeren Fischkiste hervorschießt, würde sich sein Herzschlag hiernach wohl um einiges beschleunigen. Denn plötzlich ist die geheimnisvolle Silhouette verschwunden, ist an ihrer Stelle nur ein ausrangiertes Paar Stiefel zu sehen, das aber wohl schon früher dort abgelegt wurde. Es gibt hier zwar eine schmale Seitengasse, trotzdem hat man den Eindruck, als habe die Erscheinung – und vielleicht handelt es sich hierbei um nichts anderes – sich in Luft aufgelöst, sei eins geworden mit der Dunkelheit, die sie von Anfang an umgab. In Hamburgs Straßen, den schmalen Gassen und dunklen Winkeln der Gängeviertel kann man zu später Nachtstunde solche Dinge erleben. Schatten flackern auf und sind fast im selben Augenblick wieder verschwunden. In den Hafenkneipen spricht man von derartigen Begebenheiten. Und auch wenn vieles von dem erfunden ist, wurde manch einer, der all das nur einer ausmalenden Einbildungskraft zusprach, am Ende eines Besseren belehrt.

1. Kapitel

»Himmelherrgott, was für ein Drümpel ich doch bin!« Wieder einmal hatte Bastian Plüsch sich am Fuß der Treppe lang hingelegt. Seine Knie schmerzten und er stieß einige Flüche aus. Nicht zu laut, denn zu dieser frühen Stunde schliefen noch alle im Haus. Aber auch nicht zu leise, denn der Herrgott sollte ruhig hören, wieviel Leid er seinen Schäfchen zufügte. Diese vermaledeite letzte Stufe! Bastian hatte sie schon hundert Mal reparieren wollen. Fast genauso oft war er bereits auf ihr ausgerutscht, wenn er morgens aus der Wohnung im ersten Stock im Dunkeln die Treppe hinunterhastete, weil er – was nicht selten vorkam – wieder einmal verschlafen hatte. Am Fuß der Treppe führte eine Tür auf die Straße, eine andere direkt in die Backstube.

Humpelnd betrat Bastian den finsteren Raum, entzündete eine Lampe, hob sie auf Augenhöhe und riss ein Blatt vom Wandkalender: »Lass and're nur die Segel hissen, das Glück, es liegt vor deinen Füßen!«, lautete der Sinnspruch für diesen ersten Novembertag des Jahres 1815. »So ein dumm Tüüch!«, zischte der Bäcker, zerknüllte das Papier und rieb sich das Knie. Allzu oft hatte er das Gefühl, dass der unbekannte Verfasser dieser kleinen Tagesweisheiten sich über ihn lustig mache. Er wäre nicht der einzige, denn auch über Bastians dürftige Backkünste scherzte man in der Peterstraße oft und gern. Der Plüsch-Bäcker aber ertrug es so gleichmütig, als ginge ihn das alles nichts an, und meinte, dass ihm bloß die rechte Herausforderung fehle, denn ganz dunkel und verschwommen fühlte er eine große Begabung in sich. Nur hatte er mit seinen 42 Jahren noch nicht herausgefunden, worin diese Begabung bestand. ›Man müsste sein Leben von Grund auf ändern‹, dachte er und hätte sich im ersten Augenblick vielleicht sogar gefreut, wenn man ihm gesagt hätte, dass eine Änderung seines trostlosen Tagesablaufs unmittelbar bevorstand, ein Tagesablauf, an den Bastian sich niemals wirklich hatte gewöhnen können. Das Bäckerhandwerk war für ihn eher eine lästige Familienbürde. Bastians Vater war Bäcker gewesen. Sein Großvater war Bäcker gewesen. Ja, soweit man den Stammbaum seiner Familie zurückverfolgen konnte, wurde Teig geknetet, wurden Öfen angeheizt, diagnostizierten die Ärzte einen hartnäckigen, oft chronischen Mehlhusten.

Bastians Gleichgültigkeit gegen alles, was mit Mehl, Hefe und Sauerteig zu tun hatte, verschwand nie und war deutlich ablesbar an den Resultaten seiner freudlosen Backkunst. Das Brot war fade oder versalzen, je nachdem, mit welchem Fuß Bastian am Morgen zuerst aus dem Bett gestiegen war, und die Brötchen waren hart und trocken. Man brauchte gute Zähne und viel Flüssigkeit, um sie hinunter zu würgen, so dass man sich mancherorts entschied, sie lieber als Briefbeschwerer zu benutzen, anstatt sich mit ihnen das Frühstück und die Laune für den Tag zu verderben.

Dennoch hatte Johann Plüsch an seinem zweiundsiebzigsten Geburtstag den Familienbetrieb auf seinen ältesten Sohn übertragen. Als sei dies ebenso selbstverständlich wie der Glockenschlag, der stündlich vom Turm des Michels tönte und für den verlässlichen und geregelten Gang der Zeit in Hamburgs Häusern und Straßen bürgte. Wenn auch sonst manch rätselhafte Dinge hier geschehen mochten.

Eines der beiden großen Rätsel in der Peterstraße war, dass der Plüsch-Bäcker immer noch ausreichend Kundschaft fand, um für seinen inzwischen bettlägerigen Vater, seine Mutter, die kleine, kunstvolle Handarbeiten herstellte und gelegentlich im Laden aushalf, und seine 14-jährige Tochter Leefke sorgen zu können, deren Mutter bei der Geburt gestorben war. Einerseits war es wohl die Bequemlichkeit, die die Anwohner davon abhielt, die etwas weiter entfernte Bäckerei Peemöller im Alten Steinweg aufzusuchen. Andererseits gab es durchaus Tage, an denen Bastian ganz hervorragende Brote und Brötchen aus seinem Ofen hervorholte, so dass die Leute, wenn sie später hineinbissen, erstaunt die Augenbrauen hoben und sagten: »Ei sieh! Unser Plüsch-Bäcker! Er hat ja doch was auf dem Kasten!« Tatsächlich musste man an so einem Tag zu der Überzeugung gelangen, dass der Mann nicht, wie man bisher geglaubt hatte, von Geburt an untalentiert war, sondern von lichter Eingebung umwölkt zumindest gelegentlich imstande war, ganz Außergewöhnliches zu schaffen. Wovon diese Eingebungen abhingen, das wusste keiner, und so glich der Einkauf in der Bäckerei Plüsch ein wenig dem Lotto-Spiel, bei dem man ja auch meistens leer ausging, während die Hoffnung auf den einen großen Glücksmoment genügte, um sich in braver Regelmäßigkeit mit Losen zu versorgen.

Das zweite große Rätsel in der Peterstraße war die sonderbare Beziehung zwischen dem verwitweten Plüsch-Bäcker und der ebenfalls verwitweten Marianne Lewark, einer zugereisten Näherin aus der Nachbarstadt Altona, die in ihrer Parterrewohnung auf der gegenüberliegenden Straßenseite ihrem Handwerk nachging. Sie zählte zu den treusten Kundinnen des Bäckers und lobte dessen triste Erzeugnisse bei jeder erdenklichen Gelegenheit, so dass man nicht sicher war, ob sie an Geschmacksverirrung litt oder einfach nur die Unwahrheit sagte, um sich bei dem Manne einzuschmeicheln. Aber die Geschichte zwischen Bastian und Marianne wollen wir noch etwas zurückstellen, und es bleibt abzuwarten, ob überhaupt eine Geschichte daraus wird.

Wie jeden Morgen öffnete Bastian die Ladentür, sog mit einem tiefen Atemzug die noch nachtfeuchte Luft ein und sah hinunter zum Stadtwall mit seiner Festungsanlage, die sich zu dieser frühen Stunde wie eine schwarze Wand hinter den Hütten des Bürgermilitärs am Ende der Straße abzeichnete. Das Relikt einer vergangenen Epoche, das die Stadt wie ein Korsett zusammenschnürte, während die Menschen, seit die französischen Besatzer abmarschiert waren, in ihre alte Heimat Hamburg zurückströmten. Bald würden hier wohl wieder über 100.000 Einwohner und dazu noch eine hohe Zahl an Pferden, Schweinen und Hühnern auf engstem Raum zusammenleben.

Bastian öffnete die Fensterläden, entdeckte im Schein der Straßenlaterne eine trübe Stelle im Glas, die ihm noch nie aufgefallen war, und nahm sich vor, wenigstens alle Holzteile der Ladenfront demnächst mit einem frischen grünen Anstrich zu versehen. Aber seine Arbeit nahm ihn so sehr in Anspruch, dass er bisher nicht dazu gekommen war.

»Leefke«, murmelte er missmutig, »Leefke sollte öfter im Laden helfen, anstatt Mutters Handarbeiten zu verkaufen. Die bringen doch nichts ein.«

Im Fensterglas sah Bastian, dass seine Bäckerweste nicht vollständig zugeknöpft war, korrigierte diese morgendliche Nachlässigkeit und begab sich zurück in den Laden. Doch als er das Licht wieder zur Hand nahm, wankte er zurück, als habe sich plötzlich ein Bild zwischen ihn und die Wirklichkeit geschoben, das ihn ernsthaft daran zweifeln ließ, ob er schon wach war oder noch wirr träumend in seiner engen Schlafkammer über der Backstube lag. Bastian atmete zwei, drei Mal tief durch, seinen Blick gebannt auf den Backtrog gerichtet, der im hinteren Teil der Stube stand und nur vom schwachen Schein des Lampenfeuers erleuchtet war. Kein Zweifel: Im Backtrog des Plüsch-Bäckers lag ein Mann. Bastian hielt die Lampe höher. Schatten huschten wie heimliche, aus ihrem Versteck aufgeschreckte Zuschauer über die Wände. Die Haltung des Mannes verriet ihm sofort, dass dieser nicht hierhergekommen war, um friedlich seinen Rausch auszuschlafen. Sein rechtes Bein hing aus der Backmulde heraus. Seine linke Hand hielt den Rand des Trogs fest umklammert, als wolle sie in einer letzten, vergeblichen Anstrengung den leblosen Körper wieder in die Vertikale zerren, wobei die weit aufgerissenen Augen stumpf in eine unbestimmte Ferne starrten, wohin sich offensichtlich auch der Lebensgeist dieses Mannes verflüchtigt hatte.

Bastian stöhnte. Er merkte, dass die Fingernägel seiner linken Hand sich vor Anspannung schmerzhaft in den rechten Unterarm gebohrt hatten. Er lockerte den Griff und betrachtete die Abdrücke auf seiner Haut. Es sah aus, als hätte man seinen Arm an dieser Stelle zusammengenäht. ›Eigenartig‹, dachte Bastian, ›ein Toter liegt in meinem Backtrog und ich denke an Nähte!‹ Wie ein Blitz schlug die Realität abermals in sein Bewusstsein ein. ›Ein Toter liegt in meinem Backtrog‹, echote es in seinem Schädel. Bastian trat näher an die Holzwanne heran. Noch hoffte er, der erste Eindruck habe ihn getäuscht, und die Person sei vielleicht doch noch am Leben. Als er aber sein Ohr ganz dicht vor das Gesicht des Mannes hielt und ihn am Hals berührte, gab es keinen Zweifel mehr: Sein nächtlicher Besucher atmete nicht, er hatte keinen Puls und er fühlte sich schrecklich kalt an. Als Bastian die blutige Teigrolle neben dem Backtrog am Boden liegen sah, wusste er auch, warum. ›Er wurde erschlagen!‹, fuhr es ihm durch den Kopf. ›In meiner Backstube! Aber von wem? Und warum? Wer bricht in eine Backstube ein, um dort einen Mord zu begehen?‹ Der arme Bäcker konnte die Fragen gar nicht so schnell ordnen, wie sie ihm in den Sinn kamen. Er konnte sich nicht erinnern, diesen Mann jemals zuvor gesehen zu haben. Und war denn wirklich eingebrochen worden? Er hatte doch eben erst den Laden geöffnet. Bastian eilte zur Tür und inspizierte das Schloss. Es war völlig unbeschädigt. ›Die Tür zum Innenhof‹, dachte er, ›sie sind durch die Hintertür hereingekommen!‹ Doch auch an der Hintertür konnte er keine Spuren von Gewaltanwendung entdecken. ›Das ist doch nicht möglich! So ein Toter fällt doch nicht vom Himmel!‹ Bastian bemerkte, dass dem Toten eine breiige Masse aus dem geöffneten Mund lief. Dort, wo sie auf den Boden des Backtrogs getropft war, lag der Rest eines Brötchens. Oder eines Kuchens. Auf jeden Fall roch es nach Zimt.

2. Kapitel

Es klopfte am Ladenfenster. Bastian schrak zusammen. Er spürte ein Pochen in seinen Schläfen, drehte sich hastig um und sah durch das Glas im Schein der Straßenlaterne Marianne Lewarks lachendes Gesicht. »Oh, nein! Nicht jetzt!«, murmelte er. Das Gesicht verschwand aus dem Fensterrahmen. Bastian eilte zur Tür, die Marianne bereits geöffnet hatte, und stellte sich ihr in den Weg. Sie schaute ihn mit großen, fragenden Augen an.

»Guten Morgen, Bastian.«

»Moin, Marianne.«

»Was hast du denn? Du siehst blass aus.«

»Schlecht geschlafen.«

»Dein Vater?«

»Hat wieder viel gehustet heute Nacht.«

»Kann ich irgendwie helfen?«

»Lieb von dir. Aber du weißt ja, dass er auf dich nicht gut zu sprechen ist.«

»Ich glaube, er ist auf niemanden gut zu sprechen.«

Bastian und Marianne waren schon eine ganze Weile per »Du« und in ihrer – freilich knapp bemessenen – freien Zeit sah man sie manchmal gemeinsam durch die Straßen schlendern. Am meisten aber zerredeten die Leute sich den Mund darüber, dass das recht passabel gebaute und nicht eben hässliche Frauenzimmer von knapp 35 Jahren ganz alleine lebte. Hinter vorgehaltener Hand munkelte man, dass sie ein liederliches Leben führe oder doch zumindest geführt habe, wobei niemand Genaueres wusste und in der Gerüchteküche immer von neuem wilde Spekulationen aufflammten.

Bastian hatte sich am Klatsch und Tratsch jener Leute, die zum großen Teil auch seine Kunden waren, nie beteiligt. Vielleicht war es gerade diese Zurückhaltung, die Marianne so an ihm schätzte.

Bastian versuchte zu lächeln.

»Was ist mit dir?«

»Bitte, Marianne …«

Sie wartete, ob er den Satz beenden würde.

»Kannst du mir das Rezept wiedergeben?«

»Was für ein Rezept?«

»Fürs Franzbrot.«

»Ach, das.«

»Könnte ich es zurück haben?«

»Warum?«

»Weil ich die Zutaten dafür einkaufen möchte.«

»Verstehe.«

Bastian schwieg und Marianne konnte sehen, dass er angestrengt nachdachte.

»Bastian! Was in Gottes Namen ist mit dir los? Bist du krank?«

»Nein, ich bin nicht krank. Ich werde dir das Rezept geben. Nachher.«

»Aber ich brauche es sofort. Ich gehe zum Hopfenmarkt und wollte dich fragen, ob ich dir etwas mitbringen soll.«

»Lieb von dir, wirklich. Das Rezept ist oben.«

»In der Wohnung?«

»Ja.«

»Du irrst dich. Du hast es doch in die Tresenschublade gelegt. Lass mich doch kurz hinein, dann sehe ich selbst einmal nach.«

»Das geht nicht.«

Marianne sah ihn verwirrt an.

»Wieso nicht?«

»Ich habe Gift gestreut. Wegen der Ratten.«

»Ratten?«

»Vielleicht auch Mäuse.«

»Na und?«

»Es darf nicht aufgewirbelt werden.«

»Aber ich wirble doch nichts auf.«

»Der Händler hat mich ausdrücklich gewarnt. ›Erst wenn Sie feucht aufgewischt haben, dürfen Sie wieder Leute in Ihre Backstube lassen‹, hat er gesagt. Das gelte besonders für Frauen.«

»Wieso denn das?«

»Wegen der Röcke.«

Marianne sah ihn unschlüssig an und wusste nicht, was sie von diesem seltsamen Benehmen halten sollte.

»Was hast du da an deinem Arm?«

»Nichts … Das ist … nichts.«

»Dann werde ich mich beim Einkaufen eben auf mein Gedächtnis verlassen müssen.«

Sie warf ihm einem letzten Blick zu, von dem Bastian nicht hätte sagen können, ob er ärgerlich oder sorgenvoll war, und marschierte dann mit schnellen, festen Schritten die Peterstraße hinunter. Bastian sah ihr nach, bis sie beim Kramerladen in die Seitenstraße einbog. Aber das Bild, das ihm dabei vor Augen stand, war nicht das Bild Mariannes, sondern eines, das sich wie ein entwässerter Hefeteig in seinem Kopf verfestigt hatte. Es zeigte einen fremden Mann, der tot in einem Backtrog lag – in seinem, Bastians, Backtrog!

Hastig schloss der Bäcker die Fensterläden, eilte wieder in den Laden und verriegelte die Tür, in deren kleines Fenster er das Schild mit der Aufschrift »Heute geschlossen« hängte. Er würde seinen Mantel von oben holen und, wenn seine Tochter oder seine Eltern aufwachen sollten, vorgeben, er müsse hinaus in den Hof, um Feuerholz zu holen. Sie sollten nur ruhig in ihren Betten bleiben! Dann würde er auf schnellstem Wege zur Polizei gehen, um den schrecklichen Vorfall zu melden. Aber was dann? War der Mord nicht allem Anschein nach in seiner Backstube geschehen? Und wer hatte Zugang zu diesem Raum? Doch nur er und seine Familie. Dass niemand seine 14-jährige Tochter, seine alte Mutter oder den kranken Vater, der kaum das Bett verließ, des Mordes bezichtigen würde, lag auf der Hand. Aber wie stand es mit Bastian selbst? Würde man nicht sofort mutmaßen, dass er das Verbrechen begangen habe? Selbst wenn es kein Motiv gab und man ihm nichts nachweisen konnte, würde man ihn doch unter Arrest stellen und – wenn der wahre Mörder am Ende nicht gefunden wurde – vermutlich zum Tode verurteilen. Niemand würde sich die Mühe machen, nach einem anderen Mörder Ausschau zu halten, wenn auf den ersten Blick alles gegen Bastian sprach. Die Polizeibehörde hatte erst im Jahr zuvor nach Abzug der französischen Besatzungstruppen ihre Arbeit aufgenommen und in der Stadt munkelte man, dass die Herren Polizisten mit ihrer neuen Aufgabe so überfordert waren wie ein einarmiger Bauer, der ohne fremde Hilfe hundert Morgen Land beackern soll. Die Vorstellung, dass ein in Verbrechensdingen wenig erfahrener Mensch sich mit seinem Fall beschäftigen würde, machte ihm Angst.

Bastian bemerkte erst jetzt, dass er schon eine ganze Weile im dunklen Treppenaufgang gestanden hatte. Er kehrte in die Backstube zurück, setzte sich auf einen Schemel und verfiel abermals ins Grübeln. Natürlich musste der Mord gemeldet werden. Aber der Zeitpunkt sollte klug gewählt sein. Wenn die ganze Angelegenheit soweit geklärt wäre, dass man die Herren Polizisten auf die richtige Fährte schicken, dass man ihnen womöglich mit der Leiche auch gleich den Mörder liefern könnte, wäre das wohl die beste Lösung. In seinem eigenen Interesse und dem seiner Familie, musste er, Bastian, sich selbst um die Sache kümmern. Es wäre geradezu fahrlässig, die eigene Ehre, das eigene Leben und das Wohl der Angehörigen einer Horde willfähriger Staatsdiener anzuvertrauen. Bastian Plüsch, der niemals hatte Bäcker werden wollen, der schon als kleiner Junge dem unwiderstehlichen Reiz von Gesetzesbruch und dunklen Machenschaften erlegen war, immer wissend, dabei auf der anderen, der richtigen Seite zu stehen, würde diesen Fall selbst in die Hand nehmen! Einen Fall, der so unwahrscheinlich und absonderlich war, dass es Bastian beinahe vorkam, als habe das Schicksal, das ihn in einen Beruf gezwängt hatte, der ihm in jeder Hinsicht widerstrebte, nun etwas wieder gut machen wollen, indem es ihm die Aufgabe anvertraute, das gewaltsame Ableben eines Mannes aufzuklären, dessen Korpus – so stand es Bastian nun klar vor Augen – unverzüglich beiseite geräumt werden musste.

3. Kapitel

Bastian Plüsch erhob sich von seinem Schemel, sah sich um und suchte nach einem geeigneten Aufbewahrungsort für seinen leblosen Gast. Dabei fiel sein Blick auf die Wand neben dem Ofen. Sie kam ihm ungewohnt leer vor. Dann bemerkte er, dass das Bild fehlte, der Kupferstich, der zwei Puppenspieler zeigte, auf deren Drehorgel sechs Figuren drei Tanzpaare bildeten. Zu dieser Szene gesellten sich noch zwei weitere Figuren: französische Soldaten, die das fröhliche Treiben mit einer Kanone zu bewachen schienen. Diese Zusammenstellung, die Bastian genau vor Augen hatte, weil der Stich schon sehr lange hier gehangen hatte, war ihm immer etwas eigentümlich erschienen. Dennoch bedeutete ihm das Bild sehr viel, denn seine verstorbene Frau Elisabeth hatte es ihm geschenkt.

Vielleicht hatte es in der Backstube einen Kampf gegeben und es war heruntergefallen. Auf dem Boden fand Bastian den zerbrochenen Rahmen. Aber das Bild, das sich darin befunden hatte, war verschwunden. Das gab ihm einen Stich ins Herz, doch im Moment hatte er sich um andere Dinge zu kümmern. Sein Blick fiel auf den Ofen und auf drei Holzscheite, die am Boden lagen.

»Das wäre eine Möglichkeit«, murmelte er, »bis sich etwas Besseres findet.« Er trat in den Innenhof und betrachtete das Brennholz, das an der rechten Hauswand mannshoch aufgestapelt war.

»Ja, das wäre eine Möglichkeit«, wiederholte er, doch ein scheppernder Knall unterbrach seine Gedanken. Bastian fing an zu zittern. Sein Herz raste. Die Tür war durch einen Luftzug zugefallen. Vor kaum zwei Monaten hatte er ein neues Schloss einbauen lassen, so dass die Tür nach bloßem Zudrücken zwar noch von innen, aber ohne Schlüssel von außen nicht mehr zu öffnen war. Die Vordertür hatte Bastian ebenfalls zugesperrt. Der Schlüssel! Wo war der Schlüssel? Bastian befühlte seine Hosentaschen. Nichts. Er hatte ihn, wie er es immer tat, an den Haken neben der Tür zum Treppenhaus gehängt. Er hatte sich ausgeschlossen!

»Himmelherrgott! Was für ein Drümpel ich doch bin!«, fluchte er. Ihm brach der Schweiß aus, obwohl die Morgenluft ausgesprochen kühl war. »Du willst ein Verbrechen aufklären und tappst gleich in die erste hauseigene Falle!« Bastian zog am Türgriff, aber es war aussichtslos. Vielleicht ließe sich an der Vordertür etwas ausrichten. Das Schloss dort war alt und marode. Bastian holte Hammer und Stemmeisen aus dem Schuppen, betrat über den schmalen Durchgang zwischen seinem und dem angrenzenden Haus die Straße und schaute sich mehrmals um wie einer, der Verbotenes im Schilde führt. Er wähnte sich allein. Doch gerade als er das Stemmeisen ansetzte, ertönte die Rassel der Nachtwächter, gefolgt von der halbstündlichen Zeitansage: »Sechs Uhr! Sechs Uhr!«.

Bastian erschrak. Die beiden Männer in ihren schwarzen Kutten waren kaum fünfzig Schritte von ihm entfernt. Wenn er jetzt Reißaus nahm, wäre das verdächtiger, als wenn er einfach hier stehen bliebe. »Verdammte Eulen! Müsst ihr ausgerechnet jetzt hier aufkreuzen!«, fluchte er, legte das Werkzeug auf den Boden, so dass es von seinen Füßen verdeckt wurde, und tat so, als würde er irgendetwas an seinen Fensterrahmen untersuchen.

»Guten Morgen, der Herr.«

Bastian tat überrascht: »Ah, der Rufer und der Schleicher …«

»Haben Sie etwas Bestimmtes vor?«

»Die Fenster brauchen dringend einen neuen Anstrich.«

»Ist das Ihr Laden?«

»Ja.«

»Name?«

»Plüsch. Bastian Plüsch. Sie sehen doch, ich trage eine Bäckerweste.«

»Obwohl Sie heute blau machen?«

»Wie kommen Sie darauf?«

Der Schleicher, der sich als stummer Begleiter des Rufers offenbar nicht an diesem Gespräch beteiligen wollte, zeigte auf das »Heute geschlossen«-Schild.

»Ach, das … Eine Familienangelegenheit …«

»Hoffentlich kein Todesfall«, sagte der Rufer.

Bastian sah den etwas zu kurz gewachsenen, fülligen Mann prüfend an. Hamburgs Nachtwächter galten gemeinhin als träge und unmotiviert. Aber dieser hier schien gewieft zu sein. Er hatte kleine, linkische Augen und eine schiefe Nase. Mit der konnte er wahrscheinlich fünf Meilen gegen den Wind riechen, wenn irgendwo etwas nicht mit rechten Dingen zuging. Trotzdem wirkte sein breites Gesicht menschlich, eine Eigenschaft, die sein hagerer, hochgewachsener Begleiter nicht mit ihm teilte. Wie eine Statue mit geschultertem Spieß und breitkrempigem Hut stand der Schleicher da, die Miene so reglos wie ein Friedhof bei Windstille.

»Nein … kein Todesfall …«, sagte Bastian mit heiserer Stimme. »Wir haben seit gestern Abend Besuch.«

»Na, das muss ja dann ein hoher Besuch sein, wenn Sie dafür den Laden dicht machen.«

»Er kommt aus dem Ausland.«

»Hoffentlich kein Franzos'.«

Langsam wurde die Nachteule lästig. Was ging es diesen Schnüffler an, warum die Backstube heute geschlossen blieb! ›Ja, ein Franzose übernachtet bei uns! Einer von denen, die uns acht Jahre belagert haben!‹ – Diese Worte lagen Bastian auf der Zunge. Doch als die Zunge sie in die Freiheit entließ, hörte er sich sagen: »Ein Engländer. Wir haben einen Engländer zu Besuch.«

Der Wächter zog seine buschigen Brauen so weit nach oben, dass die kleinen Augen in dem breiten Gesicht plötzlich seltsam verloren wirkten.

»Sie haben einen Engländer in der Familie?«

»Nein, wieso?«

»Weil Sie eben etwas von einer Familienangelegenheit sagten.«

»Angeheiratet. Ein angeheirateter Engländer.«

»So, so. Und gestern Abend ist er angekommen?«

»Ganz genau.«

»Aber gestern Abend hat kein Schiff aus England angelegt.«

Bastian stellte sich vor, wie er nach dem Hammer zu seinen Füßen griff und der widerspenstige Frager ihn anflehte, er möge ihm bitte, bitte nicht wehtun. Aber der Nachtwächter würde nicht flehen. Er würde Bastian seinen Säbel unter die Nase halten und ihn arretieren. Also musste er seine Lüge weiter ausbauen.

»Er kam über den Landweg.«

»Über den Landweg? Aus England?«

»Amsterdam. Er macht eine kleine Rundreise.«

»Klein ist gut. Amsterdam. Wie lange fährt man da mit der Postkutsche?«

Bastian hatte keine Ahnung.

»Vier Tage. Ungefähr«, sagte er.

Der Nachtwächter schwieg und sah seinen Begleiter an. Nicht, weil er von diesem eine Reaktion erwartete, sondern weil dessen Gesicht für ihn jenen Punkt darstellte, der ihn von seinen eigenen Gedanken am wenigsten ablenkte. Nach einer Weile sagte er: »Na, dann können wir dem Herrgott ja danken.«

»Wieso?«

»Weil er ihnen einen Engländer und nicht den Schnitter ins Haus geschickt hat. Der kommt schließlich noch früh genug.«

Bastian versuchte, das Grinsen seines Gegenübers zu imitieren, spürte aber, dass es ihm nicht recht gelang.

»Alles Gute, mein Bester und grüßen Sie mir den hohen Besuch.«

Der Rufer schulterte seinen Spieß, wobei er dem Schleicher fast ein Auge ausstach – ein Gefahrenmoment, an das dieser sich offenbar schon gewöhnt hatte, denn er zuckte dabei nicht einmal mit der Wimper. Die Rassel drehte sich, und die Wächter zogen weiter. Bastian starrte den beiden Gestalten nach und merkte, dass sein Mund völlig ausgetrocknet war. Er ließ noch einen Hafenarbeiter und ein altes Mütterchen vorbeiziehen, die überhaupt keine Notiz von ihm nahmen, dann setzte er das Stemmeisen an und schlug zu, drei, vier Mal, aber das Schloss zeigte mehr Widerstand, als er erwartet hatte. Noch einmal schlug er zu. Holz splitterte aus der Tür, aber das Schloss war immer noch intakt. Bastian zielte ein weiteres Mal, schlug zu – diesmal kräftiger – und die Tür sprang auf. Hastig betrat er die Backstube – und erstarrte. Er war doch gekommen, der Schnitter! Er stand in seinem langen Gewand mit gesenktem Kopf neben dem Backtrog. Er war kleiner und schmächtiger, als Bastian ihn sich vorgestellt hatte und trug langes blondes Haar. Dann erkannte er, dass dort nicht der Sensenmann stand, sondern seine Tochter.

»Leefke! Leefke!«, rief Bastian mit ersticktem Ton. Im nächsten Augenblick hielt er sie umschlungen. Kalt und hart fühlte sich ihr dünner Körper an, und es gelang ihm nicht, sie von dem Toten wegzureißen. Dann ließ sie sich wortlos in seine Arme fallen.

»Du darfst da nicht hinschauen! Er lag schon hier, als ich herunterkam. Heute Nacht ist ein Verbrechen in unserem Haus geschehen. Leefke! Schau mich an!«

Das bleiche Mädchen sah mit leerem Blick durch ihn hindurch. Er schüttelte sie.

»Niemand darf davon erfahren! Verstehst du?«

Sie reagierte nicht.

»Verstehst du mich?«

Fast unmerklich nickte sie mit dem Kopf.

»Hör mir zu, Leefke. Du gehst jetzt wieder nach oben und legst dich ins Bett. Du darfst den Großeltern nichts davon erzählen. Hörst du? Kein Sterbenswort. Ich werde mich um alles kümmern. Es wird alles wieder gut.«

Als hätte der berühmte, kürzlich verstorbene Wunderarzt Franz Anton Mesmer sie magnetisiert, glitt Leefke von ihm weg und schien sich im Dunkel des Treppenaufgangs aufzulösen. Bastian sank zu Boden und fühlte ein Pochen in seinem Kopf, in dem sich nun eine vollkommene Leere auszubreiten begann.

4. Kapitel

Es steht doch völlig außer Frage, dass die Befestigungsanlagen weg müssen! Die Franzosen haben sie gebaut!« Ratsherr Hansen hatte sich in seiner Rede so ereifert, dass er sich verschluckte und nach dem Wasserglas griff. Sogleich übernahm ein anderer der vierundzwanzig Ratsherren das Wort.

»Und das mit gutem Grund. Sie wollten sich vor Angreifern schützen. Jede Stadt tut gut daran, ein Bollwerk gegen mögliche Eindringlinge zu errichten.«

»Einspruch. Eine Stadt wie Hamburg tut gut daran, wenn sie sich öffnet. Wenn sie den freien Handel fördert und ihren Bürgern Luft zum Atmen lässt. Gerade jetzt, wo wir dem Deutschen Bund beigetreten sind.«

»In Hamburg kann jeder atmen so viel er will, Kollege Hansen. Wer etwas anderes behauptet, bekommt von mir höchstpersönlich eine unbegrenzte Atemerlaubnis ausgestellt.«

»Mein Lieber, es besteht wirklich kein Grund zu spotten.«

»Wo bleiben eigentlich unsere Zimtbrötchen? Düwell hat uns doch wieder welche versprochen!«

»Er wird sie sicher gleich bringen. Da ist er ja schon! Sehen Sie, meine Herren, auf unseren Weddeschreiber ist eben Verlass.«

»Was man nicht von jedem hier im Raum behaupten kann.«

»Meine Herren! Ich muss doch sehr bitten!«

»Pardon. Natürlich darf unser Bürgermeister sich zuerst bedienen. Bitte, Herr von Graffen …«

»Nehmen Sie nur zuerst.«

»Ich bestehe darauf.«

»Also gut … Die sehen aber auch wieder lecker aus heute … Wo bekommen Sie nur immer diese köstlichen Brötchen her, mein lieber Düwell?«

»Fragen Sie ihn nicht, das ist doch sein Geheimnis!«

»Am Ende hat er sie noch selbst gebacken, der Schelm! Sehen Sie, jetzt wird er schon ganz rot …«

»Aber wie sind Sie auf diese Idee mit den Namensschildchen gekommen, Düwell? Das ist wirklich herzallerliebst!«

»Er weiß eben, dass kleine Jungen sich gerne um das beste Backwerk streiten. Wenn jeder sein Fähnchen im Brötchen stecken hat, sind die Besitzansprüche klar geregelt. Besten Dank, mein Lieber! Heute haben Sie ja ein besonders saftiges Stück für mich ausgesucht!«

»Köstlich, dieses Backwerk! Wenngleich nicht so gut, wie sonst. Es fehlt der letzte Pfiff, wenn ich so sagen darf.«

»Wenigstens in dieser Sache sind wir uns einig.«

»Backen ist eine Kunst für sich. Ist der Bäcker verliebt, schmeckt das Brötchen fade.«

»Was für eine Flade?«

»Haben Sie wieder Ihr Hörrohr vergessen, Herr Kollege?«

»Fade ist aber doch eine böswillige Übertreibung!«

»Könnten wir uns bitte wieder unserem eigentlichen Thema zuwenden!«

»Wenn es nach mir ginge, wäre das Zimtbrötchen unser eigentliches Thema.«

»Ich verstehe nicht, was Sie damit sagen wollen.«

»Ich fürchte, Sie verstehen so einiges nicht, mein Guter.«

»Meine Herren, bitte …«

»Wenn wir die Wälle abtragen und die Tore öffnen, wer schützt dann unsere soliden Familienbetriebe vor den Billigprodukten aus dem gewerbefreien Umland? Denken Sie an das wild wuchernde Handwerk und den widerwärtigen Amüsierbetrieb auf dem Hamburger Berg, der sich dort, nach der Schleifung des Geländes durch die Franzosen, langsam wieder ansiedelt. Würde mich nicht wundern, wenn sie auch dieses Zimtgebäck dort herstellen und heimlich in die Stadt einschleusen. Ist doch auffällig, dass es nur auf den Märkten und nicht in den Backstuben verkauft wird.«

»Ein Grund mehr, die Tore zu öffnen, damit solcherlei Genüsse in Zukunft ungehindert unsere Stadtgrenzen passieren können. Zweiundzwanzig Bastionen, Wälle und Gräben – man fühlt sich ja wie im Mittelalter!«

»Immerhin haben die Befestigungen im Mittelalter ihre Aufgabe vorbildlich erfüllt. Warum hat unsere Stadt denn den Dreißigjährigen Krieg unbeschadet überstanden und war danach das Glanzlicht unter den deutschen Städten?«

»Darf ich Sie darauf hinweisen, dass der Dreißigjährige Krieg nicht im Mittelalter stattgefunden hat?«

»Glanzlicht oder Blendwerk – das ist hier die Frage!«

»Ein schönes Wortspiel, Herr Kollege. Das hätte unser Kollege Hudtwalcker nicht schöner formulieren können. Ein Jammer, dass er am Tag des Abzugs der Franzosen sein Amt niedergelegt hat.«

»Da haben Sie allerdings Recht.«

»Ich habe immer Recht, mein Guter. Ist Ihnen das noch nicht aufgefallen?«

»Leider nein.«

»Meine Herren, könnten wir vielleicht etwas sachlicher …«

»Ich gebe zu bedenken, dass ursprünglich wir die Wälle aufgeschüttet haben.«

»Ursprünglich? Was soll das denn wieder heißen? Haben wir die Wälle aufgeschüttet oder haben wir sie nicht aufgeschüttet?«

»Natürlich haben wir sie aufgeschüttet. Das steht doch außer Frage. Es geht darum, ob wir sie wieder abtragen sollen.«

»Ich dachte, es geht um die Befestigungsanlagen.«

»Aber die Wälle sind doch Teil der Befestigungsanlagen. Werter Kollege, stellen Sie sich bitte nicht dümmer als Sie sind!«

»Das muss ich mir von Ihnen nicht sagen lassen, nur weil Sie Advokat sind! Was wärt ihr Advokaten denn ohne uns Kaufleute! Ein Anker ohne Schiff, der nutzlos auf dem Meeresgrund verrotten würde.«

»Anker verrotten nicht.«

»Wie bitte?«

»Anker verrotten nicht. Sie verrosten.«

»Hat man Ihnen das im Studium der Juristerei beigebracht?«

»Meine Herren, könnten wir uns bitte auf die Sache konzentrieren. Erst im letzten Jahr haben uns die Franzosen gezwungen, massenhaft Bäume zu fällen und unsere Häuser abzureißen, um eine Glacis außerhalb des Stadtwalls zu errichten. Sollen wir jetzt noch einmal die gleiche Mühe aufwenden, um alles wieder rückgängig zu machen? Da kommt man sich ja vor wie Sisyphos.«

»Ich gebe zu bedenken: Hätte Sisyphos den Berg abgetragen, hätte er sich nicht auf ewig mit seinem Felsbrocken abplacken müssen.«

»Da ist was dran.«

»Mir scheint, Sie sind ein Franzosenfreund, mein Bester, und wollen deren Erbe in Ehren halten.«

»Ich denke nur an unsere Bürger.«

»Und sollen die etwa noch jahrzehntelang mit der Schmach leben, von einem erdrückenden Erdwall umgeben zu sein, den ihnen die ehemaligen Besatzer aufgezwungen haben?«

»Noch einmal: Der Erdwall ist auf unserem Mist gewachsen.«

»Ganz recht. Das ist doch alles Heuchelei! Wir selbst haben unsere eigenen Befestigungsanlagen erst vor zwölf Jahren abgerissen. Dann kam der Franzose und gab den Befehl, sie wieder aufzubauen. Seit wir denken können, gibt es diese Befestigung. Was spielt es da für eine Rolle, dass wir einige Jahre keine hatten und wer sie letztendlich errichtet hat?«

»Das spielt eine ganz entscheidende Rolle, meine ich.«

»Jetzt könnte ich noch ein zweites Brötchen vertragen.«

»Ich bin auch dafür, dass wir uns vertagen.«

»Vertragen, Herr Kollege! Nicht vertagen.«

»Meine Herren, entscheidend ist doch, dass es innerhalb des Walls hinten und vorne an Platz fehlt. Wo sollen wir die Menschen noch unterbringen? Vielleicht wie Aussätzige im Pesthof außerhalb der Stadt?«

»Der Pesthof wurde von den Franzmännern ebenfalls dem Boden gleich gemacht. Außerdem wurde er zuvor zum Krankenhof umbenannt, werter Kollege! Da die letzte große Seuche bereits hundert Jahre zurück liegt, darf man das ruhig zur Kenntnis nehmen.«

»Ich nehme zur Kenntnis, dass Hamburg ein Recht hat zu wachsen!«

»Ich kann Ihnen nur zustimmen, Hansen.«

»Recht hat er.«

»Das hätte der alte Hudtwalcker auch gesagt.«

»Bitte lassen Sie doch den Hudtwalcker aus dem Spiel.«

»Ich plädiere dafür, in zwei Schritten vorzugehen: Zuerst werden die Bastionen und Brustwehren entfernt, danach wird der Wall abgetragen und das Glacis zur Bebauung freigegeben.«

»Abtragen? Wozu denn? Wir verwandeln ihn in eine Grünanlage. Dort können die Menschen sonntags spazieren gehen.«

»Ein Verteidigungswall als Park? Das finde ich geschmacklos.«

»Ich finde den Vorschlag überlegenswert.«

»Ganz im Sinne des alten Hudtwalcker.«

»Was hat denn bitte der Hudtwalcker damit zu schaffen?«

»Ob Park oder nicht, dieses Relikt der alten Zeit muss verschwinden! Außerdem sollten alle Bäcker lernen, dieses köstliche Zimtding zu backen!«

»Bravo, Hansen.«

5. Kapitel

Die Wolken hingen wie nasse Getreidesäcke am Himmel, als Bastian durch die Fenster der Wohnstube hinaussah. Es würde ein Unwetter geben. Unten auf der Straße sammelten zwei Männer die Toiletteneimer vor den Häusern ein und entleerten sie in den Dreckwagen. Ein Stück weiter hatte ein Messerschleifer seinen Handwagen abgestellt, rasselte mit einem Bund Scheren und wartete auf Kundschaft. Dieses Bild war Bastian sehr vertraut. Der Schleifer mit seiner blauen Jacke und seinem braunen Rock machte jede Woche in der Peterstraße halt. Und doch nahm Bastian ihn nun zum ersten Mal fest in Augenschein. ›Wenn es darum geht, ein Verbrechen aufzuklären – noch dazu ein so scheußliches – ist Aufmerksamkeit oberstes Gebot‹, dachte er. Jedes Verbrechen ist ein großes Puzzle, dessen Teile man zuallererst finden muss, und die sehr klein und unscheinbar sein können. Dieser Schleifer unten auf der Straße war unscheinbar, also sollte man vielleicht an ihm seine Beobachtungsgabe schulen.

»Bastian, was ist mit dir? Schmeckt dir die Suppe nicht?«

»Die Suppe ist gut.«

»Dann gebe ich dir noch einen Nachschlag.«

»Danke, ich habe keinen großen Hunger.«

»Wirst du jetzt auch noch krank wie deine Tochter? Was gibt es denn da draußen zu sehen?«

»Nichts, Mutter.«

Bastians Blick glitt über das große Holzrad mit dem hellen Schleifstein und blieb an einer geöffneten Kiste hängen. Natürlich! Die Messer!

»Bastian!«

»Was ist denn, Mutter?«

»Ich denke, wir sollten Doktor Hinrichs holen.«

»Lass uns bis morgen warten. Dann geht es ihr bestimmt schon besser.«

»Aber sie ist ganz blass und hat Fieber.«

»Das geht vorbei.«

Der Mord war offenkundig nicht mit einem Messer, sondern mit einer Teigrolle verübt worden. Aber warum hatte Bastian dann ein Messer im Backtrog gefunden, nachdem er den Toten angehoben hatte? Es war ein Messer aus seiner Backstube. Hatte das Opfer sich damit verteidigen wollen? Oder war vielleicht doch das Messer die Tatwaffe gewesen? Hätte Bastian den Toten auf Stichwunden untersuchen sollen?

»Bastian, du bist doch nicht auch krank?«

»Nein, Mutter. Natürlich nicht.«

»Du siehst blass aus. Am Ende hast du dich noch angesteckt.«

»Bitte, Mutter. Es geht mir gut.«

Es ging ihm gar nicht gut. Noch nie in seinem Leben hatte Bastian sich so elend gefühlt. Das Schicksal hatte ihm eine Ungeheuerlichkeit aufgebürdet, und er allein musste damit fertig werden. Es war völlig unmöglich, sich einem anderen Menschen anzuvertrauen. Auch die Eltern durften nichts erfahren. Vielleicht war es eine Prüfung, dachte Bastian. Mit seinem Kindheitstraum jedenfalls, sich später einmal ganz der Aufklärung von Verbrechen zu widmen, hatte dieses Ereignis, das so unerwartet in seine Backstube und damit in sein Leben eingebrochen war, wenig zu tun. Denn an die scheußlichen, ganz konkreten Seiten des Verbrechens hatte Bastian damals nie gedacht, sich vielmehr an der Vorstellung des Bösen im Allgemeinen berauscht, das es mit Klugheit, Geschick und Mut zu besiegen gelte.

Nun musste er sich jedoch eingestehen, dass die Backstube, in der er tagein, tagaus sein Leben verbracht hatte, möglicherweise bereits jeden Keim wagemutiger Entschlossenheit in ihm erstickt haben könnte. Dies war wohl auch der Grund, weshalb in großen Heldengeschichten wie »Rinaldo Rinaldini« – der einzige Roman, den Bastian je zu Ende gelesen hatte – Bäcker allenfalls eine untergeordnete Rolle spielten. Er hatte es zwar nie darauf angelegt, ein Held zu sein. Aber er hatte es auch nie darauf angelegt, Bäcker zu werden. Irgendwo zwischen diesen beiden Extremen sollte es demnach einen Platz geben, der für Bastian vorgesehen war, den das nach ausgleichender Gerechtigkeit strebende Schicksal für ihn freigehalten hatte und den nur er würde ausfüllen können.

Der Schleifer wetzte jetzt ein Messer. Eine Frau mit dichtem blonden Haar stand daneben, in der Hand ein weißes Tuch, in dem noch weitere Messer lagen. Es war Marianne. Wenn alles ausgestanden war, würde er es ihr erzählen. Marianne würde still dasitzen und zuhören, wie sie es immer tat, wenn sie spürte, dass ihm etwas auf der Seele lag. Am Ende würde sie sagen, was sie schon oft gesagt hatte: ›Bastian, du hast wieder einmal alles falsch angefangen. Trotzdem hat alles gut geendet. Ich glaube, der Herrgott hat seine schützenden Hände über dich ausgebreitet.‹ Aber ob diesmal wirklich der Herrgott seine Hände mit im Spiel hatte?

»Gibt es noch Nachschlag, Margarete?«

Bastian und seine Mutter schraken zusammen.

»Johann!« – Mehr brachte die Angesprochene nicht hervor. Bastian blieb stumm und starrte seinen Vater fassungslos an. Seit Wochen hatte der alte Mann das Bett nicht mehr verlassen. Nun stand er mit seinem weißen Nachtrock und einer Suppenschüssel in der Hand im Zimmer. Der Türrahmen schien ihn in ein Heiligenbild zu verwandeln, das einem himmelfahrenden Herrn Jesus alle Ehre gemacht hätte.

»Johann! Mein Gott!«

Bastians Mutter stürzte auf ihren Mann zu, um ihn zu stützen.

»Lass mich, Frau! Ich komme allein zurecht.«

Mit kurzen, unsicheren Schritten bewegte sich Johann Plüsch auf den Tisch zu, stützte sich auf der Platte ab, ließ sich dann auf dem Stuhl nieder, den seine Frau zuvor in die richtige Position gerückt hatte.

»Da staunt ihr, dass der Alte sich noch einmal von seinem Totenbett erhebt, was?«

»Sag doch nicht so was, Johann!«

»Was ist jetzt mit dem Nachschlag?«

Bastians Mutter ging in die Küche. Das leise Geräusch, mit dem die Suppenkelle gegen den Rand des Topfes stieß, drang bis in die Stube.

»Warum glotzt du wie ein Schellfisch? Hast du vergessen, wie dein Vater aussieht?«

»Solltest du nicht besser im Bett bleiben?«

»Da bin ich lange genug geblieben. Findest du nicht?«

»Ja … Natürlich … Nur, weil Doktor Hinrichs gesagt hat …«

»Hinrichs hat auch gesagt, dass er für die Witwe Helmchen nichts mehr tun kann. Und heute erfreut sie sich bester Gesundheit.«

»Witwe Helmchen ist vor zwei Jahren gestorben, Vater.«

»Du lügst.«

»Warum sollte ich dich anlügen?«

»Das ist nun mal dein Charakter. Schon als Kind hast du immer gelogen.«

Es war zwecklos, Johann Plüsch von einer Meinung, die er einmal gefasst hatte, abzubringen. Während andere Menschen durch lange Krankheit einsichtiger und nachgiebiger werden, hatte sie bei Bastians Vater das genaue Gegenteil bewirkt und seine Sturheit auf eine Weise gefestigt, die ein längeres Gespräch mit ihm fast unmöglich machte.

Selbstgerecht, sogar ein wenig pathetisch, löffelte sein Vater die Suppe. Dabei starrte der alte Mann ununterbrochen in seine Schüssel. Auch Bastian und seine Mutter starrten auf die Schüssel des Vaters, als warteten sie ungeduldig darauf, dass auf ihrem Grund eine längst vergessene Wahrheit erschiene. Bastian fühlte sich bedrückt und beschloss, sich vor dem Schlafengehen noch ein Gläschen Rum in der Marktstube zu genehmigen.

6. Kapitel

Es war ungewöhnlich kalt für eine Nacht im Spätherbst. Ein eisiger Wind züngelte durch die Gassen. Gniffke konnte sich nicht erinnern, dass es Anfang November schon einmal so stark geschneit hatte. Er war auf der Suche nach einem Unterschlupf, der ihm Schutz bot und den er, sobald der Morgen graute, wieder verlassen würde. Zwischen zwei Häusern fand er einen Durchgang, der gerade so breit war, dass man hindurch gehen konnte, ohne sich an den rauen Wänden die Kleidung schmutzig zu machen. Die Kleidung schmutzig machen! Dieser Gedanke trieb Gniffke ein Grinsen ins Gesicht. Als wenn seine Kleider jemals sauber gewesen wären. Er konnte froh sein, wenn die Ratten keine Löcher hinein fraßen. Ein echter Bullenstall, dachte Gniffke, denn ein strenger Geruch verriet ihm, dass dieser schmale Durchgang von Passanten offenbar gerne genutzt wurde, um von Blicken geschützt ihr Wasser abzuschlagen.

Nachdem auch Gniffke seine Blase entleert hatte, betrat er den Hinterhof. Viel war um diese Nachtzeit nicht zu erkennen, denn der Hof war klein und teilweise mit einem Schutzdach versehen, so dass das fahle Mondlicht nur an wenigen Stellen den Boden erreichte. Doch Gniffke hatte durch das Leben auf der Straße einen sicheren Instinkt entwickelt. Auch ohne etwas zu sehen, spürte er, in welche Richtung er sich bewegen musste. In der hinteren Ecke des Hofs fand er einen Schuppen. Dies war wirklich sein Glückstag, denn die Tür des Schuppens war nicht verschlossen! Ein muffiger Geruch strömte ihm entgegen, aber solche Gerüche störten Gniffke nicht, sie lösten in ihm eher ein Gefühl von Geborgenheit aus. Leider fand er nichts, woraus er sich eine Schlafstelle hätte richten können – außer einem leeren Leinensack. Aber er hatte schon unter weitaus widrigeren Bedingungen seine Nächte verbracht. Gniffke breitete den Sack auf dem Boden aus, löste seine Kette mit dem Totenkopfanhänger vom Hals, die er schon als Seefahrer getragen hatte, und hängte sie an den Türgriff. Seit er einmal geträumt hatte, dass diese Kette lebendig wurde und sich so fest um seinen Hals zog, dass er sicher erstickt wäre, wenn ein klapperndes Pferdegespann ihn nicht in genau diesem Moment geweckt hätte, legte er die Kette vor dem Schlafengehen ab. Andererseits hing – wie er glaubte – sein ganzes Wohl und Wehe von diesem Talisman ab, der, wie alle Mächte von wahrer Größe, eben zwei verschiedene Gesichter hatte: eines, dass ihn beschützte, und ein anderes, vor dem man sich besser in Acht nahm.

Gniffke legte sich auf den Boden und versuchte, sich einen Dreimaster bei voller Fahrt vorzustellen. Der Gedanke an das gleichmäßige Rauschen des Wassers, das ihn auf seinen langen Seereisen ständig begleitet hatte, würde ihm helfen, einzuschlafen. Aber in dem kleinen Schuppen konnte seine Vorstellungskraft die Stille nicht durchbrechen. Dazu kam die entsetzliche Kälte. Sie zog vom Boden so unbarmherzig in seine Glieder, dass er sich wieder aufrichten musste. Hatte er draußen vor dem Schuppen nicht einen Stapel Brennholz gesehen? Er öffnete die Tür, trat hinaus und vergewisserte sich, dass er sich nicht getäuscht hatte. Er holte eine Schubkarre aus dem Schuppen und begann, sie mit Holzscheiten zu füllen. Er wollte das Holz im Schuppen auslegen und den Leinensack darüber ausbreiten. Das würde ihn vielleicht etwas wärmen. Auch wenn er am Morgen mit einigen Druckstellen aufwachen sollte, würde er doch immerhin aufwachen und nicht in diesem armseligen Verschlag erfrieren! Plötzlich hörte Gniffke ein Knacken hinter sich. Beinahe hätte er sich ein schweres Holzscheit auf die Füße fallen lassen. Er hielt den Atem an und fuhr herum. Die Dunkelheit schien undurchdringlich. Gniffke lauschte. Er bildete sich ein, dass derjenige, der dieses Knacken verursacht hatte, ebenfalls lauschte. Aber vielleicht war auch nur ein Ast heruntergefallen von diesem trostlosen Baum, der sich in der Ecke des Hofs an der Hauswand emporquälte. Gniffke wartete angespannt, aber alles blieb still. ›Eine Ratte‹, dachte er, ›oder eine Katze.‹ Er griff nach einem neuen Stück Holz. Aber das Holzscheit fühlte sich nicht an wie ein Holzscheit. Es war geschmeidig und weich und lief am Ende in mehrere schmale Verästelungen aus. Plötzlich stolperte Gniffke zurück und gab einen erstickten Schrei von sich. Er hatte das Gefühl, als zöge jemand die spitzen Zähne einer Harke über seine nackte Brust. Was er eben aus dem Brennholzstapel hervorgezogen hatte, war – eine menschliche Hand!

7. Kapitel

»Aber schwarze Schwäne gibt es doch gar nicht!«

Die fünf Männer am Tisch sahen sich an. Einer fuhr mit dem Zeigefinger über die Buchstaben, als müsse er sie im Kopf sortieren, bevor sich ihm ihre Bedeutung offenbarte.

»Hier steht es doch!«

Der Stämmige griff an den Schirm seiner Mütze.
»Weil es da steht, muss es ja nicht stimmen.«
»Dem ‚Hamburgischen Correspondenten' kann man schon vertrauen. Ist ein seriöses Blatt«, meldete sich sein Sitznachbar. Er trug ein gestreiftes Hemd, und sein blondes Haar hatte schon lange keinen Kamm mehr gesehen.
»Kann man. Muss man aber nicht.«
»Klingt jedenfalls abenteuerlich«, sagte der mit dem Backenbart.
Der Zeigefinger rutschte zurück zum Anfang der Zeile.
»Immerhin ist es mitten am Tag passiert. Es gab Zeugen.«
»Und was haben die gesehen mitten auf der Binnenalster? Aus so großer Entfernung?«
Die Lampe auf dem Tisch erlosch. Die Zigarren der Männer glühten in der schummrigen Wirtsstube wie Irrlichter. Der Wirt kam und füllte Petroleum nach.
»Soll ich noch was bringen?«
»Noch 'n Rum«, schnarrte der Gestreifte.
»Wahrscheinlich war es etwas anderes«, brummte der mit der Mütze.
»Was denn? Ein Huhn vielleicht? Die saufen doch ab im Wasser.«
Alle lachten.
»Ein schwarzer Schwan. Ich hab's gesehen.«
Der Mann am Nebentisch hatte die Unterhaltung mit angehört und prostete den Zweiflern zu.
»Was hast du gesehen?«
»Na, den Schwan, ihr Dröhnbüdel.«
»Nur den Schwan?«
»Den Schwan, das Boot und die beiden Döösbaddel.«
»Und die wollten den Schwan einsacken?«
»Allerdings. Haben sich aber ganz schön dusselig angestellt.«
»Hier steht, das waren Brüder.«
»Logenbrüder, Kalle. Logenbrüder.«
Ein anderer zog die Zeitung zu sich herüber.
»Die Loge des Schwarzen Schwans. Nie gehört.«
»Und was wollten die mit dem Tier?«
»Ausstopfen als Maskottchen für ihren Logensaal.«
Alle lachten. Der vom Nebentisch kam mit seinem Stuhl herüber.

»Dabei sind die Kerle ganz schön nass geworden. Mit einem Netz wollten sie dem Vogel beikommen! Das muss man sich vorstellen. Dann haben sie sich selbst darin verheddert. Das Boot geriet ins Schwanken, und einer fiel ins Wasser. Und als der andere ihn wieder heraus ziehen wollte, plumpste der auch hinein.«

»Und der Schwan?«

»Hat alles aus sicherer Entfernung beäugt und sich einen in die Federn gelacht. Ein edles Tier, sage ich euch. Und schlau obendrein.«

»Ich finde das unheimlich«, sagte der Backenbärtige und legte seine Zigarre schnell im Aschenbecher ab, als sei sie es, die ihm Unbehagen bereitete.

»Ich finde das lustig«, sagte der Gestreifte und leerte sein Glas.

»Eigentlich ist ein schwarzer Schwan doch wider die Natur.«

»Aber es gibt ihn«, resümierte der Stämmige. »Und wenn es ihn gibt, hat die Natur ihn auch hervorgebracht.«

»Aber wenn sie etwas hervorbringt, was so offensichtlich ihren eigenen Gesetzen widerspricht, dann muss das einen Grund haben«, sagte der, der froh war, dass er nun nicht mehr vorlesen musste.

»Achtung: Jetzt wird's philosophisch!«

»Den Grund kennt nur der Herrgott. Offenbar hat er gewollt, dass es unter tausend Schwänen auch einen schwarzen gibt.«

»So wie es unter tausend Menschen auch einen Mörder gibt.«

Alle schauten zu Bastian, der bisher geschwiegen hatte. Sein Blick glich dem, der am Horizont einen kleinen Punkt erspäht und sich nun fragt, ob jenes Schiff ein freundliches oder feindliches ist, oder ob es sich letztendlich vielleicht um etwas anderes als ein Schiff handelt.

»Wie kommst du denn auf Mörder?«, fragte der Stämmige und schob seine Mütze etwas weiter in den Nacken.

»Kam mir nur so in den Sinn.«

»Unser guter alter Plüsch-Bäcker! Sitzt die ganze Zeit da, als ob er kein Wässerchen trüben könnte, und dann platzt er mit einem Mörder heraus!«

»Der Schwan könnte ja auch ein Zeichen sein«, sagte Bastian.

»Ein Zeichen? Wofür denn?«

»Für ein Unheil, das über uns hereinzubrechen droht. Oder das schon da ist, und wir haben es nur noch nicht bemerkt.«

»Ein Unheil? Nun mach aber mal ’nen Punkt.«
»Ich glaube, wir müssen ihm noch einen Rum spendieren.«
Bald sprachen die Männer über andere Dinge. Doch Bastian hörte nicht zu. Er dachte an den Schwan, stellte ihn sich in majestätischer Pose mit ausgebreiteten Flügeln vor. Ein solches Tier fangen zu wollen, erschien ihm, wie der Seele eines Verstorbenen mit dem Schmetterlingsnetz hinterherzujagen. Es war hoffnungslos, geradezu lächerlich.

8. Kapitel

Von weit her drang eine Stimme in Bastians Kopf. Oder kam sie von innen und suchte nur einen Weg aus seinem Kopf heraus? Er wollte diese Stimme vertreiben, doch sie wurde immer lauter: »Bastian!« Es war seine Mutter. »Bastian, es ist schon sechs Uhr durch. Was ist nur los mit dir?«
Bastians Augen fühlten sich an wie zwei verklebte Muscheln.
»Ist gut, Mutter. Ich steh schon auf.«
Aber er spürte, dass er nicht aufstehen konnte. Auch wenn seine Gedanken zu kreisen begannen – und das mit beängstigender Geschwindigkeit – blieb sein Körper starr. Seine Beine schienen in der Matratze Wurzeln geschlagen zu haben, seine Finger hatten sich in die Bettdecke gekrallt. Wahrscheinlich hatte er schlecht geträumt. Im ersten Augenblick wusste er auch nicht, wie er am vorigen Abend nach Hause gekommen war. Dann dämmerte es ihm. Der Schwan. Der Mann am Nebentisch. Und Kalle, der ihn noch bis in die Peterstraße begleitet und sich dann – ebenfalls stark alkoholisiert – in Richtung der Hütten am Stadtwall verabschiedet hatte.
Bastian öffnete die Augen. Sein Blick fiel auf die Waschschüssel und die weiße Wasserkanne, die an der gegenüberliegenden Wand auf einem Holztisch standen und die er – so schmal war sein Zimmer – vom Bett aus fast mit der Hand erreichen konnte. Es war in der Tat höchste Zeit aufzustehen. In zwei Stunden würden die ersten Kunden über seine Ladenschwelle treten. Seine Nase fühlte sich taub an, denn die Luft war kalt. Oder war der Alkohol daran schuld? Aber er hatte noch nie gehört, dass man vom Trinken eine taube Nase be-

käme. Eine aufgequollene Nase vielleicht, aber keine taube. Und auch das Aufquellen war ein langwieriger Prozess und geschah nicht über Nacht.

Wieder klopfte die Mutter an die Tür.

»Bastian!«

Nein, es war nicht die Mutter. Diesmal war es der Vater! Sein Vater? Schon wieder auf den Beinen? Wenn das möglich war, dann waren schwarze Schwäne das weitaus kleinere Wunder – selbst wenn sie in Schwärmen über die Stadt herfallen würden.

»Alles in Ordnung. Ich bin wach.«

»Geht es ihm nicht gut?«, hörte er die Mutter hinter der Tür fragen.

»Er hat zu viel gesoffen. Das ist alles.«

Als hätte der Vater das entscheidende Stichwort gegeben, stieg plötzlich eine starke Übelkeit in Bastian auf. Schneller als er es selbst für möglich gehalten hätte, war er auf den Beinen und entleerte den kläglichen Rest seines Mageninhalts in die Waschschüssel. Eine Zeit lang verharrte er über den Waschtisch gebeugt und sog die Luft in tiefen Zügen ein, als sei er gerade erst vom Grund der Elbe wieder aufgetaucht. Er wollte sein Gesicht abspülen, merkte aber, dass die Kanne leer war, fluchte und öffnete die Tür einen Spalt.

»Ist noch Wasser im Haus?«

»Ich habe dir gestern etwas in deine Schüssel getan«, rief die Mutter.

»Ich weiß. Ich brauche trotzdem Wasser.«

»Was hast du denn mit dem Wasser gemacht?«

»Vielleicht war der Nachdurst so groß, dass er es ausgetrunken hat«, mischte sich der Vater ein.

»Aus der Waschschüssel?«

»Dein Sohn bringt alles fertig.«

»Also bekomme ich jetzt Wasser oder nicht?«

Bastian schloss die Tür und schlüpfte aus seinem Nachthemd. Er hatte gehofft, dass die Mutter ihm das Wasser bringen würde. In seinem Zustand vor den Vater zu treten, kam nicht in Frage. Bastian öffnete das Fenster zum Innenhof und schüttete das Erbrochene hinaus. »So ein Mist«, murmelte er, weil ihm erst jetzt bewusst wurde, dass sich direkt unter seinem Fenster das Beet mit den Küchenkräutern befand, die aber nach dem Frost der letzten Nacht wohl ohnehin hinüber waren. Er wollte gerade nach seinen Kleidern greifen, da durchzuckte es ihn wie ein Blitz. Er war sofort hellwach, die Übelkeit wie weggeblasen und die Luft schien in seinen Lungen zu gefrieren. Er trat hastig wieder ans Fenster, sah hinaus und das Bild, das er bereits eben flüchtig und unscharf wahrgenommen hatte, wurde zur Gewissheit: Jemand war in den Hof eingedrungen, hatte sich am Brennholz zu schaffen gemacht und – die Leiche entdeckt!

Bastian stürzte zur Zimmertür, hastete durch die Stube, ohne sich um die erstaunten Eltern zu kümmern, stolperte die Treppe hinunter durch die Backstube in den Hof. Wie ein Besessener legte er die Scheite aus der Schubkarre wieder zurück auf den Holzstapel und achtete peinlichst darauf, dass der Arm, der recht auffällig aus dem Brennholzvorrat hervorgeragt hatte, wieder in ihm verschwand. Schweißnass brachte er die leere Karre in den Schuppen zurück und sah am Türgriff etwas funkeln. Als er die Halskette mit zitternden Fingern in die Hand nahm, erblickte er einen silbernen Totenkopfanhänger, der ihn durchtrieben angrinste. Soviel stand wohl fest: Dieser Totenkopf sollte eine Warnung sein. Und noch etwas stand fest: Bastian hatte sich wieder einmal ausgesperrt. Und was die Sache noch unangenehmer machte: Er war – wie er erst jetzt bemerkte – vollkommen nackt.

9. Kapitel

Der Spiegel zeigte einen alten Mann. ›Das Gesicht ist die Baustelle Gottes‹, dachte Hansen. Der Allmächtige fuhrwerkt darin herum, die Hügel und Furchen werden markanter, doch irgendwann ist der Baustoff so widerspenstig und brüchig geworden, dass der feinste Putz nicht mehr über die marode Substanz hinwegtäuschen kann. Schon wieder waren ihm Haare aus der Nase gewachsen. Hansen nahm eine große Schere, seine Hand zitterte, er sah verschwommen, weil er seine Brille nicht aufhatte. ›Dann will ich dem Herrgott mal ins Handwerk pfuschen‹, dachte er, ließ die Scherenblätter zusammenschnappen und schrie heiser auf. Blut rann vom rechten Nasenflügel herab. Hansen fluchte, suchte nach einem Taschentuch und drückte es sich aufs Gesicht. Es dauerte eine Weile, bis die Blutung aufhörte. Hansen kleidete sich an und wollte eben das Haus verlassen, da fiel ihm die Halskrause ein. Teufel noch mal, er hatte sich ja letzte Woche mit Kaffee bekleckert, so dass er jetzt seine vergilbte Ersatzkrause von zu Hause mitnehmen musste. Aber wie sollte er das sperrige Ding transportieren? Kurzerhand entschied er sich, den lästigen Mühlsteinkragen schon jetzt anzulegen. ›Es schadet nichts, wenn die Leute sehen, dass auch Ratsherrn sich wie normale Menschen auf Hamburgs Straßen bewegen‹, dachte er und trat ins Freie.

Obwohl das Ziel seines morgendlichen Spaziergangs das im Westen gelegene Millerntor war, ging er zuerst nach Süden, denn es beunruhigte ihn, an dem leeren Platz vorbei zu gehen, auf dem früher der Mariendom gestanden hatte. Mehrere Jahre hatte es gedauert, die von einer mächtigen Rundmauer umgebene Kirche abzureißen. Und jedes Mal, wenn Hansen aus Gewohnheit den Schopenstehl entlang gegangen war, hatte ihn die schauerliche Ruine des halb abgerissenen Kirchenschiffs mit ihren gähnenden Rundbögen angegrinst. Seither mied er diese Strecke und ging weiter südlich am Rathaus vorbei. Dieser Weg widerstrebte ihm zwar ebenfalls, weil es sein Arbeitsweg war und Hansen fand, es sei durchaus nicht notwendig, in der Zeit, in der man seinen Dienst noch nicht angetreten hatte, an eben jenen erinnert zu werden. ›Aber‹, dachte er, ›werden wir nicht ständig an irgendetwas erinnert, an das wir nicht erinnert werden wollen? Wir weichen aus, versuchen, die Gedanken und Eindrücke beiseite zu schieben und werden umso hartnäckiger mit ihnen konfrontiert.‹ Hansen wollte das Rathaus, das jetzt zu seiner Rechten lag, nicht beachten. Er ging an dem Gebäude vorbei wie an einem Bekannten, den man aus dem Augenwinkel zwar wahrgenommen hat, aber, um zu vermeiden, in ein lästiges Gespräch verwickelt zu werden, geflissentlich ignoriert. So bemerkte er nicht, dass er tatsächlich jemanden ignorierte, der ihm sonst vielleicht aufgefallen wäre. Eine Gestalt, die ihm schon eine ganze Weile gefolgt war, ihn dann, als Hansen für einen Moment stehen geblieben war, um seine Brillengläser zu putzen, überholt hatte und jetzt, vor dem Rathaus stehend, scheinbar interessiert in einer Zeitung las. Sobald Hansen das Verwaltungsgebäude hinter sich gelassen hatte, nahm der Unbekannte seine Verfolgung wieder auf.

Vor ihnen lag die Trostbrücke. Und wie jeden Morgen schien es Hansen, seine Schritte würden an dieser Stelle weiter und leichter werden und ein angenehm frischer Windstoß zöge durch seine Gedanken, sobald er die Börse passiert hatte. Manchmal hatte Hansen das Gefühl, diese kleine, unscheinbare Überführung der Alstermündung mit ihrem Kämmereigebäude, den Wachstuben und dem Kruzifix würde ihrem Namen gerecht werden und ihm wirklich Trost spenden.

In solche und ähnliche Grübeleien verfangen, die nur selten zu weiterführenden Schlüssen Anlass gaben, erreichte Hansen das Millerntor. Von hier aus nahm er den Weg, der rechts zum Stadtwall hinauf führte und schaute von oben auf die Straße, auf der trotz der frühen Stunde schon einige Händler mit ihren Pferdewagen auf den Tunnel durch den Stadtwall zurollten. Weiter hinten bot sich ein Anblick, der Hansens Laune jeden Morgen aufs Neue einen Dämpfer verpasste. Vor weniger als drei Jahren konnte man von hier auf eine Fläche voller Spielbuden sehen und auf den »Trichter«, einen hölzernen Erfrischungspavillon, bei dem auch er, Hansen, auf seinen ausgedehnten Spaziergängen gerne Halt gemacht hatte. Dann waren die Russen und Preußen gekommen und Louis-Nicolas Davout – diesen Namen sollte man in Hamburg besser nicht mehr laut aussprechen –, Davout, der französische Generalgouverneur, hatte befohlen, den gesamten Hamburger Berg niederzubrennen. Auch die Arbeitsstätten der Reepschläger, die in ihren langgezogenen Hütten auf der Reeperbahn Schiffstaue herstellten, fielen den Flammen zum Opfer. Man wollte dem Feind vor den Toren der Stadt keine Möglichkeit zum Unterschlupf bieten, wollte ein unverstelltes Schussfeld haben. Wo zuvor auf dem Weg nach Altona ein frei gewachsenes Areal von Arbeit und Amüsement entstanden war, klaffte jetzt über weite Teile ödes Brachland. Doch hier und da wurden schon wieder Bäume gepflanzt, Buden aufgestellt und Häuser gebaut. ›Der beste Zeitpunkt, um die Befestigungsanlagen auf dem Stadtwall zu entfernen und die Tore auch abends offen zu halten‹, dachte Hansen. Dann würde die Stadt wie von selbst mit diesem Flecken Erde zusammenwachsen, der mehr als einmal dem Boden gleich gemacht worden war, sich aber immer wieder – wie ein Phoenix aus der Asche – zu neuem Leben erhob. Hansen begriff überhaupt nicht, wie man in dieser Sache eine andere Meinung haben könne. Er begriff nicht, wieso die Streitereien mit seinen Kollegen im Rathaus über dieses Thema von Woche zu Woche hitziger wurden. Es war Zeit, dass man sich einigte, denn es gab Dinge zu besprechen, die wichtiger waren. Die Kriminalität und Prostitution in den Gängevierteln hatten zugenommen und die neue Polizei war in mancherlei Hinsicht überfordert.

Bei der Windmühle verließ Hansen den Wall, bog rechts in die Peterstraße ein und blieb abrupt stehen. Er nahm die Brille von der Nase, um sie noch einmal sorgfältig zu putzen. Doch das Bild, das er mit der sauberen Brille sah, war dasselbe, das er auch zuvor gesehen hatte. Auf der Straße, etwa fünfzig Meter vor ihm, befand sich ein Mann. Er stand auf Zehenspitzen, hatte die Arme nach oben gestreckt und sah aus, als wolle er mit seinem Besen die Fenster im ersten Stock putzen. Eine andere Sache aber verwirrte Hansen noch mehr: Der Mann war vollkommen nackt! ›Die Frage, wie mit den Befestigungsanlagen umgegangen werden sollte, ist wirklich unser kleinstes Problem‹, dachte Hansen. Sein Verfolger, der vor den Hütten auf der anderen Straßenseite stehen geblieben war, dachte das nicht.

10. Kapitel

Hansen bewegte sich langsam auf den Mann zu, der so mit seinem Besen beschäftigt war, dass er den alten Ratsherrn gar nicht bemerkte. Erst als dieser mit seinem Gehstock demonstrativ gegen einen Blecheimer schlug, der an einem Handwagen auf der Straße hing, schreckte der Mann zusammen, drehte sich in Hansens Richtung und bedeckte mit einer Hand seinen Schritt. ›Wenigstens einen Funken Anstand hat der Kerl noch im Leib‹, dachte Hansen und sah nun, dass dieser merkwürdige Mensch doch nicht völlig nackt war. Er trug zwar keine Kleider am Leib, aber eine Kette um den Hals. Hansen machte zwei Schritte nach vorn. Kein Zweifel: Was dort die weiße Brust des entblößten Besenmanns schmückte, war ein Totenkopf. Hansen hätte über diese eigentümliche Erscheinung beunruhigt sein können, aber im Ganzen machte der Mann einen so harmlosen, ja geradezu hilflosen Eindruck, dass Hansen beschloss, seine als Staatsdiener oft genug bewährte Durchsetzungskraft auch hier, in einem Viertel, in dem das Verbrechen blühte, auf die Probe zu stellen. Er prüfte den Sitz seiner Halskrause, sah seinem Gegenüber fest in die Augen und nutzte die Zeit, sich einen Satz zurecht zu legen, der ebenso fordernd wie würdevoll klingen sollte. Dann sagte er:

»Ist Er ein Pirat, Mann?«

Nein, dieser Satz klang nicht würdevoll. Hansen sah es an dem verwirrten Blick des Unbekleideten. Deshalb versuchte er sich an einer anderen, deutlicheren Formulierung.

»Warum trägt Er einen Totenkopfanhänger?«

Der Mann schien nach einer Antwort zu suchen und Hansen fiel ein, dass es etwas merkwürdig war, einen nackten Mann zuerst auf seinen Schmuck anzusprechen, anstatt ihn zu fragen, warum zum Teufel er hier am frühen Morgen mitten auf der Straße sein Adamskostüm zur Schau stellte.

»Wo sind Seine Kleider?«

Ja, das klang schon besser, sachlich und der Lage angemessen. Und – was noch wichtiger war – eines Ratsherrn angemessen, der ja naturgemäß auf eine gepflegte Garderobe größten Wert legte.

»Oben in meinem Zimmer«, sagte der Mann.

»Er meint, Er wohnt hier?«

»Ganz recht.«

»Und Er will nicht vielleicht hier einbrechen?«

»Nackt mit einem Besen?«

Hansen spürte, wie ihm das Blut in den Kopf schoss. Bei den Ratssitzungen passierte das immer, wenn einer der Kollegen etwas besonders Dümmliches gesagt hatte und die Gegenargumente in Hansens Kopf eine spontane Revolte vorbereiteten. Nun aber hatte Hansen selbst etwas Dümmliches gesagt und ein Herr – nein: ein dahergelaufener Klabautermann mit Besen und ohne Kleider hatte ihn darauf aufmerksam gemacht. Dann spürte Hansen etwas Warmes an seiner Lippe herunter laufen. Die Wunde an seiner Nase war wieder aufgeplatzt. Verflucht! Ausgerechnet jetzt! Hansen zog ein Taschentuch aus seinem Gehrock und presste es sich aufs Gesicht, wodurch das, was er nun sagte, dumpf und nicht mehr ganz so würdevoll klang.

»Es sah für mich so aus, als wollte Er die Scheibe einschlagen.«

»Ich wollte anklopfen, damit man mir öffnet.«

»So, so. Aber erkläre Er mir doch einmal, wieso Er seine Kleider nicht angezogen hat, bevor Er nach draußen gegangen ist.«

»Das ist eine lange Geschichte, mein Herr.«

»Vielleicht möchte Er die der Polizei erzählen. Es ist nämlich nicht erlaubt, sich in diesem Aufzug in der Öffentlichkeit zu zeigen.«

»Ich hatte wirklich nicht die Absicht …«

»Auf die Absicht kommt es nicht an.«

Hansen fühlte sich jetzt wieder ganz in seinem Element. Gerade dieser Satz, dass es auf die Absicht nicht ankäme, hatte in Ratssitzungen oft ein ehrfurchtsvolles Schweigen hervorgerufen. Ein Schweigen, das er jedes Mal nutzte, sich darüber klar zu werden, worauf es denn eigentlich ankäme. Es kommt darauf an, seine Blöße zu bedecken! Nein, das klang wie ein Pfaffe. Es kommt darauf an, sich zivilisiert zu kleiden und nicht wie ein Affe … Nein, der Affe war eine Spur zu beleidigend.

»Es kommt darauf an, seinen Mitmenschen mit Respekt entgegenzutreten«, sagte Hansen.

»Aber ich habe Respekt, mein Herr. Vor Ihnen habe ich Respekt.«

»Und vor wem hat Er keinen Respekt?«

»Vor Dieben und Mördern.«

Hansen kniff die Augen zusammen. Wollte der Kerl ihn an seiner geschundenen Nase herumführen? Diese Antwort kam so prompt, dass sie eher das Gegenteil von dem, was sie vordergründig aussagte, zu meinen schien.

»So so«, sagte Hansen, »und wen wollte Er dort mit dem Besen herausklopfen?«

»Meine Mutter.«

»Warum ruft Er sie nicht einfach?«

»Ich wollte keine Aufmerksamkeit erregen, mein Herr. Sie haben doch selbst gesagt, dass man sich so in der Öffentlichkeit nicht zeigen soll.«

Hansen ärgerte sich, dass man seine eigenen Worte gegen ihn verwendete.

»Dann klopfe Er doch endlich, damit unsereinem dieser Anblick erspart bleibt!«

Bastian war so verwirrt, dass er den Besen mit nur einem Arm – mit dem anderen bedeckte er immer noch seine teuren Teile – und viel zu großer Wucht gegen das Fenster schleuderte. Mit lautem Scheppern zerbrach die Scheibe. Gleich darauf erschien das Gesicht des Vaters im Fensterrahmen. Dies war ein Moment, den Bastian sein Lebtag nicht vergessen würde und der ihm später noch manchen Albtraum bescherte, aus dem er jedes Mal – das Gesicht des Vaters wie ein lebendiges Ahnenbild vor Augen – schweißnass erwachte. In diesem Moment aber war der Albtraum noch Wirklichkeit und es würde kein Erwachen geben, nur viele unbequeme Fragen, Erniedrigungen und peinliche Lügen. Hätte er mit dem Besen doch nur so kräftig um sich geschlagen, dass das ganze Haus über ihm zusammen gebrochen wäre! Das wäre für alle Beteiligten oder zumindest für ihn, Bastian, ein weitaus akzeptableres Ende dieser jämmerlichen Tragödie gewesen, in der er als unfreiwilliger Hauptdarsteller alles andere als eine gute Figur abgab.

»Bastian!«, zischte der Vater so leise, dass Bastian es kaum hören konnte. Doch dieses Zischen war scharf wie ein Rasiermesser. Dann verschwand das Gesicht von Johann Plüsch und die Mutter erschien am Fenster. Bastian zitterte am ganzen Leib – ob vor Aufregung oder Kälte, hätte er nicht sagen können.

»Bastian! Was tust du da?«

›Es fehlt nur noch, dass sie meine kranke Tochter aus dem Bett zerren, damit auch sie sich an meinem erbärmlichen Anblick weiden kann‹, dachte Bastian.

»Kannst du …«

Seine Stimme erstarb wie ein Fisch in einem ausgetrockneten Flussbett.

»Kannst du bitte den Schlüssel herunterwerfen?«

Hatte Bastian das gesagt oder nur gedacht? Als die Mutter kurz darauf tatsächlich den Hausschlüssel herunter warf – dazu brauchte sie nun nicht einmal mehr das Fenster zu öffnen –, fühlte Bastian wieder einen Funken Lebensmut in sich aufglühen. Er hastete zur Haustür, schloss auf, wollte schon die Treppe hinauf steigen – da fiel ihm der Ratsherr wieder ein. Er drehte sich noch einmal um, wollte etwas sagen, doch der hohe Herr mit der blutenden Nase hatte seinen Weg bereits fortgesetzt. War diese Begegnung schon für sich genommen eine seltsame gewesen, so sollte sie Bastian nach dem, was bald geschehen würde, noch seltsamer erscheinen.

11. Kapitel

Wovon, zum Henker, sollen wir denn leben!«, schrie Johann Plüsch. Bastian hatte ihn lange nicht mehr schreien gehört. Jedenfalls nicht mit solch durchdringender Härte. Der Todkranke, der seit Wochen das Bett kaum verlassen hatte, schien aus heimlichen Reserven neue Lebenskraft zu schöpfen, während Bastian vor ihm am Tisch saß und sich, obwohl er inzwischen angezogen war, immer noch nackt fühlte.

»Seit zwei Tagen ist der Laden geschlossen und du kannst nicht einmal einen triftigen Grund dafür nennen! Deine Backkünste sind ohnehin miserabel. Man müsste jeder verirrten Seele, die freiwillig einen Fuß über deine Ladenschwelle setzt, auf Knien danken! Ich preise den Herrn, dass er die Menschen mit einem so anspruchslosen Gaumen und so kräftigem Kauwerk ausgestattet hat, dass sie dir nicht die Ladenfenster einschmeißen. Wenn du die Leute jetzt auch noch vor verschlossener Tür stehen lässt, werden sie in Zukunft beim Peemöller kaufen.«

Der Peemöller – die ewige Drohung seines Vaters. Er hatte eine florierende Bäckerei im Alten Steinweg, nur zehn Minuten entfernt von der Bäckerei Plüsch. Was Bastian einen zusätzlichen Stich ins Herz gab: Peter, der Sohn des alten Peemöller, machte seiner Leefke schöne Augen. Er hatte es gleich bemerkt, als er mit seiner Tochter damals die Schneiderei betreten hatte, in der an Peter Peemöller gerade Maß genommen wurde. Seither stellte Peter ihr nach, was Bastian nicht gefiel, denn abgesehen davon, dass er ein Spross des Peemöller war, mochte er den Jungen nicht.

Der Vater redete immer noch auf ihn ein, aber Bastian hatte kaum zugehört. Sein Gesicht fühlte sich hart und unbeweglich an wie eine Maske. Und dieses Gefühl war ihm in diesem Moment sogar angenehm. Im Sommer hatte er auf dem Hopfenmarkt Gaukler aufspielen sehen, und Bastian hatte sich gefragt, ob die Masken der Spielleute vielleicht eine Art magische Kraft auf ihre Träger ausübten. Eine Kraft, die sie unverletzlich machte für die Blicke des gaffenden Publikums, die ihnen für die Zeit, die sie auf ihrer grob gezimmerten Bretterbühne standen, ihre Persönlichkeit raubte und gerade dadurch zu einem Ausdruck befähigte, der auf irgendeine rätselhafte Wahrheit hinter den Dingen zu verweisen schien. Man hätte ja meinen können, das menschliche Gesicht hinter der Maske sei die Wahrheit und die Larve selbst nur befremdlicher, beunruhigender Schein. Aber waren nicht gerade die Augen hinter der Maske das am wenigsten Menschliche dieser ganzen Erscheinung?

»Er nickt!«, rief der Vater. »Siehst du, Margarete? Was soll das heißen? Dass er mit mir einer Meinung ist? Aber dann würde er doch unten in der Backstube stehen und nicht nackt mit einem Besen auf der Straße seine eigenen Scheiben einschlagen! Kannst du mir sagen, wer uns den Schaden bezahlen soll?«

Bastian sah auf das Bild, das an der Wand über dem alten Sessel hing. Ein gezeichnetes Porträt seines Großvaters, der fast ebenso streng aus dem Bilderrahmen schaute wie der Vater vorhin durch den Fensterrahmen.

»Ich gehe hinunter«, sagte Bastian.

»Dafür ist es wohl etwas spät«, erwiderte Johann Plüsch.

»Besser spät als nie«, antwortete Bastian und ärgerte sich sogleich, dass er dieselben Worte gebrauchte wie der Vater, als die französischen Truppen im Vorjahr am 30. Mai aus Hamburg abgezogen waren.

Bastian stieg die Treppe hinab, feuerte den Ofen an und dachte nach. Sein Leben war vollends aus dem Lot geraten. Und schuld daran war nur der grausige Fund in seiner Backstube. Er wusste nun, dass er den Toten so schnell wie möglich loswerden musste, damit dieser Albtraum ein für alle Mal vorbei wäre. Alles Weitere würde sich finden.

Eben hatte er die Schaufel in den Mehlsack versenkt, da hörte er ein Klopfen. »Könnt ihr nicht lesen?«, murmelte er gereizt. »Der Laden ist geschlossen!« Durch die Scheibe erblickte er eine mittelgroße, schwarze Gestalt, das Gesicht von einer Kapuze verhüllt. Sah er jetzt schon Gespenster? Nochmals klopfte die Gestalt ans Fenster. Bastian deutete auf das Schild mit der Aufschrift »Geschlossen«. Die Gestalt schüttelte den Kopf und rührte sich nicht vom Fleck. Bastian nahm den Schlüssel vom Haken und öffnete die Tür.

»Was wollen Sie? Die Backstube wird erst am Nachmittag geöffnet.«

»Ich möchte nichts kaufen. Ich möchte Ihnen ein Geschäft vorschlagen.«

»Ich mache keine Geschäfte. Ich habe mein eigenes Geschäft.«

»Darum geht es ja.«

»Was meinen Sie damit?«

»Ich denke, das sollten wir besser drinnen besprechen.«

Bastian hatte geglaubt, zumindest für heute das Schlimmste schon hinter sich zu haben. Beim Anblick dieses vermummten Fremden war er sich da plötzlich nicht mehr sicher. ›Ein Glücksbringer sieht anders aus‹, dachte er und vor seinem inneren Auge erschien ein ganz ähnlich gekleideter Mann, der eine Sense trug.

»Würden Sie mich freundlicher Weise hinein lassen?«, sagte der Fremde mit ruhiger, gedämpfter Stimme.

»Geht nicht. Ich bin spät dran.«

»Hat Ihr unbekannter Gast Ihnen Ärger bereitet? Das täte mir leid.«

Bastian erstarrte. Für einen Moment schien die schwarze Kapuze des Fremden den ganzen Himmel zu verdecken. Die Worte »unbekannter Gast« hallten in Bastians Kopf nach wie die Schläge einer Kirchenglocke in nebliger Nacht. Dann tauchte von den Seiten langsam wieder das Licht des trüben Vormittags auf. Was hatte dieser Kerl gesagt? Wusste er von dem Toten? Wie konnte das sein? Eigentlich gab es darauf nur eine Antwort.

»Kommen Sie schon«, sagte Bastian mit erstickter Stimme.

Der schwarze Mann betrat mit gesenktem Kopf die Backstube. Bastian schloss die Tür.

»Bitte machen Sie es kurz.«

»Es liegt ganz bei Ihnen«, sagte der Vermummte. Erst jetzt bemerkte Bastian, dass der Mann einen kleinen Koffer bei sich trug. Er stellte ihn auf den Ladentisch, holte ein fein gearbeitetes, mit Intarsien versehenes Holzkästchen hervor, öffnete es und faltete ein darin befindliches purpurfarbenes Tuch auseinander. Bastian schaute in das Kästchen, schaute dorthin, wo er das Gesicht des Unbekannten vermutete, dann wieder ins Kästchen.

»Was ist das?«

»Das sollten Sie als Bäcker doch am besten wissen.«

»Ein Stück Kuchen?«

Ein verächtliches Schnaufen drang unter der Kapuze hervor.

»Da liegen Sie völlig falsch. Es ist ein Brötchen.«

»Das ist kein Brötchen«, sagte Bastian, »ein Brötchen ist oval, nicht so platt und hat nicht diese Schneckenform.« Und dann dieser Geruch. Er erinnerte Bastian an Weihnachten und – an seinen Leichenfund.

»Sie sind wirklich originell«, sagte der Mann. »Und Sie wollen Bäcker sein? Dann sollten Sie doch wissen, was die Leute mögen. Dies ist kein gewöhnliches Brötchen. Es ist ein Zimtbrötchen.«

›Nun gut‹, dachte Bastian, ›ein Zimtbrötchen.‹ Er wusste, dass dieses Gebäck seit einer Weile auf den Märkten angeboten wurde und offenbar recht beliebt war. Aber was machte dieser Vermummte so viel Aufhebens davon?

Aus einem roten Etui holte der Mann ein Silberbesteck hervor, schnitt ein daumengroßes Stück von diesem geheimnisvollen Brötchen ab und reichte es Bastian mit der Gabel.

»Probieren Sie!«

Irgendetwas sagte Bastian, dass er dieses Brötchen nicht probieren sollte, aber als der Mann ihn ein weiteres Mal – diesmal geradezu barsch – aufforderte, gab Bastian nach und schob sich das rätselhafte Etwas in den Mund. Jeden Moment erwartete er, dass es ihm den Hals zuschnürte, dass er Herzrasen oder Atemnot bekäme, aber nichts dergleichen geschah.

»Nun?«, fragte der Unbekannte.

Es schmeckte in der Tat nach Zimt und musste viel Butter enthalten, war aber offenbar nicht mehr ganz frisch. Beim Hineinbeißen lösten sich hauchdünne Blättchen vom Teig und blieben an Bastians Gaumen kleben. Es handelte sich zweifellos um eine Art Blätterteig.

»Nun?«, fragte der Unbekannte noch einmal.

»Nicht schlecht«, sagte Bastian.

»Nicht schlecht?«

Wieder stieß der schwarze Mann ein verächtliches Schnauben unter seiner Kapuze hervor. Dieser Kerl schien weniger gefährlich zu sein, als Bastian anfangs geglaubt hatte. Wahrscheinlich irgendein verrückter Straßenhändler, der zu lange in der Kälte gestanden hatte.

»Dieses Brötchen ist eine Offenbarung!«, raunte der Fremde.

»Wenn Sie es sagen.«

»Wir möchten, dass Sie es backen.«

»Ich soll was?«

»Sie werden dieses Brötchen backen.«

»Warum sollte ich?«

»Weil Sie nicht möchten, dass man Sie des Mordes bezichtigt.«

Bastian spürte, wie das Blut seinem Kopf entwich und in den Magen sackte. Seine Hände fingen an zu kribbeln, als umklammerten sie ein Nadelkissen.

»Was?«

»Bitte machen Sie sich keine Sorgen. Ich bin kein Unmensch. Ich möchte nur, dass Sie dieses Brötchen backen. Dann wird niemand von Ihrer Untat erfahren.«

»Was für eine Untat?«, stammelte Bastian.

»Ich könnte Ihnen sogar behilflich sein, die Leiche zu entsorgen«, fuhr der Fremde fort. »Wo haben Sie sie denn untergebracht?«

Bastians Kehle war rau wie ein Waschbrett.

»Hier gibt es keine Leiche«, krächzte er.

»Umso besser. Dann können wir uns ja wieder dem Geschäftlichen zuwenden. Denken Sie einmal nach, lieber Plüsch. Was vergeben Sie sich dabei? Sie sollen ja nicht losziehen und noch mehr Leute umbringen. Sie sollen nur ein Brötchen backen.«

»Also gut. Ich backe das Brötchen und danach lassen Sie mich in Ruhe.«

»Schon besser. Aber damit wir uns richtig verstehen: Sie müssen das Brötchen täglich backen. In großen Mengen.«

»Ich soll in Ihre Dienste treten?«

»Ganz recht.«

»Und wer wird mich bezahlen?«

»Ich werde einen Boten schicken, der die Brötchen abholt und Ihnen das Geld bringt.«

»Ich muss eine Familie ernähren.«

»Schlechter als jetzt werden Sie kaum verdienen.«

»Wo ist das Rezept?«

Der Kuttenmann schwieg eine Weile, so dass Bastian seine Frage gerade wiederholen wollte. Doch der Schwarze kam ihm zuvor: »Da haben wir ein kleines Problem.«

»Was für ein Problem?«

»Es gibt kein Rezept.«

»Aber wie haben Sie es denn gebacken ohne Rezept?«

»Wir haben kein Rezept«, wiederholte der Fremde. »Sie müssen die Zutaten anhand des Geschmacks herausfinden.«

»Das ist unmöglich«, sagte Bastian.

»Sie werden es schaffen. Da bin ich sicher. Es wäre doch ein Jammer für das Töchterchen, wenn der Vater als Mörder unter das Fallbeil käme.«

Bastian spürte ein Pochen in seinen Schläfen. Natürlich wollte er nicht wie der berüchtigte Seeräuber Klaus Störtebeker enden, der vor 400 Jahren auf dem Grasbrook enthauptet wurde.

»Also gut. Geben Sie mir noch ein paar mehr von diesen Brötchen – am besten frisch abgebacken. Dann probiere ich es.«

»Das ist unser zweites Problem«, sagte der Mann. »Wir haben nur das eine.«

Bastian starrte in das Dunkel der Kapuze und hatte das Gefühl, von diesem dunklen Fleck vor ihm ganz und gar aufgesogen zu werden. Mehr als ein Flüstern brachte er nicht zustande: »Dann probiere ich es mit dem einen.«

»Ich begrüße Ihre Entscheidung«, sagte der Mann. Er bedeckte das Brötchen wieder mit dem Tuch, schloss das Kästchen und überreichte es dem Bäcker.

»Bewahren Sie es wie einen Schatz und beeilen Sie sich, bevor es gänzlich austrocknet und sein Aroma verliert«, sagte der Mann und verbeugte sich tief. Bastian ließ sich auf einen Mehlsack fallen wie einer, der nicht weiß, ob er sich darüber freuen soll, dass ihn der Schuss des Häschers dieses Mal nur gestreift hatte. Nach einer Weile, die sehr lang gewesen war, sagte er: »Ich beeile mich, mein Herr.« Dabei hatte der Herr, dem diese Antwort galt, die Backstube längst verlassen.

12. Kapitel

Waren Bastians Brote schon unter normalen Umständen nicht das, was man eine Gaumenfreude nennen würde, so waren sie an diesem Tag eine wahre Zumutung. Er hatte den Sauerteig nicht lang genug gehen, die Brote aber umso länger im Ofen gelassen. Jetzt waren sie außen hart und knorrig wie der Stamm einer Eiche. Sobald man sich aber mit dem Messer durch die Rinde gekämpft hatte, stieg einem ein leichter, aber doch wahrnehmbarer Geruch von Moder und verdorbenem Fisch entgegen. Lag es an der Butter oder an den vergifteten Gedanken, die Bastian während des Backens durch den Kopf gingen? Schon von jeher scherzten die Bewohner der Peterstraße, Bastians Brote hätten nur den einen Vorteil, dass man so die Getreidekörner wenigstens nicht einzeln essen müsse. Aber an diesem Tag musste sich selbst Bastian eingestehen, dass er die Körner lieber einzeln gelassen hätte, als sie in diese garstigen Klumpen zu verwandeln, die wie kleine unförmige Kobolde aus dem Höllenfeuer seines Ofens hervorgekrochen waren.

Der durchdringende Schrei, den Bastian jetzt hörte, kam jedoch nicht aus der Hölle. Er kam aus der Wohnung über ihm und schallte die Treppe hinunter. Er kam von seiner Mutter.

»Bastian! Schnell! Leefke!«

Ohne seine Schürze abzulegen, hastete der Plüsch-Bäcker die Treppe hinauf, wobei er diesmal daran dachte, die vermaledeite untere Stufe zu überspringen. Als er die Kammer seiner Tochter betrat, saß das Mädchen aufrecht im Bett und rang nach Luft. Ihr Großvater hielt sie von hinten gestützt, während Margarete Plüsch das Fenster öffnete. Leefke keuchte mit starren, weit aufgerissenen Augen. Sie war blass und schwitzte. Es schien, als fehle ihr die Kraft zum Atmen. Bastian legte seine Hände auf ihre heißen Wangen.

»Leefke! Kind! Was ist mir dir?«

Leefke sah ihn nicht an. Ihr Blick glitt durch ihn hindurch wie durch einen Schleier, hinter dem eine böse Fratze lauert. Es schien, als würde das Mädchen ein dunkles, unheilvolles Bild fixieren und Bastian glaubte, dieses Bild zu kennen.

»Leefke! Sieh mich an! Du musst atmen! Gleichmäßig atmen!«

Aber Leefke atmete nicht. Sie röchelte. Speichel rann aus ihrem rechten Mundwinkel. Ihre Großmutter war schon auf der Treppe. »Harz holen« – diese Worte kreisten durch Bastians Kopf. Wahrscheinlich hatte sie »Arzt holen« gesagt. Das Mädchen saß jetzt still und regungslos da. Eine Strähne ihres langen blonden Haars rutschte ihr ins Gesicht, ein Luftzug schlug das Fenster zu. Einen unendlichen Moment lang geschah nichts. Gott schien den Lauf der Welt angehalten zu haben, um zu überlegen, wie es mit diesen drei Menschen in der engen Kammer der Sahlwohnung in der Peterstraße 13 weitergehen sollte. Dann – als hätte man sie in letzter Sekunde vor dem

Ertrinken gerettet – sog das Mädchen mit unbändiger Gier wieder Luft in ihre Lungen, sackte zurück ins Kissen und schloss die Augen.

»Es ist gut«, sprach sie plötzlich mit erstaunlich klarer Stimme, »es ist alles gut.«

Bastian war schwindelig. Er fand ganz und gar nicht, dass alles gut war. Aber er war erleichtert, dass seine Tochter ein Lebenszeichen von sich gegeben hatte, noch dazu eines, das auf einen halbwegs intakten Geist schließen ließ.

»Ich werde bei ihr bleiben«, sagte er und setzte sich aufs Bett.

»Gut. Wenn ihr mich braucht, ich bin nebenan«, brummte der Vater und Bastian wusste nicht, ob es die Tochter war, die nun ganz friedlich dalag, oder die Bemerkung des Vaters, die sein Herz anschwellen ließ. Wann hatte der alte Herr ihm jemals seine Hilfe angeboten? Er konnte sich nicht erinnern. Was aber war mit seiner Tochter geschehen? Er hatte geglaubt, die unerwartete Begegnung mit einem Toten habe ihrem Gemüt lediglich vorübergehend einen Stoß versetzt und sie würde sich bald wieder erholen. Er hatte sich offenbar getäuscht. Falls sich Leefkes Zustand verschlimmerte, würde man es ihm, Bastian, zuschreiben. Seine Mutter hatte doch schon am Tag zuvor den Arzt holen wollen.

Leefke öffnete die Augen und sah ihren Vater an. Bastian streichelte ihr Gesicht.

»Geht es dir besser?«

»Ich glaube schon.«

»Du musst die bösen Gedanken verscheuchen. Später reden wir über alles.«

»Wie war sie?«

»Wen meinst du?«

»Meine Mutter.«

Bastian fühlte, wie es ihm das Herz zuschnürte.

»Sie war schön und hatte dieses kleine Muttermal hinter dem Ohr. Genau wie du.«

»Sie ist meinetwegen gestorben, nicht wahr?«

»Viele Frauen sterben nach der Geburt am Kindbettfieber. Du kannst nichts dafür.«

Leefke schwieg und sah ihren Vater an.

»Hast du es gemeldet?«

»Was meinst du?«

»Was gestern Nacht passiert ist.«

»Nein. Sie würden womöglich glauben, einer von uns sei es gewesen.«

»Und was nun?«

»Ich werde herausfinden, wer das getan hat.«

Leefke sah an die Zimmerdecke.

»Wo ist er jetzt?«

»Mach dir nicht so viele Gedanken, Kind.«

Leefke schloss die Augen, Bastian nahm ihre Hand. Sie war wärmer, als er erwartet hatte.

»Weißt du, wer er ist?«, fragte das Mädchen nach einer Weile.

»Nein.«

Beide schwiegen.

»Aber ich«, sagte Leefke dann und schrie auf, weil Bastian ihre Hand plötzlich so fest drückte, dass es ihr Schmerzen bereitete. Er lockerte seinen Griff und wollte etwas sagen, als die Tür sich öffnete und Doktor Ole Hinrichs das Zimmer betrat.

»So, mein Fräulein. Dann wollen wir mal sehen, wo die Galoschen drücken.«

Widerwillig räumte Bastian seinen Platz. Der Medikus war ein wohlgenährter, gutmütiger Mann, zudem stolzer Vater von fünf Töchtern und zwei Söhnen, was das Gerücht zu bestätigen schien, dass Ärzte eben doch mit einer robusteren Gesundheit und größeren Lebens- und Zeugungskraft ausgestattet seien als gewöhnliche Menschen. Dessen zu spotten, schien nur die spärliche, aber widerspenstige Haartracht auf dem massigen Kopf des Arztes, die sich, vom steifen Westwind zerzaust, ausnahm wie die letzten traurigen Strohhalme auf einem ansonsten säuberlich abgeernteten Acker.

Anders als viele seiner Kollegen war Ole Hinrichs ein Heiler mit Herz – so jedenfalls sah er sich selbst, und die Tatsache, dass er seine Patienten nicht lieblos abfertigte wie schlachtreifes Vieh, sondern ihnen als Mensch auf Augenhöhe begegnete, ließ, wenn er darüber nachdachte – und das tat er oft und mit einigem Stolz – eine wohlige Wärme in ihm aufsteigen. Konnte man einem Leidenden seine Krankheit etwa dadurch austreiben, dass man sie mit einem komplizierten Fachbegriff, gleich einer geheimen Beschwörungsformel, bezeichnete? Solcherlei Methoden waren in Hinrichs Augen nichts anderes als ein fauler alchemistischer Zauber, den er mit der strengen Güte eines aufgeklärten Stadtbürgers ablehnte. Die Fachsimpelei, wurde er nicht müde, sonntagnachmittags beim Kartenspiel seinen Arztkollegen gegenüber zu betonen, die Fachsimpelei bürde dem leidenden Patienten obendrein noch die niederdrückende Erkenntnis auf, dass er dem Arzt nicht nur körperlich, sondern auch geistig hoffnungslos unterlegen sei. Eine kraftraubende Erkenntnis, die ein Hemmschuh für den raschen Heilungsprozess darstelle. Der Arzt solle dem Patienten nicht Kraft nehmen, sondern Kraft geben. Es wunderte also nicht, dass der in seinen Ansichten standfeste Medikus geradezu verliebt war in die Sprache des »einfachen Volkes«, wie er zu sagen pflegte. Er gab dieser Liebe Ausdruck, indem er bei jeder Gelegenheit Worte wie »Gedöns«, »olle Kamellen« oder »Sabbelbüdel« in seine Rede einzuflechten bereit war. Nur wer die Sprache seiner Patienten spräche, könne jenen Hafen des Vertrauens errichten, in dem eine Krankheit keine hohen Wellen mehr schlagen kann, lautete einer von Hinrichs vielen Leitsätzen. Die Treue seiner Kundschaft schien ihm Recht zu geben, sofern sie nicht vor allem auf die missliche Lage hindeutete, dass es derzeit in der Neustadt einfach zu wenige Ärzte gab.

»Nu', mien Deern, siehst ja aus wie 'n Spökenkieker«, sagte der Arzt, öffnete seinen braunen Koffer, holte das Stethoskop heraus, hörte die Patientin vorn und hinten ab, maß Puls und Körpertemperatur und kam zu dem Ergebnis, dass der Zustand des Mädchens aus medizinischer Sicht unbedenklich sei, es sich eventuell etwas unterkühlt habe, unter einem nervösen Fieber leide, das Bett aber wohl bald wieder verlassen könne, auch wenn er gegenwärtig den Eindruck habe, das Mädel sei noch etwas »bregenklöterich«. Er verabreichte ihr einige Kräuterkapseln zur Stärkung der Lebensgeister und Förderung des Wohlbefindens, verordnete viel Ruhe und bat die Frau des Hauses, einen Grog mit reichlich Wasser aufzugießen, der das Mädchen bald ins Land der Träume gleiten ließ.

Bastian beneidete seine Tochter um ihren Schlaf, denn er wusste, er würde, solange sie im Land der Träume weilte, wach sein wie eine Katze, die unweit ihres Nachtlagers die Mäuse rascheln hört, wissend, dass ein unüberwindbarer Zaun sie von ihrer Beute trennt. Die ersehnte Beute war der Name des Toten. Ein Name, den Leefke offenbar kannte.

13. Kapitel

Der junge Mann hielt seine Hand dicht über die Glaskugel. Mit einer Kurbel setzte der Physikus den Apparat in Bewegung. Ein leises, surrendes Geräusch war zu hören, die Kugel begann, sich zu drehen. Der Jüngling lächelte seine Begleiterin unsicher an. Die Leute, die sich um das Pärchen angesammelt hatten, beobachteten die Szene neugierig. Hier und da war ein Kichern zu hören. Der Mann, der vor Marianne Lewark stand, trug einen Hut, der ihr die Sicht nahm. Sie machte einen Schritt zur Seite. Jetzt war das Mädchen an der Reihe. Auch sie hielt ihre Hand über die Kugel und schaute ihrem Begleiter keck ins Gesicht.

»Und nun, meine Damen und Herren«, rief der Physikus mit bedeutungsvoller Miene, »entdecken Sie die wundersame Kraft der Liebe!«

Das Mädchen spitzte die Lippen. Der junge Mann näherte sich ihr und küsste sie auf den Mund. Es gab einen Knall, das Pärchen stob mit erschrockenem Lachen auseinander, die Menge applaudierte.

»Lassen Sie sich elektrisieren«, rief der Gaukler und schwenkte seinen Hut, als könne er damit zahlungswillige Kunden einfangen, »lassen sie das Mysterium des elektrischen Stroms auf sich wirken für nur einen Schilling! Wie wäre es mit Ihnen, junge Frau?«

Marianne wehrte ab. Nie und nimmer würde sie sich dieser Maschine aussetzen! Womöglich trüge sie dann dieses elektrische Zeug ein Leben lang in sich. Dann gäbe es bei jeder Berührung einen lauten Knall und die Kinder würden mit dem Finger auf sie zeigen und sagen: »Guck mal, Mama, die hat keinen Mann, der sie küssen will!«

Sie löste sich aus der Gruppe der Schaulustigen, bog am Fischstand links ab und spürte jetzt ein Kribbeln in der Magengegend. ›Vielleicht ein ganz ähnliches, wie die Elektrisierten es eben gefühlt haben‹, dachte sie.

»Tut mir leid, gnädige Frau, aber Zimtbrötchen haben wir heute nicht.«

Mit einem Schlag war das Kribbeln verschwunden und Marianne verzog das Gesicht, als hätte sie in eine Zitrone gebissen.

»Gestern hatten Sie auch schon keine.«

»Vielleicht versuchen Sie es mal dort drüben.«

Die Marktfrau zeigte in Richtung des freistehenden Gebäudes, in dem bis zum Einmarsch der Franzosen die Bürgerwehr ihren Hauptsitz hatte. Davor bot ein anderer Händler seine Backwaren an.

»Aber bei dem schmecken sie nicht halb so gut«, sagte Marianne.

Die Marktfrau lächelte gequält.

»Wenn ich welche hätte, würde ich sie Ihnen gern verkaufen, glauben Sie mir. Sie sind nicht die erste, die nach Zimtbrötchen fragt. Versuchen Sie es doch morgen noch einmal.«

Marianne drängte sich durch die Menschenmenge quer über den Großneumarkt. Für die späte Tageszeit war der Markt ungewöhnlich gut besucht. Der Händler vor der ehemaligen Hauptwache schaute Marianne gelangweilt an.

»Was darf's sein?«

»Zwei Zimtbrötchen hätte ich gerne.«

»Macht drei Schillinge.«

»Hier sind zwei. Mehr sind Ihre Brötchen nicht wert.«

»Dann kaufen Sie sie doch woanders.«

»Woanders gibt es keine Zimtbrötchen mehr.«

»Deshalb kosten sie auch einen Schilling und einen Sechsling.«

»Das ist zu teuer!«

»Es zwingt Sie ja niemand, sie zu kaufen.«

»Schmecken die so wie gestern?«

»Wie gestern. Wie vorgestern. Bei mir bekommen Sie immer gleiche Qualität.«

»Gestern waren sie lausig, verglichen mit denen, die man drüben kaufen kann.«

»Dann empfehle ich Ihnen, drüben zu kaufen.«

»Dort gibt es keine mehr. Hatte ich doch schon gesagt.«

»Dann kaufen Sie bei mir und bezahlen, was ich verlange.«

»Aber nur, weil ein schlechtes Zimtbrötchen immer noch besser ist, als gar kein Zimtbrötchen.«

»Aus welchem Grund Sie bei mir kaufen, ist mir egal. Hauptsache, Sie kaufen.«

›Unverschämter Kerl‹, dachte Marianne, ›wie der mit seiner Kundschaft umgeht!‹ Sie drückte dem Mann drei Schillinge in die Hand und packte die Brötchen in ihren Büdel. Warum hatte sie sich überhaupt auf dieses Geschäft eingelassen? Normalerweise konnte sie besser handeln als jeder Marktschreier. Wenn sie einem Händler schöne Augen machte und unnachgiebig auf ihrem Preis beharrte, bekam sie meist noch einen Aal oder ein Schälchen Bickbeeren dazu. Aber bei diesem sturen Bagaluten hatte sie nichts ausrichten können. Wahrscheinlich hatte der Mann gespürt, dass sie den Marktplatz unter keinen Umständen ohne Zimtbrötchen verlassen wollte. Sie hatte schon seit drei Tagen keines mehr gegessen. Wie sollte man da noch mit klarem Verstand feilschen können? Auch wenn dieses Zimtbrötchen ein lausiges Zimtbrötchen war, war es doch immerhin ein Zimtbrötchen und stellte damit sämtliche anderen Backwerke, die Marianne in ihren 35 Lebensjahren probiert hatte, in den Schatten. Es war eine Quelle ungetrübten Genusses, aus der man jeden Tag von Neuem schöpfen wollte. Und es war ein Jammer, dass man es in keiner Bäckerei kaufen konnte, sondern nur hier auf dem Markt, wo die Menschen manchmal sehr unfreundlich waren.

14. Kapitel

Zehn Glockenschläge von St. Michaelis hatte Bastian im Schlaf mitgezählt, bevor er erwachte. Er war offenbar neben seiner Tochter eingeschlafen, nachdem er ihr abends noch etwas vorgelesen hatte. Doch das Bett war leer! Er öffnete die Tür zur Wohnstube. Auch hier war es dunkel. Vorsichtig spähte er in die Schlafkammer der Eltern. Sie lagen ruhig in ihrem Bett. Von Leefke keine Spur. Bastians Herz fing an zu pochen. Er stieg die Treppe hinab, spürte, wie die letzte Stufe unter seinem Fuß nachgab, konnte sich aber gerade noch fangen. In der Backstube war alles still. Eine Gestalt mit einer Laterne ging am Fenster vorbei. Die verbogenen Schatten der Mehlwaage glitten über die Wand und verschwanden so plötzlich, wie sie gekommen waren. Bastian betrat den Innenhof. Hinter ihm schlug die Tür ins Schloss, doch diesmal hatte er den Schlüssel dabei. Er würde ihn in Zukunft immer dabei haben, da war er sich sicher, denn er hatte wenig Lust, das frisch ausgewechselte Schloss der Vordertür noch einmal aufbrechen zu müssen. Im schmalen Gang zwischen den Häusern stieg ihm der Gestank von Urin in die Nase. Die Straße lag wie ausgestorben da. Ein kühler, fast lautloser Wind wehte über das Kopfsteinpflaster.

›Leefke, wo bist du?‹, dachte Bastian. ›Erst jagst du uns diesen großen Schrecken ein und jetzt wanderst du allein durch die Nacht? Himmelherrgott, was für ein Drümpel ich doch bin! Wieso habe ich nicht bemerkt, dass sie das Zimmer verlassen hat?‹ Die vom Tod Gestreifte war auferstanden. Das schien in der Familie zu liegen. Nur Elisabeth war nicht wieder aufgestanden. Nachdem sie elf Tage lang die unsichtbare Hand des Todes immer wieder von sich abgeschüttelt hatte, musste sie sich ihr am Ende doch ergeben, tief ins Kissen gedrückt, mit Augen, die sagten: »Ich will leben, damit ich meine Tochter heranwachsen sehe!« Dieser Wunsch, der doch der selbstverständlichste aller Mutterwünsche war, wurde ihr nicht erfüllt. Noch immer schreckte Bastian nachts auf und sah diese Augen vor sich. Aber er hatte nicht geglaubt, dass auch Leefke noch an ihre Mutter dachte, an die sie sich natürlich nicht erinnern konnte und nach der sie schon lange nicht mehr gefragt hatte. Deshalb traf Bastian die Frage ganz unvorbereitet. Aber auf die schmerzhaftesten Fragen ist man nie wirklich vorbereitet, weil man hofft, dass sie gar nicht erst gestellt werden, dass sie sich mit der Zeit zerstreuen wie ein Haufen Sand, über den der Wind hinweg fegt.

Bastian war in die Elbstraße eingebogen und hatte schon fast den Neuen Steinweg erreicht, als er eine leise Stimme hörte.

»He, Ihr da!«

Bastian hielt seine Laterne höher, doch in diesem Moment löschte ein Windstoß die Flamme. Seine Augen mussten sich erst an die Dunkelheit gewöhnen, dann sah er, wie sich eine Gestalt von der gegenüberliegenden Hauswand löste und auf ihn zukam.

»Möchte der Herr, dass ich Ihm die Zukunft lese?«

»Bloß das nicht«, sagte Bastian, »meine schlimmen Ahnungen genügen mir.«

»Schenke Er mir einen Augenblick und ich schenke Ihm die Ewigkeit.«

»Ich habe kein Geld bei mir.«

»Wem liegt an Geld, wenn er die Wahrheit besitzt.«

Bastian beschleunigte seinen Schritt, doch die Gestalt folgte ihm. Sie war recht klein und trug einen Hut mit breiter Krempe. Mehr konnte Bastian in der Dunkelheit nicht erkennen.

»Die Menschen sind blind! Sie glauben, jetzt, da die Franzosen fort sind, wird alles besser. Sie glauben, dass sie nun wieder Herr ihrer selbst sind.«

»Sind sie das denn nicht?«

»Nein, mein Herr. Die Franzosen sind ja nicht wirklich fort. Sie sind immer noch unter uns. Und vielleicht kommen eines Tages mehr Franzosen in unsere Stadt, als jemals hier waren.«

»Sie haben unsere Landesnachbarn wohl nicht besonders gern …«

»Wer mag schon die Franzosen, mein Herr? Sie sind ein arrogantes, herrschsüchtiges Volk. Sie haben sich acht Jahre lang in unserer Stadt eingenistet, als sei's die ihre.«

»Und in dieser Zeit haben Sie so gut deren Sprache gelernt, dass Sie nun selbst mit französischem Akzent sprechen?«

Der Mann schwieg einen Augenblick und sagte dann:

»Ich gehöre nicht zu denen. Ich lebte schon hier, bevor meine Landsleute in Hamburg einmarschierten, und ich habe unter ihnen gelitten wie die anderen auch. Vielleicht sogar noch mehr, weil sie mich für einen Vaterlandsverräter hielten.«

»Das tut mir leid. Aber Sie müssen mich entschuldigen. Ich suche meine Tochter.«

»Vielleicht hat ein Franzmann sie stibitzt!«

»Sie wollte sicher nur an die frische Luft.«

»Dann war es recht von ihr, hinaus zu gehen. Denn frisch ist die Luft in Hamburg. So frisch, dass man das Zittern kriegt. Hoffentlich gibt es keinen so mörderischen Winter wie im letzten Jahr.«

»Sagen Sie doch endlich, was Sie von mir wollen!«

»Ich will Ihm helfen. Bitte, mein Herr …«

Der Mann überreichte Bastian einen kleinen Zettel. Mehr konnte er in der Dunkelheit nicht erkennen.

»Was ist das?«

»Tragt es immer bei Euch. Es wird Euch auf den rechten Weg führen.«

Bastian stöhnte auf.

»Es ist sinnlos. Ich gehe im Kreis und habe keine Ahnung, in welche Richtung sie gegangen ist.«

»Der Kreis führt uns zwar an den Anfang zurück, aber wir sind dann nicht mehr dieselben«, sagte der Mann, verbeugte sich und verschwand in einer Seitengasse. Bastian war verwirrt. Er hatte geglaubt, er würde diesen Kerl nicht mehr loswerden.

Als er an der leerstehenden Hauptwache am Großneumarkt vorbei ging, dachte er für einen Moment daran, nach den Nachtwächtern Ausschau zu halten, um ihnen seine vermisste Tochter anzuzeigen. Doch vielleicht war sie inzwischen schon längst wieder zu Hause. Von der Marktstraße bog er in die Peterstraße ein. Als er die Haustür bereits aufgesperrt hatte, sah er sich noch einmal um und bemerkte, dass gegenüber in Mariannes Stube noch Licht brannte.

15. Kapitel

Bastian überquerte die menschenleere Straße und klopfte leise an das Fenster mit der rotgeblümten Gardine. Nichts rührte sich. ›Vielleicht hat Marianne nur vergessen, das Licht zu löschen‹, dachte er und klopfte noch einmal. Er sah, dass sich hinter der Gardine etwas bewegte. Marianne war also noch wach. Gleich darauf erschien ihr Gesicht am Fenster. Als sie Bastian erkannte, deutete sie zur Tür. Er sah sich noch einmal um. Natürlich würde es wieder Gerede geben, wenn jemand bemerkte, dass er Marianne zu später Stunde noch einen Besuch abstattete. Und die Leute redeten auch so schon genug.

Marianne öffnete die Tür mit sorgenvollem Gesicht. Als Bastian die Stube betrat, wusste er warum: In dem abgewetzten Sessel, der viel zu groß schien für das kleine Zimmer, saß seine Tochter Leefke in eine Decke gehüllt und sah ihren Vater mit glasigen Augen an.

»Leefke! Ich habe mir Sorgen gemacht!«

Er nahm ihre Hand.

»Ich habe überall nach dir gesucht!«

Bastian sah seine Tochter an, dann Marianne, dann wieder seine Tochter. Sie hatten miteinander gesprochen. Natürlich. Das ist das, was zwei Menschen für gewöhnlich tun, wenn sie am Abend zusammen in der Wohnstube sitzen. Aber worüber? Über Leefkes Gesundheitszustand? Über ihren heimlichen Verehrer Peter Peemöller? Oder über eine fremde Leiche im Backtrog? Und hatte Leefke nicht gesagt, sie wisse, wer der Mann sei? Vielleicht hatte sie im Fieber gesprochen. Vielleicht aber auch nicht.

»Leefke hat von ihren Fieberträumen erzählt«, sagte Marianne, als könne sie Bastians Gedanken lesen – diesen Verdacht hegte er übrigens nicht zum ersten Mal. »Sie sagt, sie sei ihrer toten Mutter begegnet und habe mit ihr gesprochen – obwohl sie genau gewusst habe, dass sie tot sei. Aber als sie sie umarmen wollte, habe die Mutter sich ihr entzogen.«

»Geglitten ist sie«, sagte Leefke leise, »wie auf einer zugefrorenen Straße.«

»Und noch ein Toter hat ihr im Traum seine Aufwartung gemacht. Er lag in deinem Backtrog! Wie kommt das Kind nur auf so spukhaftes Zeug?«

Bastian spürte ein leichtes Zucken am Auge und sagte mit trockener Kehle: »Ich glaube, wir gehen jetzt nach drüben. Ist schon spät.«

Er wollte seiner Tochter aus dem Sessel helfen, aber sie war schon aufgestanden, machte jedoch keine Anzeichen, ihm zu folgen.

»Komm, Kind, gehen wir.«

»Vater«, sagte Leefke. Bastian sah sie an und wusste genau, was sie mit diesem »Vater« sagen wollte. Er konnte in ihren Augen lesen wie in einem offenen Buch. Das war schon immer so gewesen. Er war ein wenig stolz darauf und fragte sich, ob andere Väter sich auch auf diese unerklärliche Weise mit ihren Töchtern verständigen konnten. Leefke wusste sehr genau, dass der Tote im Backtrog keine Eingebung ihrer Fieberträume war und sie wollte, dass er Marianne, den Menschen, dem er neben seiner Tochter am meisten vertraute, in das schreckliche Geheimnis einweihte. Bastian zögerte. Dann sagte er: »Der Tote in meinem Backtrog, Marianne, den gab es wirklich.«

Schweigen. Die Kerze auf dem Nähtisch knisterte kaum hörbar. Marianne brauchte offenbar eine Weile, um zu begreifen, was er da eben gesagt hatte.

»Was meinst du damit?«, fragte sie verwirrt.

»Ich meine, dass gestern, als ich mit der Arbeit beginnen wollte, ein Toter im Backtrog lag.«

»Du meinst, ein Mensch?«

»Ein ehemaliger, sozusagen.«

»Jetzt brauch ich 'nen Rum«, sagte Marianne, holte aus einem kleinen Schränkchen eine Flasche hervor, kippte ein Glas hinunter, dann noch eins, ließ sich in den Sessel fallen und vergaß völlig, ihrem Gast auch etwas anzubieten, der ebenfalls ein Schlückchen hätte vertragen können.

»Das ist doch nicht möglich!«, brachte sie nach einer Weile hervor.

»Das dachte ich auch zuerst.«

»Wie kommt denn ein Toter in deine Backstube?«

»Ich nehme an, dass er zu dem Zeitpunkt, als er in meine Backstube kam, noch nicht tot war.«

»Das heißt, ihm ist in deiner Backstube das Lebensflämmchen ausgegangen!«

»Ich fürchte, man hat es ihm ausgeblasen.«

»Du meinst ...?«

»Ganz recht, Marianne. Es deutet alles darauf hin, dass da jemand kräftig nachgeholfen hat.«

Marianne schrie leise auf.

»Das heißt, er wurde in deiner Backstube ... Aber warum dort? Und von wem? Was hat denn die Polizei gesagt?«

»Die Polizei weiß nichts davon.«

»Du hast es nicht gemeldet?«

»Denk doch mal nach, Marianne! Wenn in meiner Backstube einer abgemurkst wurde, während der Laden geschlossen war, müssen die doch denken, dass ich ihn umgebracht habe! Da kann ich mich ja gleich selbst an den Galgen hängen.«

»Und du bist völlig sicher, dass nicht du ihn umgebracht hast?«

»Ja, das bin ich. Sehr aufmerksam, dass du diese Frage stellst!«

»Man muss in solchen Momenten alle Möglichkeiten in Betracht ziehen, Bastian. Aber ich bin beruhigt, dass du es nicht warst. Wir müssen jetzt einen klaren Kopf bewahren!«, sagte Marianne, schenkte sich nach und leerte das Glas in einem Zug.

»Was hilft da ein klarer Kopf?«

»Sehr viel. Wir müssen den Mörder finden, bevor jemand falsche Schlüsse zieht. Und einen Mörder findet man nur mit klarem Kopf. Aber wo ist er denn jetzt überhaupt?«

»Wenn ich das wüsste, wäre der Fall ja gelöst.«

»Ich meine den Toten.«

»Ich habe ihn unters Feuerholz gestapelt.«

Marianne sah ihn so versteinert an, dass Bastian nicht sicher war, ob sie ihn gehört hatte.

»Was sollte ich denn tun? Ich konnte ihn ja schlecht im Trog liegen lassen.«

»Und du hast wieder Brot gebacken? In dem nämlichen Trog?«

»Ich hab ihn natürlich vorher ordentlich geschrubbt.«

»Das war sehr dumm von dir.«

»Schließlich gibt es Hygienevorschriften.«

»Hast du den Trog nach Spuren untersucht?«

»Was für Spuren?«

»Wo so etwas Fürchterliches passiert, gibt es immer Spuren, das ist doch klar.«

Marianne wollte sich ein weiteres Glas einschenken, stellte aber fest, dass die Flasche leer war.

»Eins ist klar wie die Fischsuppe meiner Tante Sophie …«

Bastian und Leefke sahen Marianne erwartungsvoll an, aber die schien gar nicht zu bemerken, dass ihr so verheißungsvoll begonnener Satz nach einer inhaltlichen Vervollständigung verlangte. Erst als Leefke Marianne am Ärmel zog und vorsichtig nachfragte, was denn ihrer Meinung nach so klar sei, antwortete diese im festen Ton: »Klar ist, dass diese Leiche so schnell wie möglich verschwinden muss.«

»Das sagst du so. Ich kann sie ja schließlich nicht im Hinterhof verscharren. Mutter pflanzt dort ihre Kräuter an.«

»Wir müssen nachdenken. Wo kann man einen Toten, der bisher nicht weiter aufgefallen ist, langfristig am besten unterbringen?«

»Auf dem Friedhof«, sagte Leefke.

Bastian lachte bitter auf.

»Sie hat Recht!«, sagte Marianne. »Natürlich auf dem Friedhof!«

»Wie stellt ihr euch das vor? Soll ich unserem Pastor die Leiche in einem Sack vors Kirchenportal legen mit einem Zettel dran: ›Bei nächster Gelegenheit bitte unter die Erde mit diesem Flegel‹?«

»Nein, wir begraben ihn selbst. Außeramtlich.«

»Du meinst ohne den Segen der Kirche?«

»Den Segen muss er sich dann auf seinem Weg in den Himmel selber abholen.«

»Vielleicht war er ein schlechter Mensch, der den Tod sogar verdient hat. Dann wäre es ein Frevel, ihn in geweihter Erde zu begraben.«

»Er war kein schlechter Mensch! Und den Tod hat er nie und nimmer verdient!«, rief Leefke plötzlich aus und ein Zittern durchzuckte ihren schlanken Körper. Tränen standen ihr in den Augen und sie hatte die Hände zu Fäusten geballt. Bastian und Marianne sahen sie fassungslos an. Dieser Ausbruch kam für beide völlig überraschend.

»Wirst du wohl ruhig sein!«, zischte Bastian. »Du bringst uns ja in Teufels Küche! Denk an die Nachbarn!«

»Es ist Clément«, stieß Leefke jetzt wie von Sinnen hervor, »Clément! Versteht ihr?!«

Bastian wusste sich nicht anders zu helfen, als seiner Tochter den Mund zuzuhalten. Er und Marianne verstanden nicht, was in das Mädchen gefahren war. Clément? Ein Franzose? Wer sollte das sein? Endlich dämmerte es Bastian.

»Meinst du etwa den französischen Soldaten, der ein paar Mal in die Backstube kam und nach dir gefragt hat? Das ist über ein Jahr her.«

»Was für ein Soldat?«, wollte Marianne wissen.

»Er hat Leefke einmal beim Wassertragen geholfen. Aber es blieb nicht bei diesem einen Mal. Schließlich habe ich ihr verboten, sich mit diesem Kerl auf der Straße abzugeben. Die Leute fingen schon an zu reden. Aber wie kann es dieser Clément sein? Die Franzosen sind letztes Jahr im Mai abgezogen!«

»Einige sind aber auch geblieben und haben sich bei uns niedergelassen«, sagte Marianne, »und dieser Clément ist offenbar einer von ihnen, nicht wahr, Liebes?«

Leefke nickte.

»Du hast die ganze Zeit über Kontakt zu diesem Franzosen gehabt, obwohl ich es dir verboten habe?«, ereiferte sich Bastian. Es kam ihm vor, als habe seine Tochter das offene Buch, das sie bisher für ihn gewesen war, mit einem Mal zugeschlagen. Sie hatte ihrem Vater eine solch ungeheuerliche Sache verheimlicht? Eineinhalb Jahre lang? Und dann kam ihm noch ein anderer Gedanke: »Hast du ihn etwa auch in der Mordnacht in unsere Backstube gelassen?«

»Das habe ich nicht!«, schluchzte Leefke.

»Bist du ganz sicher? Schwörst du es beim Andenken an deine tote Mutter?«

»Ich schwöre.«

Marianne legte Bastian eine Hand auf die Schulter: »Lass gut sein. Leefke sagt die Wahrheit. Wir haben von ihr einen Hinweis bekommen, der uns weiter helfen könnte, den Mörder zu finden. Leefke, wie lautet der vollständige Name des Mannes?«

»Er heißt Clément Clermont.«

»Er heißt mit Vor- und Nachnamen gleich? Die spinnen, die Franzosen! Aus diesem Grund habe ich dir verboten, dich mit ihm zu treffen.«

»Die Namen werden nur ähnlich ausgesprochen, aber unterschiedlich geschrieben«, sagte Leefke.

»Auch das noch«, schnaufte Bastian. Marianne holte einen Federkiel und bat Leefke, den Namen auf ein Stück Papier zu schreiben, was sie mit ihrer schönen, geschwungenen Schrift auch tat. Bastian stellte sich vor, wie seine Tochter mit eben dieser zarten Mädchenschrift Briefe an ihren heimlichen Geliebten schrieb und sich – französische Schmeicheleien nachahmend – mit ihm zu geheimen Treffen verabredete. Ihm wurde schlecht.

Marianne nahm das Papier und legte es in eine Schublade. »Ich glaube, meine Lieben, bevor wir uns weiter den Kopf zerbrechen, müssen wir dafür Sorge tragen, dass Monsieur Clermont seine letzte Ruhe findet. Wir werden ihn aus der Stadt schaffen, gleich morgen, zum Begräbnisplatz St. Pauli, sobald es dunkel ist. Bastian, du besorgst einen Karren und zwei Schaufeln.«

»Darum kümmere ich mich alleine, Marianne. Ich möchte dich auf keinen Fall in die Sache mit hinein ziehen.«

Marianne sah ihn schweigend an.

»Also gut, den Transport übernimmst du, aber beim Aufladen helfe ich dir. Nicht, dass du wieder den Kopf verlierst und nackt auf die Straße rennst.«

Marianne grinste, aber Bastian war überhaupt nicht zum Lachen zumute. Ein Mörder konnte unentdeckt bleiben. Aber wenn er, Bastian, einmal versehentlich ohne Kleider auf der Straße stand, schaute offenbar die ganze Welt hin. Genaugenommen, so Marianne, habe nur die alte Grumme, die einen Stock höher wohnte, hingesehen – nämlich vom Fenster aus, wie sie es immer tat –, und die habe es dann der Viechelmann erzählt. Was aber die Viechelmann wusste, wusste bald jeder in der Peterstraße und so war man schnell im Bilde gewesen: Der Plüsch-Bäcker hatte sich wieder einmal ungebührlich exponiert, auf sich aufmerksam gemacht, weil er es offenbar nötig hat und es in der Familie ja ohnehin – wie man munkelte –nicht zum Besten stand.

»Der Karren«, riss Marianne Bastian aus seinen trüben Gedanken, »denkst du an den Karren?«

»Ich werde Krischan Allmers bitten, mir seinen zu leihen«, sagte Bastian, »der hat mir in solchen Fällen schon oft ausgeholfen.«

Nein, in solchen Fällen hatte Christian Allmers ihm zum Glück noch nie ausgeholfen. Und um was für einen Fall es sich hier handelte, das würde der Böttcher auch nie erfahren, dachte Bastian. Aber darin täuschte er sich.

16. Kapitel

Etwas Kaltes, Feuchtes strich über Gniffkes Nase. Er öffnete die Augen und sah in zwei schwarze Löcher, denen ein Schwall fauliger Luft entströmte. Erschrocken und angewidert wich er zurück und richtete seinen Oberkörper auf. Auch das Schwein, das ihn im Schlaf neugierig beschnüffelt hatte, wich zurück. Himmelherrgott, er hatte sein Nachtlager mit einem stinkenden Eber geteilt! Das war ja fast so unappetitlich wie der tote Arm vor zwei Tagen! Gniffke befand sich in einer Art Keller – wobei dies eine sehr beschönigende Bezeichnung war für dieses enge Loch, das man während der Franzosenzeit unter einem Haus als geheimes Lager für Lebensmittel gegraben hatte und das nun als Viehstall diente. Vom feuchten, erdigen Boden bis zu den morschen Holzbohlen über Gniffkes Kopf war gerade so viel Platz, dass er aufrecht sitzen konnte, und aus der kleinen Öffnung, die ins Freie führte, schaute ihm neugierig ein Huhn entgegen. Gniffke mochte keine Hühner. Sie kamen ihm vor wie gefiederte Götzen, die ihre harmlose Verkleidung nutzten, um Unheil über diese Welt zu bringen. Plötzlich ergriff der Vogel unter lautem Gegacker die Flucht und zwei dicke Frauenbeine erschienen in der Öffnung, dann ein Eimer, der in seine Richtung gekippt wurde. Noch ehe Gniffke wusste, wie ihm geschah, strömte ihm eine Fuhre Küchenabfälle entgegen, über die sich der Eber sofort grunzend und schmatzend hermachte. Das war zu viel. Gniffke stieß einen Laut des Ekels aus und kroch so schnell er konnte ins Freie. Die überraschte Frau sah ihn aus kleinen, bösartigen Knopfaugen an. Dann schrie sie mit schriller Stimme einen Namen. Offenbar den ihres Mannes, der kurz darauf im löchrigen Hemd und mit blutigem Messer aus der Tür neben dem Stallloch trat.

»Kieck mal, Hasso, was sich da bei uns eingenistet hat!«

»Eingenistet?«

»In unserem Schweineloch hat er sich verkrochen.«

»Wer bist du? Was hast du hier zu suchen?«

Gniffke wäre am liebsten sofort ausgerissen, doch der Weg zum Durchgang, der den schmalen Hinterhof mit der Straße verband, hätte an der stämmigen Frau vorbeigeführt. Offenbar hatte er sich diesmal wirklich den falschen Ort zum Übernachten ausgesucht.

»Was du hier zu suchen hast, will ich wissen!«, herrschte der Mann ihn jetzt noch lauter an und hob drohend das Messer.

»Getrunken hab ich. Und dann bin ich hier eingeschlafen.«

»Ach, dann ist er also nur zufällig in unserem Loch gelandet. Es hat wohl ganz auf seinem Weg gelegen, was?«, sagte der Mann mehr zu seiner Frau als zu Gniffke und ließ ein hässliches Lachen hören.

»So genau kann ich mich nicht mehr erinnern ...«, stieß Gniffke kleinlaut hervor.

»Ach, er kann sich nicht erinnern. Dann müssen wir ihm wohl etwas auf die Sprünge helfen. Hanne, schnüffel doch mal, ob der aus dem Maul stinkt.«

Das runde, teigige Gesicht der Frau näherte sich nun demjenigen Gniffkes und er hatte den Eindruck, dass sich die Szene, wie ihn eben das Schwein aus dem Schlaf gerissen hatte, nun noch einmal wiederholte.

»Riecht der nach Schnaps?«, fragte der Mann.

»Nicht die Bohne«, krähte die Dicke.

»Dann wollte er wohl vielleicht doch nur unsere Hühner stehlen, was?«

»Ganz bestimmt nicht«, gab Gniffke eingeschüchtert zurück. »Hühner sind mir zuwider.«

»So? Dann sind wir dir vielleicht auch zuwider?«

»Aber ich kenne Sie ja gar nicht.«

»Daran soll's nicht liegen. Er wird mich gleich kennenlernen«, antwortete der Mann und kam mit dem Messer auf Gniffke zu, während die Frau einige heisere, kurzatmige Lacher hervorstieß, in Vorfreude auf das, was folgen würde. Nun aber geschah etwas ganz Unerwartetes: Die Tür zum Durchgang wurde von außen geöffnet und in gebückter Haltung betrat ein vielleicht fünfzehnjähriger Junge mit zerlumpter Jacke und einem Elbsegler auf dem Kopf den engen Hof. Fast im gleichen Moment schoss der Eber wie von der Tarantel gestochen quiekend aus seinem Erdloch hervor, jagte einem der Hühner hinterher und verschwand mitsamt dem verschreckten Federvieh im Durchgang, noch bevor der Junge die Tür wieder schließen konnte. Der Mann fluchte und stürzte den entlaufenen Tieren nach. Die Frau schnaufte und von den Ohren her breitete sich eine Röte in ihrem Gesicht aus. Dann erfassten ihre kleinen, bösen Augen den Jungen und sie verpasste ihm eine so kräftige Ohrfeige, dass der Geschlagene rücklings zu Boden fiel. Gniffke wollte die Gunst des Augenblicks nutzen und dem Schwein ins Freie folgen, bückte sich aber in der Hast nicht rechtzeitig, so dass er mit dem Kopf hart gegen die Oberkante des Durchgangs stieß und nun ebenfalls am Boden lag. Schon packte ihn das Weib mit ihren dicken Wurstfingern und Gniffke wusste sich nicht anders zu helfen, als seiner Peinigerin beherzt in den Unterarm zu beißen. Sie schrie auf, lockerte ihren Griff und nun endlich gelang es ihm mit pochendem Herzen und schmerzendem Kopf auf die Straße zu flüchten, wo er von drei neugierigen Freudenmädchen erwartet wurde, die ihrer Bezeichnung hier einmal in anderer Weise Rechnung trugen: Sie freuten sich nämlich sichtlich darüber, was für putzige Gestalten an diesem Tag so emsig aus diesem zu groß geratenen Mäuseloch in ihrem Gängeviertel hervorkrochen.

17. Kapitel

Bastian blickt von der Aussichtsterrasse am Stintfang über die Elbe. Eine Hand legt sich auf seine linke Schulter. Zwei hochgewachsene Herren in eleganter Garderobe stehen neben ihm. Jeder von ihnen trägt einen Zylinder auf dem Kopf. Sie möchten ihn zu einem Spaziergang auf der Elbe einladen. Bastian richtet seinen Blick auf den Hafen. Eben war es ihm gar nicht aufgefallen, dass auf der im Sonnenlicht flimmernden Wasseroberfläche Menschen flanieren, Kinder spielen und Hunde herumtollen. Bastian ahnt: Dies alles ist ein Schauspiel, das nur für ihn inszeniert wurde, damit er der Einladung der Herren Folge leiste. Mögen Menschen und Tiere durch irgendeinen geheimen Zauber plötzlich in der Lage sein, ohne Mühe über das Wasser zu wandeln – für ihn, Bastian, gilt dieser Zauber nicht. Er würde wie ein vollgesogener Schwamm in der Elbe versinken. Nein, niemals würde er mit den beiden Herren auf das Wasser gehen! Doch schon zieht es ihn mit einem Ruck nach vorn. Die Herren haben unter seine Arme gegriffen und schleifen ihn wie ein erlegtes Reh den Stintfang hinab zum Hafenbecken. Nun sind es zwei andere Gestalten, die ihn wie eine unsichtbare Kraft zum Wasser drängen. Eine von ihnen ist der Messerschleifer aus der Peterstraße. Den anderen hat Bastian noch nie gesehen. Als würde ein starker Wind ihn anschieben, gleitet Bastian hinaus auf das Wasser. Noch trägt ihn der Fluss. Eine Frau mit einem Bauchladen kommt auf ihn zu und möchte ihm etwas verkaufen. Bastian lehnt ab. Er bemerkt, dass seine Füße sich nur schwer von der Wasseroberfläche lösen. Als er nach unten schaut, ist er schon bis zu den Knöcheln versunken. Eine Menschenmenge sammelt sich um ihn und schaut mit hohnvollen Gesichtern auf ihn herab, der immer tiefer im Fluss versinkt. Erst jetzt bemerkt Bastian, dass alle um ihn herum – sogar die Hunde – Schuhe mit besonders breiten, geflochtenen Sohlen tragen. Und nun sieht er auch, dass die Frau mit dem Bauchladen ihm eben solche Schuhe hat verkaufen wollen. »Ein Paar!«, ruft Bastian ihr zu. »Ein Paar Schuhe, bitte!« Doch die Frau sieht ihn nur kopfschüttelnd an: »Ihre Füße sind ja schon versunken. Sie brauchen keine Schuhe mehr.«

Die Bettdecke war schweißnass, als Bastian erwachte. Fahles Mondlicht fiel durch die Scheiben und Bastian hatte das Gefühl, ein großes unsichtbares Etwas habe sich über seinen Körper gelegt und hindere ihn am Aufstehen. Nachdem er eine Weile völlig regungslos dagelegen hatte, verscheuchte er diese unsinnige Annahme und stieg aus dem Bett. Während er sein Gesicht mit kaltem Wasser wusch, setzten seine Gedanken sich in Bewegung und schwirrten bald wie ein aufgescheuchter Vogelschwarm in seinem Kopf herum. ›Leefke‹, dachte er, ›Leefke muss mir alles über diesen Clément erzählen!‹

Er kleidete sich an, aß eine Schüssel Haferbrei und stieg die Treppe hinunter. Bei dem Versuch, die letzte Stufe zu überspringen, landete er so unglücklich mit dem Fuß, dass ein stechender Schmerz seinen Knöchel durchzuckte. Bastian fluchte und betrat humpelnd die Backstube. »Was du heute kannst besorgen, das verschiebe nicht auf morgen«, riet ihm sein Kalenderblatt und er beschloss, noch heute die vermaledeite Treppenstufe zu reparieren. Alles war eigentlich wie immer, so dass der vermummte Fremde vom Vortag ihm jetzt ganz unwirklich erschien. Gerade wollte er sich einreden, dass auch er schon an Fieberträumen leide, da fiel sein Blick auf das Kästchen. Wie ein Soldat, der eine Gewehrkugel, die man ihm aus dem Fleisch geschnitten hat, von Zeit zu Zeit mit einer Mischung aus Respekt und Abscheu wieder anschaut, öffnete Bastian den Deckel, schlug das Tuch auseinander und betrachtete das seltsame Backwerk. Was war nur Besonderes daran, dass bestimmte Leute so erpicht darauf waren, das Rezept dieses Brötchens zu erfahren? Es war knusprig gebacken und bestand aus zwei spiegelförmig angeordneten Schnecken. Das Gebäck war offenbar schon einige Tage alt und entsprechend trocken. Doch immer noch stieg ein verlockender Zimtgeruch in Bastians Nase. Aber wie sollte er die übrigen Zutaten bestimmen? Er brach ein kleines Stück des Brötchens ab und legte es sich auf die Zunge. Dann presste er es leicht gegen den Gaumen und wartete, bis sich der Geschmack im Mund ausgebreitet hatte. Der Teig war sehr ungewöhnlich, das war ihm schon beim ersten Probieren am Vortag aufgefallen. Er bestand aus vielen dünnen Schichten, war also eine Art Blätterteig. Doch bei leichtem Druck mit dem Finger zerbröselte das Gebäck nicht. Es enthielt wohl – im Gegensatz zum Blätterteig – auch Hefe. Doch galt es, die richtigen Mengenverhältnisse von Butter, Zucker, Mehl und womöglich noch weiteren Zutaten herauszufinden. Nicht zuletzt würde er sich auch mit der Form befassen müssen, die ihm ein kleines architektonisches Wunderwerk zu sein schien.

Als Bastian eine halbe Stunde später die Teiglinge auf dem Backblech verteilt hatte, hörte er ein Klopfen. ›Der schwarze Mann!‹, fuhr es ihm durch den Kopf. Nervös sah er auf die Straße. Aber es war nur Marianne, die draußen stand und auf die versperrte Tür deutete. Bastian ließ sie herein.

»Ich habe kein Auge zugetan«, stöhnte sie. Bastian schloss die Tür, kehrte an seinen Backtisch zurück und schob die Teiglinge in den Ofen.

»Was tust du da?«, wollte Marianne wissen.

»Ich backe Zimtbrötchen.«

»Das ist ja wundervoll! Woher hast du das Rezept?«

Als Bastian behauptete, nicht nach Rezept, sondern frei nach Schnauze zu backen, legte sich ihre Begeisterung. Trotzdem wollte sie unbedingt bleiben, um das erste Brötchen kosten zu können. Denn wenn es in dieser Stadt jemanden gäbe, der sich auf die Güteprüfung von Zimtbrötchen verstünde, dann doch wohl sie, Marianne, die schon sämtliche Zimtbrötchen auf sämtlichen Märkten probiert und insgeheim mit einer Skala von eins bis sechs bewertet hatte. Dabei war Marianne vor sich und den Brötchen eine strenge Richterin. Nur ein einziges Zimtbrötchen – nämlich jenes, welches man auf dem Großneumarkt gegenüber der alten Hauptwache kaufen konnte – hatte bisher von ihr die Note »Eins« erhalten. Dieses Zimtbrötchen war ohne Zweifel das Beste, das Marianne bisher gegessen hatte. Wenn sie an diese unübertreffliche Gaumenfreude dachte, fiel ihr sofort das Wort »Himmelsspeise« ein. Zimtbrötchen der Note »Zwei« oder »Drei« bescherten einem auch schon derartig starke Glücksgefühle, dass einem die Mühen des täglichen Lebens nur noch halb so schlimm erschienen. Und selbst Brötchen, die auf Mariannes Bewertungsskala nur eine müde »Vier« oder »Fünf« erreichten, schmeckten immer noch so lecker, dass man jedes andere Süßgebäck ohne Zögern dafür eingetauscht hätte. Das Zimtbrötchen war unvergleichlich. Es ließ sich, sofern man auf einem Vergleich bestand, nur mit sich selbst vergleichen.

Das Brennholz im Ofen knackte und riss Marianne aus ihren Gedanken.

»Bastian, du musst mir jetzt genau erzählen, wie du die Backstube vorgefunden hast.«

»Das habe ich dir doch schon gesagt. Er lag dort in dem Trog.«

»War der Raum in Unordnung? Hat es einen Kampf gegeben?«

»Das wäre möglich. Meine Teigrolle lag auf dem Boden. Damit hat der Mörder ihm wohl eins übergezogen. Und man hat mir meine Puppenspieler gestohlen.«

»Deine Puppenspieler?«

»Der Kupferstich, den meine Frau mir geschenkt hat. Der Rahmen lag zerbrochen am Boden und das Bild war weg.«

»War es wertvoll?«

»Nur für mich, weil es ein Erinnerungsstück ist.«

»Was ist dir noch aufgefallen?«

»Das Messer. Genaugenommen habe ich sogar zwei Messer gefunden.«

»Zwei Messer?«

»Das eine lag unter dem Tisch, zwischen den Körben, ganz an der Wand. Ein seltsames Ding mit einem roten Griff. Ich habe es erst heute beim Saubermachen gefunden.«

Bastian griff ins Regal und reichte Marianne einen dolchartigen Gegenstand.

»Ein Küchenmesser ist das jedenfalls nicht«, sagte sie. »Dazu ist es viel zu groß. Und was ist mit dem zweiten Messer?«

»Das war mein eigenes. Das kleine hier, mit dem ich die Teigrolle schneide.«

»War es …«

»Du meinst, blutig? Nein. Aber es lag nicht mehr auf dem Tisch, wo ich es immer hinlege. Vielleicht wollte Clément sich damit verteidigen.«

»Wo hast du es gefunden?«

»Im Trog.«

»Wo genau?«

Bastian zeigte Marianne die Stelle. Sie wollte auch wissen, wie Clément im Backtrog gelegen habe, ob auf dem Rücken oder auf dem Bauch. Bastian war erstaunt, welche Neugier Marianne für die genauen Umstände dieser schrecklichen Tat an den Tag legte.

»Da! Schau nur!«, rief Marianne plötzlich mit einem Leuchten in den Augen und zeigte auf eine Stelle an der Innenseite des Trogs. Bastian kam näher heran und erblickte drei konzentrische Kreise.

»Was ist das?«, fragte er.

»Ich vermute, das wurde mit dem kleinen Messer dort eingekerbt.«

»Ein Zeichen des Mörders?«

»Wohl eher eine Botschaft des Opfers.«

»Wie kommst du darauf?«

»Zum einen hätte der Mörder das Zeichen sicher auf der gegenüberliegenden Trogwand hinterlassen, weil er sich hier doch sehr hätte verrenken müssen. Außerdem hat das Opfer einen besseren Grund, eine Nachricht zu hinterlassen. Es möchte nämlich, dass sein

Mörder gefunden wird. Wo genau hast du das Messer abends liegen lassen?«

»Ich lege die kleinen Sachen immer hier hin«, sagte Bastian und deutete auf einen kleinen Tisch.

»Clément hätte das Messer demnach vom Trog aus mit dem ausgestreckten Arm erreichen können.«

»Ich denke schon.«

»Nehmen wir also an, der Mörder versucht, Clermont zu erstechen und verliert dabei das Messer. Danach schnappt er sich die Teigrolle und schlägt sein Opfer damit nieder. Clément fällt in den Backtrog und bleibt dort reglos liegen. Der Mörder ergreift die Flucht und lässt sein Messer hier zurück, weil er es im Dunkeln nicht wiederfindet. Clément kommt wieder zu sich. Unter größter Anstrengung angelt er sich das andere, das kleine Messer vom Tisch und ritzt die Kreise in den Trog. Dann verlassen ihn die Lebenskräfte. Die Klinge fällt ihm aus der Hand und er stirbt.«

Bastian war einigermaßen überrascht, was Marianne so alles aus der Anordnung zweier Messer und einer unscheinbaren Holzschnitzerei herauslesen konnte. Doch er musste sich eingestehen, dass ihre Geschichte recht glaubwürdig klang.

»Aber was sollen die Kreise bedeuten? Warum hat er nicht einfach den Namen seines Mörders hinterlassen?«

»Weil er den Namen nicht kannte. Was die Kreise bedeuten, weiß ich auch nicht, aber wir werden es herausfinden! Gleich«, sagte Marianne, »will ich aber erst einmal herausfinden, wie deine Zimtbrötchen schmecken.«

18. Kapitel

Das Schiff wurde vom Tidenstrom in die Elbmündung gesogen wie von einem riesigen Magneten. Anton stand an der Reling und sah die grünen Wiesen vorüberziehen. Was dachte er in diesem Augenblick? Er hätte es wohl selbst nicht sagen können. Einerseits war er glücklich, nach fast einem Jahr seine Heimat wieder zu sehen. Andererseits befiel ihn schon jetzt angesichts der Ufer zu beiden Seiten ein Gefühl der Beengtheit, das er, wie er wusste, nicht lange würde ertragen können. Nach einigen Stunden wurde der Schiffsverkehr dichter, die Besatzung eines Dreimasters schwenkte die Mützen zum Gruß, und schon erblickte Anton in der Ferne die ersten Häuser. Nun wurde ihm doch warm ums Herz, denn je detailreicher sich im Näherkommen Gebäude, Straßen, Kutschen und Menschen zeigten, desto wundersamer schien dieser so lang entbehrte Anblick sich mit jenem Bild zu überlagern, das Anton bei seiner Abreise aufgenommen und in einer wohlbehüteten Kammer seines Gedächtnisses aufbewahrt hatte. Wie bei einem Puzzle fügte sich das Gesuchte mit dem Gefundenen zusammen, stellte sich jene Zufriedenheit ein, die uns überkommt, wenn Dinge sich lückenlos ineinanderfügen, seien es nun Bilder, Worte, mathematische Formeln oder der Schlüssel zu einem Kästchen, in dem wir unsere Geheimnisse aufbewahren.

Man würde erwarten, dass ein Matrose, der nach langer Fahrt wieder in seinem Heimathafen anlandet, als erstes seine Geliebte oder seine Familie aufsucht. Was aber tat Anton? Er hielt, kaum an Land, schnurstracks auf den Binnenhafen zu und es musste jedem Beobachter vorkommen, als habe er einen dringenden und überdies eiligen Termin einzuhalten. Ein Junge drückte ihm ein Blatt in die Hand, das Anton mühsam entzifferte. Lesen war noch nie seine Stärke gewesen. Von einer dunklen Prophezeiung war dort die Rede, von einer Seuche der Sündigen, die all jene dahinraffen würde, die ihre schöne Heimatstadt dem verderbten Einfluss des Fremden aussetzten. Könne denn etwa, so fragte der unbekannte Verfasser des Schreibens, der Mensch ohne seinen Hautsack leben, der ihn zu etwas Festem, Widerständigem und Wohlgeformtem mache und den glücklichen Träger dieses organischen Kostüms in der angenehmen Sicherheit wiege, dass ihm das Gift und die zerstörerischen Winde der Außenwelt nichts anhaben können? Anton lachte laut auf, so dass einige Leute ihn erstaunt ansahen. ›Es mag ja sein‹, dachte er, ›dass wir Seemänner uns zuweilen ein verrücktes Garn zusammenspinnen. Aber ihr Landratten seid auch nicht von schlechten Eltern!‹ Er beschleunigte seine Schritte, denn ihm war tatsächlich sehr daran gelegen, eine wichtige Verabredung nicht zu versäumen. Er wollte nämlich, solange die Sonne noch schien, auf der Galerie des Baumhauses einen heißen Tee mit Schuss zu sich nehmen. Diese Verabredung stand seit mehreren Wochen. Vereinbart hatte er sie mit sich selbst.

Der Wirt war allerdings recht unfreundlich zu dem müffelnden Matrosen mit dem prallen Seesack auf dem Rücken. Das Baumhaus war schließlich keine Hafenkneipe! Auch wenn es direkt am Hafen lag – und das schon seit über 150 Jahren –, verkehrten hier »Gäste mit Niveau«, wie der Wirt sich auszudrücken pflegte, wenn er seine Verwandten in Bremen besuchte und ihnen verständlich machen wollte, dass er zwar in unmittelbarer Nähe des derben Hafenvolks, aber eben nicht in einer jener unseligen Spelunken seiner durchaus ehrenhaften Arbeit nachging. Schon das Wort »Niveau« bewies ja, dass der Wirt ein kultivierter Mann war. Abgelauscht hatte er es natürlich den Franzosen, die bis zum Abzug der Truppen ebenfalls zu seinen Stammgästen gehört hatten und über die er nie ein schlechtes Wort verlauten ließ, weil sie mit dem Trinkgeld weniger knickrig waren als die einheimischen Fischköppe, und überhaupt so galante Umgangsformen an den Tag legten, dass man sich für den ungehobelten, rüden Ton der eigenen Landsleute nur schämen konnte. Überdies hatten Berühmtheiten wie Klopstock, Herder und Lessing in seinem Lokal gespeist und der alte Telemann hatte im Festsaal Konzerte gegeben. Solchermaßen erfüllt von klingenden Namen und hoher Gesinnung stand der Wirt nun also vor einem übel riechenden Matrosen mit borstigem schwarzen Haar, der allen Ernstes erwartete, dass man ihm den Zugang zu dieser Lokalität gestattete, ja mehr noch: Zu dieser kalten Jahreszeit äußerte der ungebetene Gast den Wunsch, auf der Galerie unter freiem Himmel zu sitzen! Doch als der Wirt ihm verständlich machen wollte, dass er die Tür zur Galerie unter gar keinen Umständen aufschließen würde, traf eine solche Woge von unverblümten Drohungen und Beschimpfungen auf seine Ohren, dass er jeglichen Widerstand noch im selben Moment aufgab.

Wenige Minuten später ließ Anton seinen Blick über die Häuser der Stadt gleiten. Den kalten Wind, der hier oben über sein trotz aller Wettergerbung feines Gesicht strich, bemerkte er gar nicht. Links schob sich der vertraute Turm des Michels aus einer spitzgiebligen Ansammlung von Dächern hervor, weiter rechts sah man St. Katharinen, und höher noch als alle architektonische Ehrerbietung des Göttlichen war der Flug der Möwen. Der Heimgekehrte blickte zufriedenen Auges auf die Stadt, die wie ein lang ersehntes Geschenk vor ihm lag, wärmte sich an seinem heißen Tee, aus dem der wohlige Duft von Rum emporstieg, und sagte so leise, dass er es selbst kaum hören konnte: »Wenn die Wiege so hübsch vor uns liegt, schlüpfen wir doch gerne wieder hinein.«

19. Kapitel

Eine Horde Kinder tummelte sich vor der Böttcherei. Immer wieder klopften sie an die Scheibe des Fassbinders und versteckten sich dann kichernd und lachend seitlich des Fensters an die Hauswand gedrückt. Sie wussten, wenn sie diesen Schabernack lange genug trieben, würde Christian Allmers ihnen um seiner lieben Ruhe willen zwei oder drei alte Fassbänder überlassen. Und richtig: Soeben öffnete sich die Tür und man hörte, wie der grauhaarige Böttcher einige Flüche ausstieß und die Rotzlöffel, die ihn bei der Arbeit störten, dorthin wünschte, wo der Pfeffer wächst. Nun gab es in Hamburg zwar viele Pfeffersäcke – wie man die Händler der Hansestadt scherzhaft nannte –, aber wachsen tat das Gewürz doch in einiger Entfernung. Wo genau, wusste Christian Allmers nicht, aber sein Gefühl sagte ihm, es sei weit genug, dass man die Gören dorthin wünschen und damit ziemlich sicher gehen könne, sie würden einen zukünftig nicht mehr belästigen. Wäre sein Wunsch jedoch durch eine unwahrscheinliche Fügung in Erfüllung gegangen, wäre der gutmütige Böttcher wohl alles andere als glücklich gewesen. Denn eigentlich liebte er die Kinder, und ihre Neckereien waren ebenso wie seine Flüche Bestandteil eines gut eingespielten Rituals, an dessen Ende der alte Mann Geschenke verteilte und die kleinen Plagegeister sich glücklich davontrollten. Dies geschah in jenem Augenblick, als Bastian sich der Werkstatt näherte, und hätte er sich nicht mit einem Sprung zur Seite gerettet, so hätten ihm die metallenen Tüdelbänder, die die Kinder nun mit Stöcken vor sich hertrieben, vermutlich einige Schrammen und blaue Flecke beschert. Der Böttcher betrachtete die Szene mit einigem Vergnügen und Bastian wunderte sich, als er ihm zum Gruß die Hand reichte, dass in diesem faltigen, mit Haarwuchs üppig bedachten Gesicht immer noch so junge Augen blitzten. Früher war ihm das nie aufgefallen.

»Moin, Krischan, wie geht's deiner Annemarie und den Mädchen?«

»Alles bestens, Basti. Bei euch auch alles im Lot?«

»Wie immer«, log Bastian. »Sag mal, kannst du mir vielleicht bis morgen deinen Karren leihen?«

»Wozu brauchst du ihn denn?«

»Wir haben da eine Kommode, die muss ausgebessert werden.«

»Was denn für 'ne Kommode?«

»Familienerbstück.«

»Und was soll da ausgebessert werden?«

Bastian ärgerte sich, dass er sich vorher nicht überlegt hatte, was er dem Böttcher hatte sagen wollen. Dabei wusste er doch, dass der Alte neugierig war.

»Eine Lade klemmt und die Scharniere sind marode.«

»Und dafür der Aufwand? Ich komm heute Abend vorbei und schau mir das Ding an.«

»Das ist freundlich von dir. Aber ich habe schon ein gutes Angebot eingeholt. Außerdem wünscht sich Mutter auch eine neue Farbe.«

Der Böttcher sah Bastian skeptisch an, als sei er bemüht, hinter dem Gesagten die verborgene Wahrheit zu finden. ›Dieser Allmers ist doch ein verdammt gewiefter Bursche‹, dachte Bastian, ›dem kann man so leicht nichts vormachen.‹ Deshalb entschied er sich für die Flucht nach vorn.

»Eigentlich wollen wir sie zu Geld machen.«

»Verscherbeln wollt ihr das gute Stück? Warum sagst du das nicht gleich? Das Geschäft läuft wohl schlecht?«

»Ist auch wegen dem Platz.«

»Tja, unsere bescheidenen Stuben haben keine herrschaftlichen Ausmaße. Da hast du wohl recht.«

Bastian war froh, dass der Böttcher nun keine weiteren Fragen mehr stellte, sondern einwilligte, er könne den Wagen mitnehmen, da er ihn die nächsten Tage ohnehin nicht benötige.

»Leider läuft der Karren nicht mehr ganz rund, seit der Franzmann ihn sich ausgeborgt hat. Die Beschläge hat er von den Rädern gerissen. Nur der Teufel weiß, was er damit gemacht hat. Und am linken Rad ist Holz herausgebrochen. Vielleicht hat der Hundsfott vor Hunger hineingebissen. Wenn ihm dabei die Beißer abgebrochen sind, tät's mich freuen. Bin noch nicht dazu gekommen, die Sache auszubessern.«

»Ich komme zurecht, Krischan. Die Franzosen haben nicht nur bei dir ihre Spuren hinterlassen.«

Bastian zog den Karren an. Vor siebzehn Monaten lebten noch 25.000 französische Soldaten in der Hansestadt. Fast jede Familie hatte einen oder mehrere Männer bei sich zu Hause aufnehmen müssen. Männer, die die freie Handelsstadt viele Jahre besetzt hielten, um von diesem strategisch wichtigen Punkt weiter nach Osten vorzurücken. Das waren Napoleons Pläne und Marschall Louis-Nicolas Davout war ihm treu ergeben und presste den Hamburgern immer wieder ungeheure Geldsummen ab. Mit nichts aber konnte man sich bei den Hanseaten unbeliebter machen, als wenn man ihnen ihren Besitz nahm. Daher hätte manch braver Christ, vor die Wahl gestellt, entweder mit dem Marschall oder dem Teufel einen Freundschaftspakt zu schließen, bedenkenlos letzterem die Hand gereicht – so sehr hatten die Hanseaten Monsieur Davout in ihre gedemütigten Herzen geschlossen!

Doch der »Robespierre von Hamburg« war Vergangenheit, Napoleon war Vergangenheit, nur der große Schaden, den die französische Armee und die Kämpfe mit den Russen angerichtet hatten, war noch allenthalben spürbar und sichtbar: kaum ein Haus, das keine Einschusslöcher zeigte; kaum ein Bürger, der durch Kampfhandlungen und vollstreckte Todesurteile nicht einen Angehörigen, Freund oder Bekannten verloren hatte; und kaum ein Geschäft, das nach achtjähriger Besatzungszeit noch so viel Gewinn abwarf wie früher.

Fast wäre Bastian mit dem Karren an seiner Backstube vorbeigezogen, weil ihn die Erinnerung an das vergangene Elend in diesem Moment blind für alles machte, was ihn umgab, so dass er auch den Mann, der im Durchgang zum Hinterhof auf ihn wartete, erst gar nicht bemerkte. Ein Mann, den Bastian sofort wiedererkannte, obwohl dessen Gesicht unter einer schwarzen Kapuze verborgen war.

20. Kapitel

Ich frage Sie noch einmal, Herr Kollege: Was sollen wir mit einem Domplatz, wenn wir keinen Dom mehr haben?«

»Es gibt ja auch einen Großneumarkt, der weder besonders groß noch neu ist.«

»Also ich denke schon, dass der Markt groß ist. Meine Frau findet dort alles, was wir zum Leben brauchen – sagt sie.«

»Genügsam, wie er ist, unser Hansen.«

»Jedenfalls gibt es dort hervorragenden Aal zu kaufen. Das kann ich bestätigen.«

»Meine Herren, bitte! Sie schweifen schon wieder ab!«

»Lieber abschweifen als ausschweifen.«

»Da stimme ich Ihnen zu.«

»Ich finde, Sie tun das zu oft.«

»Ausschweifen?«

»Zustimmen.«

»Da muss ich Ihnen widersprechen.«

»Domplatz, meine Herren! Es geht um den Domplatz.«

»Ich verstehe immer Domspatz.«

»Haben Sie denn noch immer nicht Doktor Hinrichs konsultiert? Ein hervorragender Mann, sage ich Ihnen. Er soll schon Taube wieder hörend gemacht haben.«

»Welchen Sinn sollte es wohl haben, Tauben wieder hörend zu machen?«

»Taube, mein Bester! Nicht Tauben!«

»Wie Jesus, meinen Sie?«

»Nein, der war blind.«

»Jesus war blind?«

»Meine Herren! Bitte!«

»Der von ihm geheilt wurde, war blind.«

»War der nicht lahm?«

»Lahm und blind.«

»Der arme Mann.«

»Haben Sie eigentlich jemals eine Bibel in der Hand gehabt? Und Sie wollen darüber entscheiden, was mit dem Domplatz geschehen soll?«

»Wollen Sie mir etwa meine Religion absprechen?«

»Ihre Religion? Ja, sind Sie denn katholisch?«

»Wieso katholisch?«

»Weil wir hier über ein katholisches Bauwerk sprechen.«

»Ich dachte, wir sprechen über einen Platz.«

»Bitte, meine Herren! Machen Sie die Sache nicht verwickelter, als sie ist. Wir alle sind froh, dass dieser scheußliche Dom, dieser

Schandfleck des römischen Diktats in unserer freien Stadt, dem Erdboden gleich gemacht wurde. Nun haben wir dort aber einen leeren Platz, der uns ständig an ihn erinnert.«

»Ein Schandfleck wurde gegen einen anderen ausgetauscht.«

»Sie wollen doch nicht ernsthaft behaupten, unser schöner Domplatz sei ein Schandfleck! Wo hat man sonst in unserer eng bebauten Stadt eine so großzügige Fläche, über die man das entzückte Auge gleiten lassen kann?«

»Bei entzündeten Augen empfehle ich Kamillen-Umschläge.«

»Vielleicht sollten wir den Platz einfach umbenennen.«

»Und wie? In Hansen-Platz?«

»Da würde unser Hansen aber platzen. Vor Stolz nämlich.«

»Nun schweigt er, unser Hansen, der kluge Diplomat!«

»Man sollte den Platz bebauen.«

»Ich denke, da haben andere Dinge Vorrang.«

»Zum Beispiel unsere leckeren Zimtbrötchen! Heute scheint eins übrig zu sein.«

»Weil unser Kollege Schrötteringk fehlt.«

»Dann sollten wir es gerecht aufteilen, finde ich.«

»Können wir bitte bei der Sache bleiben, meine Herren!«

»Man könnte auf dem Domplatz eine Bäckerei errichten.«

»Und was sollte dort gebacken werden? Domplätzchen?«

»Sehr witzig, Herr Kollege.«

»Ich sage immer, ein Ratsherr sollte zu gegebener Zeit auch Humor zeigen.«

»Das haben Sie noch nie gesagt.«

»Dann sage ich es jetzt.«

»Natürlich sollten dort Zimtbrötchen gebacken werden!«

»Sie denken aber auch nur an das eine.«

»Sie etwa nicht?«

»Nein, ich denke auch an das andere. An unsere Staatskasse nämlich. Außerdem wäre es geradezu lächerlich, auf dem Domplatz eine Bäckerei zu eröffnen. Es gibt doch wohl genügend Bäcker in der Stadt.«

»Aber keiner von denen backt diese leckeren Brötchen.«

»Irgendwer muss sie ja backen. Sonst gäbe es sie ja nicht. Brötchen wachsen schließlich nicht auf Bäumen.«

»Ich habe allerdings gehört, dass es in wärmeren Regionen Brotbäume gibt.«

»Das erklärt natürlich alles, Herr Kollege. Sicher sind Sie auch schon einmal von einem Löwenzahn gebissen worden.«

»Meine Herren, es ist wirklich nicht Aufgabe des Rates, dafür zu sorgen, dass die Stadt genügend Bäckereien hat. Darum muss sich das Krameramt kümmern.«

»Es ist ja auch wegen Weihnachten, weshalb wir uns Gedanken machen sollten.«

»Können Sie sich bitte etwas deutlicher erklären, Herr Kollege?«

»Schließlich hatte unser Weihnachtsmarkt seinen Platz im Dom. Seit das Gebäude nicht mehr steht, muss der Markt unter freiem Himmel stattfinden. Die Händler beklagen sich, dass das Geschäft darunter leide.«

»Fast alle Märkte finden unter freiem Himmel statt. Die Händler werden sich daran gewöhnen müssen.«

»Ich wage die Prophezeiung, dass es ohne den Dom auch den Dommarkt nicht mehr lange geben wird.«

»Ich halte um zwei Zimtbrötchen dagegen.«

»Hand drauf, Hansen!«

21. Kapitel

Der Mann mit der Kutte folgte Bastian ohne Aufforderung in die Backstube, wo Leefke sich verängstigt vom Tresen zurückzog. Da er dort stumm stehen blieb und keinerlei Anzeichen machte, sein Anliegen in Worte oder Gesten zu kleiden, reichte Bastian ihm schweigend das Blech, auf dem sich sein erster Versuch, das begehrte Zimtbrötchen zu backen, in kleinen bräunlichen Häufchen manifestierte – einer Ansammlung von Maulwurfshügeln nicht unähnlich, die ein wütender Gärtner mit der Schaufel plattgehauen hat. Der Verhüllte ergriff eines dieser trostlosen Gebilde und ließ es im dunklen Schacht seiner Kapuze verschwinden. Doch sogleich zog er aus dem Dunkel wieder hervor, was er gerade hineingesteckt hatte, und warf es mit spitzen Fingern angeekelt von sich. In Anbetracht dessen, was sein Gaumen soeben erleiden musste, fand der geheimnisvolle Besucher sogar die Sprache wieder.

»Das soll ein Zimtbrötchen sein?«

»Ein erster Versuch«, stammelte Bastian.

»Das ist kein Versuch, das ist Blasphemie! Gott hat uns in seinem Edelmut das Korn geschenkt, damit wir ihn in unserem Backwerk ehren! Dies aber ist eine Verhöhnung seiner Freigiebigkeit!«

»Ich habe wohl zu wenig Fett genommen.«

»Zu wenig Fett? Dieses Ding ist ein Zuwenig an allem! Und dann ist es auch wieder zu viel, weil man sich wünscht, dass es so etwas auf dieser Welt gar nicht gäbe!«

»Ich werde mich steigern.«

»Eine Steigerung von nichts ist immer noch nichts!«

Bastian schluckte seinen Zorn herunter und bemühte sich um einen ruhigen Ton.

»Geben Sie mir noch etwas Zeit. Schließlich bin ich kein gelernter Zuckerbäcker. Auch Michelangelo hat seine Sixtinische Kapelle nicht in zwei Tagen bemalt.«

Dass dieser unbegabte Bäcker ihm mit der Sixtinischen Kapelle kam, schien den Besucher zu verwirren. Er schwieg eine Weile und sagte dann: »Ich gebe Ihnen zwei Tage.«

Daraufhin drehte er sich so schwungvoll um, dass Bastian den Luftzug der wehenden Kutte auf seinem Gesicht spürte. Der Vermummte zog die Ladentür geräuschvoll hinter sich zu und ließ den zerknirschten Bäcker in einer Wolke aus Mehlstaub und düsteren Gedanken zurück. Erst ein metallenes Scheppern holte ihn in die Wirklichkeit zurück. Leefke hatte – aus ihrer Starre erlöst – versehentlich eine Knetschüssel vom Tisch gestoßen.

22. Kapitel

Schon in der Nacht zuvor hatte Bastian den Leichnam aus dem Brennholz hervorgezerrt, ihn in zwei Mehlsäcke eingeschnürt und auf eine Leiter gelegt, die ihm nun als Totenbahre diente. Drei weitere Mehlsäcke hatte Bastian mit Laub gefüllt und zur Tarnung auf den eingeschnürten Clément gelegt. So lag er also im Hinterhof der Peterstraße 13 und wartete auf seinen Abtransport am frühen Abend. Pünktlich um 5.30 Uhr traten Bastian und Marianne durch die Hintertür der Backstube ins Freie. Nachdem Sie sich vergewissert hatten, dass niemand sie beobachtete, trugen sie den verpackten Körper, der einmal Clément Clermont gehört hatte, zur Straße und hievten ihn zusammen mit den Laubsäcken auf den Handkarren. Wäre der Durchgang breiter gewesen, hätten sie den Karren direkt im Hof beladen können, aber die ehrwürdigen Erbauer der Häuser in der Peterstraße hatten in ihrem Bauplan nicht berücksichtigt, dass es einmal notwendig sein würde, einen lästigen Toten unbehelligt aus einem der Hinterhöfe zu entfernen.

Marianne drückte Bastian so fest die Hände, wie sie es noch nie zuvor getan hatte, biss sich auf die Lippen, wünschte ihm viel Glück und verschwand, ohne sich noch einmal umzusehen, in ihrer Wohnung. Über der Backstube stand Leefke am Fenster. Obzwar Bastian es von der Straße aus nicht erkennen konnte, war er sicher, dass Tränen auf ihren Wangen glänzten.

»Da haben Sie uns ja was Schönes eingebrockt, Monsieur Clermont«, murmelte Bastian, als er versuchte, den Karren in Bewegung zu setzen, und merkte, dass er das Gewicht unterschätzt hatte. ›Das schaffe ich nie!‹, schoss es ihm durch den Kopf. ›Völlig unmöglich!‹ Dann aber machte der Wagen einen Ruck nach vorn. Offenbar hatte sich nur jene Aushöhlung im linken Rad, die der Böttcher erwähnt hatte, unglücklich mit dem Kopfsteinpflaster verzahnt.

Bastian bog in die Elbstraße ein. Das Rattern der Räder zusammen mit der körperlichen Anstrengung schien seine Gedanken zu betäuben und vermittelte ihm das unbestimmte Gefühl, dass die Dinge nun endlich in Bewegung gerieten und sich die Ängste und Sorgen der vergangenen Tage Schritt für Schritt verflüchtigten. Obwohl der Plüsch-Bäcker eine schwere Last hinter sich her zog, fühlte er sich mit einem Mal ganz leicht. Die kalte Luft strömte so tief in seine Lungen, dass es schmerzte. Aber es war kein lähmender Schmerz, sondern einer, der den Körper zu noch größerer Anstrengung herausforderte. Und dann spürte Bastian, dass ihn noch etwas anderes durchströmte: das ermutigende Gefühl, dass der Tote ihm – selbst, wenn man ihn entdeckte – überhaupt nichts anhaben könne. Würde man ihm, Bastian, nicht die Hand schütteln und dazu beglückwünschen, dass er einen Franzosen aus der Stadt heraus befördere? Noch dazu einen toten Franzosen, einen, der niemals wiederkehren würde! Sicher würde seine geheime Fracht bei vielen Bürgern eher Genugtuung als Bestürzung auslösen. Aber würden auch die Torwächter bei einem Leichenfund auf eine Meldung verzichten? Darauf war kein Verlass, wie man sich überhaupt in diesen Tagen auf wenig verlassen konnte. Eine Taubheit lag auf den Straßen und Häusern der Stadt, wie jene, die sich unmittelbar nach der Heilung einer schweren Entzündung wie ein Schutzschild über die Haut legt. Bis die Hamburger wieder ein Gespür für einen geregelten, angemessenen Umgang miteinander entwickelten, würden noch Jahre vergehen. So schweiften Bastians Gedanken in eine ferne, ungewisse Zukunft, wo sie allerdings nicht lange verweilten, denn eine vertraute Stimme, ein Ruf von der anderen Straßenseite ließ ihn erschrocken aufhorchen:

»Hey, Basti, alter Fladentreter! Ich bin's!«

Es gab nur eine Person, die den Bäcker mit dem wenig schmeichelhaften Titel »Fladentreter« anrief: sein Bruder Anton. Aber Anton war auf See! Andererseits wusste man nie, wie lange und wann er wieder anlanden würde. Da war er also. Wie von einer unliebsamen Welle angespült, stand er dort, mit seinen kurzen schwarzen Haaren, seiner schmuddeligen Seemannskluft und seinem Seesack auf dem Rücken. Anton, der schon als Kind das Talent hatte, im ungünstigsten Augenblick zu erscheinen! Damals, als die kleine Anna Bastian mit zugekniffenen Augen erlaubt hatte, sie auf die Wange zu küssen, war, noch bevor er diesem großzügigen Angebot hatte nachkommen können, Anton aufgetaucht und hatte gefragt, was er denn da mit der Anna mache. Die hatte verschämt die Flucht ergriffen und späterhin, als Bastian sie an ihre Offerte erinnerte, schlichtweg geleugnet, eine solche jemals gemacht zu haben. Und als Bastian gemeinsam mit seinen etwas zwielichtigen Freunden aus der Nachbarschaft auf dem Markt einige Äpfel hatte mitgehen lassen, war Anton es, der mit seinem Gezeter, warum nicht auch er so ein schönes Stück Obst bekäme, den Händler überhaupt erst darauf aufmerksam machte, dass hier ein Bubenstück geschehen war, das, sollte die heranwachsende Generation nicht zu einem Gezücht aus Räubern und Betrügern gedeihen, nach angemessener Bestrafung verlangte. Tatsächlich setzte der bestohlene Markthändler den Kindern nach, und es war Bastian, der sich plötzlich von hinten am Schlafittchen gepackt fühlte und jene Prügel bezog, die anteilig auch seinen Mitstreitern galt, die das ganze Spektakel aus sicherer Entfernung in einer Mischung aus Mitgefühl, Schadenfreude und Erleichterung beobachteten. Wie hatte sein jüngerer Bruder Anton, der doch viel kürzere Beine gehabt hatte als Bastian, davon kommen können, während er selbst vom Verfolger eingeholt wurde? Diese Frage hatte Bastian sich immer wieder gestellt, bis der Vorfall irgendwann zu den Akten kindlicher Kümmernisse gelegt wurde. Seit langer Zeit kam ihm nun zum ersten Mal dieses Ereignis wieder in den Sinn.

Dort stand er also, der windige Ausreißer und unerschrockene Herr der Meere, und auch wenn wohl keine böse Absicht dahinter steckte, sah Bastian mit Missmut, wie sein Bruder, der jetzt auf ihn zukam, herzhaft in einen Apfel biss, ihn kauend und schmatzend umarmte und sagte: »Wird Zeit, dass du wieder unter die Haube kommst, mein Großer. Wenn du weiter so vor dich hin welkst, nimmt dich bald keine mehr.«

»Anton, wo kommst du denn her?«, stieß Bastian hervor, obwohl es ja ganz offensichtlich war, wo sein Bruder herkam.

»Dreimal darfst du raten«, erwiderte Anton. »Freust dich gar nicht, mich zu sehen?«

»Doch. Schon.«

»Siehst aber nicht so aus. Wie geht es dem Alten?«

»Hat lange im Bett gelegen. Aber seit zwei Tagen ist er wieder auf den Beinen.«

»Nicht tot zu kriegen, was? Und was hast du auf deinem Karren?«

»Blätter.«

»Blätter?«

»Von den Bäumen.«

»Und was machst du damit?«

»Ich bringe sie weg.«

»Wohin?«

»Nach draußen.«

»Willst mich wohl verhohnepiepeln? Liegt Laub nicht immer draußen?«

»Raus aus der Stadt, aufs Feld.«

»Ist es dazu nicht etwas spät? Das Millerntor wird gleich geschlossen. Du kommst vielleicht noch raus, aber wenn du wieder rein willst, musst du blechen.«

»Das schaffe ich schon.«
»Woher hast du überhaupt das ganze Zeug?«
»Lag vor dem Laden.«
»Aber vor dem Laden stehen doch überhaupt keine Bäume.«
»Anton, ich muss jetzt wirklich weiter. Wegen der Torsperre.«
»Mein Reden. Weißt du was: Ich werde dich begleiten.«
»Nein … Das ist wirklich nicht nötig. Du bist doch bestimmt erschöpft und willst die Eltern sehen.«
»Die haben fast ein Jahr gewartet, da kommt es auf ein halbes Stündchen auch nicht mehr an.«
»Anton, ich bitte dich. Geh nach Hause. Ich komme schon allein zurecht.«
»Aber was ist denn mit dir, Brüderchen? Du bist ja auf einmal ganz bleich! Na, wenn dir so wenig an meiner Gesellschaft liegt, dann gehe ich eben nach Hause. Donnerlüttchen, ein Empfang ist das hier …«
»So hab ich es nicht gemeint, Anton.«
»Dann musst du mir beizeiten mal auseinanderklamüsern, wie du das gemeint hast. Bis dahin gehabt euch wohl, Milord!«
Anton machte einen Kratzfuß, schulterte den Seesack und setzte seinen Weg in Richtung Peterstraße fort. Bastian atmete tief durch. Wenn er seinen Plan noch verwirklichen wollte, musste er sich beeilen. Um 6.30 Uhr wurden die eisernen Gitterpforten des Millerntors geschlossen. Bevor dies geschah, gab es immer ein großes Gedränge, weil viele Händler, Gaukler, Spaziergänger, Reiter und Fuhrwerke noch die letzte Gelegenheit am Abend nutzen wollten, ohne Entrichtung des Sperrgeldes in die Stadt zu gelangen. Dies schien Bastian der beste Zeitpunkt, um mit seiner heiklen Fracht entgegen dem Menschenstrom das Tor zu passieren, denn keiner der Wachen würde es in dem großen Gedränge einfallen, ihn zu kontrollieren. Ein Blick zum Michel verriet ihm, dass das Tor in zehn Minuten schließen würde. Er musste sich beeilen.

23. Kapitel

Schon von weitem hörte Bastian Menschenstimmen, Kutschengeklapper und Huftritte. Eine Frau kreischte auf, weil unmittelbar neben ihr ein Pferd in eine Pfütze aus Schneematsch getreten war und das schwarze Wasser ihren Mantel durchnässt hatte. Ein Junge rief den Auftritt von Marionettenspielern im Konzertsaal auf dem Kamp aus und im Ganzen herrschte eine so betriebsame, lebendige Atmosphäre, wie man sie vielleicht nur in einer freien Stadt wie Hamburg erleben konnte. Mit seinem Handwagen steuerte Bastian auf die Mitte des Menschenstroms zu, um den größtmöglichen Abstand zu den beiden Wachhäusern zu halten, die mit ihren Säulen wie zwei griechische Tempel im Miniaturformat die breite Torstraße säumten. Angebetet wurde hier allerdings ein sehr weltlicher Gott namens Mammon. Streng achteten die städtischen Akzisebeamten und die Torwachen der Zünfte darauf, dass die in der gewerbefreien Zone am Hamburger Berg hergestellten Waren vor der Einfuhr in die Stadt auch besteuert wurden – sofern man die Einfuhr überhaupt erlaubte. Aber auch Reisende in Richtung Vorstadt wurden gelegentlich durchsucht, da es auch Ausfuhrbeschränkungen gab. Bastian konnte sich gut vorstellen, dass eine menschliche Leiche in gewisser Weise diesen Ausfuhrbeschränkungen unterlag, obwohl mit ihr doch eigentlich kein Geschäft mehr zu machen war – sah man einmal von den Medizinern ab, die für ihre öffentlichen Obduktionen im anatomischen Theater immer Nachschub benötigten und angeblich gut bezahlten. Zum Glück war diese Einrichtung im Eimbeckschen Haus im letzten Jahr geschlossen worden.

Aber auch der Menschenstrom am Millerntor war eine gute Einnahmequelle, nämlich für die vielen Straßenhändler, die hier Walnüsse und Zigarren, Lieder und Lumpen, Schuhe und getrocknete Lavendelblüten feilboten, und fast war es schwieriger, sich an den aufdringlichen Ausrufern vorbeizudrücken als an den übrigen Menschen, die schwatzend oder stumm, gemächlich oder hastig, mit ermatteten oder erhitzen Gesichtern aus dem dunklen Tunnel im Stadtwall hervordrängten. Bastian hatte das Gefühl, als würde er, wie der Bug eines Schiffes, das Meer der Menschen in zwei Ströme teilen, die links und rechts an ihm vorbei flossen. Dabei rauschte es in seinen Ohren, als würden sich wahrhaftig die Wellen des Wassers an ihm reiben. Einmal hierhin, einmal dorthin ausweichend, kam er nur stockend voran und warf immer wieder verstohlene Blicke in Richtung der Wächter, die das allabendliche Schauspiel mit gelangweilter Aufmerksamkeit verfolgten. Versehentlich stieß er an den Bauchladen eines Händlers, drehte sich zur Seite und erhaschte in der flüchtigen Bewegung ein Bild, das ihm einen Stich versetzte. Nochmals schaute er in den Bauchladen und war sich jetzt sicher, dass er sich nicht getäuscht hatte. Der Junge, der da vor ihm stand, war wohl kaum sechzehn Jahre alt. Dünne blonde Haarsträhnen und ein großer goldener Ohrring guckten unter seinem Elbsegler hervor, den er tief ins Gesicht gezogen hatte. Trotzdem konnte Bastian die wässrig blauen Augen sehen, die wie zwei gerade aus dem Laich geschlüpfte Fischchen in einem blassen Gesicht schwammen. Aber nicht dieses Gesicht war es, das Bastian so beunruhigte, sondern das, was der Junge zum Verkauf anbot: das Zimtbrötchen! Jene Art von Brötchen, die er seit Tagen erfolglos zu backen versuchte. Nur dass dieses nicht in zwei Spiralen gedreht war, sondern als Fladen angeboten wurde. Offenbar gab es Bäcker, denen das Rezept bekannt war. Warum ließ sein dunkler Besucher die Brötchen dann nicht einfach von einem anderen backen?

»Woher hast du diese Brötchen«, entfuhr es Bastian vielleicht eine Spur zu streng. Der Junge sah ihn trotzig an.

»Sag schon!«

»Möchten Sie eins?«

»Ich möchte wissen, wer sie gebacken hat!«

»Kann ich nicht sagen.«

»Warum nicht?«

»Berufsgeheimnis.«

»Du bist ganz schön frech!«

»Dann rate ich dem Herrn, woanders zu kaufen.«

»Bekomme ich jetzt eins oder nicht?«

»Wenn Sie das nötige Kleingeld hier in die Mütze legen«, sagte der Junge und hielt Bastian die Selbige hin. Bastian schnippte einen Schilling in die Kopfbedeckung und wollte sich ein Zimtbrötchen aus dem Bauchladen nehmen, doch der Junge hielt ihn zurück.

»Nicht das. Sie bekommen ein frisches.«

»Ich möchte aber dieses.«

Der Junge sah Bastian an, als müsse er nachdenken, und sagte dann: »Entweder Sie nehmen ein anderes, oder Sie bekommen Ihr Geld zurück.«

»Was soll das nun wieder?«

»Was ich nicht verkaufen will, verkaufe ich nicht.«

»So ein komischer Vogel wie du ist mir noch nie begegnet.«

»Seien Sie froh, mein Herr. Denn komische Vögel machen ihr Geschäft, wo sie's wollen.«

»Machst du dich etwa lustig über mich?«

»Nein, mein Herr.«

»Also gib mir endlich das Brötchen. Ich habe es eilig!«

Der Junge schob das obere Brötchen zur Seite und reichte Bastian eines von weiter unten. ›Vielleicht war dieses tatsächlich frischer‹, dachte Bastian und meinte nun, den Jungen vorschnell verurteilt zu haben. Doch kaum hatte er das Backwerk in seiner Manteltasche verstaut, nahm seine Aufmerksamkeit wieder einen größeren Radius ein. Er befand sich jetzt fast auf Höhe der Wachhäuschen und hätte zu gern gewusst, ob die Wachen Notiz von ihm nahmen. Doch traute er sich nicht, den Kopf zur Seite zu wenden, weil er glaubte, sich dadurch verdächtig zu machen. Plötzlich meinte er, jeden einzelnen Kopfstein, über den die Räder hinwegpolterten, in Armen, Schultern und Rückgrat zu spüren. Der Lärm der Menschenmasse verschmolz zu einem diffusen Rumoren, Brabbeln und Kreischen. Dass er in seinen kleinsten Bestandteilen dennoch dazu diente, sich einander verständlich zu machen, schien Bastian in diesem Augenblick wie ein Wunder. Ein Wunder, das wie zu seiner eigenen Bestätigung nun einige Worte an Bastians Ohr dringen ließ, die dieser nur allzu gut verstand: »He, der Herr da mit dem Karren! Was hat Er denn geladen?«

Bastian hörte sein Herz wie Trommeln in seinen Ohren schlagen. Er blickte in die Richtung, aus der er die Worte vernommen hatte, und seine schlimmste Befürchtung bestätigte sich: Einer der Torwächter, ein gedrungener Mann mit flacher Stirn und festem Blick, kam geradewegs auf ihn zu. Vor Bastians innerem Auge blitzte ein Bild auf, das ihm aus Kindertagen noch im Gedächtnis war: Bei einem winterlichen Alster-Spaziergang mit seinen Eltern entdeckte er einen Fisch, der vom Frost überrascht worden und im Eis eingefroren war. Dessen scheinbar lebendige und doch ganz und gar tote Augen hatten bei ihm einen so schaurigen Eindruck hinterlassen, dass er noch Wochen später schweißgebadet von seinem eigenen Schrei aufgewacht war. »Zurück in die Tiefe, du hässlicher Spiegel!

Du gehörst nicht zu mir!«, hatte Bastian im Schlaf gerufen und sich erst, als die Mutter ihm mit einem feuchten Tuch die Stirn abgetupft hatte, wieder beruhigt. Weshalb ihn dieses Schreckensbild nach so langer Zeit ausgerechnet jetzt wieder heimsuchte, darüber hatte er keine Zeit nachzudenken. Nur noch wenige Schritte war der Wächter entfernt. An eine Flucht war mit dem schweren Handwagen nicht zu denken. Und wenn er einfach davon liefe, ohne den Karren? Es wäre aussichtslos. Selbst wenn ihm die Flucht gelänge, waren so viele Menschen vor Ort, die sein Gesicht, seine Gestalt hätten beschreiben können, dass man ihn früher oder später aufspüren würde. Und wie sollte er Christian Allmers den Verlust des Karrens erklären?

Bastian starrte dem Wächter entgegen, wie der Seemann einem bedrohlichen Unwetter, dessen vernichtende Gewalt ihn – ganz gleich was er unternähme – unabänderlich treffen würde, und er fragte sich, ob man ihm ansehen könne, dass sein Herz etwa drei Mal so schnell schlug wie gewöhnlich. Er schloss die Augen wie ein Kind, das mit der Unsichtbarmachung der Welt auch sich selbst zum Verschwinden bringen möchte. Doch mitten in diese verzweifelte Schwärze hinein drang ein greller Schrei, gefolgt von aufgeregten Rufen. Ganz in Bastians Nähe war eine junge, elegant gekleidete Frau auf dem festgefahrenen Schnee ausgerutscht und so unglücklich gefallen, dass eine vorbeifahrende Kutsche ihr linkes Bein überrollt hatte. Der Kutscher war vom Bock herabgesprungen und hatte ohne Scheu die Röcke des Unfallopfers nach oben geschoben, um das Ausmaß der Verletzung zu begutachten. Ein schmächtiges, aufgrund des Schrecks leichenblasses Männlein, von dem man nicht sagen konnte, ob es ihr Ehemann oder ihr Vater war, kniete jetzt neben der Bedauernswerten und streichelte ihr unablässig unbeholfen grob über Stirn und Wangen, als wolle er die schmerzverzerrten Gesichtszüge seiner Begleiterin mit aller Entschlossenheit wieder in eine ebenmäßige Faltenlosigkeit zurückzwingen. Einige der umstehenden Menschen riefen nach einem Arzt, während aus dem Bein der Verletzten das Blut hervorquoll und eine stetig wachsende rote Blume im Schnee erblühen ließ. Der Wächter schien keineswegs erschrocken – vielleicht hatte er derartige Szenen schon öfter erlebt – sah es aber als seine Pflicht an, ordnend einzugreifen, und bahnte sich einen Weg durch den immer dichter werdenden Kreis der Schaulustigen.

Bastian spürte ein Zittern in den Knien – sei es, dass er den Schmerz der Verletzten mit dem eigenen Körper nachempfand, sei es, dass die geänderte Situation ihm erst jetzt die große Gefahr zu Bewusstsein brachte, in der er sich bis eben noch befunden hatte, und die dann auf eine andere Stelle im Menschenmeer übergesprungen war, um dort ihr Unheil zu verrichten. Mit einem Ruck riss er sich los vom Anblick der wimmernden Frau und glitt mitsamt seiner drückenden Last so unbeschwert wie eine stromabwärts treibende Schute durch das Millerntor und den durch den Wall getriebenen Tunnel ins Freie.

24. Kapitel

Die Abenddämmerung hatte den Hamburger Berg in ein fahles Grau getaucht und die vereinzelten Schreie der Möwen schienen die plötzlich eintretende Stille nur noch zu verstärken. Ein langer Weg führte Richtung Norden entlang des Stadtgrabens, aus dessen dunklem Wasser hier und dort kleine Blasen an die Oberfläche stiegen. Linkerhand erstreckten sich die neu errichteten, langen Bahnen der Reeper. Wer den gespannten Seilen gleich einem Ariadnefaden folgte, durfte zwar nicht hoffen, den Minotaurus zu erlegen, gelangte aber unfehlbar nach Altona, einem Ort, an dem das Monster der Gewerbefreiheit herrschte, das nach Meinung der Hamburger Handwerker für die Zerstörung stabiler Preise und des Qualitätsniveaus ihrer Waren verantwortlich war.

Obwohl die Luft hier merklich kühler war, begann Bastian zu schwitzen. Rechts erstreckte sich das Heiligengeistfeld, über das hinweg man fast bis zur Glashütte sehen konnte. Gleich dahinter lagen die Begräbnisplätze der großen Hamburger Kirchen und des Krankenhofs. Da letzterer am weitesten von der Stadtgrenze entfernt lag und Bastian fürchtete, man könne ihn bei seinem Vorhaben vom Wall aus beobachten, schlug er den Weg nach links ein, der direkt an der Glashütte vorbeiführte, und war, als er sein Ziel erreichte, so erschöpft, dass ein Meer aus kleinen hellen Punkten vor seinen Augen tanzte. Er sank an der Mauer der heiligen Stätte nieder wie einer, der jeden inneren Antrieb verloren hatte. Der Eindruck aber täuschte, denn schon nach wenigen Minuten raffte Bastian sich wieder auf und ging, seine schwere Last an der Mauer zurücklassend, bald in diese, bald in jene Richtung, um einen geeigneten Platz für seine weihelose Beisetzung auszuwählen. Dabei wanderte sein Blick über die Grabkreuze und -steine, blieb an diesem oder jenem fremden Namen hängen und für einen Moment füllte sich sein Kopf mit dem Leben all dieser Verstorbenen, von denen er nichts wusste und die dennoch von jenen kleinen und großen Verrichtungen zu erzählen schienen, mit denen sie zeitlebens versucht hatten, den Gedanken an diese letzte Zufluchtsstätte beiseite zu drängen.

Bastian war zu einer alten Trauerweide gelangt. Ihre dünnen Äste hingen wie schwarze Fäden bis zum Boden und bildeten rund um den Stamm einen schützenden Raum, der von Schnee frei war und wo die Erde weniger gefroren schien. ›Hier werde ich den Franzosen verscharren‹, dachte er, doch im selben Moment schoss es ihm wie ein Blitz durch den Kopf. An alles hatte er gedacht, sich jede Etappe seines delikaten Unterfangens etliche Male durch den Kopf gehen lassen. Aber das Wichtigste, von dem die erfolgreiche Umsetzung seines Plans in allererster Hinsicht abhing, hatte er vergessen: eine Schaufel! Wie konnte es sein, dass er daran nicht gedacht hatte? Hatte Marianne nicht gesagt, er solle eine Schaufel besorgen? Marianne, die immer an alles dachte, und Bastian, der immer alles vergaß – sogar das, von dem womöglich sein Leben abhing. »Himmelherrgott, was für ein Drümpel ich doch bin!«, stieß er hervor, wütend auf sich selbst und seine Vergesslichkeit. Heil und unbemerkt war er auf dem Friedhof angekommen, doch nun fehlte ihm das Werkzeug, ein Loch zu graben. Das war erbärmlich.

Aber wurden auf einem Friedhof nicht fast täglich Löcher gegraben? Also musste es hier auch Schaufeln geben. Nur wo? Wo? Bastians Gedanken drehten sich im Kreis, sein Blick drehte sich im Kreis – und fiel auf ein flaches Gebäude, etwa hundert Schritte entfernt. Er hastete darauf zu, spähte durch ein winziges Fenster, konnte aber nichts erkennen. Die Tür ließ sich mit einem Riegel, auf dem ein pilzförmiger Knauf befestigt war, von außen öffnen. Ein modriger Geruch kam ihm entgegen, als er das dunkle Innere betrat. Von irgendwo kam ein Rascheln. Vermutlich Ratten, die vor dem unerwarteten Besucher Reißaus nahmen. Als Bastians Augen sich an die Dunkelheit gewöhnt hatten, erkannte er den Umriss einiger Fässer und Kisten im hinteren Teil des Raumes. Davor lagen vier oder fünf lange Bretter auf dem Boden. Rechts an der Wand lehnte Gartengerät. Offenbar wurde der massive Steinbau, der früher sicher einem anderen Zweck gedient hatte, heute als Schuppen genutzt, und im kaum wahrnehmbaren Lichtkegel, der durch das kleine Fenster drang, entdeckte Bastian, wonach er suchte: mehrere Schaufeln, Spaten und sogar zwei Spitzhacken! Er war gerettet! Sein Glücksgefühl war so groß, dass eine plötzliche Wärme in ihm aufstieg. Bastian griff nach Hacke und Schaufel und wollte eben das Gärtnerhaus wieder verlassen, als er draußen eine Stimme vernahm.

»Hab dir schon hundert Mal gesagt, die Tür muss zu, wegen der Ratten!«

»Hab ich doch zugemacht!«, hörte Bastian eine zweite Stimme sagen. Dann wurde die Tür geschlossen und der schwere Kippriegel wieder nach unten gedrückt. Bastian lauschte angespannt in die Dunkelheit hinein. Noch einmal hörte er die Stimme des zweiten Mannes – jetzt schon weit entfernt. »Ja, ja«, sagte sie im gereizten Ton, als sei sie die ewigen Ermahnungen des Kollegen leid. Dann wurde es still.

Bastian schaute durch das kleine, schmutzige Fenster ins Freie über die Gräber hinweg. In der Ferne ragte am Abendhimmel die mächtige Sternschanze empor. Die beiden Männer aber sah er nicht. Er tastete sich zur Tür und versuchte, sie aufzudrücken. Sie bewegte sich keinen Millimeter. Er drückte kräftiger – ohne Erfolg. Tür und Riegel erwiesen sich als äußerst robust. Auch dann noch, als Bastian Anlauf nahm und sich mit seinem ganzen Gewicht gegen jenes Bollwerk warf, das die Ratten aussperren sollte, aber wohl auch einer Elefantenherde standgehalten hätte. Ein Schmerz durchzuckte seine Schulter, gefolgt von der bitteren Erkenntnis, dass er diese modrig-düstere Stätte aus eigener Kraft und eigenem Willen nicht würde verlassen können. Dann entdeckte er in Gesichtshöhe eine kleine Luke in der Tür, die sich aufschieben ließ. Bastian streckte einen Arm hindurch, aber der Riegelknauf war zu tief angebracht. Es konnte sich nur um wenige Zentimeter handeln!

Wut stieg in ihm auf. Eine Wut auf die beiden Gärtner, die ihm so böse mitgespielt hatten. Nicht mit Absicht, dafür aber mit einer mechanischen Gleichgültigkeit, die Bastian als weitaus demütigender empfand. Die dumpfe Gewohnheit hatte den Fremdkörper im gleichförmigen Tagesablauf gleichsam blind erkannt und unschädlich gemacht. Die Ratte im Gärtnerhaus, das war er, Bastian, der sich in die dunkelsten Ecken verkroch! Der heimlich Löcher grub für seinen erbeuteten Kadaver! Der sich von Angst gepeitscht ständig auf der Flucht befand. Flucht wovor? Vor falschen Anschuldigungen? Vor einer unberechenbaren Kette des Unheils, die jener rätselhafte Leichnam auslösen konnte, wenn man sich nicht schnellstens von ihm befreite? Oder die Flucht vor einer Welt, in der es möglich war, dass morgens nach dem Aufstehen plötzlich ein Toter in der eigenen Backstube lag? Bastian verlor mit einem Mal allen Lebensmut. Er beschloss, an diesem trostlosen Ort in aller Ruhe auf den Morgen zu warten. Wenn die Gärtner kämen, hätten sie den Leichnam an der Friedhofsmauer sicher schon entdeckt. Bastian würde die unglaubliche Wahrheit verkünden und sich dann seinem Schicksal ergeben. Komme, was wolle! Plötzlich kam eine große Ruhe über ihn. Er sank zu Boden und fiel in einen unruhigen Dämmerzustand, aus dem er erst wieder emporschrak, als etwas über sein Gesicht lief. Unwillkürlich griff er ins Dunkel und spürte ein langes, dünnes Etwas zwischen seinen Fingern. Er packte fester zu, zog die ängstlich quiekende Ratte am Schwanz in die Höhe, nahm einen Spaten, ließ das immer noch am Schwanzende gefasste Tier dort zu Boden, wo das Fenster ein Viereck aus fahlem Licht formte, zielte und trennte den langen Schlauch aus Knorpel und Haut vom Rumpf des Nagers, der sich panisch in eine dunkle Ecke flüchtete. Danach bog Bastian den Rattenschwanz zu einer Schlaufe und streckte seinen Arm abermals durch das kleine Türfenster. Nach mehreren Versuchen gelang es ihm, den Knauf zu umschließen, den Riegel nach oben zu ziehen und die Tür zu öffnen. Niemals hätte er gedacht, dass ausgerechnet eine Ratte ihn aus dieser misslichen Lage befreien könnte, und er wollte noch einmal mit sich zu Rate gehen, ob er im Hof auch weiterhin Gift zur Bekämpfung der nächtlichen Besucher streuen sollte.

Ausgerüstet mit Hacke und Schaufel begab er sich zur Trauerweide, um mit der Arbeit zu beginnen. Doch so sehr er sich auch bemühte, die Hacke prallte am Boden ab wie die Frühstücksmesser der verbitterten Kunden an Bastians Brötchen. »Es liegt an meiner Erschöpfung«, sagte der Plüsch-Bäcker zu sich. »Ich habe einfach keine Kraft mehr!«

Bei einem erneuten Anlauf zeigte sich das Erdreich ebenso widerspenstig wie zuvor. Hatte er bis hierher so viele Strapazen auf sich genommen, nur um nun – kurz vor dem Ziel – zu scheitern? Bastian biss sich auf die Unterlippe, holte noch einmal weit aus und ließ die Hacke nach unten schnellen – ohne Erfolg. Vielleicht versperrte ihm eine Baumwurzel den Zugang ins Erdreich! Vielleicht hatte er hier – wie schon so oft – intuitiv den Weg des größten Widerstands gewählt. Er müsste also nur etwas weiter links oder rechts graben! Doch auch an anderer Stelle gab das Erdreich nicht nach. Verzweifelt warf Bastian die Hacke auf den hartgefrorenen Boden.

›Ich werde den Leichnam einfach hier ablegen und mich davon machen‹, dachte er. ›Sollen sich die anderen doch um ihn kümmern!‹ Doch dann fiel ihm sein mysteriöser Besucher wieder ein. Wenn der Leichenfund bekannt würde, wäre er dem unheimlichen Gesellen auf Gedeih und Verderb ausgeliefert. Nein, Monsieur Clermont, beziehungsweise das, was von ihm übrig war, musste für immer verschwinden!

Entschlossen ging Bastian zurück zur Mauer. Vor dem Karren blieb er stehen und starrte eine Weile mit leerem Blick auf die Laubsäcke, die den Leichnam bedeckten. Dann drehte er sich abrupt um, als hätte ihn irgendein Geräusch aus seinen Gedanken gerissen. Doch es war totenstill. Er ging einige Schritte nach links, blieb stehen, streckte den Kopf wie ein Hund, der eine Fährte aufnimmt, wandte sich dann doch nach rechts, hatte offenbar gefunden, was er suchte, folgte einigen Fußspuren im Schnee, blieb nach etwa dreißig Schritten abermals stehen und schnalzte mit der Zunge. Wie auch immer die Totengräber es fertiggebracht hatten, dem granitharten Boden die Stirn zu bieten: Vor Bastians Füßen öffnete sich ein frisch ausgehobenes Grab, das in wenigen Tagen sicherlich seiner Bestimmung entsprechend gefüllt und zugeschüttet werden würde.

Den Karren bis hierher zu ziehen, war schwerer, als Bastian vermutet hatte, da der Boden des Todesackers nicht nur sehr unregelmäßig und steinig war, sondern in dieser Richtung auch leicht anstieg und Bastian auf dem Schnee immer wieder ausrutschte. Er entschied sich, den Toten vom Wagen und das letzte Stück über den Boden zu ziehen und rollte ihn seitlich ins Grabloch hinein. Beim dumpfen Aufprall der leblosen Körpermasse verzog er das Gesicht, sagte sich dann aber, dass noch niemand einen Toten habe schreien hören, selbiger wohl also auch keine Schmerzen mehr verspüre. Hiernach füllte er die Seiten des Lochs mit Laub und streute über alles so viel Schnee, dass sich eine gleichmäßige weiße Fläche ergab. Er betrachtete sein Werk, das in der Dunkelheit nun kaum noch zu erkennen war, und hoffte, dass bei der anstehenden Beerdigung niemandem auffiel, das dieses Grabloch weniger tief war als gewöhnlich.

Ein Glücksgefühl durchströmte ihn wie die Strahlen der Morgensonne nach einer durchzechten Nacht. Das Werk war vollbracht! Der dunkle Dämon, der ihm seit Tagen nicht von der Seite gewichen war und schlaflose Nächte bereitet hatte, würde hier seine Ruhe im Tod finden und im Gegenzug Bastian die seine im Leben. Vielleicht schon morgen würde ein schwerer Sarg auf den lästigen Leichnam gesenkt und ihn auf immer an seine letzte Schlafstätte fesseln. Bastian fühlte sich wie von allen Sünden erlöst, obwohl er nicht glaubte, eine begangen zu haben. Er warf die geleerten Laubsäcke auf den Karren, verließ mit ihm das Friedhofsgelände und was seinem Hochgefühl noch einen zusätzlichen Schub verpasste, war das Zimtbrötchen, das er völlig vergessen hatte und nun in seiner Manteltasche wiederfand. Wie wohlig sich der Geschmack von feinster Butter und edlem Zimt in seinem Mund ausbreitete! Man konnte schon verstehen, dass die Hamburger diesem Backwerk hoffnungslos verfallen waren. Er selbst hatte davon bis zu der Sache mit Clermont gar nichts mitbekommen, aber was bekam man auch schon mit von der Welt, wenn man tagein, tagaus in einer dunklen Backstube stand und dafür zu sorgen hatte, dass das Brot nicht anbrannte? Dies jedoch war nicht der Moment, um düsteren Gedanken nachzuhängen. Dies war der Moment, zu genießen. Wie leicht ihm der Wagen auf einmal schien! Und das Geräusch der Räder auf dem verschneiten Weg: wie ein sanftes Dahingleiten auf gut geölten Schienen! Auch die Bäume, die sich als dunkle Schattenrisse vor dem Himmel abzeichneten, schienen ihm jetzt versöhnlicher und von Geheimnissen zu künden, deren teilhaftig zu werden eine innere Bereicherung unvergleichlichen Ausmaßes bedeuten würde.

›Aber ist es überhaupt möglich, der Natur ihr Geheimnis zu entreißen?‹, dachte er. ›Kann man dem Meer seine unzähligen Tropfen entreißen, aus denen es sich zusammensetzt? Und selbst wenn man es könnte, was wäre dadurch gewonnen? Muss man nicht vielmehr ins Wasser eintauchen, um seine Unbegreiflichkeit zu begreifen?‹

Bastians Blick wanderte über den Wallgraben, der von der großen Alster gespeist wurde und am Ende sein Wasser in den Jonashafen freigab. Noch vor wenigen Jahren lag der Graben verborgen hinter einer Verteidigungsschanze, die jedoch durch die Angriffe der Russen derart in Mitleidenschaft gezogen worden war, dass man sie inzwischen fast vollständig entfernt hatte. Der Mond goss sein fahles Licht in silbrigen Wellen über das schwarze Wasser. Und da war noch etwas Weißes, das Bastian zuerst nicht erkennen konnte. Es trieb auf dem Wasser und sah aus wie ein Schwan ohne Hals und Kopf. Aber was kümmerte es ihn? Er wollte nur nach Hause und diesen nächtlichen Ausflug so schnell wie möglich vergessen.

Bastian hatte jene Stelle schon passiert, als er den Kopf noch einmal zur Seite drehte. Nun sah er noch etwas anderes im Wasser schwimmen. Es war aber nicht weiß, sondern viel dunkler. Beide – der weiße und der schwarze Gegenstand – schienen durch etwas miteinander verbunden, das Bastian nicht erkennen konnte. Er überlegte einen Augenblick, setzte dann den Wagen ab und ging in Richtung des Grabens. Das weiße Objekt schien tatsächlich ein Schwan zu sein, von dem aber nur ein kleiner Teil aus dem Wasser herausragte, weil etwas Schweres auf ihm lag. Jetzt sah Bastian noch etwas anderes Weißes, das zwischen den Schwänen – das andere Tier gehörte zu jenen seltenen schwarzen Exemplaren – im Wasser trieb. Haare! Bastian kniete jetzt direkt am Ufer und der Schreck versetzte ihm einen solchen Hieb, dass er fast vornüber ins dunkle Nass gekippt wäre. Im letzten Moment verlagerte er sein Gewicht und landete auf dem kalten Boden: Nicht nur Haare, sondern eine ganze Person trieb dort im Wasser, die Arme über die sichtbar toten Vögel gebreitet. Waren sie es, die den leblosen Körper am völligen Untergehen hinderten? Bastian rang nach Luft und fühlte sich wie gelähmt. Kaum hatte er sich eines Toten entledigt, da kreuzte ein weiterer auf! Fielen die Leichen denn neuerdings einfach so von den Bäumen? Aber mit dieser hier hatte er nichts zu schaffen! Ein zufälliger Fund, der ihn nicht weiter zu kümmern brauchte.

Hastig entfernte er sich vom Ufer, blieb stehen, drehte sich noch einmal um und dachte, dass der Mann doch zumindest ein Recht darauf habe, möglichst bald von jemandem gefunden zu werden. Dass Bastian selbst nicht dieser Jemand sein konnte, verstand sich von selbst, denn was hätte er antworten sollen, wenn man ihn gefragt hätte, was er zu dieser Zeit am Wallgraben zu suchen habe? Aber sollte er den armen Mann nicht zumindest ans Ufer ziehen? Ja, das war seine Pflicht als Christenmensch! Bastian suchte sich einen kräftigen Ast und mit einiger Anstrengung gelang es ihm, das groteske Dreigespann ans Ufer zu dirigieren. Beim Versuch, den Leichnam aus dem Wasser zu ziehen, rutschte er doch noch ins eisige Nass hinein, schob und zerrte den schweren Körper an Land und blieb dann erschöpft am Boden sitzen.

Wie im Wasser, lag der Mann auch jetzt noch auf dem Bauch, so dass Bastian sein Gesicht nicht sehen konnte. Und er wollte es auch gar nicht sehen. Dann aber – wie von fremder Hand geleitet – rollte er die Leiche auf den Rücken und sah in zwei weit aufgerissene Augen. Abermals wurde ihm schwindelig. Denn das fahle Licht des Mondes verriet ihm sofort, dass er diese Augen schon einmal gesehen hatte. Es waren die Augen des vornehmen Mannes, der ihn kürzlich auf der Straße überrascht hatte, als er unbekleidet vor der Backstube stand. Bastian fuhr mit den Händen durch die Luft, als wolle er das Trugbild verscheuchen, das hier aus dem dunklen Wasser hervorgekrochen war. Aber er täuschte sich nicht. Und dann griff seine Hand in etwas Weiches, das unweit des Mannes am Boden lag. Es war der Rest eines Brötchens. Und es roch nach Zimt.

25. Kapitel

Von Respektspersonen immer wieder eingeschüchtert und gedemütigt, hatte Gniffkes Selbstachtung sich auf einen winzigen Punkt zusammengezogen, von dem aus er misstrauisch die Welt beobachtete. Er mied Obrigkeiten und überhaupt alles, was mit einer Macht ausgestattet war, deren Ursprünge sich ihm nicht erschlossen und die ihm deshalb unberechenbar schien wie das Meer, in dem sich plötzlich und unerwartet eine Strömung auftut, die Schiff und Besatzung erbarmungslos mit sich fortreißt. Gniffke war auf vielen Schiffen gesegelt, hatte den Befehlen vieler Kapitäne Folge geleistet und war manches Mal nur knapp mit dem Leben davongekommen, wenn Unwetter oder Piraten die Seeleute – ohnehin schon von schwerer Arbeitslast gebeugt – einer zusätzlichen Gewalt aussetzten, deren Rohheit sich kein Mensch vorstellen kann, der sein Leben ausschließlich auf dem Festland verbringt. Da er, Gniffke, fast zwanzig Jahre auf dem Wasser verbracht hatte, konnte er sich vieles vorstellen. Er konnte sich vorstellen, wie ein Mann ganz plötzlich aufhörte zu atmen. Ein Mann, der eben noch in der vollen Blüte seines Lebens stand. Und er konnte sich vorstellen, dass dieser letzte Atemzug nicht unbedingt jener war, den der Allmächtige für diesen Mann vorgesehen hatte. Wie aber konnte es sein, dass der Allmächtige zuweilen nicht die Macht hatte, über Leben und Tod zu bestimmen? Dass einfach ein anderer diese Macht für sich in Anspruch nahm und damit die Größe des Allumfassenden infrage stellte? Was Gniffke bezüglich jeder Form von Macht so misstrauisch machte, war, dass sie sich jeder nehmen konnte, der listig und rücksichtslos genug war. Deshalb sollte man sich mit den Mächtigen niemals verbinden, lautete seine Devise. Aber wenn einem ein Toter aus einem Brennholzstapel die Hand entgegenstreckte, dann war das eine Sache, die man nicht auf sich beruhen lassen konnte. Vor wenigen Tagen noch hatte Gniffke anders darüber gedacht. Was ging ihn ein Toter in einem Hinterhof an, den er heimlich betreten und wieder verlassen hatte? Nichts! Sollten die Landratten ihre Toten doch lagern wie und wo es ihnen Spaß machte! Würde er den Fund melden, hätte er, Gniffke, sicherlich mit Scherereien zu rechnen.

In der folgenden Nacht aber sah er den Arm des Toten erneut – im Schlaf. Er streckte sich Gniffke entgegen, wie der abgestorbene Ast einer alten Eiche. Doch als Gniffke näher kam, um die Hand zu betrachten, griff sie plötzlich zu und packte ihn an der Gurgel. Entsetzt fuhr Gniffke aus seinem Traum auf, die kalten Finger noch am Halse fühlend. Auch musste er geschrien haben, denn aus dem Zimmer, das neben dem Hausflur lag, den er heimlich zu seiner Schlafstatt auserkoren hatte, drangen Stimmen. Im Nu war er auf der Straße und hörte, als er hastig um die nächste Hausecke bog, wie ihm jemand hinterherrief: »Lass dich hier nicht mehr blicken!«

In der nächsten Nacht bedrängte ihn das Spukbild abermals. Wieder sah er die gräuliche Hand vor seinem Gesicht. Diesmal bewegte sie nur den Zeigefinger und wies damit auf eine schwarze Tür. Eine Tür, die genauso aussah wie jene, die sich im Hinterhof neben dem Holzstapel befunden hatte. Im Traum folgte Gniffke dem Fingerzeig, ahnend, dass hinter dieser dunklen Pforte ein Verbrechen stattgefunden haben musste. Sie öffnete sich, noch bevor er die Klinke greifen konnte, und Gniffke sah, dass der Boden des Hauses mit Wasser gefüllt war. Schwarzes Wasser hatte den ganzen Raum geflutet und in der Mitte schwamm ein Boot, aus dem heraus ihn eine kleine, garstige Gestalt mit glühenden Augen anstarrte. Sie hatte nur einen Arm, der schlaff an ihr herunterhing. ›Ein toter Arm!‹, schoss es Gniffke durch den Kopf.

Dieser Traum wiederholte sich in der nächsten Nacht, bereichert um noch weitere abstoßende Details. Für Gniffke stand nun fest, dass er etwas unternehmen musste. Der Tote – denn zu einem toten menschlichen Arm gehörte in der Regel auch ein toter Mensch – hatte sich in Gniffkes Kopf festgekrallt und würde nicht eher loslassen, bis er, Gniffke, seiner Pflicht nachgekommen wäre, den Fund zu melden. Er ging der Polizei aus dem Weg, wo er nur konnte, und hätte sie sogar verachtet, wenn er zu einer so hochmütigen Haltung fähig gewesen wäre. Dennoch war er fest entschlossen, sich, noch bevor die schrecklichen Bilder ihm abermals den Schlaf raubten, zur neuen Polizeibehörde im Stadthaus am Neuen Wall zu begeben und den Herren Beamten zu schildern, was für eine schauerliche Bekanntschaft er in jenem Hinterhof gemacht hatte. Die Herren Beamten würden erkennen, dass er selbst in keiner Weise in die Sache verwickelt war. Denn einer, der einen anderen umbringt, geht hiernach ja nicht zu Polizei, um den Lageplatz der Leiche bekanntzugeben – es sei denn, er ist im Kopf nicht ganz richtig. Und eben diese Befürchtung, dass die Herren Beamten glauben könnten, er, Gniffke, sei im Kopf nicht ganz richtig, ließ ihn eine Weile mit seinem Entschluss hadern. Dann aber warf er einen Fuß nach vorn, wie um mit dem bloßen Schwung seines schmächtigen Körpers den Entschluss zu bekräftigen. Und wenn alles gut lief, würde man ihm vielleicht sogar seinen über alles geliebten Glücksbringer, den silbernen Totenschädel, wieder aushändigen, den er im Eifer der Flucht an der grausigen Fundstelle zurückgelassen hatte.

26. Kapitel

Auch wenn Bastian der zweite Leichenfund noch in den Gliedern saß, fühlte er sich, als er seine Backstube betrat, so erleichtert und frei von aller Last, dass er sogar ein kleines Liedchen summte:

Dich beschwert mein Sehnen,
Dich der Seele Qual.
Trockne meine Tränen,
Kehr in dieses Tal.
Süß wie eh'mals rede,
Ach! und lächle süße!
Plötzlich wird die Öde
Mir zum Paradiese …

Es war zwar einerseits besorgniserregend, dass dieser Tage in der Hansestadt, die die Grausamkeiten von Besatzung und Krieg endlich überwunden hatte, an allen Ecken und Enden leblose Körper zum Vorschein kamen, aber jener, der Bastians größte Sorge gewesen war, hatte außerhalb der Stadt seine letzte Ruhe gefunden und würde ihm nichts mehr anhaben können. Er hatte mit dieser Leiche nun genauso wenig zu schaffen wie mit jener, die er im Stadtgraben gefunden hatte. Zwar war Bastian sich bewusst, dass zu jeder Leiche, die nicht eines natürlichen Todes gestorben war, auch ein Mörder gehörte, doch seine kriminalistische Neugier und sein drängendes Gerechtigkeitsempfinden hatten sich in diesem Augenblick verflüchtigt wie der Duft eines Zimtbrötchens im Sog einer frischen Winterbrise. Was konnte man ihm jetzt noch anhaben, da jede Verbindung zwischen ihm und dem so unsäglich dahingeschiedenen Clément Clermont gelöst war? Auch der vermummte Fremde hatte nun keine Macht mehr über ihn. Sollte er doch zur Polizei gehen und die Geschichte von einer Leiche in Bastians Backtrog erzählen! Wem würde man wohl eher Glauben schenken: einem namenlosen Kapuzenträger, der eindeutig unredliche Zwecke verfolgte, oder einem rechtschaffenen Bäcker, der sich niemals etwas hatte zuschulden kommen lassen? Und überhaupt müsse man sich doch fragen, woher jener Kuttenträger so viel über die Sache wisse. Das konnte doch nur bedeuten, dass er die Tat beobachtet, in Auftrag gegeben oder sogar selbst verübt hatte! Die Verkleidung gewährte dem Verbrecher Anonymität. Aber warum war der Mann derart versessen darauf, dass Bastian das Zimtbrötchen buk?

Wie der Plüsch-Bäcker allmorgendlich auf seiner Holzplatte seinen Teig walkte, walkte er nun im Kopf seine Gedanken. Wo war das unbeschwerte Gefühl geblieben, das ihn eben noch wie auf Wolken hatte wandeln lassen? Nein, er wollte jetzt nicht mehr an diese Sache denken! Und er tat es auch nicht – bis Marianne, der er von seinem zweiten Leichenfund berichtet hatte, ihm zwei Tage später aus dem »Hamburgischen Correspondenten« vorlas: Man habe den erfolgreichen Reeder Olaf Hansen, Zwillingsbruder des ehrwürdigen Ratsherrn, in einem ganz und gar toten Zustand am Stadtgraben aufgefunden. Es war also gar nicht der Ratsherr, sondern dessen Bruder gewesen, den Bastian aus dem Wasser gezogen hatte. Welch merkwürdige Fügung, dachte er und bemerkte gegenüber Marianne, dass in einer solchen Lage, in der er diesen bedauernswerten Mann zuletzt gesehen habe, auch ein erfolgreicher Reeder nur ein armer Hund sei. Etwas mehr wurde Bastians innerliche Ruhe erschüttert, als er sich tags darauf mit seinem Bruder Anton zum Müller an der Lombardsbrücke begab. Ein Zeitungsjunge rief einen weiteren rätselhaften Leichenfund aus. Bastian riss dem Jungen unter Antons erstaunten Blicken das Blatt aus der Hand, vergaß zunächst sogar zu bezahlen, und las: Eine gewisse Henriette K., Tochter eines Hufschmieds, die im zarten Alter von nur 24 Jahren an Auszehrung gestorben war, sollte auf der Begräbnisstätte des Krankenhofs auf St. Pauli beigesetzt werden. An der Grabstelle jedoch stellte sich heraus, dass das ausgehobene Loch bereits einen anderen Leichnam enthielt, der in keinen Papieren verzeichnet sei und folglich an diesem Ort nicht hätte liegen dürfen. Er sei überdies, was ebenfalls auf eine nicht fachgerechte Beisetzung hindeute, nicht in einem Sarg, sondern – wie zu den schlimmen Zeiten der französischen Besatzung – in zwei Mehlsäcken daselbst abgelegt worden. ›Aber was haben die Mehlsäcke schon zu sagen‹, dachte Bastian. ›Es gibt wohl einige hundert Bäcker in Hamburg und Umgebung. Hinzu kommen die Bauern und Müller. Sie alle haben mit Mehlsäcken zu tun. Da möchte ich den

Schlaukopf sehen, der den Einen aufspürt, der dem armen Clément wenigstens noch etwas wärmende Jute für seine letzte kühle Schlafstätte mitgegeben hat!‹

Schon am nächsten Morgen stand dieser Schlaukopf in Gestalt eines kleinen, untersetzten Mannes vor ihm. Er erschien mit zwei uniformierten Begleitern im Hinterhof, begutachtete den Feuerholzstapel, sah in den Schuppen, dann durch das Fenster der Tür in die Backstube, von wo aus der schockstarre Bäcker die Szene beobachtete. Es war schwer zu sagen, ob dessen Gesicht vom Mehl oder vor Schreck so kreideweiß war. »Herr Plüsch, ich bekomme noch Wechselgeld!«, rief die kleine runzelige Viechelmann, die gerade drei Rundstücke gekauft hatte. Aber so sehr sie sich auch bemühte, zu ihm durchzudringen – Bastian sah und hörte sie nicht mehr. Eine Hand hinter dem kleinen Fenster bedeutete ihm, die Tür zu öffnen. Bastian gehorchte, der Untersetzte trat ein, wies seine Begleiter an, die hartnäckig protestierende Viechelmann nach draußen zu befördern, stellte sich als Präfekt Walthard Roderich vor und äußerte in höflichem aber bestimmten Ton, dass es seine höchste und unumstößliche Beamtenpflicht sei, den Bäcker mit auf die Polizeibehörde zu nehmen. Bastian hörte sich fragen »Warum?«, aber seine Stimme klang ihm so fremd, als habe jemand anderes diese Frage gestellt. Es gäbe Hinweise, antwortete der Präfekt. Hinweise, dass eine arme Menschenseele im Hof hinter der Backstube nicht ganz freiwillig zum Himmel aufgestiegen sei. Bastian schluckte, obwohl sein Mund so trocken war, dass es nichts gab, was er hätte herunterschlucken können, außer seiner Furcht vor dem, was ihm nun bevorstand.

27. Kapitel

Zwei Jungen im Alter von zwölf Jahren. Der eine trägt eine grüne Jacke, der andere eine blaue. Sie besuchen die gleiche Schulklasse. Alle Kinder sollen ein selbst verfasstes Gedicht im Stil der homerschen Epen vortragen. Im Saal des Johanneums sitzen die erwartungsvollen Eltern. Auch die Eltern der beiden Jungen. Der mit der grünen Jacke hat sein Gedicht soeben mit kräftiger Stimme abgelesen und ein gewisses Talent gezeigt, aber auch den unangenehmen

Drang, Eindruck zu machen. Nun kommt der andere Junge an die Reihe. Seine Verse sind etwas Besonderes, das spüren alle. Sie atmen den Rhythmus feiner Poesie, sind aufrichtig, ohne zu posieren. Doch der Junge ist unsicher. Die Stimme droht ihm einige Male zu versagen. In der letzten Reihe ist er kaum zu verstehen. Soviel aber hat man verstanden, um zu begreifen, dass er als diesjähriger Preisträger infrage kommt. Derjenige, dem man das blonde Haar mit einem geflochtenen Lorbeer bekränzen, dem man ein kostbares Exemplar der Heiligen Schrift aushändigen und dem danach die Ehre zuteilwürde, das üppige Büffet zu eröffnen. Hinter der Bühne jedoch wird dem Jungen schwarz vor Augen. Er verliert das Bewusstsein und wird im letzten Moment von dem Jungen mit der grünen Jacke aufgefangen. Der redet auf den Ohnmächtigen ein, kneift ihn in den Arm, schlägt ihn auf die Wange – vergeblich. Hektisch rollt er den reglosen Körper auf den Bauch, zerrt dem Jungen die blaue Jacke vom Leib, schlüpft selbst hinein und lässt sich, zurückgekehrt in den Saal, als Sieger feiern.

›So war das damals‹, erinnerte sich Hansen. Die blaue Jacke war seine gewesen, die grüne gehörte seinem Zwillingsbruder Olaf. Der Ruhm war eigentlich auch seiner gewesen, aber sein Bruder hatte ihn sich übergestülpt – wie die Jacke. Dafür hatte Hansen ihn gehasst. Erst allmählich war ihm aufgegangen, dass er ihn damit auch vor einer Blamage bewahrt hatte. Nun war Olaf tot und wie viele seiner Auftritte zu Lebzeiten, war auch sein Abgang aufsehenerregend gewesen. Wie aber waren die merkwürdigen Umstände seines Ablebens zu erklären?

Je länger Hansen darüber nachdachte, desto seltsamer erschien ihm das Ganze. Handelte es sich um einen Unfall, dann hätte er ihn sich nicht erklären können. Und an etwas Schlimmeres mochte man doch gar nicht denken! Hatte sein Bruder Feinde gehabt? Sicher, er war ein erfolgreicher Geschäftsmann. Da gab es immer Neid und Missgunst. Aber deshalb bringt man doch niemanden um!

Hansen sah auf die Elbe hinaus, über der ein leichter Nebel hing. Doch der Nebel war nur Schmutz. Hansen nahm die Brille von der Nase, zog ein Tuch hervor, um die Gläser zu säubern, und hörte hinter sich einen dumpfen Aufprall. Er sah zu Boden, sah nach oben, sah mit seinen kurzsichtigen Augen, wie sich über ihm am Geländer auf dem Stintfang ein unscharfer Schatten gegen den Himmel abzeichnete. Als Hansen seine Brille wieder aufgesetzt hatte, war der Schatten verschwunden. War es vielleicht nur einer der Bäume gewesen, die auf dem Stintfang über ihren schwarzen Stämmen ihr kahles Geäst aufspannten? Jetzt erst sah Hansen vor seinen Füßen die eiserne Kugel liegen. Sie musste von oben, wo man zwei Kanonen der Franzosen als Dekoration aufgestellt hatte, heruntergefallen sein. Oder jemand hatte sie heruntergestoßen. Auf was für Ideen die Leute kamen! Nicht auszudenken, wenn das schwere Geschoss auf seinem wertvollen Schädel gelandet wäre, in dem sich der Wissensschatz eines langen Lebens angesammelt hatte und den er – wollte er dieses Leben noch ein wenig behalten – keinesfalls entbehren konnte. Der Ratsherr war so verwirrt, dass er mit verdrossenem Kopfschütteln und ungeputzter Brille seinen Weg fortsetzte und sich nicht einmal wunderte, dass ihn immer noch Nebel umgab. Ein Nebel, den er auf seiner Nase trug und der sich nun auch in seinen Gedanken auszubreiten schien. Weil er sich aber für einen ganz und gar liebenswerten Menschen hielt, kam ihm nicht in den Sinn, dass ihm hier jemand etwas Böses hatte antun wollen.

28. Kapitel

Noch nie hatte Bastian sich so elend und beschämt gefühlt wie auf dem fünfzehnminütigen Fußmarsch von der Peterstraße 13 bis zur Polizeibehörde am Neuen Wall. Die beiden Bürgergardisten hatten ihm die Hände mit einem Strick zusammengebunden, während der Präfekt glaubte, seine Pflicht vor Ort erfüllt zu haben und seinem Pferd die Sporen gab. Das Tier schnaubte ungehalten, trat ein paar Mal auf der Stelle, während Präfekt Roderich Mühe hatte, eine Haltung zu bewahren, die seines Standes würdig war. Dann preschte der junge Hengst übermütig los und das Hufgetrappel, das eben noch knallend von den Hausfassaden zurückgeworfen wurde, entschwand samt Pferd und Reiter in der nächsten Straßenbiegung. Bastian aber wurde wie ein Hund an der Leine – den gaffenden Blicken der Leute ausgesetzt – abgeführt. Nein, nicht wie ein Hund: wie ein Schwerstverbrecher. Genauso fühlte er sich in diesem Augenblick. In der Marktstraße und auf dem Großneumarkt blieben die Menschen stehen, unterbrachen ihre Unterhaltungen, um das Dreigespann – die beiden Uniformierten und den Sünder in ihrer Mitte – teils interessiert, teil mit offenem Widerwillen zu beäugen. Bastian spürte, wie Köpfe sich in seine Richtung drehten, Blicke ihn verfolgten, Münder sich verstohlen öffneten, um Dinge zu flüstern, die sich in seinen Ohren wie scheußliche Kränkungen und Verleumdungen angehört hätten. Das Schlimmste aber war, dass der Weg zum Hauptsitz der Polizei auch an der Peemöllerschen Bäckerei im Alten Steinweg vorbeiführte und der junge Peter Peemöller auf Kundschaft wartend in der geöffneten Ladentür stand, als Bastian in diesem entwürdigenden Aufmarsch an ihm vorbeigeführt wurde. Bastian tat so, als bemerke er den ältesten Spross seines größten Konkurrenten nicht. Aber er spürte, wie dessen Blicke sich in sein Fleisch brannten, und war erleichtert, als endlich die Ellerntorsbrücke vor ihnen lag, die zum Neuen Wall hinüberführte.

Am herrschaftlichen Görtz-Palais angekommen, in dem sich seit Abzug der Franzosen der Sitz der neu gegründeten Polizeibehörde befand, und das mit seinen hohen Zimmern und großen Türen einen einschüchternden Eindruck auf Bastian machte, führte man den Bäcker in einen schmalen, schlecht beleuchteten Raum, wo er recht unfreundlich angewiesen wurde, sich zu setzen und zu warten. Warten worauf? Bastian wusste es nicht. Und er wusste später auch nicht, wie lange er in diesem Raum ausgeharrt hatte – es kam ihm wie eine Ewigkeit vor –, bis die Tür sich wieder öffnete und er in das geräumige Büro des Präfekten Roderich geführt und abermals aufgefordert wurde, sich zu setzen. Der Präfekt saß hinter einem massiven Schreibtisch aus fast schwarzem Holz und schien ihn anfangs gar nicht wahrzunehmen. Das Kratzen seines Federkiels auf dem Papier war mehrere Minuten lang das einzige Geräusch im Raum. Plötzlich sah er Bastian an, aber so, als ob er ihn immer noch nicht wahrnähme und über irgendetwas angestrengt nachdenke. Dann verengten sich seine Pupillen und die Anwesenheit des Bäckers schien sich anfangs verschwommen, dann immer deutlicher im Bewusstsein des Präfekten zu verfestigen.

»Raucht Er?«

Diese Frage kam für Bastian so überraschend, dass er sie trotz ihrer Einfachheit zuerst nicht verstand und schwieg. Der Präfekt reichte ihm ein silbernes Zigarrenetui.

»England-Import. Ganz vorzüglich.«

Es zeugte von der scharfsinnigen Beobachtungsgabe des Präfekten, dass er Bastians zögerliche Andeutung eines Kopfschüttelns zur Kenntnis nahm und das Etui wieder auf dem Sekretär ablegte.

»Ich sage es nicht gern, mein Bester, aber Er befindet sich in einer äußerst verzwickten Lage.«

Bastian rührte sich nicht und dachte, dass mit dem Präfekten etwas nicht in Ordnung sei, denn er blinzelte ihn unablässig an. Er konnte nicht wissen, dass Roderich ungewöhnlich lange Wimpern hatte, die ständig gegen dessen dicke Brillengläser stießen. Jedes Mal, wenn sie das taten, versuchte das Augenlid, durch unwillkürliches Zucken dem unangenehmen Druck auszuweichen. Das hatte dem Präfekten unter seinen Leuten den Spitznamen »der Blinzler« eingebracht. Ein Name, den man natürlich nur hinter seinem Rücken aussprach, der aber doch bis zu ihm durchgedrungen war und der neben mancherlei Belustigung auch zu zwei Entlassungen geführt hatte.

»Sehen Sie, mein Bester, Menschen verschwinden. Einfach so. Das ist dieser Tage keine Seltenheit. Als der Franzmann es sich bei uns gemütlich gemacht hatte, war es noch viel schlimmer. Aber was erzähle ich das Ihm. Er ist ja ein verständiger Mensch. Das sehe ich Ihm an. Sicher liest Er die Zeitung und weiß, was los ist in der Welt. Aber lasse Er uns nicht von der Welt reden. Reden wir von Hamburg. Ist es nicht ein Privileg, in einer so schönen Stadt wie der unsrigen leben zu dürfen? Ist es nicht ein Privileg, Hamburger zu sein? Er ist doch Hamburger? Hier gebürtig, meine ich. Kein Zugereister?«

Bastian schüttelte den Kopf.

»Dachte ich mir. Und ein ehrenwerter Handwerker noch dazu. Auch da liege ich doch richtig, nicht wahr? Ehrenwert ist Er … Aber mit der Ehre ist das ja so eine Sache. Einer kann eine Ehre haben und dann doch schlimme Sachen tun. Es muss ja nicht gleich vorbei sein mit der Ehre, nur weil einer einmal die Kontrolle verliert. Stimmt Er mir da zu?«

»Schon möglich«, sagte Bastian, der endlich seine Stimme wiedergefunden hatte.

»Ja, möglich ist viel. Es gibt sogar Menschen, die sagen, dass im Prinzip alles möglich ist. Denn auch, was noch nie zuvor gewesen oder geschehen ist, kann ja durchaus möglich sein, wenngleich es wohl nicht sehr wahrscheinlich ist. Wer ausgiebig darüber nachdenkt, gerät schnell ins Philosophieren. Aber manchmal tut es ganz gut, über solche Dinge nachzudenken, findet Er nicht auch?«

»Ja«. Bastian wunderte sich über die umständliche Redeweise des Präfekten.

»Es ist zum Beispiel doch ganz unwahrscheinlich, dass einer, der ein augenscheinlich sehr normales, ausgeglichenes und anständiges Leben führt, plötzlich einen anderen Menschen totschlägt. Und doch ist es – philosophisch betrachtet – möglich.«

Nun hatte der Präfekt es ausgesprochen. Es war Bastian völlig schleierhaft, wie – aber irgendwie musste der Präfekt von der Leiche erfahren haben. Sollten all seine Strapazen umsonst gewesen sein? Mit einem Mal fühlte er eine unsagbare Schwere in allen Gliedern.

»Schauen Sie, wenn plötzlich ein lebendes Menschlein da ist, möchte man doch wissen, wer es gemacht hat. Genauso verhält es sich mit einem toten Menschlein. Aber es ist viel leichter, ein Leben zu machen, als eines zu beenden. Deshalb werden viele Kinder ohne Grund in die Welt gesetzt. Wenn einer aber beim Abschneiden des Lebensstrangs behilflich ist, geschieht es selten grundlos.«

Der Präfekt taxierte Bastian wie ein Raubvogel, der jeden Augenblick zum Sturzflug auf seine Beute ansetzt. Sogar das Blinzeln setzte eine Weile aus. Und Bastian war die Maus, die in der irrigen Annahme, Regungslosigkeit sei die beste Tarnung, blind ihrem Ende entgegen sieht.

»Natürlich soll man nicht allzu viel darauf geben, was die Leute reden. Aber wenn einer sagt, er habe einen Arm entdeckt an einer Stelle, wo der gar nicht hingehört, dann müssen wir der Sache nachgehen. Das versteht Er doch?«

»Einen Arm?«

»Ja, einen Arm! Sehen Sie, Er ist genauso überrascht wie ich! So ein Arm, der wie eine Fahnenstange aus einem Holzstapel herausragt, macht doch neugierig, nicht wahr? Da denkt man doch gleich das Schlimmste und fragt sich, wem er gehört, dieser Arm. Und ob seinem Besitzer vielleicht etwas zugestoßen ist. Das ist doch ein naheliegender Gedanke, wenn ein Arm sich so armselig zur Schau stellt, sofern Er mir dieses Wortspiel gestattet.«

»Und was habe ich damit zu tun?«

»Eins nach dem anderen, mein Lieber. Ist Er sicher, dass Er keine Zigarre möchte?«

Bastian wehrte ab.

»Nun, es gibt Anzeichen … Nein, was sage ich … eine Gewissheit, dass jener Brennholzstapel, von dem die Rede ist, der Seine ist.«

»Wem seiner?«

»Ihm seiner.«

»Wer sagt das?«

»Das tut vorerst nichts zur Sache. Die Frage ist vielmehr: Wenn das Holz Ihm gehört, gehört dann auch der Arm Ihm?«

»Sie sehen doch, dass ich beide Arme bei mir trage.«

»Selbstredend, mein Lieber. Davon habe ich mich bereits überzeugt. Unsere Sprache ist einfach zu ungenau. Sie haben vollkommen Recht. Was ich hatte sagen wollen, ist Folgendes: Könnte es sein, dass besagter Arm mit allem, was an ihm noch dranhängen mag, durch Sein willentliches und nachdrückliches Einwirken in den Holzstapel gelangt ist?«

»Ich weiß nichts von einem Arm. Schauen Sie doch im Holzstapel nach, ob Sie dort etwas finden.«

»Seine offenherzige Aufforderung nehme ich dankend entgegen, aber natürlich haben wir das bereits getan.«

»Und was haben Sie gefunden?«

»Nichts, mein Bester. Absolut nichts.«

»Dann weiß ich nicht, warum ich hier bin.«

»Hält Er es für wahrscheinlich, dass ein Mann sich selbst beerdigt?«

»Wie soll das gehen?«

»Wie das gehen soll? Herrlich! Sehen Sie, schon wieder sind wir einer Meinung. Hat Er nicht von dem Leichenfund auf der Begräbnisstätte des Krankenhofs St. Pauli gehört?«

»Gehört schon.«

»So, so. Gehört also.«

»Gelesen hab ich's.«

»Ah, gelesen. Und hat Ihn das Gelesene sehr überrascht?«

»Eine ungewöhnliche Geschichte.«

»Ungewöhnlich. Natürlich. Aber ob es Ihn auch überrascht hat, möchte ich wissen. Sehen Sie, es gibt auch ungewöhnliche Dinge, die uns nicht überraschen, weil wir im Vorfelde bereits einiges über sie wissen. In manchen Fällen sind wir sogar Urheber dieser ungewöhnlichen Dinge, die uns dann gar nicht mehr so ungewöhnlich erscheinen, weil wir ihre tieferen Gründe und Ursachen kennen.«

»Was wollen Sie damit sagen?«

»Nehmen wir einmal an, die Leiche in Seinem Hof – vorausgesetzt, es gab dort eine – ist identisch mit jenem unbekannten Toten auf dem Friedhof. Nehmen wir weiterhin an, Er hätte die Leiche dorthin gebracht, um sich ihrer zu entledigen …«

Der Präfekt machte eine Pause, als wolle er Bastian die Möglichkeit geben, etwas zu sagen, fuhr dann aber fort: » … so wird doch eine ganz runde Geschichte daraus, meint Er nicht?«

Bastian spürte, dass seine Kiefer schmerzten, so stark hatte er die Zähne aufeinander gepresst. »Eine Geschichte ist das vielleicht, Herr Präfekt«, stieß er heiser hervor. »Aber deshalb muss sie ja nicht wahr sein.«

»Gott bewahre, mein Liebster! Natürlich muss sie nicht wahr sein. Wer spricht denn von Wahrheit? Aber eine schöne Geschichte ist es allemal. Und daran kann einer doch schon seine Freude haben, auch wenn es dabei um wenig erfreuliche Dinge geht. Aber das haben Geschichten ja so an sich: Sie sind umso besser, je scheußlicher, verwerflicher und lasterhafter die Personen sind, die darin vorkommen. Stimmt Er mir da zu?«

»Möglich«, stammelte Bastian.

»Was möglich oder nicht möglich ist, hatten wir ja schon erörtert. Jetzt möchte ich doch eine klare Antwort von Ihm hören!«

»Ich verstehe mich nicht auf Geschichten«, gab der Bäcker kleinlaut zurück.

»Dann sollte Er mir hier auch keine auftischen«, zischte der Präfekt jetzt mit einer plötzlichen Schärfe, die Bastian zusammenfahren ließ. Der Polizeichef blinzelte nun nicht mehr, sondern sah sein Gegenüber so durchdringend an, als stehe die Antwort auf all seine Fragen in winzig kleiner Schrift in Bastians Pupillen geschrieben. In fast vertraulichem Ton fuhr er nach einer Weile fort:

»Glaube Er mir, ich kann in Ihm lesen wie in einem offenen Buch. Ich kenne Seine Gedanken, als wären es meine eigenen. Drei französische Offiziere waren viele Monate in unserer Wohnung einquartiert. Wenn ich nicht gelernt hätte, ihre Gedanken zu lesen und dementsprechend zu handeln, hätte das für mich und meine Familie ein böses Ende nehmen können. Versteht Er mich?«

Bastian nickte.

»Nein, Er versteht mich nicht, denn bei Ihm hat sich kein Franzos' gegen seinen Willen einquartiert, nehme ich an.«

Bastian schüttelte den Kopf.

»Nun, da hat Er Glück gehabt und vielleicht eine zu kleine Wohnung. Ein Glück, dass ich Ihm gönne. Nun schaue Er mich nicht so an. Ich meine das ernst. Ich gehöre zu denen, die ihren Mitmenschen nichts neiden, sofern diese Mitmenschen ehrlich und aufrichtig sind. Wenn sie dazu noch ein solides Handwerk ausüben, umso besser. Nun stelle ich mir aber immer noch die Frage, ob dieser solide Handwerker, der hier vor mir sitzt, auch ehrlich und aufrichtig ist.«

»Ich habe niemanden umgebracht«, flüsterte Bastian.

»Aber mein Bester! Was sind denn das für Worte! Wenn Er auch beim Treppensteigen immer gleich mehrere Stufen überspringt, muss Er sich nicht wundern, wenn Er auf die Nase fällt! War denn vom Umbringen die Rede? Nun, vielleicht ganz am Rande. Aber zuerst geht es doch darum, ob Er von diesem Arm und dem zugehörigen Rest, der in Seinem Hinterhof gesichtet wurde, Kenntnis besitzt. Ich verstehe ja, dass Er davon nichts gewusst haben will, weil der Verdacht, Er selbst habe etwas mit dem Ableben dieser uns noch unbekannten Person zu tun, kaum ausbleiben kann. Trotzdem muss Er mir die Wahrheit sagen. Und wenn Er es nicht tut, werde ich Ihn – wie wir Kriminalisten sagen – überführen.«

»Sie können mir nichts anhängen«, hauchte Bastian.

»Oho!«, stieß der Präfekt in einem melodiösen Aufschwung hervor. »Er glaubt ja gar nicht, was ich Ihm alles anhängen könnte, wenn ich wollte. Zum Beispiel einen silbernen Totenkopf, der derzeit vermisst wird! Aber ums Anhängen geht es nicht. Das ist Sache der Frauenzimmer, die sich mit mancherlei Anhängseln herausputzen wollen. Hier geht es darum, Spuren zu lesen und richtig zu deuten.«

Der Totenkopfanhänger! Bastian hatte gleich gewusst, dass der ihm Unglück bringen würde. Aber alle anderen Spuren hatte er doch sorgfältig beseitigt!

»Was meinen Sie damit?«

»Wenn Er ein wenig nachdenkt, kommt Er vielleicht selber drauf.«

Der Präfekt grinste verschmitzt. Ihm schien dieses kleine Ratespiel Spaß zu machen.

»Es gibt keine Spuren«, sagte Bastian.

Enttäuscht zog der Polizeichef das Kinn nach unten.

»Nicht doch! Keine Spuren? Es gibt immer Spuren! Wo wir gehen und stehen, hinterlassen wir Spuren. Auch wenn wir es nicht wollen. Es ist geradezu beschämend hochmütig zu glauben, man hinterlasse keine Spuren! Schließlich wünschen sich die meisten Menschen, welche zu hinterlassen! Auf dem Sterbebett bekennen sie wehmütig, im Leben nichts zustande gebracht zu haben. Welche Blindheit! Welche Anmaßung! Natürlich haben sie etwas hinterlassen! Selbst der unbedeutendste Mensch hinterlässt etwas. Und sei es auch nur ein schaler Eindruck in den Köpfen der anderen!«

Bastian fragte sich, worüber um alles in der Welt der Präfekt jetzt wieder philosophierte, und ob er sich womöglich einfach nur gerne selbst reden hörte. Dieser Mensch kam ihm höchst merkwürdig vor. Doch hinter dieser Merkwürdigkeit steckte noch etwas anderes. Etwas, vor dem man besser auf der Hut sein sollte!

»Wo möchte Er denn begraben werden, wenn es einmal so weit ist?«, fuhr der Präfekt jetzt unvermittelt fort und setzte, da Bastian nicht antwortete, hinzu: »Vielleicht auch auf der Begräbnisstätte des Krankenhofs, wo Er vor einigen Tagen die schöne Aussicht dort genossen hat. Die zugeschneiten Felder, die Bäume, die mit ihren kahlen Ästen in den Himmel greifen und im Hintergrund die Silhouette der Stadt mit ihren Kirchtürmen. Da geht einem das Herz auf, habe ich Recht?«

Bastian schwieg.

»Aber Er hat diesen Ausflug nicht allein gemacht, sondern zusammen mit einem – wie soll ich sagen? – guten Bekannten möglicherweise. Der allerdings konnte sich an der malerischen Landschaft nicht so recht erfreuen, weil er zu diesem Zeitpunkt bereits ein bisschen tot war. So ein ungehobelter Kerl, hat Er sich da gedacht, der ist es nicht wert, dass ich mich weiter mit ihm abgebe! Und deshalb hat er für seinen Begleiter ein schönes Erdloch ausgesucht, das sich dort praktikabler Weise bereits im Boden befand. War es nicht so?«

Bastian spürte, wie ihm das Blut in den Kopf schoss.

»Jetzt sagt Er sich womöglich, das alles ist bloße Spekulation. Das hat sich dieser Polizeimensch doch ganz frei zusammen gereimt.

Aber ich sage Ihm: Reimen ist eine hohe Kunst. Und ein guter Reim fußt auf unumstößlichen Regeln. Zuallererst muss man das Material sichten, das einem zur Verfügung steht. Dann fängt man an zu kombinieren und plötzlich fügt sich alles wie von selbst zusammen.«

»Ich habe gar keinen Handwagen«, stieß der Bäcker kraftlos hervor.

»Ein guter Einwand! Sehr gut! Jetzt kommt unsere Sache ins Rollen! Hat Er ungeachtet der Tatsache, dass Er keinen Handwagen besitzt, eine ungefähre Vorstellung, welchen Umfang das Rad eines solchen Wagens hat?«

Bastian schwitzte, obwohl der Ofen hinter ihm nur wenig Wärme abstrahlte. Was hatte diese Bemerkung nun wieder zu bedeuten? Er schüttelte den Kopf.

»Aber schätzen kann Er doch. Nur so zum Spaß, weil er mir damit eine Freude machen würde.«

»Zwei Meter vielleicht.«

»Zwei Meter. Sehr gut! Meine eigene Schätzung lag niedriger. Aber ich habe nachgemessen. Natürlich gibt es Unterschiede. Aber im Schnitt sind es etwas über zwei Meter.«

Bastian sah den Präfekten fragend an.

»Im Schnitt, sage ich. Dann gibt es aber interessanterweise Räder, die von diesem Schnitt deutlich nach oben abweichen. Im Falle Seines hochverehrten Nachbarn Christian Allmers liegt der Fall so, dass der Mann als Fassbinder sich natürlich mit der Rundung von Hölzern und Metallbeschlägen auskennt. Warum soll er sich also nicht auch selbst die Räder für seinen Handwagen zimmern? Und wenn die dann den gleichen Umfang haben wie seine Fässer, ist das sicher nicht verwunderlich. Ziemlich genau drei Meter übrigens.«

Roderich nahm sich jetzt selbst eine Zigarre aus dem silbernen Etui, kappte die Spitze und zündete sie an einem Ölleuchter an, der seitlich des Kamins an der Wand hing. Einen Augenblick lang war das Gesicht des Präfekten in dichten Rauch gehüllt.

»Natürlich wissen wir, dass Er sich den Handwagen vom Böttcher ausgeliehen hat.«

»Für das Laub«, hauchte Bastian.

»Dann stellt sich allerdings die Frage, weshalb Er sich die Mühe gemacht hat, das Laub bis zum Krankenhof zu transportieren.«

»Ich habe die Blätter gleich hinter dem Stadtwall abgeladen.«

»Und warum finden sich die Spuren seines Wagens dann im Schnee auf dem Friedhof wieder?«

»Es gibt viele Handwagen! Wie kommen Sie darauf, dass die Spur auf dem Friedhof von meinem stammt?«

»Weil sie von Rädern hinterlassen wurde, die den gleichen Durchmesser haben wie die von dem Allmers.«

»Wie wollen Sie denn von einer Spur im Schnee den Durchmesser der Räder ablesen?«

Der Präfekt zog genüsslich an seiner Zigarre, doch seine Augen funkelten so triumphierend, dass Bastian sie durch die dichten Rauchschwaden hindurch deutlich erkennen konnte.

»Ich bin Ihm aufrichtig zu Dank verpflichtet, dass Er diese Frage stellt, weil sie uns nun endlich an den alles entscheidenden Punkt führt«, sagte der Präfekt und ließ seine Worte eine Weile wirken, ehe er fortfuhr: »Oft sind es die ganz unscheinbaren Dinge, die uns einen Streich spielen, die sozusagen unsere geheimsten und vielleicht nicht immer vollkommen liebenswürdigen Handlungen und Bedürfnisse verraten. Dabei muss ich sagen, dass die Beschädigung des linken Rades mir sofort aufgefallen ist. Sicherlich hat sie auch die lange Fahrt bis zum Friedhof ein wenig erschwert. In jedem Fall aber war sie groß genug, um im Schnee deutliche Spuren zu hinterlassen. Der Abstand, in dem die Unterbrechung der Radspur wiederholt im Schnee auftaucht, verrät uns aber auch den Umfang des Rades, der mit drei Metern ein sehr charakteristischer ist. Eine dieser Besonderheiten mag sich wohl auch am Rad eines anderen Wagens wiederfinden. Aber Er muss mir zugeben, dass das gemeinsame Auftreten beider Besonderheiten zusammen mit dem übereinstimmenden Radabstand wohl doch mit ziemlicher Sicherheit nur an einem einzigen Wagen zu finden sein wird: an dem des Böttchers Christian Allmers.«

Der Präfekt strahlte über das ganze Gesicht wie ein Schuljunge, den man soeben für eine besonders brillant gelöste mathematische Aufgabe überschwänglich gelobt hatte.

»Zu guter Letzt wäre noch die Torwache zu erwähnen. Diese Burschen sind ja wirklich nicht die hellsten Köpfe. Aber immerhin konnte sich einer daran erinnern, dass er an besagtem Abend gegen 10 Uhr einem Mann das Tor geöffnet und das Sperrgeld kassiert hatte.

Die Wache hatte sich gewundert, dass einer mit einem leeren Handwagen noch so spät Einlass begehrte.«

›Es ist vorbei‹, dachte Bastian. ›Jetzt hat er mich.‹ Das Gesicht seiner Tochter erschien vor seinen Augen. Und auch an seine Eltern dachte er, seine Familie, die er nun nicht mehr würde ernähren können, weil man ihn einsperren und zuletzt womöglich mit dem Tode bestrafen würde. Wie naiv es doch von ihm gewesen war zu glauben, er könne den Fremden in seinem Backtrog vor den Blicken seiner Mitmenschen verbergen. Nicht genug, dass seine dürftigen Backkünste hässliche Spuren auf der Familienehre hinterlassen hatten, nun würde er auch als Mörder das Andenken der Familie Plüsch auf immer beflecken. Und dass er das ihm vorgeworfene Verbrechen gar nicht ausgeführt hatte und zu Unrecht beschuldigt wurde, erschien ihm in diesem Augenblick fast schlimmer, als hätte er sich wahrhaftig an dem Franzosen vergangen. Der Präfekt war inzwischen ans Fenster getreten, schaute hinaus auf die Straße und hatte Bastian den Rücken zugewandt. Seine Stimme klang jetzt ganz anders, gedämpfter, als er sagte: »Jetzt würde mich aber noch interessieren, warum Er auch unseren Reeder Hansen ins Wasser gestoßen hat. Weil der Ihm auf die Schliche gekommen ist?«

Bastian verstand erst gar nicht, was der Präfekt damit hatte sagen wollen. Nur ganz langsam schienen sich die Worte in seinem Kopf zu ordnen, bis er begriff, dass ihm hier noch ein weiterer Mord angehängt werden sollte.

»Den Hansen habe ich da doch nur schwimmen sehen, mit dem Kopf unter Wasser auf den toten Schwänen!«, stieß Bastian lauter als beabsichtigt hervor und merkte erst jetzt, wie unsinnig das alles in den Ohren des Präfekten klingen musste. Der stand immer noch am Fenster, blies den Rauch seiner Zigarre gegen eines der Glasquadrate und sagte nach einer Weile: »Die beiden verendeten Tiere sind uns auch aufgefallen. Hat Er die auch auf dem Gewissen?«

»Ich habe niemanden auf dem Gewissen! Weder die Schwäne noch den Hansen und auch nicht den Franzosen!«, rief der Plüsch-Bäcker jetzt so wütend und ungehalten, dass der Präfekt sich wieder zu ihm umdrehte.

»So, so. Ein Franzose also?«

Die Männer sahen sich lange schweigend an.

»Ja, ein Franzose«, sagte Bastian matt.

29. Kapitel

Den eleganten, dunkelgrauen Gehrock hatte Peter Peemöller sich schneidern lassen, als seine älteste Schwester Irmgard den Kaufmann Matthiessen heiratete. Das war im letzten Sommer gewesen, wenige Wochen, nachdem Marschall Davout mit seinen Soldaten die Stadt für immer verlassen hatte und der Jubel über den Einzug der russischen Truppen keine Grenzen kannte. Man begrüßte die Befreier winkend und Tücher schwenkend aus allen Fenstern, ließ Blumen auf sie niederregnen und schmückte sie mit Lorbeerkränzen. Von den Kirchtürmen läuteten die Glocken. Später erklangen auch die Glockenspiele und auf dem Domplatz feierte man die Eingliederung Hamburgs ins Deutsche Reich. Auch der junge Peter Peemöller jubelte den Russen zu und nur allzu gut konnte er sich an das erhebende Gefühl erinnern, als vom Hafen her die Schiffskanonen donnerten.

»Hamburg ist frei und ich werde mich binden«, hatte Irmgard der Familie bei einem sonntäglichen Ausflug an die Bille verkündet und die Eltern hatten sich angesehen, halb nachsichtig wegen der übermütigen, mädchenhaften Freude, die in ihren Worte und Gesten lag, halb in hoffnungsvoller Erwartung, dass ein fleißiger Kaufmann, der gut in Lohn und Brot stand, sich als Schwiegersohn doch auch insgesamt vorteilhaft auf die Belange der Familie auswirken sollte. Natürlich hatten die Eltern im vertraulichen Gespräch mit ihrer Tochter längst die Einwilligung zu dieser Hochzeit gegeben, so dass Irmgard nun auch ihren beiden Schwestern, ihrem Bruder Peter und den Großeltern die bereits beschlossene Sache bekanntgeben konnte. Bereits drei Wochen später fand in St. Michaelis die Trauung statt, zu welchem Anlass Peter den neuen Gehrock anfertigen ließ. Seither hatte er ihn nicht mehr getragen. Nun fand er, sei es an der Zeit, das edle Stück wieder aus dem Schrank zu holen, um mit blitzenden Knöpfen und wehenden Rockschößen auf die Straße zu treten. Es war an der Zeit, weil der junge, entschlossene Mann ein Ziel vor Augen hatte. Es lag in der Wohnung über der Backstube in der Peterstraße 13, keine zehn Minuten entfernt von der Peemöllerschen Bäckerei.

Auf dem Großneumarkt schritt er zügig und erhobenen Hauptes, wie er es beim Bürgermilitär gelernt hatte, an den Marktschreiern vorbei und stieß fast mit einem rothaarigen Jungen zusammen, der gerade mit zwei gefüllten Eimern aus dem Brunnenhaus trat und erschrocken aufsah in das runde, vor Kälte gerötete Gesicht seines unerwarteten Gegenübers. Peter musterte den Jungen mit so harten, hervorstehenden Augen, dass dieser sich nicht zu rühren traute. Machte der Bengel sich etwa über ihn lustig? Nein, die Angst in seinem Gesicht war echt. Peter strich dem Jungen väterlich über das Haar und sagte »Geh schon«, als hätte das Kind ihn um einen Gefallen gebeten, dem man nicht ohne zögerliche Strenge nachgeben dürfe. Erst als der Junge ihm den Rücken zuwandte und sich mit seiner schweren Last davonmachte, sah Peter, dass er lahmte, den linken Fuß nachzog und beim hastigen Verlagern des Gewichts auf das gesunde Bein jedes Mal etwas Wasser verschüttete. ›Unsere Stadt wird noch auf Jahre von dem Elend gezeichnet sein, das die Franzosen über uns gebracht haben‹, dachte er. ›Auch unsere Jüngsten haben sie nicht verschont.‹ Dann aber wischte er den Gedanken beiseite wie ein lästiges Insekt und lenkte seine Schritte Richtung Peterstraße, wo er schon von weitem eine Traube von Menschen vor der Bäckerei stehen sah.

›Da zerreißt ihr euch wieder die Mäuler, weshalb sie den armen Bäcker wohl abgeführt haben‹, dachte Peter, blieb stehen und fragte sich, ob es unter diesen Umständen überhaupt ratsam sei, die Familie des Arretierten aufzusuchen. Ob man ihn nicht selbst nur für einen Neugierigen halten und des Hauses verweisen würde. Aber Peter hatte keinen Grund, neugierig zu sein, denn die Belange anderer Menschen interessierten ihn wenig. Wahrscheinlich hatte sich jemand an den Brötchen des Plüsch-Bäckers sämtliche Zähne ausgebissen und man wollte ihn nun dafür polizeilich zur Rechenschaft ziehen. Oder man hatte in seiner Backstube etwas gefunden, was dort absolut nicht hingehörte. Vielleicht eine tote Ratte. Ratten gab es ja viele in Hamburg. Und manche waren erschreckend groß! Ein Grinsen huschte über Peters breites Gesicht, weil er glaubte, nun endlich freie Bahn zu haben. Leid taten ihm nur die beiden Alten, weil sie einen solchen Taugenichts in die Welt gesetzt hatten. Und wie musste Leefke erst unter ihrem Vater leiden! Für Peter war es ein Rätsel, wie ein solch zartes, anmutiges, verständiges Geschöpf von einer solch unscheinbaren, untalentierten und eigentlich in jeder Hinsicht überflüssigen Person hatte gezeugt werden können. ›Wahrscheinlich war ihre Mutter eine Göttin‹, dachte er. Ja! Sie musste ein Ebenbild dieser griechischen Göttin gewesen sein, deren Name Peter im Moment nicht einfiel, um all das aufzuwiegen, was an väterlicher Mittelmäßigkeit vorhanden war. Denn Leefke war die Verkörperung dessen, was Peter sich in seinen süßesten Träumen ausmalte. Seit ihm aber das erste Mal die herausfordernde Zerbrechlichkeit ihrer Erscheinung aufgefallen war – sie betrat mit ihrem Vater in dem Augenblick die Schneiderstube, als ihm der neue Gehrock angemessen wurde –, musste er sich in seinen Träumen keine Frau mehr ausmalen, denn da war nur noch sie. Sie hatte ihn angesehen, wie er dort stand, mit ausgebreiteten Armen, während sich der Ladenangestellte mit dem Maßband an ihm zu schaffen machte. Diese Situation war ihm schon peinlich genug gewesen. Dann aber sah sie ihm mitten ins Gesicht und ein spöttisches Grinsen legte sich über ihre engelsgleichen Züge. Peter spürte Wut in sich aufsteigen und war zugleich doch über alle Maßen angetan von dieser zauberhaften Erscheinung. Wenige Tage später traf er sie wieder beim Einkauf auf dem Markt. Unsicher wog sie beim Aalweber zwei Aale gegeneinander ab und konnte sich nicht entscheiden, welchen sie nehmen sollte. Da wusste er, dass dieses Mädchen für ihn bestimmt war und dass er sie heiraten würde. Aber als sie ihn erblickte, zog sie die Augenbrauen hoch und grinste ihn wieder höhnisch an. Was hatte er bloß an sich, dass sie so sehr belustigte? Waren es seine Augen, die etwas zu weit aus dem Kopf hervorstanden? Er fand es geradezu ungehörig von dieser kleinen Person, die ihn doch kaum kannte, sich so zu benehmen. Aber er würde ihr das Grinsen schon noch austreiben!

Natürlich war es ihm aufgefallen, dass auch andere Männer ihr schöne Augen machten. Dann spürte er jedes Mal glühende Eifersucht in sich aufsteigen. Wer es aber wagte, sich dem Engel seiner Träume mit unlauteren Absichten zu nähern, den würde Peter Peemöller entschlossen in seine Schranken weisen. Sich eines Nebenbuhlers zu entledigen, darin hatte er Übung. Schon oft hatte der kräftige junge Mann bewiesen, dass er im Austeilen nicht zimperlich war, weshalb sich jeder möglichst gut mit ihm stellte. Und jetzt war es an der Zeit, dass Leefkes Großeltern sich mit ihm gut stellten – und er sich mit ihnen. Dann würde er ihnen einen Vorschlag unterbreiten, den sie unter den gegebenen Umständen vielleicht nicht ausschlagen konnten. Schließlich war er der Sohn eines angesehenen Bäckers, dessen Erzeugnisse überall geschätzt wurden.

Als Peter auf die kleine Menschenansammlung zutrat, verstummten die Gespräche und alle sahen den Neuankömmling in seinem vornehmen Rock neugierig an. ›Macht euch nur nicht über mich lustig!‹, dachte Peter. ›Das sollte euch schlecht bekommen!‹ Dass er geradewegs auf die Eingangstür zur Wohnung der Familie Plüsch zusteuerte, machte die Sache für die Umstehenden natürlich noch interessanter. Acht oder zehn Frauen und Männer standen dort, aber Peter tat, als wären sie Luft, ignorierte sie wie jene Kunden in der Bäckerei seines Vaters, die sich darüber beschwerten, dass es in der Warteschlange zu langsam voran ging. Als er die Tür hinter sich geschlossen hatte, richtete er seinen Kragen, atmete tief durch und betrat die schmale Treppe. Doch im selben Augenblick wich seine gravitätische Haltung einer schmerzvoll gekrümmten Pose. Die erste Stufe hatte unter Peters Gewicht nachgegeben, so dass sein linker Fuß nach unten abgerutscht war. Konnte dieser Plüsch-Bäcker denn nicht einmal sein eigenes Haus in Ordnung halten? Er rieb sich den Knöchel, richtete sich wieder auf und prüfte nun jede weitere Stufe behutsam, bevor er ihr sein ganzes Gewicht anvertraute. Dabei erwiesen sich die restlichen Bohlen als trittfest und knarrten nicht einmal. Zudem dämpfte etwas seine Schritte, was vor langer Zeit einmal ein Treppenläufer gewesen sein musste.

Oben angelangt, strich Peter seine Ärmel glatt, warf den Kopf in den Nacken und klopfte an die Tür. Das heißt, er wollte klopfen, hielt aber in der Bewegung inne und dachte, dass es vielleicht ratsam sei, sich vorab ein Bild über die momentane Situation im Inneren der Wohnung zu machen. Vielleicht könnte dieses Wissen für sein weiteres Vorgehen strategisch von Vorteil sein. Peter lauschte, aber ihn umgab völlige Stille. Vorsichtig trat er an die Tür heran, legte ein Ohr ans Holz und lauschte abermals. Nichts. Wie konnte das sein? Vor kaum einer Stunde hatte man den Plüsch-Bäcker abgeführt und dessen Familienangehörige übten sich in Schweigen? Aufgeregte Stimmen, Weinen und Gezeter – all das hatte Peter hinter dieser

Tür erwartet, aber nicht diese bedrückende Stille! Mit einem Mal beschlich ihn ein seltsames Gefühl. Als edler Ritter und Retter hatte er auftreten wollen, mit seiner Güte die Gunst der Ausgestoßenen und Gedemütigten gewinnen wollen. Aber was, wenn sie ihn gar nicht brauchten? Vielleicht hatte er die Lage völlig falsch eingeschätzt und die Familie Plüsch betrachtete die ganze Sache eher nüchtern und gefasst. Aber so schmachvoll, wie Bastian abgeführt worden war, würden die Leute reden. Sie redeten schon jetzt. Und ganz bestimmt nichts Gutes. Das Geschäft, die einzige Lebensgrundlage dieser Familie, würde darunter leiden. Und wenn der Bäcker in Gewahrsam bliebe, müsste der Laden womöglich geschlossen werden und seine Angehörigen wären dem Elend preisgegeben. Da konnte es doch nur von Vorteil sein, wenn die Tochter einen fleißigen Bäckermeister heiratete, der später einmal das Geschäft seines Vaters übernehmen würde. ›All das muss diesen Leuten doch klar sein!‹, dachte Peter, der sich den Schmerz seiner Angebeteten wie ein leeres Gefäß vorstellte, in das er seine Liebe hineinschütten würde, bis alle Bedenken und jeglicher Widerstand sich darin aufgelöst hätten.

Inzwischen war er wieder von der Tür zurück getreten. Immer noch umgab ihn vollkommene Stille, eine Stille, die plötzlich eine Hitze in ihm aufsteigen ließ, als hätte man ihn bei einem verwerflichen Vorhaben ertappt. Mit einem Mal zweifelte er, ob sein Plan, hier her zu kommen, ein guter gewesen war, und dachte, dass er die Sache anders würde in Angriff nehmen müssen. Als er sich dies eingestand, fühlte er sich geradezu erleichtert. Wahrscheinlich wäre sein Auftritt ein völlig lächerlicher gewesen und er hätte dadurch womöglich sogar den Zorn dieser Leute auf sich gezogen. ›Man muss behutsam vorgehen. Man darf nichts erzwingen‹, dachte er und wollte sich eben zum Gehen wenden, da öffnete sich die Tür und er sah entgeistert in das Gesicht eines Engels. Diesmal grinste es nicht und Peter spürte wieder den Schmerz in seinem linken Fuß.

30. Kapitel

Eine Verunreinigung im Mehl? Willst du deinen Vater für dumm verkaufen?«

Johann Plüsch hatte seinen Sohn so fest am Kragen gepackt, dass er ihm die Luft abschnürte. Wo nahm der alte Mann nur die Kraft her?

»Es war ein Missverständnis«, presste Bastian hervor.

»Aber alle haben gesehen, dass sie dich wie einen Schwerstverbrecher abgeführt haben. Die ganze Straße spricht davon! Das ist eine Schande! Denkst du dabei auch nur einmal an deine Eltern?«

»Lass gut sein, Vater.« Anton legte dem Alten eine Hand auf die Schulter, aber der schien es gar nicht zu bemerken.

»Ich will jetzt wissen, was du verbrochen hast!«

»Es war eine falsche Anschuldigung«, sagte Bastian.

»Eine Anschuldigung? Von wem?«

»Du weiß doch, wie die Leute sind ...«

»Welche Leute? Was werfen sie dir vor?«

»Da bekommt einer Bauchschmerzen, ein anderer fühlt sich klöterig, und schon heißt es, mein Gebäck sei daran schuld.«

»Wenn sich zu meiner Zeit einer klöterig gefühlt hat, ist der zum Arzt gegangen und nicht zur Polizei!«

»Sie sagen, es sei Rattengift oder Mäusedreck im Teig gewesen.«

»Mäusedreck?«

Der Vater ließ von seinem Sohn ab und sackte in den Sessel. Plötzlich schien alle Kraft aus ihm gewichen. Sein Blick wurde starr und leer.

»Mäusedreck?«, wiederholte er. »In unserer Backstube?«

»Das ist es, was die Leute sagen. Aber das stimmt natürlich nicht.«

»Aber wenn es nicht stimmt, warum sagen die Leute es dann?«

Inzwischen fragte sich Bastian, ob es richtig gewesen war, seinen Eltern diese Lüge aufzutischen. Er hatte ihnen die Wahrheit verschweigen wollen, um sie zu schonen und sich nicht vorwerfen zu lassen, nach dem Leichenfund nicht sofort die Polizei benachrichtigt zu haben. Nun aber schien der Vater zu glauben, die Menschen hätten sich gegen ihn und seine Familie verschworen. Das war für einen, dem Anerkennung und Ansehen immer das Wichtigste gewesen waren, eine vernichtende Erkenntnis.

»Bitte macht euch keine Sorgen. Die Sache wird schon bald vergessen sein«, sagte Bastian. Aber er wusste, dass ihm diese »Sache« noch manch schlaflose Nacht bereiten würde, und er war froh, als sein Bruder Anton die bedrückende Stimmung aufhellte, indem er plötzlich mit gespielter Unbekümmertheit anmerkte, dass man seine Rückkehr noch gar nicht gebührend gefeiert habe und es nun doch an der Zeit sei. Die Mutter seufzte erleichtert auf, schickte Leefke auf den Dachboden, eine Flasche Wein zu holen, legte Holz in den Ofen nach, damit die Stube etwas wärmer würde, und wenig später saß die Familie vom Schein dreier Öllampen umhüllt beisammen: der Vater im Sessel, die Mutter und Anton auf dem Sofa, das letzterem vorübergehend auch als Schlafstatt diente, Bastian und Leefke auf Stühlen, die sie vom Esstisch hinzugeholt hatten. Feine Schneeflocken rieselten gegen die Sprossenfenster und Bastian beobachtete, wie die Mutter Antons rechte Hand ergriff und dass sie nun, wo alle so friedlich beisammen saßen, fast glücklich aussah. ›Ihn hat sie immer mehr gemocht als mich‹, dachte Bastian. Aber er war ihr deshalb nicht böse, weil er wusste, dass man dem Herzen keine Befehle erteilen konnte.

Wie lange der Junge doch fort gewesen war und wieviel er doch erlebt haben müsse, begann die Mutter nun vorsichtig die Seelengründe des Heimgekehrten zu erforschen. Natürlich wollte sie, dass er wie früher Geschichten erzählte. Denn schon als Anton und Bastian noch im Jungenalter gewesen waren, hatte nicht die Mutter, sondern Anton abends vor dem Schlafengehen Geschichten erzählt. Geschichten, die er sich selbst ausdachte und denen auch Bastian gerne lauschte, sofern nicht gerade – wie so oft – ein Streit zwischen den Brüdern schwelte. Zuweilen unterbrach die Mutter den Jungen und fragte nach, warum dieses oder jenes sich so und nicht anders ereignet haben sollte, und immer hatte Anton eine Erklärung parat, die er mit großem Ernst hervorbrachte und die die Mutter mit einem ebenso ernsten Kopfnicken entgegennahm. Bastian schien es dann immer, als unterhielten die beiden sich in einer Art Geheimsprache, deren Wortlaut ihm zwar verständlich war, deren tieferen Sinn er aber nicht erfassen konnte.

»Erzähl uns doch etwas von deiner langen Reise«, bettelte die Mutter nun und drückte Antons Hand noch fester. Und auch über Leefkes Augen legte sich ein erwartungsvoller Glanz.

»Ihr wollt eine Geschichte hören?«, fragte Anton, blickte alle Anwesenden der Reihe nach prüfend an und Bastian stellte sich vor, dass sein geselliger Bruder sicher auch den Matrosen die langen Abende auf dem Meer mit seinen Erzählungen versüßt hatte.

»Ich kann euch sogar eine höchst merkwürdige Geschichte erzählen. Aber nur, wenn ihr sie wirklich hören wollt. Und für kleine Mädchen ist sie eigentlich viel zu aufregend«, sagte Anton, indem er seine Nichte anblickte, ein Auge zukniff und begann, sich eine Pfeife zu stopfen.

»Ach bitte, Onkel!«

Das war es, was Anton hören wollte, und er fing an zu erzählen …

31. Kapitel

Die ersten Tage auf See, wenn man alles hinter sich lässt, was einem an Land vielleicht den Schlaf geraubt hat, fühlt man ein unsagbares Glück in sich aufsteigen. Es ist, als habe man aus eigener Kraft ein Seil zerrissen, das einen lange Zeit wie einen armen Hund ans Haus gekettet hat. Ein Haus, in dem vielleicht freundliche Menschen wohnen, in dem es warm und behaglich sein mag, das zu betreten man aber nicht die Erlaubnis hat. Ein Hund, der unerlaubter Weise seine Grenzen übertritt, den prügelt man windelweich. Das Wasser aber kennt keine Grenzen. Hier fließen die Ströme in alle Richtungen und man wundert sich, wie sehr sein Wesen dem des Menschen entspricht, der sich an Land doch auch in alle Richtungen frei bewegen können möchte, aber ständig gegen Hindernisse anrennt.

Ist man aber zwei, drei Monate auf See, so stellt sich doch eine unstillbare Sehnsucht nach dem festen Element ein. Plötzlich beschleicht einen das Gefühl, dass einem die Welt abhandengekommen ist, dass es vielleicht ein Fehler war, sich so weit hinaus zu wagen und dass nun, wo man sich so tollkühn dem rauen Wellengang überlassen hat, das Ufer in unerreichbare Ferne gerückt sei. Der frühere Aufenthalt an Land hat mit dem harten Tagesgeschäft an Bord wenig zu tun, so dass man sich an ihn nur noch erinnert wie an eine lose Sammlung flüchtiger Traumbilder. Man beginnt zu zweifeln, ob es außer der sich endlos erstreckenden Wasserfläche noch etwas anderes gibt. Ob nicht auch jedes Land längst schon Opfer der unbändigen Wasserflut geworden ist. Natürlich weiß man, dass dieser Gedanke unvernünftig ist. Aber das Gefühl, dass das Wasser einen hinausgelockt hat, um wie ein Taschenspieler in einem Moment der Ablenkung das begehrte Objekt verschwinden zu lassen, wird man trotzdem nicht los. Unstillbar ist in diesem Augenblick das Verlangen, sich zu vergewissern, dass die Welt einen nicht im Stich gelassen hat, dass an ihren Grundfesten nicht gerüttelt wurde und uns nur die Sonnenspiegelung in den Fenstern des auf ihnen errichteten Gebäudes für einen Augenblick so stark geblendet hat, dass wir glaubten, dieses Flirren und Flimmern käme aus irgendeinem versteckten Raum im Innern, in dem ein dürstendes Feuer alle Gewissheiten verzehrt.

Ich erzähle euch das, damit ihr versteht, in welchem Zustand ich mich befand, als ich mich eines Nachts in meiner Koje hin und her wälzte und keinen Schlaf fand, weil mir die verrücktesten Bilder durch den Kopf gingen. Musste das Ufer denn nicht schon ganz in der Nähe sein? Mag sein, dass der Vollmond meine Unruhe noch verstärkte. Gegen Mitternacht sprang ich schließlich auf, schlüpfte in meine Kleider und stieg hoch aufs Deck unserer Dame Doria. Es war eine kühle Nacht und der Schiffsrumpf schien eingelassen in eine Fläche aus schwarzem Glas. So ruhig war das Wasser, dass sich die einzelnen Sterne wie Glühwürmchen in ihm spiegelten. Und auch der Mond schien in dieser Nacht doppelt: einmal oben vom klaren Himmel herab und einmal aus der unergründlichen Tiefe des Meeres empor. Plötzlich kam mir der Gedanke, ich sollte in die Eistonne hinaufsteigen. Vielleicht könnte ich von dort aus schon das Festland erblicken! Ich knöpfte mir also meine Jacke bis oben hin zu, denn die Eistonne am Masttopp trägt ihren Namen nicht ohne Grund. Bevor ich mich jedoch an den Aufstieg machte, schaute ich flüchtig nach oben und erschrak nicht wenig: Es befand sich bereits jemand auf dem Posten. Jetzt, um diese Zeit! Das war sehr ungewöhnlich. Wer konnte das sein? Ich wusste, dass ein Matrose Namens Petter an Schlaflosigkeit litt. Aber hatte er nicht ruhig in seiner Koje gelegen, als ich aufgestanden war? Ganz sicher war ich allerdings nicht. Aber warum sollte er seine schlaflosen Nächte in der Eistonne verbringen? Andererseits war ja auch ich auf diesen Gedanken gekommen. Vielleicht sehnte Petter sich genau wie ich nach dem Festland.

Ich rief also zum Masttopp hinauf ›Ahoi, Matrose! Schon Land in Sicht?‹ Aber die Gestalt rührte sich nicht. Ich rief noch einmal, doch der Mann zeigte keine Regung. Er musste meinen Ruf auf jeden Fall gehört haben, denn uns umgab völlige Stille und meine Stimme ist, wie ihr wisst, nicht die eines Chorknaben. Das alles erschien mir sehr rätselhaft und ich entschied mich, den Mast hinaufzuklettern, um den Kerl dort oben zur Rede zu stellen. Noch nie zuvor war ich nachts in die Eistonne hinaufgestiegen und der Aufstieg in dieser schwarzen Stille hatte etwas Unwirkliches. Es schien mir, als sei die Zeit stehen geblieben und ich sei abkommandiert, einen Uhrenmechanismus in gefährlicher Höhe wieder in Gang zu setzen, damit die Welt nicht auf ewig erstarre. Vorerst aber war ich es, der erstarrte. Denn ihr werdet mich für verrückt erklären – und ich selbst zweifelte ja an meinem Verstand! – wenn ich euch sage, was ich oben in der Eistonne vorfand.«

Anton nahm einen tiefen Zug aus seiner Pfeife und man wusste nicht, was er mehr genoss: den Tabak oder die gespannte Ungeduld seiner Zuhörer.

»Nun lass die Katze aus dem Sack, Junge«, sagte der Vater. »War es dieser Petter?«

Anton schaute starr vor sich hin, als durchlebte er jenen Moment am Masttopp in diesem Augenblick noch einmal. Dann schüttelte er den Kopf.

»Nein, Petter war es nicht.«

»Wer war es dann?«, fragte die Mutter lächelnd, weil sie offenbar an eine ganz harmlose Auflösung der Geschichte glaubte. »Nun spanne uns doch nicht auf die Folter.«

»Ja«, sagte Anton, »das ist in der Tat der merkwürdigste Teil der Geschichte. Ihr müsst nämlich wissen: Da oben war niemand.«

»Dann haste dich verkiekt«, sagte der Vater.

»Das sollte man meinen. Aber wie ich euch sagte: Die Nacht war klar und hell. Und auch, wenn ich von unten nicht hatte erkennen können, wer sich dort oben aufhielt, so hatte ich doch sehr klar die Umrisse eines Mannes erkannt, der eine Kapitänsmütze trug.«

»Eine Kapitänsmütze?«, fragte der Vater. »Dann hätte es der Petter ja ohnehin nicht sein können.«

»Allerdings hätte er es sein können, denn Petter besaß eine solche Mütze. Ich weiß nicht wieso, aber in einer jener Nächte, in der wir beide keinen Schlaf finden konnten, hat er sie mir gezeigt. Und da er sie während seiner Dienstzeit ja schlecht tragen konnte, wäre es gar nicht so unsinnig anzunehmen, dass er des Nachts heimlich ein wenig Kapitän damit spielte.«

»Aber du hast doch gesagt, da oben war niemand«, sagte der Vater ungeduldig. »Vielleicht ist er unbemerkt hinabgestiegen, während du hinauf geklettert bist.«

»Wie sollten sich zwei Männer an einer einzigen Strickleiter nicht bemerken können? Ihr könnt euch also vorstellen, dass mir in diesem Augenblick ziemlich mulmig zumute war. Selbst wenn man die unwahrscheinliche Annahme in Betracht zieht, dass der Mann gesprungen ist, hätte ich es doch bemerkt. Oder zumindest hätte auf den Planken sein zerschmetterter Körper liegen müssen. Aber da war nichts! Die Lust auf einen nächtlichen Ausguck war mir indes gründlich vergangen und ich machte mich sofort an den Abstieg. Als ich aber schon wieder unten auf den Planken stehe und mein Herz noch kräftig pocht, wende ich noch einmal den Blick nach oben – und wie ein Blitzschlag fährt es mir in die Knochen! Glaubt es, oder glaubt es nicht: Oben in der Eistonne, die ich vor wenigen Minuten noch für leer befunden hatte, sehe ich ganz wie zuvor wieder jene Gestalt mit der Kapitänsmütze! Unbeweglich steht sie da, den Blick nach Osten gerichtet.«

Jetzt schlug der Vater ärgerlich mit der Faust auf die Sessellehne: »Aber das ist doch gar nicht möglich! Was erzählst du uns da für ein Seemannsgarn! Willst du uns Angst machen?«

»Wenn dir diese Geschichte Angst macht, dann kannst du vielleicht ermessen, wie groß meine Angst war, als ich eben das selbst erlebte!«

Wieder machte Anton eine bedeutungsschwere Pause und sog an seiner Pfeife. Leefke hatte die Augen weit aufgerissen und alle hielten gespannt den Atem an. »Lieber Vater«, fuhr Anton nach einer Weile fort, »vielleicht stimmt es dich versöhnlich zu erfahren, dass es für all das eine Erklärung gibt. Eine Erklärung allerdings, die mindestens ebenso viel Beunruhigendes an sich hat wie die verstörende Erscheinung selbst.«

Der Vater zog die Augenbrauen in die Höhe, womit er unmissverständlich zu verstehen gab, dass er sich von Erklärungen in dieser Sache nicht viel erhoffte. Anton jedoch fuhr in seiner Erzählung unbeirrt fort.

»Am nächsten Tag, als wir beim Essen zusammensaßen, erzählte ich Petter von meinem nächtlichen Erlebnis. Er sah mich lange schweigend an, kaute auf seinen Bohnen herum und sagte schließlich: ›Da hast du wohl den alten Salomon gesehen.‹ ›Salomon?‹, fragte ich. ›Wer soll das sein?‹ ›Der war mal Kapitän auf diesem Kahn. Ein ziemlich ungenießbarer Bursche. Aber er hat dafür bezahlt.‹ ›Bezahlt? Was meinst du damit? Was weißt du über diesen Salomon? Und wieso ist er immer noch an Bord, wo wir doch jetzt einen anderen Käpt'n haben?‹ Petter sah mich eine Weile an, als verstünde er meine Frage nicht. Dann sagte er: ›Er ist an Bord, weil er keine Ruhe finden kann.‹ Ich wollte mehr darüber wissen, und so erzählte Petter mir die ganze Geschichte.

Salomon war ein jähzorniger Mensch, der nur auf seinen Vorteil bedacht war. Wenn er Prämien dafür kassieren konnte, dass er eine Ladung früher als vorgesehen an ihren Bestimmungsort brachte, knechtete er seine Mannschaft bis aufs Blut. Umso ungehaltener wurde er, wenn eine andauernde Flaute das Fortkommen verzögerte. Eine solche dreitägige Windstille hatte die Dame Doria gerade hinter sich, als der Matrose im Ausguck die Sichtung eines Beiboots meldete. Da man sich auf offener See befand, musste es sich um Schiffbrüchige handeln. Salomon stieg selbst in die Eistonne hinauf, schaute durch das Fernrohr und entschied daraufhin, den Kurs nicht zu ändern, da dies nur noch mehr Zeit kosten würde. Der Matrose, der mit ihm im Ausguck stand, berief sich auf die Pflicht eines jeden Seemanns, einem Schiffbrüchigen in Not beizustehen. Salomon jedoch beharrte auf seiner Entscheidung. Da aber der Matrose drohte, er werde sofort die ganze Mannschaft herbeiläuten, um weitere Fürsprecher für die Rettung dieser Menschenleben zu erhalten, entbrannte zwischen beiden ein heftiger Streit, der schließlich auch zu Handgreiflichkeiten führte. Man stelle sich vor: zwei ausgewachsene Männer, die sich in einer engen Tonne in zwölf Metern Höhe prügeln! Wen sollte es wundern, dass bald einer von ihnen – der Matrose nämlich – über die Brüstung des engen Rings hinausgedrängt in die Tiefe stürzte! Jetzt erst kam Salomon – eben noch rasend vor Wut – zur Besinnung. Er blickte dem Gefallenen nach und schon dessen unnatürliche Lage – der verdrehte Kopf und das stark abgewinkelte linke Bein – verriet ihm, dass der Mann wohl nicht mehr am Leben war. Salomon glitt, flog, strauchelte den Mastbaum hinunter, stürzte zu dem anderen hin, doch seine schlimmste Befürchtung wurde nur bestätigt: Der Mann – noch keine dreißig Jahre alt – war mausetot und Käpt'n Salomon hörte eine Stimme, die er noch nie zuvor gehört hatte. Es war die Stimme seines Gewissens.

Was war nur in ihn gefahren, dass er diesem Matrosen, der ihm bis dahin immer treu ergeben war, der zuverlässig und fleißig seine Arbeit verrichtet hatte, ein so schreckliches Ende bereitet hatte! Salomon bemerkte, dass er sich mit dem Toten wohl allein auf Deck befand. Offenbar saß die Mannschaft schon beim Abendessen und niemand hatte die Auseinandersetzung in der Eistonne bemerkt. Der Kapitän packte den Matrosen an den Füßen, zog ihn quer über das Deck und wuchtete ihn in eine Kiste mit Tauwerk, die er danach sorgfältig verschloss. Sofort stieg er wieder den Mastbaum hinauf und spähte angestrengt in die Richtung, in der der Verstorbene das Boot mit den Schiffbrüchigen entdeckt hatte. Aber da war kein Boot. Mit seinem Fernrohr suchte Salomon den ganzen Horizont ab, an dem das schwarze Wasser und der von der untergegangenen Sonne erleuchtete Himmel sich schroff voneinander trennten. Und mit einem Mal bedrängte den Kapitän die Einsicht, dass er nicht nur seinen Matrosen, sondern auch die unglücklichen Seeleute da draußen auf dem Gewissen hatte. Wie konnte es aber sein, dass ein Boot, das er vor zwanzig Minuten durch sein Fernglas noch deutlich erkennen konnte, so einfach verschwunden war? Schließlich schleppte sich die Dame Doria mit kaum nennenswerter Geschwindigkeit voran. Plötzlich aber kam Wind auf, der erste seit Tagen. Ein kühler Wind, den Salomon sogar durch seinen dichten Bart hindurch auf der Haut spürte. Aber er regte sich nicht, starrte noch lange Richtung Osten, ohne dass man ihm hätte ansehen können, was er dachte oder ob er überhaupt etwas dachte. Erst als es ganz dunkel war, stieg er wie selbstverständlich und ohne Hast die Leiter herunter und verschwand kurz darauf in seiner Kajüte, ohne dass ihn an diesem Abend noch jemand zu Gesicht bekommen hätte.

Nun wurde es aber zur Gewohnheit des Kapitäns, jeden Abend in die Eistonne hinaufzusteigen und so lange Richtung Osten zu blicken, bis die Dunkelheit alle Konturen in ein gleichmäßiges Schwarz tauchte und die Mannschaft schon glaubte, der Alte sei verrückt geworden. Er sprach auch fast gar nicht mehr und hatte sich angewöhnt, ein Stundenglas mit sich herumzutragen, dessen feinen Sandstrahl er durch Wenden des Glases ständig in Bewegung hielt. Was war mit Salomon geschehen? Niemand konnte sich diese plötzliche Veränderung erklären, wenngleich sich mehr und mehr die Gewissheit einstellte, dass sie etwas mit dem spurlosen Verschwinden jenes Matrosen zu tun haben musste. Schon vor Tagen hatte man Salomon davon unterrichtet, dass die Koje des Matrosen nachts leer geblieben und er auch zum Frühstück nicht erschienen war. Salomon hatte nur gebrummt, dass er sich schon wieder einfinden werde. Aber Fredrik, so hieß der Matrose, blieb verschwunden. Allerdings nicht so vollständig, wie der Kapitän es sich gewünscht hätte. Natürlich konnte er den Toten nicht einfach in der Kiste liegen lassen. Aber eine unerklärliche Furcht hatte ihn bisher davon abgehalten, den Toten über Bord zu werfen. Mit jeder Stunde wurde ihm jedoch klarer, dass seine große innere Unruhe ganz wesentlich mit jenem Leichnam zusammenhing, der die schwerste Fracht darstellte, die das Schiff jemals an Bord gehabt hatte. So jedenfalls erschien es dem Kapitän und am fünften Tag fasste er den Entschluss, sich dieses stummen Zeugen jener unheilvollen Zusammenkunft in der Eistonne zu entledigen. Nach seinem Sturz hatte der Matrose nur einen Teil des Wegs zurückgelegt, der ihm zugedacht war. Noch weiter hinunter hätte es ihn ziehen sollen, aber das Schiff, die träge Dame Doria, hatte ihn mit ihren Planken aufgefangen. Es war nun Salomons Aufgabe, Fredrik den Weg zum Meeresgrund zu weisen – ein würdiges Grab für einen Seemann und ein unerreichbarer Ort für die Blicke der Lebenden. Doch als müsse der Kapitän fürchten, dass die Frucht seines Verbrechens früher oder später wieder ans Tageslicht komme, entschied er sich, dem toten Körper, bevor er ihn dem Wasser übergebe, Gewichte anzubinden.

Am nächsten Tag wunderte man sich, dass der Kapitän nicht zur gewohnten Zeit an Deck erschien. Und als er sich auch zur Mittagszeit nicht blicken ließ, entschied man, bei ihm anzuklopfen. Doch hinter der Tür blieb es ruhig. Schließlich öffnete man sie und sah, dass Salomon nicht in seiner Kajüte war. Auch lag seine Decke säuberlich gefaltet da, als habe er die Nacht woanders verbracht. Aber wo? Und warum? Der Steuermann erteilte der Mannschaft den Befehl, das ganze Schiff zu durchsuchen. Aber vom Kapitän fehlte jede Spur. Dann machte der lange Fiete eine seltsame Entdeckung: Backbord, am Fuße der Reling, fand er Salomons Stundenglas. Daneben hing zwei Handbreit über den Bodenplanken ein Leinenbeutel, der oben mit einem Seil zugebunden war und der straffen Spannung des Stoffes nach zu urteilen einen schweren Gegenstand enthielt. Das Seil aber führte über die Reling hinweg, von wo aus eine Kraft den Beutel in die Höhe zog. Hätte er sich nicht unter einer massiven Querverstrebung an der Reling verfangen, wäre der Beutel längst über Bord gegangen. Als der lange Fiete aber an die Reling trat, um zu sehen, was am anderen Ende des Seils hing, stieß er einen erstickten Schrei aus und fuhr jäh zurück. Sofort strömten die Matrosen zusammen und jetzt sahen auch sie, was den langen Fiete bis ins Mark erzittern ließ: das schmerzverzerrte Gesicht des Kapitäns, das direkt unterhalb der Reling zu ihnen herauf starrte. Salomon hatte sich bei dem Versuch, den Leichnam des Matrosen gemeinsam mit der Kanonenkugel, die er in den Leinenbeutel eingebunden hatte, über Bord zu wuchten, selbst erhängt. Dabei hätte er sich vielleicht noch befreien können, wenn das Gewicht des toten Körpers, der am Ende des Seils aufgehängt war, ihm nicht mit aller Kraft den Hals zugeschnürt hätte.

Mit vereinten Kräften wollte man die toten Männer wieder an Deck ziehen, doch entglitt den Seeleuten das Seil, so dass die leblosen Körper schließlich in die Tiefe stürzten und der Ballast sie sogleich unter Wasser zog. Ebenso sprachlos wie hilflos sahen die Männer auf die Stelle im Wasser, wo Salomon und Fredrik für immer verschwunden waren. Der lange Fiete war der erste, der sich nach Minuten völliger Erstarrung wieder regte. Er griff nach dem Stundenglas und übergab es ebenfalls den ewigen Fluten.

Natürlich wollte ihm niemand glauben, als er wenige Tage später behauptete, er habe spät am Abend die Silhouette Salomons oben in der Eistonne gesehen. Aber einige Nächte später berichtete ein anderer das Gleiche und bald wollten viele den Kapitän gesehen haben, wie er den Blick starr nach Osten gerichtet habe, in jene Richtung, wo die Schiffbrüchigen zuletzt gesichtet wurden, als warte er auf ihr erneutes Erscheinen, um seine schwere Schuld begleichen zu können. Man kam auf den Einfall, dass diese geisterhafte Erscheinung des Kapitäns wohl auch mit jenem Stundenglas zusammenhinge, das er zuletzt so beharrlich bei sich trug und das nun irgendwo auf dem Meeresgrund der ewigen Strömung ausgesetzt war. Immer, wenn das Glas sich wende, hieß es, und der Sand erneut zu rieseln beginne, würde auch Salomon für kurze Zeit wieder lebendig. Diese Geschichte erzählte mir Petter. Und da ich das grausige Bild des toten Käpt'n Salomon selbst vor Augen hatte, gibt es keinen Grund, an ihr zu zweifeln.«

32. Kapitel

Ein Holzscheit knackte im Ofen. Von der Straße her hörte man Hufgetrappel, das leiser wurde und in der Ferne verschwand. Keiner sagte ein Wort. Bastian sah seinen Vater an, der jetzt sehr müde aussah. Da er aber nicht wollte, dass die Familienrunde sich schon auflöste und jeder sich in seine kalte Schlafkammer zurückzog, machte er den Vorschlag, noch einen heißen Grog zu trinken. Der Vater winkte ab. Anton und die Mutter aber waren einverstanden. Da in der Vorratskammer kein Rum mehr zu finden war, musste man abermals zum Boden hinaufsteigen, was Bastian seiner Tochter nach dieser schaurigen Geschichte nicht zumuten wollte. Also stieg er selbst mit einer Öllampe die schmale Treppe hinauf in den dunklen Lagerraum unter dem Dachstuhl. Dort fiel das Mondlicht fahl durch die Luke auf eine alte Holztruhe. Bastian stand eine ganze Weile unschlüssig da, als müsse er sich entsinnen, warum er überhaupt hierhergekommen war. Dann stellte er die Lampe auf den Boden und klappte den Truhendeckel behutsam nach hinten, als handle es sich dabei um einen hochzerbrechlichen Gegenstand. Auf fein säuberlich gestapelten Wäschestücken lag eine Uhr aus weißer Keramik. Über dem Zifferblatt wölbte sich ein kleines Dach, auf dem zwei Tauben einander gegenüber saßen und sich mit den Schnäbeln fast berührten.

»Elisabeth«, flüsterte er, während das Zifferblatt vor seinen Augen verschwamm. Er konnte sich noch genau an das überraschte Gesicht seiner Frau erinnern, als er ihr, noch bevor sie geheiratet hatten, dieses Geschenk machte. Irgendwie fand sie es merkwürdig, dass er ihr eine Uhr schenkte, die doch eher auf die Kommode einer älteren Damen gepasst hätte, und er selbst kam sich in diesem Moment dumm vor, weil er geglaubt hatte, dass ihr ein solches Geschenk gefallen könnte. Trotzdem nahm sie es dankbar an, küsste ihn zart auf den Mund und nannte ihn von nun an scherzhaft »Täubchen«. Da war Bastian auf die Idee gekommen, ihr auch noch einen Stempel mit dem gleichen Taubenmotiv anfertigen zu lassen, und fortan reckten sich am Ende all ihrer Briefe zwei rote Tauben die Schnäbel entgegen.

Die Uhr aber hatte sie nach ihrer Hochzeit mitten auf der Anrichte platziert, wo sie lange Zeit die Stube schmückte. ›Sie hat diese Uhr eigentlich nicht gemocht. Jedem anderen hätte sie sie mit spöttischen Worten hinterher geworfen. Nur weil sie von mir kam, hat sie sich mit ihr angefreundet. So kann Liebe Dinge veredeln, die unserem Wesen eigentlich gar nicht entsprechen‹, dachte Bastian. Nach Elisabeths Tod hatte er ihre Wäsche, die Briefe und andere Habseligkeiten sorgfältig in dieser Kiste verstaut. Die Uhr blieb vorerst auf der Anrichte stehen, wo sie elf Tage nach Leefkes zweitem Geburtstag aufhörte zu schlagen. Danach hatte er sie, weil das unbrauchbar gewordene Zeitmessgerät ihn nun noch mehr an seinen großen Verlust erinnerte, zu den anderen Sachen in diese Kiste gelegt. Seit vielen Jahren hatte Bastian nicht mehr an diese Kiste gedacht. Erst jetzt, nachdem er sie geöffnet hatte, erinnerte er sich wieder an diese Uhr, deren Herz am gleichen Jahrestag aufgehört hatte zu schlagen wie das seiner Besitzerin. Ein Umstand, der ihm damals höchst seltsam, fast unheimlich vorgekommen war. Und auch als er jetzt das fein gearbeitete Stück in die Hand nahm – eine hochwertige Anfertigung aus England, wie man ihm damals versichert hatte – und einen Finger über die Tauben gleiten ließ, fühlte er einen Schauer über seinen Handrücken den Arm hinauf laufen, verstärkt womöglich durch Antons Geschichte von Käpt'n Salomon und seinem Stundenglas.

›Aber könnte eine Uhr tatsächlich eine tiefere Verbindung mit dem Leben haben?‹, dachte Bastian. Folgt ihr Gang nicht einer blinden Mechanik, der alles Lebendige völlig gleichgültig ist? Andererseits lässt uns ihre unerbittliche, gefühllose Mechanik eben niemals gleichgültig und in ihrer Betrachtung fangen wir an, uns selbst als etwas Mechanisches zu sehen. So wird es leicht, das eine mit dem anderen zu verbinden, ein unsichtbares Band zu knüpfen, das wir zumindest am einen Ende noch greifen können, während das andere Ende sich in der Ewigkeit verliert.

Vorsichtig legte Bastian die Uhr zurück auf den Wäschestapel und schloss die Kiste. Als er sich der Dachschräge näherte, merkte er, dass seine Wangen feucht waren. Hatte er geweint? Er wischte sich mit dem Ärmel seines Hemds über das Gesicht. Hier im hinteren Winkel des Bodens neben der Kiste mit den Kartoffeln und Steckrüben lagerten die Flaschen. Er griff sich eine, und in diesem Augenblick wurde ihm bewusst, wie vertraut ihm dieses Hinhocken, dieses Ausstrecken des Armes, das Anheben des Flaschengewichts und das besonders behutsame Wiederaufrichten des Körpers war – ein Ensemble fließender Bewegungen, die er so oft schon ausgeführt und bei denen er sich anfangs einige Male gehörig den Kopf an der Dachschräge gestoßen hatte. Doch etwas störte diesmal den gewohnten Ablauf, denn Bastians Blick fiel auf einen schwarzen Schlitz in der Wand. Er nahm die Lampe und entdeckte, dass die kleine Tür, die ihm gerade bis zur Brust reichte und deren Existenz ihm fast entfallen war, weil sie niemals benutzt wurde, nun ein wenig offen stand. Da sie schief in den Angeln hing und auf dem Boden schleifte, ließ sie sich nur mit einem kräftigen Ruck vollständig öffnen.

Mit erhobener Lampe spähte Bastian in den angrenzenden Raum. Der zerbrochene Spiegel eines Toilettentischs fing den schwachen Lichtschein auf und warf ihn durch sein trübes Glas zurück, wie eine flüchtige Erinnerung an längst vergangene Tage. Solche aus jedem menschlichen Zusammenhang gerissene Erinnerungen, die die entbehrungsreiche Franzosenzeit in Form brüchig und nutzlos gewordener Einrichtungsgegenstände überdauert hatten, moderten hier vor sich hin wie marode Stege und leckgeschlagene Beiboote in einem längst verlassenen Hafen: eine Kommode, deren obere Schublade fehlte, mehrere Stühle mit aufgerissenen Polstern, ein verbogener Ofenschirm – sogar ein Bettgestell hatte man hier hoch geschafft. Der Staubschicht nach zu urteilen, mussten diese Möbel schon sehr lange hier stehen. Ungefähr in der Mitte des Raumes fiel Bastians Blick auf eine staubige Tischplatte, auf der deutlich der Abdruck von vier Fingern sichtbar war. Er trat mit seiner Lampe näher an die Stelle heran und entdeckte noch etwas: ein Stück Brotkrume. Er klaubte es auf, beäugte es, roch daran, schob es sich dann in den Mund und – mochten ihm die Geister dieses unwirklichen Ortes auch einen Streich spielen – ihm war, als umspielte ein Hauch von Zimt seinen

Gaumen. War es möglich, dass dieses vermaledeite Zimtbrötchen ihn bis in die entlegensten Ecken eines Dachbodens verfolgte?

Unwillkürlich musste Bastian an eine Erzählung aus einem Buch denken, das ihm vor zwei Jahren in der Buchhandlung Friedrich Perthes am Jungfernstieg ins Auge gefallen war. Zwei Brüder namens Grimm hatten eine Märchensammlung zusammengetragen, die im Ladenfenster als bemerkenswerte Neuerscheinung des Jahres 1813 angepriesen wurde. Bastian hatte sie seiner Tochter zu Weihnachten geschenkt und seither las man sich die Märchen in der Familie an langen Winterabenden gegenseitig vor – auch das Märchen von »Hänsel und Gretel«, den beiden Kindern, die von ihren Eltern im Wald ausgesetzt werden und, um den Weg zurück zu finden, heimlich eine Spur aus Brotkrumen streuen. Bastian kam es vor, als würde er nun selbst eine solche Spur verfolgen. Aber wohin würde sie ihn führen? Zu einer alten, grausamen Hexe mit glühendem Ofen? Sein Grinsen wäre ihm wohl erstarrt, wenn er geahnt hätte, dass er mit diesem Gedankenspiel nicht ganz falsch lag.

An der gegenüberliegenden Wand entdeckte Bastian eine weitere Tür. Sie führte in einen Raum, der in einzelne Bodenkammern unterteilt war, und ein unangenehmer Geruch nach Moder und Fäulnis stieg ihm in die Nase. Er wollte schon wieder umkehren, da sah er, wie sich im schwachen Schein der Lampe etwa zehn Schritte vor ihm noch eine Tür abzeichnete. Es schien, als seien die Dachböden aller angrenzenden Häuser miteinander verbunden. In welchem Haus befand er sich nun eigentlich? Und was genau erwartete er hier zu finden? Er zitterte am ganzen Körper, weil es hier kalt war und er sich keine Jacke übergezogen hatte. ›Es wäre klüger, umzukehren‹, dachte er, doch eine unsichtbare Kraft zog ihn auch zu dieser nächsten Tür. Als er sie geöffnet hatte, stand er lange mit offenem Mund da und vergaß sogar die ihn umgebende Kälte. Nun hatte er ihn also tatsächlich gefunden, den Ofen der Hexe! Er war aus groben Ziegeln errichtet. Ein Rohr führte aus dem oberen Teil des Ofens heraus und verband ihn mit dem Schornstein. Aber es war beileibe kein Hexenhaus, in das Bastian hier geraten war. Es war eine komplett eingerichtete Backstube! Eine Backstube direkt unter dem Dach eines zweistöckigen Hauses in unmittelbarer Nähe seines eigenen Ladens und Bastian hatte nichts davon gewusst!

Für einen Moment schien sein Verstand still zu stehen und als er sich stockend wieder in Bewegung setzte, stellte sich die Erkenntnis ein, dass wahrscheinlich niemand von dieser Backstube wusste – außer ihrem Betreiber – und dass es sich hierbei um einen jener Handwerker handeln musste, die der Volksmund Bönhasen schimpfte, weil sie ihre Tätigkeit ausübten, ohne der Zunft anzugehören. Auch auf dem Boden der Familie Plüsch hatte sich einmal eine Familie von Bönhasen eingenistet. Aber die hatten Krallen und Fell und jagten Mäuse. Eine Katze hatte ihre Kleinen dort oben zur Welt gebracht und Leefke – damals selbst noch ein kleines Ding – war entzückt gewesen. Das war die Art Bönhasen, mit der man sich arrangieren konnte, weil sie einem die Nager vom Hals hielten. Jene Bönhasen aber, die der menschlichen Rasse angehörten, wurden unerbittlich verfolgt. Und hatte man einen von diesen nicht immer ganz gewissenhaft arbeitenden Menschen, die mit ihrer Billigware den ehrlichen Handwerkern das Leben schwer machten, aufgespürt, konnte er von Glück reden, wenn man ihn der Polizei übergab und nicht gleich an Ort und Stelle krumm und blutig schlug. Nun hatte Bastian zwar von Näherinnen, Flickschustern, Hutmachern und Zigarrendrehern gehört, die ihrem Beruf unerlaubterweise in abgeschiedenen Kellerräumen, Hinterhäusern oder Dachböden nachgingen. Noch nie aber war ihm zu Ohren gekommen, dass man auf einem vermeintlich ungenutzten Dachboden eine Backstube vorgefunden hatte, die dort eigentlich nicht hätte sein dürfen. Wie war es möglich, ein solches Gewerbe hier unentdeckt zu betreiben?

Bastian trat einige Schritte vor und war überrascht, dass im Backtrog ein großer Teigklumpen lag. Ein Fingerdruck bestätigte, was auch schon das rissige Aussehen vermuten ließ: Der Teig war vollkommen ausgetrocknet. Offenbar war der Bäcker vor einiger Zeit bei seiner Tätigkeit unterbrochen worden und nicht mehr an seinen Trog zurückgekehrt. Jetzt sah Bastian auch die weiße Schürze wie eilig abgeworfen auf dem Boden liegen. Was war hier geschehen?

Plötzlich fiel ihm ein, dass man unten in der Stube sicher schon ungeduldig auf ihn wartete und vielleicht auf die Idee käme nachzusehen, wo er so lange bliebe. Hastig drehte er sich um und lief den Weg zurück, den er gekommen war. Er wollte diese merkwürdige Entdeckung vorerst für sich behalten. Denn er hatte das unbestimmte Gefühl, dass sie etwas zu tun hatte mit dem Tod von Clément Clermont.

33. Kapitel

Johann Wilhelm Bentz wusste, dass einige Menschen ihm vorhielten, ein unverbesserlicher Griesgram zu sein. Aber was zu viel war, war zu viel. Da hatte ihm doch tatsächlich eins von diesen Marktweibern auf die Schuhe gekoddert! Und das am helllichten Tag vor aller Leute Augen. Mit ihrem Handwagen war sie ihm entgegengekommen. Nüsse hatte sie geladen. Das muss man sich einmal vorstellen. Nüsse! Was die Leute so alles in sich hinein fressen, nur weil sie meinen, die Hungerjahre seien jetzt vorbei. So eine ordinär große Fuhre von Nüssen wiegt natürlich einiges. Aber zwei gefüllte Wassereimer sind auch nicht ohne! Wer also soll dem anderen aus dem Weg gehen? Immerhin hat ein Wagen Räder, während er, Johann, die Last direkt im Nacken und auf seinen Schultern spürte, wo der Tragebalken durch die Mühsal vieler Jahre Arbeit Druckstellen hinterlassen hatte, die nicht nur schmerzten, sondern auch hässlich anzusehen waren. Diese Male seines Jochs, die sichtbar wurden, sobald er das Hemd auszog, waren auch der Grund, weshalb es mit den Mädchen nie geklappt hatte. Selten genug hatte sich die Gelegenheit ergeben, dass eine sich willig zeigte. Aber spätestens beim Anblick seines geschundenen Nackens, an dem sich neben entzündlichen Wundstellen eine harte, ledrige Haut gebildet hatte, schien auch die Zuneigung des Frauenzimmers eine schmerzliche Wunde davonzutragen, was dazu führte, dass die Holde schleunigst das Weite suchte. Vor Jahren schon hatte Johann deshalb beschlossen, den Frauen aus dem Weg zu gehen. Dieses Marktweib aber schien ihn mit ihrem eng geschnürten Mantel und ihrem starren Blick geradezu herauszufordern. Nein, diesmal würde er keine Elle breit weichen. Sollte doch sie ihren Karren zur Seite lenken!

Aber genau das tat sie nicht. Sie blieb stehen, wie er, sah ihm fest in die Augen, sagte aber kein Wort. Und er, fest entschlossen, ihrem Blick und allem, was da noch kommen möge, standzuhalten, setzte seine finsterste Mine auf, also jene, die er die meiste Zeit des Tages zur Schau trug. Eine Weile lang geschah nichts, außer dass einige Leute ungehalten schimpften, weshalb man denn hier einfach stehen bliebe und ehrenhaften Mitbürgern den Weg versperre! Und dann, ganz plötzlich, ohne Vorwarnung, entlud die Nussfrau ihren Mageninhalt direkt auf seine Schuhe! Schon manch bösartige Anspielung, manch niederträchtiges Verhalten hatte er von dem vermeintlich zarten Geschlecht ertragen müssen. Aber so etwas hatte ihm noch keine geboten! So überrascht und überrumpelt war er in diesem Moment, dass es ihm, der im Fluchen nicht ungeübt war, die Sprache verschlug. Sie aber hielt sich den Bauch, stützte sich auf ihren Wagen, atmete schwer und sah zu Boden. Sollte er jetzt etwa auch noch Anteilnahme zeigen? Nein, das konnte niemand von ihm verlangen! Entweder hatte sie zu viel von ihren eigenen Nüssen gegessen, die sicher allesamt verdorben waren, oder sie hatte sich von einem dahergelaufenen Hafenjungen schwängern lassen. So oder so geschah es ihr recht, wenn sie jetzt die Übelkeit überkam, und seine einzige Sorge war, möglichst schnell diesen Ort zu verlassen und seine Schuhe zu säubern. Denn wenn er auch nicht vieles hatte im Leben, was ihm lieb und teuer war, so achtete er doch penibel darauf, dass zumindest sein Schuhwerk, soweit die Umstände es erlaubten, einen gepflegten Eindruck machte. War er oben herum zerschunden, so wollte er zumindest unten glänzen. Voller Ekel steuerte Johann eine Bank an und goss sich, da er kein Tuch zur Hand hatte, den gesamten Inhalt eines Wassereimers über seine besudelten Schuhe. Nun hatte er nicht nur nasse Füße, sondern müsste sich gleich noch einmal in die Schlange der Wartenden vor dem großen Brunnen auf dem Marktplatz einreihen. Es war doch wirklich ein Kreuz mit diesen Frauen!

So fluchte er noch, als er eine Viertelstunde später wieder an der Pumpe stand und mit solcher Wut den Schwengel auf und ab bewegte, dass das Wasser nur so spritzte. Kaum aber hatte er das Brunnenhaus verlassen und war in die nächste Straße eingebogen, da hörte er die nur allzu bekannten Rufe. Rufe, die ihn bis in seine Träume verfolgten, in denen er die Urheber mit einem großen Netz verfolgte, einfing und im Hafenbecken versenkte. Regelrecht zuwider waren ihm diese Kinder, die ihm ausdauernd nachliefen, ihn umtänzelten, manchmal sogar ein Springseil vor ihm spannten oder Steine nach ihm warfen, weil sie wussten, dass er sich mit seiner schweren Fracht nicht wehren konnte. Dabei riefen sie ständig den Namen eines Mannes, der zu den abscheulichsten Menschen gehört haben musste, die je in dieser verdorbenen Stadt gelebt hatten. Johann war diesem

Mann niemals persönlich begegnet, aber er war sich sicher, dass dieser, da er sich mit diesen Rotzgören verbündet hatte, ein wahrhaft niederträchtiger Mensch gewesen sein musste. Nach seinem Tod war Johann in dessen Wohnung an der Großen Drehbahn 36 eingezogen. Daniel Christian Hummel hatte sein Vormieter geheißen und man hatte ihn sogar den Beruf eines Stadtsoldaten ausführen lassen. Ein Beleg mehr dafür, wie schlimm es um Hamburg bestellt war!

Ein wahrer Kindskopf musste dieser Hummel gewesen sein, dass er sich mit seinen Späßen, Flausen und Kriegserzählungen bei den Kindern so beliebt gemacht hatte. In vielerlei Hinsicht war er, Johann, wohl das genaue Gegenteil. Und gerade das schien die Kinder herauszufordern, ihn tagtäglich mit dem Namen seines Vormieters aufzuziehen. »Hummel, Hummel!«, riefen sie dann durch die Gassen und wenn Johann ihnen als Antwort ein grimmiges »Mors, Mors!« entgegenbellte und sich dabei alle Mühe gab, dieses Bellen möglichst furchterregend klingen zu lassen, musste er jedes Mal erleben, dass die kleinen Rotzlöffel sich dadurch keineswegs abschrecken ließen, sondern – im Gegenteil – nur noch verbohrter auf ihrem »Hummel, Hummel« beharrten, woraufhin er abermals mit seinem Allerwertesten drohte. Johann hatte sehr wohl bemerkt, dass sich dieses Spielchen mit seinem immer gleichen Ablauf zu einer Art Kasperletheater entwickelt hatte, an dem nicht nur die Kinder, sondern inzwischen auch viele unbeteiligte Zuschauer ihre geheime, bisweilen sogar unverhohlene Freude hatten. Anstatt ihm, Johann, beizustehen, und die zu kurz geratenen Folterknechte in ihre Schranken zu weisen, betrachteten sie das alltägliche Schauspiel mit einiger Belustigung oder fielen sogar in die Rufe der Kinder ein. Mehrfach hatte er schon mitbekommen, dass Menschen auf der Straße sich nicht mit einem anständigen »Moin, moin« begrüßten, sondern mit einem »Hummel, Hummel – Mors, Mors«. Manchmal schielten sie dabei grinsend zu ihm hinüber, aber auch wenn sie ihn nicht bemerkten, verwendeten sie den Gruß. Dann stellte Johann sich vor, dass sich dieses niederträchtige Ritual womöglich wie eine Epidemie über die ganze Stadt ausbreiten könnte und noch Generationen später praktiziert werden würde, ohne dass sich dann noch jemand die Mühe machte, über dessen arglistigen Ursprung nachzudenken. Aber sogleich wischte er den Gedanken wieder beiseite, denn dass es soweit kommen würde, war ja ganz und gar unwahrscheinlich. Zwar hatte der mürrische Wasserträger keine besonders hohe Meinung von den Hamburgern, aber eine solche Dummheit traute er ihnen dann doch nicht zu.

Jetzt aber musste er sich erst einmal um diese Gören kümmern, die heute besonders aufsässig waren. Drei Jungen – sie waren wohl noch keine zehn Jahre alt – verfolgten ihn schon eine ganze Weile. Immer näher trauten sie sich heran und zweimal hatten sie ihn schon hinten an der Jacke gezogen. Die Erfahrung hatte ihn leider gelehrt, dass es vollkommen aussichtslos war, den Bälgern hinterherzujagen. Denn bevor er seine Holzeimer ausgehakt und den Tragebalken von seinen Schultern gehievt hätte, wären die Plagegeister längst in eine der vielen verwinkelten Seitengassen ausgebüxt. Genau darauf hatten sie es ja abgesehen, dass er ihnen nachstellte und dann atemlos und verschwitzt an irgendeiner Straßenecke die Verfolgung aufgab, während sie in ihrem Versteck kauerten und sich nur noch mehr über ihn lustig machten. Nein, diese Freude würde er ihnen nicht gönnen!

Während dem 28-jährigen Johann Wilhelm Bentz all diese Dinge durch den Kopf gingen, bemerkte er, dass inzwischen – wer weiß, aus welch verwunschenen Erdlöchern! – noch fünf oder sechs weitere Kinder sich dem Tross angeschlossen hatten. Unter ihnen ein Junge, der mindestens einen Kopf größer und um einiges älter war als die anderen, und der mit seinem schräg ins Gesicht gezogenen Elbsegler und dem großen Goldohrring reichlich verschlagen aussah. Und dieser Junge war es auch, der nun einen kleinen Beutel hervorzog und dessen Inhalt vor Johanns Füßen auf das Straßenpflaster entleerte. Als der Wasserträger die kleinen braunen Keramikkugeln bemerkte, die die Kinder sonst für ihre Murmelspiele verwendeten, war es bereits zu spät. Er spürte, wie seine Sohlen ins Rutschen kamen, verlor das Gleichgewicht, sah einen Moment lang aus wie ein Hochseilläufer, der mit einer zu kurz geratenen Balancierstange auf den Schultern vergebens einen neuen Schwerpunkt sucht. Dann glitten seine Füße nach hinten weg, während das Gewicht der Wassereimer ihn nach vorne zog. Gerade fand er noch Zeit, ein »Klei di an'n …« auszustoßen, ohne seinem Adressaten noch mitteilen zu können, wo genau dieser sich kratzen sollte, da hörte er die Eimer hart auf dem Boden aufschlagen, sah, wie das Wasser sich über das Kopfsteinpflaster ergoss und die Kante des einen Eimers auf ihn zuflog. In Wirklichkeit war es natürlich sein Kopf, der auf den Eimer zuflog. Aber das machte in diesem Moment keinen Unterschied. Johann vernahm ein dumpfes Stöhnen, begriff nicht, dass es sein eigenes war – dann wurde ihm schwarz vor Augen.

34. Kapitel

Auf der künstlichen Erhebung der Bastion David stehend – vom Wasser der Binnen- und Außenalster umgeben – hatte man einen herrlichen Ausblick. Marianne streckte ihren Kopf weit zurück und schaute in den blauen Himmel. Bastian sah, wie ihre weiße Haut am Hals sich spannte und für einen Moment vergaß er alle Sorgen und Aufregungen der letzten Tage. In der Ferne auf dem Jungfernstieg sahen die Menschen, die sich für ihre sonntägliche Promenade fein herausgeputzt hatten, wie kleine Spielfiguren aus. ›Mit welch tröstlicher Verlässlichkeit sich doch der Prunk und Putz aus größerer Distanz betrachtet in Nichts auflöst‹, dachte Bastian. Er stellte sich vor, dass auch er – von dort drüben gesehen – nur eine winzige Spielfigur war und fand, dass dies seine eigene unglückliche Situation in ein weniger dramatisches Licht tauchte. Was half es aber, wenn man selbst diesen Punkt, mochte er im gesamten Weltgefüge auch ein ganz unbedeutender sein, nicht verlassen konnte? Marianne sah ihn forschend an, als habe sie seine Gedanken erfasst, und schien diese mit einem sanften Lächeln unschädlich machen zu wollen. Zwei Schwäne kamen herangeschwommen, ließen sich eine Zeit lang unentschlossen auf der spiegelnden Oberfläche treiben und drehten dann, als sich zeigte, dass hier kein Futter zu erwarten war, in majestätischer Gleichgültigkeit wieder ab.

»Wusstest du, dass deine Tochter einen neuen Verehrer hat?«

»Leefke? Einen Verehrer?«

»Der junge Peemöller.«

»Ach, der stellt ihr doch schon lange nach.«

»Vorgestern ist er bei euch aufgekreuzt, nachdem die Schergen dich abgeführt hatten.«

»Was hat er gewollt?«

»Das wusste er wohl selbst nicht so genau. Leefke wollte kurz runter in die Backstube, da stand er vor der Tür.«

»Vor der Backstube?«

»Oben vor eurer Wohnung. Er hatte sich ordentlich in Schale geschmissen und stotterte irgendetwas vor sich hin. Hatte wohl schon eine ganze Weile dort gestanden. Der Junge ist mir irgendwie unheimlich. Wie der einen schon immer anguckt mit seinen Froschaugen.«

»Hat Leefke dir das erzählt?«

Marianne nickte. Beide blickten eine Weile stumm aufs Wasser.

»Zehn Tage, Marianne. Zehn Tage hat er mir gegeben.«

»Du solltest froh sein, dass er dich überhaupt hat gehen lassen.«

»Bei so einem Verbrechen wollen die Leute einen Schuldigen sehen, hat er gesagt. Er persönlich glaube zwar an meine Unschuld, aber die Hinweise seien erdrückend. Die könne man nicht einfach ignorieren, hat er gesagt.«

»Da hat er wohl nicht ganz Unrecht, der Herr Präfekt.«

»Letztendlich habe ich diesem Vermummten meine Freiheit zu verdanken. Ich soll für Roderich den Köder spielen. Die Gardisten halten sich immer in der Nähe der Backstube auf. Und sollte der Kuttenmann sich noch einmal blicken lassen, werden sie sich seiner bemächtigen. Aber was, wenn er von meiner Verhaftung Wind bekommen hat?«

»Und deine Eltern wissen nun auch von dem Toten.«

»Ich mache mir Vorwürfe, es ihnen nicht früher erzählt zu haben. Du kannst dir vorstellen, wie mein Vater reagiert hat.«

»Vor mir hast du den Mann mit der Kapuze ja auch lange verschwiegen.«

»Ich wollte dich nicht noch mehr beunruhigen. Jedenfalls kann ich nicht untätig abwarten, bis er vielleicht noch einmal auftaucht. Ich muss versuchen, den Mörder auf eigene Faust zu finden. Aber wenn es mir nicht gelingt und sie mich für die Untat verantwortlich machen, ende ich ganz bestimmt am Galgen! Kannst du dir vorstellen, wie ich mich dabei fühle? Wenn Leefke nicht wäre, hätte ich mich wahrscheinlich schon längst aus dem Staub gemacht …«

Das Läuten einer Glocke ließ Bastian und Marianne zusammenfahren. Direkt hinter ihnen auf dem Weg pries eine Ausruferin ihre Backwaren an: »Krapfen, Butterfranzbrot und anderes französisches Gebäck! Kann ich die Herrschaften mit einer frischen Teigware beglücken? Der Herr sieht ja aus wie ein hungernder Hering!«

Bastian musterte die dicke Frau mit dem runden, rosafarbenen Gesicht und der Himmelfahrtsnase und musste sich beherrschen, nicht ebenfalls zoologische Vergleiche anzustellen. »Sie wollen uns das Gebäck unserer Unterdrücker verkaufen?«

»I wo! Das ist doch Schnee von gestern. Die Franzmänner sind Schurken. Aber wenn's ums Backen geht, macht denen keiner was vor. So ein leckeres Butterfranz – da können unsere einheimischen Bäcker sich noch eine Scheibe von abschneiden, wenn ich mal so sagen darf.«

Marianne lachte hell auf: »Obacht, liebe Frau! Sie reden mit einem gestandenen Bäckermeister!«

Die Verkäuferin blickte unsicher zwischen Marianne und Bastian hin und her, um festzustellen, ob die Herrschaften sich vielleicht nur einen Spaß mit ihr erlaubten, und entschied sich dann, das Spiel mitzuspielen: »Na, da habe ich aber Glück, dass ich einen Herrn vom Fach verköstigen darf! Er wird meinen Gaumenschmaus zu schätzen wissen. Was darf ich dem hochwohlgeborenen Bäckermeister denn mit auf den Weg geben?«

»Haben Sie was mit Zimt?«

»Nun hör' sich das einer an! Alle schreien nach diesen Zimtbrötchen! Nee, für mich ist Zimt eine reine Weihnachtsangelegenheit. Und bis Weihnachten muss der Mond wohl noch einmal rund werden!«

»Dann geben Sie mir ein Butterfranz.«

»Ein Butterfranz für den Herrn Bäckermeister. Nun seien Sie kein Knickerbüdel und spendieren Sie der Dame auch etwas!«

»Einen Krapfen«, sagte Marianne.

»Das macht dann zwei Schillinge.«

Bastian kramte das Geld aus seiner Rocktasche und zahlte. Glockeschwingend zog die Ausruferin mit ihrem Bauchladen weiter. Mit seinen Münzen hatte Bastian aber noch etwas anderes aus seiner Tasche gezogen: einen kleinen Zettel. Er biss ein großes Stück von seinem Butterfranz ab, das, wie er zugeben musste, gar nicht schlecht schmeckte, faltete das Papier auseinander und las:

> Alles an drei Ringen hänget,
> und wird der äußere gesprenget,
> steigt die Sünd' vom Berg herab …

Bastian stutzte. Wie war das in seine Tasche gekommen? Dann fiel es ihm wieder ein.

»Was hast du da?«, wollte Marianne wissen, die ihren Krapfen schon fast vertilgt hatte. Bastian reichte ihr den Zettel.

»Woher hast du den?«

»Ein Mann hat ihn mir zugesteckt, als ich Leefke nachts auf der Straße gesucht habe.«

»Ach«, sagte Marianne nicht sonderlich beeindruckt. »So einen hat man mir auf dem Zeughausmarkt auch in die Hand gedrückt. Ich habe sogar schon Plakate gesehen.«

»Was denn für Plakate?«

»Ein Aufruf an die Bürger, dass Hamburg seine Befestigung behalten soll, um seine Eigenständigkeit besser schützen zu können und die kriminellen Einflüsse von außen abzuwehren. Nachdem die Franzosen, die uns so gemartert haben, fort sind, wolle man keine Fremden mehr in der Stadt. Das Ganze wurde dann immer noch mit einem kleinen Gedicht abgerundet – wie dieses hier.«

»Ich fürchte nur, dass die Hamburger auch ohne kriminelle Einflüsse von außen ganz gut morden können.«

Beide schwiegen.

»Wie soll es jetzt weiter gehen?«, fragte Bastian nach einer Weile.

Marianne hob eine Hand vors Gesicht, um ihre Augen gegen die Sonne abzuschirmen: »Wir müssen die Dinge nüchtern betrachten und alles noch einmal überdenken. Hast du inzwischen mit Leefke gesprochen? Hat sie dir mehr über Clément erzählt? Wo er gewohnt hat? Ob er Freunde oder Feinde hatte?«

»Nein. Sie ist so schweigsam, manchmal geradezu verstockt. Sie sagt, sie habe sich heimlich mit ihm getroffen, an den Markttagen, an denen wir dachten, sie würde beim Einkauf nur wieder herumtrödeln. Aber sie wisse nicht, wo Clément gewohnt oder gearbeitet habe. Mehr konnte ich aus ihr nicht herausbekommen. Wenn wir nur wüssten, wer dieser vermummte Mann ist! Ich hatte große Mühe, den Präfekten von der Wahrheit der Geschichte zu überzeugen. ›Ein vermummter Mann, der Ihn dazu zwingen will, ein Zimtbrötchen zu backen? Das ist Tüünkram!‹, hat er gesagt. Letztendlich hat er mir aber wohl doch geglaubt.«

»Ich denke nicht, dass der schwarze Mann der Mörder ist. Es wäre ziemlich unverfroren, einfach in eine schwarze Kutte zu schlüpfen und an den Ort seines eigenen Verbrechens zurückzukehren.«

»Unverfroren? Ein Mensch, der einen anderen umbringt, dürfte diese Eigenschaft wohl besitzen.«

»Ich sage nicht, dass er mit der Sache nichts zu tun hat. Immerhin wusste er ja von der Leiche. Aber er selbst hat sich dabei sicher nicht die Hände schmutzig gemacht. Zuerst einmal sollten wir herausfinden, wie der Mörder und das Opfer überhaupt in die verschlossene Backstube gelangen konnten und wie der Mörder sie nach der Tat wieder verlassen hat. Bist du sicher, dass keine der Türen oder Fenster aufgebrochen wurde?«

»Die Schlösser waren unversehrt. Hinausgelangt ist der Mörder entweder auf demselben Weg, auf dem er hereinkam, oder durch die Hintertür, die sich ja von innen ohne weiteres öffnen lässt. Und hineingelangt ist er womöglich von oben.«

Marianne sah Bastian verständnislos an.

»Vom Dachboden, meine ich.«

»Vom Dachboden?«

»Ich habe da gestern eine Entdeckung gemacht. Die Böden der einzelnen Häuser sind alle miteinander verbunden. Durch kleine Türöffnungen kann man sich durch die ganze Häuserzeile bewegen.«

»Das ist mir noch gar nicht aufgefallen.«

»Vielleicht ist es auf eurer Straßenseite anders. Da ich die Tür zum Treppenaufgang nie abschließe, hätte der Mörder nur die Treppe hinabsteigen müssen, um in die Backstube zu gelangen.«

»Du vergisst aber, dass noch eine weitere Person am Geschehen beteiligt war. Glaubst du, der Mörder hat zu unserem bedauernswerten Clément Clermont gesagt: ›Bitte nach Ihnen, damit ich Ihnen unten in der Backstube eins über die Rübe ziehen kann.‹?«

»Vielleicht wurde Clément verfolgt.«

»Du meinst, Clément und sein Mörder sind wie Bönhasen über die Böden gesprungen, um dann bei dir in der Backstube ihren alles entscheidenden Zweikampf auszuführen? Das klingt aber ziemlich abenteuerlich.«

»Ganz genau, Marianne: Bönhasen. Damit hast du vielleicht ins Schwarze getroffen.«

»Wie meinst du das?«

»Das wirklich Abenteuerliche habe ich dir ja noch gar nicht erzählt.«

Bastian hielt einen Augenblick inne, weil er sich bewusst war, wie verrückt das alles in den Ohren seiner guten Freundin klingen musste.

»Du machst es aber wirklich spannend.«

»Also … gestern Abend steige ich hinauf auf den Boden, um eine Flasche Rum zu holen. Ich sehe, dass die Zwischentür offen steht, betrete den benachbarten Boden, gehe immer weiter und stehe plötzlich … in einer Backstube.«

»Eine Backstube? Auf dem Bön?«

Marianne sah ihn mit zusammengekniffenen Augen an. Bastian kannte diesen Blick und wusste, dass sie jetzt eigentlich nicht ihn ansah, sondern ihren Blick gewissermaßen nach innen gerichtet hatte, wo ihre Gedanken gleich einem Orkan durcheinanderwirbelten und sich jeden Moment in ganz neuer Weise wieder zusammenfügen würden. Plötzlich sprang sie auf, raffte ihren Rock und eilte mit so großen Schritten in Richtung Lombardsbrücke, dass Bastian Mühe hatte, ihr zu folgen.

»Marianne! Wo willst du denn hin?«

»Wir müssen sofort diese Backstube unter die Lupe nehmen, Bastian!«

35. Kapitel

Eigentlich hatte Anton erwartet, nach seiner langen Seereise, die ihn bis nach Sri Lanka geführt hatte, wo Säcke mit Kaffee, Tee, Zucker, Zimt und anderes Stückgut geladen wurden, in eine Stadt zurückzukehren, in der alles seinen geordneten Gang ging. Denn nach der aufreibenden Zeit unter französischer Herrschaft sehnten die Hamburger sich nach Ruhe und Frieden. Nun aber musste er feststellen, dass das bürgerlich geregelte Leben an Land offenbar ebensolche tückischen Stürme und Strömungen bereithielt wie der große Ozean. Und dass man durch diese allzu leicht vom vorgegebenen Kurs abkommen konnte, wusste er nur zu genau. Hätte ihm jemand vor einer Woche erzählt, dass Bastian in einen Mordfall verwickelt werden würde, hätte er diesen Jemand für einen ausgemachten Tüünbüdel gehalten. Ein Toter im Backtrog der Traditionsbäckerei Plüsch!

Und sein großer Bruder hatte die Leiche klammheimlich beiseite geschafft! Teufel noch mal! Was sollte man davon halten?

Anton wollte auf andere Gedanken kommen. Und da es für hochprozentigen Alkohol noch zu früh am Tag war, entschied er sich, seinem zweiten Laster zu frönen: dem Kartenspiel. Einer seiner Kameraden auf See hatte ihm eine Spelunke empfohlen, die sich in der Nähe der Schlachterstraße in einem jener zahlreichen Gängeviertel befand, die große Teile Hamburgs in ein verwinkeltes Labyrinth aus engen Gassen verwandelten, in denen das Sonnenlicht fast nie das Kopfsteinpflaster erreichte. Hier, wo die Menschen auf engstem Raum in kleinen, dunklen Behausungen lebten, freute sich der Eine über eine Abkürzung zur nächsten größeren Straße, während der Andere sich plötzlich vor einer jener steil aufragenden Hauswände wiederfand, an denen so viele dieser Gassen ohne Vorwarnung endeten. Die Einen zog es in die Gänge hinein auf der Suche nach käuflicher Liebe, fremden Geldbörsen oder um anderen dunklen Geschäften nachzugehen; die Anderen trieb es, wann immer sich die Möglichkeit bot, von hier fort, um endlich einmal wieder frei durchatmen zu können, dem Gestank von faulenden Abfällen und Kot zu entrinnen und sich zu vergewissern, dass der Himmel nicht bloß eine Erfindung des Christentums war, sondern sich tatsächlich hell und weit über dieser Stadt aufspannte, die vielen ihrer Töchter und Söhne leider nur eine Bleibe bot, die man anderorts nicht einmal Tieren zugemutet hätte.

Wo genau sich die Spelunke befand, wusste Anton nicht. Nur ihren Namen hatte sein Kamerad ihm genannt. Eines aber wusste er: Würde er in seinem Leben jemals irgendwo eine Schenke eröffnen, würde er sie ganz sicher nicht »Zum roten Rettich« nennen. Aber Kneipenwirte waren manchmal etwas verschrobene Menschen. Menschen, die in frühen Jahren vielleicht Gedichte geschrieben hatten, wie dieser Matthias Claudius, den man in diesem Jahr zu Grabe getragen hatte, und der eine viel beachtete Zeitung namens »Der Wandsbecker Bothe« herausgegeben hatte, für dessen literarischen Teil er auch selbst viele Verse beigesteuert haben soll. Margarete Plüsch, Antons und Bastians Mutter, die eine Ader für die schönen Künste hatte, hatte Anton von Claudius' Ableben berichtet. Anton, der ein begabter Geschichtenerzähler war, interessierte sich jedoch ganz und gar nicht für Literatur. Man muss sogar sagen, dass er dem geschriebenen Wort, sofern es nicht einer sachlichen Mitteilung diente, geradezu argwöhnisch gegenüberstand. Geschichten waren für ihn wie das Leben. Sie waren ständig im Fluss, veränderten sich, klangen jedes Mal, wenn man sie erzählte, ein wenig anders, und gaben einen Widerschein der Erinnerung, der, je nachdem wie das Licht auf sie fiel, in ganz unterschiedlichen Farben und Formen aufleuchtete. Ein Erzähler, der sich von seiner eigenen Erzählung nicht immer wieder aufs Neue überraschen lassen konnte, der dem ständigen Drang der Fixierung unterlag, war für Anton kein echter Erzähler, sondern irgendein Büroschreiber, der zufällig nicht einen Warenbestand katalogisierte, sondern das Inventar seiner eigenen begrenzten Fantasie. Federfuchser waren das, die ständig befürchteten, ihre ach so wertvollen Einfälle könnten sich mit der Zeit abnutzen, ihnen verloren gehen oder gestohlen werden, ohne dass für ausreichend Ersatz und Nachschub gesorgt ist. Nur jenen Geschichtenerzähler wollte Anton gelten lassen – und hiervon nahm er auch den Versdichter nicht aus –, der sich mit Leib und Seele an seine Geschichte verströmte, der in ihr aufging wie eine Welle, die sich für einen Moment aus dem Wasser erhebt, um im nächsten Augenblick wieder mit ihm zu verschmelzen, dabei aber einen machtvollen Eindruck hinterlässt und eine Ahnung von der Kraft, die sie überhaupt erst zum Vorschein gebracht hat und die von Urgründen herrührt, die zu erfassen wir nicht geboren sind. Aus diesem Grund also – und nur aus diesem – schien es Anton ganz einleuchtend, dass die Spelunke, die er im Begriff war aufzusuchen, den Namen »Zum roten Rettich« trug, weil hier aller Wahrscheinlichkeit nach einer jener Büroschreiber, die sich gerne zum Dichter aufgeschwungen hätten, kurz bevor seine armselige Kunst ihn im Strudel des materiellen Elends hatte untergehen lassen, nach dem letzten Rettungsring gegriffen hatte: dem gewinnbringenden Ausschank von Alkohol an vom Glücksspiel erhitzte und ausgetrocknete Gemüter.

Diese und ähnliche Gedanken gingen Anton durch den Kopf. Sie machten ihn so unempfänglich für alles Äußerliche, dass er fast an dem schmutzigen, rostbesetzten Eisenschild vorbeigelaufen wäre, auf dem in geschwungener Schrift »Zum roten Rettich« zu lesen und zu allem Überfluss das bezeichnete Gemüse auch noch bildlich dargestellt war. Gerade wollte Anton nach der Klinke greifen, da zog er den Arm hastig wieder zurück, denn direkt vor ihm klatschte eine trübe Flüssigkeit aufs Straßenpflaster. Anton schaute nach oben und sah in das bleiche Gesicht einer Frau, die sich aus einem der Sahlfenster im ersten Obergeschoss beugte. Dann erschien noch ein zweites Gesicht und schaute zu ihm herunter.

»Da hast du aber Glück, dass die Fuhre an dir vorbeigezogen ist!«, rief der Mann. »Meine Frieda hatte plötzlich so ein blümerantes Gefühl. Nichts für ungut.«

Der Mann schloss das Fenster. Anton überbrückte die Stelle des unerwarteten Niederschlags mit einem Ausfallschritt und betrat den »roten Rettich«. Vor ihm lag eine verrauchte Spelunke, durch deren kleine, mit schmutzigen Gardinenresten behängte Fenster kaum Licht ins Innere fiel. Neben den Stimmen der ausschließlich männlichen Besucher erfüllte das Klacken und Rasseln der Marken den Raum, die auf die Pochbretter geworfen oder von diesen auf den Tisch gezogen wurden, sofern ein Spieler die Trumpfkarten vorweisen konnte, die ihn zum Leeren der entsprechenden Felder berechtigten. Schnell hatte Anton einen Tisch gefunden, an dem noch ein Platz frei war und man ihm zur Begrüßung sogar ein Bier spendierte. Offenbar war es eine gute Entscheidung gewesen, hierher zu kommen, denn das Spiel entwickelte sich sehr zu Antons Vorteil. Drei Mal hatte er die Trumpf-Sieben, -Acht und -Neun auf der Hand und jedes Mal hatte sich zuvor auf dem Sequenzfeld ein großer Haufen Marken angesammelt, die man später beim Wirt in bare Münze eintauschen konnte. Doch mit einem Mal wendete sich das Blatt und Anton spürte, dass er mit zunehmender Verbitterung die Karten vom Tisch aufnahm, weil sich kaum noch eine Trumpfkarte in seine Hand verirrte. Wenn doch, bezog sie sich auf ein Feld, das ein anderer im letzten Spiel gerade geleert hatte und wo also nur die dürftigen Einsätze der aktuellen Partie zu holen waren.

Längst hatte Anton die Gewinne der ersten Stunde wieder verloren, doch ans Aufhören dachte er nicht. Zumindest wollte er seinen Verlust wieder ausgleichen, bevor er diesen Ort verließ. Zwei Mal hintereinander strich er dann tatsächlich größere Gewinne ein und schöpfte wieder Mut. Doch es dauerte keine zehn Spiele, da war sein Haufen schon wieder auf wenige Marken dahingeschmolzen. Obwohl ihn fröstelte, denn die Wärme des einzigen Ofens im Raum reichte kaum bis zu seinem Tisch, stand ihm der Schweiß auf der Stirn. Er setzte sein letztes Geld – und verlor auch dies. Man klopfte ihm versöhnlich auf die Schulter und spendierte ihm zum Trost noch einen Schnaps, denn das Spiel sollte nun für ihn zu Ende sein.

Das aber wollte Anton nicht auf sich sitzen lassen und er ging seine Tischgesellen und zuletzt sogar den Wirt scharf an, damit diese ihm Geld borgten, das er ihnen auf Mark und Schilling umgehend zurückzahlen würde! Nur wolle er jetzt, da er spürte, dass eine Glückssträhne unmittelbar bevorstand, das Spiel nicht unterbrechen, um von zu Hause Bares zu holen, das dort unter seinem Kopfkissen noch reichlich vorhanden sei. Seine Spielkameraden aber lachten ihn nur aus, nicht böswillig, sondern vor dem Hintergrund ähnlicher Erfahrungen, die sie an diesem oder anderen Orten, wo um Geld gespielt wurde, wohl schon zur Genüge gemacht hatten. Ja, wenn der feine Herr von letzter Woche heute hier gewesen wäre – einer mit Monokel, man stelle sich das vor! –, der hätte ihm das Geld womöglich vorne und hinten hineingesteckt. Da hatte dieser seltsame Geck die arme Sau den ganzen Abend gemästet, dem Franzmann die Scheine einfach zum Fraß vorgeworfen, aber am Ende ist nichts dabei herausgekommen. Ja, ein Franzmann sei er gewesen, das habe man ja an seiner Aussprache deutlich gehört! Wie hatte der noch geheißen? Germont, oder so ähnlich. Nein, nicht Germont. Clément war sein Name. Und dann sind dieser Clément und der feine Herr, der wohl doch nicht so ein feiner Herr gewesen war, weil er offenbar seinen Spaß daran hatte, zuzusehen, wie einer sich um Kopf und Kragen spielt – auf jeden Fall seien die beiden am Ende bös aneinandergeraten, als sich nämlich herausstellte, dass der Franzmann seine Spielschulden nicht begleichen konnte. Er hatte den feinen Herrn schlichtweg angelogen, als er ihm die silberne Brosche seiner Frau versprach. Denn wie sich herausstellte, war der Franzose gar nicht verheiratet! Aber das sei man von diesen Burschen ja gewohnt, dass sie lügen und ihre Schulden nicht bezahlen! Da könne sich Bürgermeister Friedrich von Graffen noch so sehr für Reparationszahlungen einsetzen – von den Franzosen sei in dieser wie in jeglicher Hinsicht nichts zu erwarten. Ja, Clément war sein Name, daran könne man sich noch erinnern. Den Nachnamen wisse man nicht. Aber nein, weder er noch der feine Herr seien seither wieder hier im »roten Rettich« aufgetaucht. Und das sei vielleicht auch besser so.

36. Kapitel

Eine weiche, helle Stimme drang wie von Ferne an sein Ohr, ein süßer Ruf aus gezogenem U und weichen Mitlauten: »Umm … umm …« Langsam formte sich in seinem Kopf ein deutlicherer Laut heraus: »Ummel«. Aus »Ummel« wurde schließlich »Hummel«: »Herr Hummel! Herr Hummel!« Aber er war nicht dieser Hummel! Er war Johann Wilhelm Bentz! Wollte man ihn denn mit diesem Namen, der ihm anhaftete wie ein lästiges Insekt, selbst in seinen entlegensten Träumen behelligen? Langsam öffnete er die Augen. Sein Kopf schmerzte und er sah, wie ein unförmiges weißes Ding auf ihn zuflog. Panisch schrie er auf, wollte sich aufrichten, wurde aber von einer Hand sanft ins Kissen zurück gedrückt. Nach und nach wurden die Konturen schärfer und er erkannte das Gesicht eines jungen Mädchens, das ihm mit einem weißen feuchten Tuch die Stirn abtupfte.

»Mein Zylinder …«, stammelte er, »Wo ist mein Zylinder?«

Das Mädchen lächelte ihn an.

»Machen Sie sich keine Sorgen, Herr Hummel. Ihr Zylinder hat den Sturz unbeschadet überstanden. Er liegt dort drüben auf der Kommode.«

»Mein Name ist nicht Hummel. Ich heiße Bentz. Johann Wilhelm Bentz.«

Das Mädchen lächelte noch immer.

»Entschuldigen Sie, Herr Hummel, das wusste ich nicht.«

Es war doch wirklich ein Kreuz mit diesem Namen! Doch wenigstens war sein Zylinder durch den Sturz nicht beschädigt worden. Aber was für ein Sturz überhaupt? Er konnte sich an keinen Sturz erinnern. Er erinnerte sich an die Marktfrau, die ihm nicht aus dem Weg gehen wollte und sich dann vor seinen Füßen entleert hatte. Er erinnerte sich, dass er ein zweites Mal hatte Wasser holen müssen und die Kinder ihm aufgelauert hatten. Die Kinder! Ja, jetzt sah er auch den großen Jungen mit dem Elbsegler wieder vor sich. Aber wer war dieses Mädchen, das sich hier um ihn kümmerte? Als hätte sie seine Gedanken erraten, sagte sie:

»Ich heiße Leefke. Ich habe Ihren Sturz aus dem Fenster beobachtet. Dann haben zwei Nachbarn Sie zu uns hinauf getragen und der

Junge, der Ihnen die Murmeln vor die Füße geworfen hat, hat Doktor Hinrichs geholt.«

»Dieser Bastard!«

»Er sagt, es täte ihm sehr leid.«

»Wo ist der Junge?«

»Er wollte lieber nicht dabei sein, wenn Sie wieder zu sich kommen.«

»Schlau von ihm. Ich hätte ihm alle Knochen gebrochen!«

»Sie müssen ihm glauben, dass er das nicht gewollt hat.«

»Muss ich? Warum denn? Hat er mir die Kugeln vielleicht vor die Füße geworfen, damit ich schneller vorwärts komme?«

»Er wollte Sie nur etwas ärgern. Sie wissen doch, wie die Jungen sind. Haben Sie denn selbst keine Kinder?«

»Das fehlte gerade noch.«

»Aber auch Sie haben sicher in Ihrem Leben schon Dinge getan, die Sie später bereut haben.«

»Möglich.«

»Dinge, die Sie ohne böse Absicht taten, die dann aber ganz unabsehbare Folgen hatten.«

Johann sah das Mädchen an. Es brachte eine Saite in ihm zum Klingen, die schon sehr lange Zeit nicht mehr angeschlagen wurde.

»Vielleicht …«, sagte er zögerlich.

»Sehen Sie. Dann ist es immer gut, wenn andere einem verzeihen.«

»Diese Jungen sind eine wahre Landplage«, brummte Johann, während die Tür der kleinen Kammer sich öffnete und eine alte Frau mit einem dampfenden Teebecher herein trat.

»Ist unser Patient inzwischen aufgewacht?«

»Ja, Oma.«

»Wie fühlen Sie sich, Herr Hummel?«

»Ich heiße Bentz.«

»Ich dachte, Sie heißen Hummel.«

»Ganz und gar nicht.«

»Aber die Kinder rufen Sie immer ›Hummel‹.«

»Mein Name ist Bentz.«

»Dabei klingt Hummel viel schöner.«

»Oma!«

»Ich mein' ja nur.«

Margarete Plüsch stellte den Becher auf dem Nachttisch ab, zog die Vorhänge beiseite und öffnete das Fenster.

»Ein wenig frische Luft wird ihm gut tun.«

»Ich glaube, einem Wasserträger mangelt es kaum an frischer Luft, Oma.«

»Hätte der liebe Gott gewollt, dass wir in stickigen, geschlossenen Räumen leben, hätte er uns ein Haus gebaut.«

»Und hätte er gewollt, dass wir draußen überwintern, hätte er uns ein Affenfell wachsen lassen.«

»Ein Affenfell? Ei, was das Kind immer für Einfälle hat! Der Mensch ist doch kein Affe!«

»Vielleicht war er einmal einer.«

»Der Mensch soll ein Affe gewesen sein? Da hören Sie, Herr Hummel, was sich unsereiner ständig anhören muss! Nichts als Grappen hat das Kind im Kopf. Zum Affen macht sich der Mensch doch nur, wenn er solch einen Unsinn behauptet.«

»Ihre Enkelin sagte, dass Sie einen Doktor gerufen haben.«

»Natürlich. Sie lagen ja kreidebleich und reglos da wie einer, der schon zum Jüngsten Gericht abkommandiert wurde. Da haben wir es mit der Angst bekommen und nach Doktor Hinrichs geschickt. Zum Glück stellte er fest, dass Sie am Leben sind und keine bleibenden Schäden davontragen werden. Sie glauben gar nicht, wie erleichtert ich war. Noch einen Toten im Haus hätte ich nicht ertragen!«

»Oma!«

»Noch einen? Wie viele Tote beherbergen Sie denn zurzeit?«

Margarete Plüsch sah unsicher zwischen dem verletzten Gast und ihrer Enkelin hin und her und suchte nach den richtigen Worten.

»Keinen natürlich. Ich dachte nur, Sie hätten schon von der Sache gehört …«

»Von welcher Sache denn?«

»Sie sollten jetzt Ihren Tee trinken, Herr Humm… Herr Bentz. Sonst wird er kalt.«

Leefke hielt ihm die Tasse so nah an den Mund, dass er unmöglich weiterreden konnte. Der Tee war aber keineswegs kalt, sondern so heiß, dass Johann sich die Lippen verbrannte. Er schrie auf, fluchte, besann sich aber gleich wieder darauf, dass man sich hier ja ganz rührend um ihn kümmerte, und bemühte sich um ein Lächeln, das gequält wirkte, weil es von zwei schmerzenden Lippen geformt wurde.

»Ich danke Ihnen, dass Sie sich so um mich sorgen. Nachdem die Franzosen fast acht Jahre lang jeglichen Anstand aus uns herausgepresst haben, trifft man nur noch selten auf hilfsbereite Menschen.«

Plötzlich färbte sich Leefkes blasses Gesicht blutrot und sie rief zornig:

»Warum hackt ihr nur alle immer auf den Franzosen herum? Die sind doch auch nur Menschen!«

Erstaunt sah Johann das junge Mädchen an.

»Menschen, natürlich ... Aber was für welche ...«

»Bitte, Herr Hummel«, unterbrach ihn Margarete.

»Bentz.«

»Unsere Leefke hat leicht angepiekste Nerven, weil man bei uns in der Backstube doch kürzlich einen Franzosen abgemurkst hat.«

»Oma!«

»In Ihrer Backstube?«

»Clément hat er geheißen. Clément Clermont.«

»Das ist tragisch. Ausgerechnet Clermont.«

»Sie kannten ihn?«

»Deshalb ist es ja so tragisch. Er schuldet mir noch Geld für das Wasser. Normalerweise hat er es mir immer sofort gegeben. Er hat die beiden Wassereimer in den Speicher hinaufgezogen und die leeren Eimer mit den Münzen wieder hinuntergelassen. Aber vor einer Woche, wie ich in den Hof komme und rufe ›Monsieur Clermont! Monsieur Clermont!‹, da rührt sich oben nichts. ›Das ist merkwürdig‹, denke ich, weil er doch sonst immer sofort seinen kleinen Franzosenkopf aus der Windenluke gestreckt hat. Da Clermont ein zuverlässiger Abnehmer ist, beschließe ich, die Mühe auf mich zu nehmen und zu ihm hinaufzusteigen. Ohnehin habe ich mich schon häufig gefragt, wozu der Franzose so viel Wasser auf dem Dachboden braucht. ›Dies ist eine gute Gelegenheit, es herauszufinden‹, denke ich. Ich befinde mich schon auf der obersten Treppe, da höre ich eine Männerstimme mit französischem Akzent hinter der geschlossenen Tür erregt und laut ausrufen: ›Handwerkerehre? Wie kann denn einer, der sich vor allen versteckt, noch eine Ehre im Leib haben? Du wärst nicht der erste, dem seine Ehre das Genick bricht, weil sie schon längst einem anderen Herrn gehorcht!‹ Darauf höre ich die

Stimme von Clermont, die etwas Dünnes, Schneidendes hat: ›Raus aus meiner Backstube! Sonst vergesse ich mich!‹ ›Backstube?‹, denke ich, ›was denn für eine Backstube?‹ Doch schon wird die Tür vor mir aufgerissen und ein schmächtiges Männchen rennt auf mich zu. Wir prallen zusammen und um ein Haar verliere ich das Gleichgewicht und stürze mit meinen Wassereimern die steile Treppe nach unten. Dann hätte man wohl ein hübsches Löchlein für mich ausheben müssen.

Ich mache meinem Ärger Luft und schmeiße dem Männchen so ziemlich alle Schimpfwörter an den Kopf, die ich kenne – und ich kenne eine Menge, das können die Damen mir glauben! Der Kleine aber – er trägt einen Hut mit breiter Krempe und sieht ein bisschen wie ein Gaukler aus – erwidert nichts und schaut mir mit seinen stechenden Knopfaugen so schneidend ins Gesicht, dass ich fast fürchte, einen Schmiss davonzutragen. Dann taucht er seine Hände in einen der Wassereimer, reibt sie gemächlich darin sauber und wischt sich seine nassen Flossen an meiner Jacke ab! Hat man sowas schon erlebt! Am liebsten hätte ich dem Hanswurst links und rechts eins auf die Backen gegeben, aber ich konnte ja nichts unternehmen, da die Stufen zu schmal waren, um die Eimer darauf abzustellen. Der Kleine grinst frech und schreitet dann gemütlich die Treppe nach unten, als sei nichts gewesen. Ob er mir das Wasser abnehmen dürfe, fragt jetzt Clermont, der oben in der offenen Tür steht. Leider könne er mich diesmal nicht auszahlen und ob es möglich sei, dass er mir den Lohn einen Tag später gebe. Normalerweise lasse ich mich auf solchen Handel nicht ein. ›Wer auf dem Trockenen sitzt, hat von mir nichts Flüssiges zu erwarten‹, sage ich immer.

Aber bei diesem Franzosen wollte ich eine Ausnahme machen. Viele Monate belieferte ich ihn schon und zuweilen hat er mir sogar mehr bezahlt als ich verlangt habe. Am nächsten Tag gehe ich also wie gewohnt in den Hof und rufe. Aber Clermont lässt sich nicht blicken. Diesmal steige ich ohne die Eimer die Treppe hinauf. Ich klopfe oben an der Tür, aber nichts rührt sich. Sie ist nicht verschlossen, also betrete ich den Dachboden und – da brat mir einer einen Schwan! – stehe tatsächlich in einer Backstube! Aber von Clermont fehlt jede Spur. Im Trog liegt ein ausgetrockneter Teig und auf dem Boden seine Schürze, als sei er ganz plötzlich aufgebrochen. An den darauffolgenden Tagen habe ich wieder vom Hof aus gerufen. Dachte schon, der Franzose hatte Heimweh und hat sich klammheimlich aus dem Staub gemacht. Dass er da schon die Radieschen von unten beschnuppert hat, konnte unsereiner ja nicht ahnen. Warum hat man ihn denn über den Jordan geschickt?«

»Ich glaube, wegen der Handwerkerehre«, sagte Leefke.

37. Kapitel

Marianne schüttelte sich angewidert, als ein unsichtbarer Staubfaden ihr Gesicht berührte. Sie hatten soeben die dritte Tür passiert und standen nun tatsächlich in einer Backstube. Die durch das Gaubenfenster strahlende Abendsonne ließ die an einem Dachbalken befestigten kupfernen Waagschalen golden aufleuchten. Auf einem Tisch lagen Teigroller, Löffel, Keulen, Rührspatel, Wende- und Druckhölzer sowie diverse andere Backutensilien. Schalen, Siebe, Sturzkästen, Brotbretter und Wechseltücher waren auf einer Ablagefläche darunter gestapelt. Am Backtrog lehnte ein Sack Mehl, daneben standen vier Bottiche, von denen zwei mit Wasser gefüllt waren. In einer Ecke befanden sich ein Bett, ein Kleiderschrank, ein Waschtisch und ein schmales Regal. Über dem Bett war ein gerahmter Kupferstich, der eine Stadtansicht von Hamburg zeigte, an die Dachschräge genagelt. Der französische Bäcker hatte in diesem Raum also nicht nur gearbeitet, er hatte ihn auch bewohnt.

Bastian griff nach der Schürze, die er schon beim ersten Besuch am Boden vorgefunden hatte, und hängte sie auf einen Haken neben dem Ofen. Bis hierhin ragte das große Windenrad in den Raum hinein. Seitlich am Ofen lehnte, neben einem Reisigbesen, der Backschießer. In einem grob gezimmerten Regal waren weitere Säcke und Behältnisse untergebracht, von denen Bastian wahllos eines öffnete und es Marianne unter die Nase hielt. Der süßlich-würzige Duft von Zimt war eine Entschädigung für all den Staub, den sie auf dem Weg hierher eingeatmet hatte.

»Das sind doch bestimmt zwei Pfund!«, bemerkte Marianne und erstaunte noch mehr, als Bastian zwei weitere Gefäße aus dem Regal nahm, die noch einmal die gleiche Menge des Gewürzes enthielten.

»Eins steht fest: In dieser Backstube wurde sehr viel Zimt verbraucht«, sagte er.

Beide sahen sich an.

»Denkst du, was ich denke?«

Marianne nickte: »Clément Clermont hat Zimtbrötchen gebacken. Und zwar sehr viele!«

»Und wahrscheinlich waren seine Brötchen ganz vorzüglich.«

»Wie kommst du darauf?«

»Sonst wäre der Vermummte nicht so erpicht darauf, das Rezept zu erfahren. Das Brötchenstück, das er sorgfältig in seinem Kästchen verwahrt hatte, stammte vermutlich von einem Brötchen, das Clermont gebacken hat. Das letzte, das noch übrig geblieben ist.«

»Und von diesem Teig kann man auch nicht mehr erwarten, dass er sein Geheimnis preisgibt«, sagte Bastian und klopfte mit einem Löffel auf den steinharten Brocken im Backtrog.

Marianne hielt sich erschrocken die Hand vor den Mund.

»Was ist?«

»Ich habe da so eine Ahnung.«

»Und zwar?«

»Ich habe mir doch selbst fast jeden zweiten Tag auf dem Großneumarkt gegenüber der Bürgerwache ein Zimtbrötchen gekauft, weil die so unglaublich lecker waren. Mehrmals hat mir die Marktfrau erzählt, wie beliebt das Backwerk bei den Leuten ist. Aber von einem Tag auf den anderen wurde das Brötchen nicht mehr angeboten. Ich bin mir ziemlich sicher, dass es jener Tag war, an dem Clément sich in deinem Backtrog zur letzten Ruhe gelegt hat!«

»Du meinst, dein Lieblingsbrötchen wurde von Clément Clermont gebacken?«

»Meines und das vieler anderer Menschen. Jetzt kann ich deinen schwarzen Mann gut verstehen. Die Dinger waren wirklich der Himmel auf Erden!«

»Aber das passt doch alles nicht zusammen! Man bringt einen Bäcker nicht um, weil er so gute Brötchen backt!«

»Umgebracht wurde er sicher aus einem anderen Grund. Aber danach hat man es bereut, weil man eben gemerkt hat, dass kein zweiter so herrliche Zimtbrötchen backen kann. Jesus und Maria! Die waren aber auch verdammt gut …!«

»Es reicht, Marianne. Ich weiß, dass ich nicht die Krone der Bäckerschöpfung bin …«

»Aber nein, Bastian, so habe ich es doch nicht gemeint! Du bist ein würdiger Vertreter deiner Zunft. Gut, hier und da ist sicher noch etwas Luft nach oben. Deine Brötchen könnten etwas weicher sein, das Brot etwas … wie soll ich sagen? … schmackhafter – wenn es nicht gerade versalzen ist. Auch ist es manchmal etwas scharf angebacken, so dass man vor lauter Kruste die Krume gar nicht mehr findet, und beim Aufschneiden bröselt alles ganz fürchterlich … Aber im Großen und Ganzen …«

»Brich dir keinen ab, Marianne. Wir wissen beide, wie es um meine Backkunst bestellt ist«. Jedes Mal, wenn Marianne den hoffnungslosen Versuch unternahm, seine bestenfalls mittelmäßigen Brote und Brötchen schönzureden, fühlte der Bäcker in ihm sich peinlich berührt, während er sich als Mann doch auch geschmeichelt fühlte. Marianne hatte sich inzwischen in Clermonts Schlafecke begeben.

»Schau mal! Wir sind offenbar nicht die einzigen, die sich für Clermonts Habseligkeiten interessieren«, sagte sie und zeigte auf den Boden vor dem Regal, wo zahlreiche Bücher verstreut herumlagen.

»Meinst du, sie haben nach dem Zimtbrötchenrezept gesucht?«, fragte Bastian.

»Natürlich. Wonach denn sonst? Aber sie haben es nicht gefunden.«

»Woher weißt du das?«

»Weil kein einziges Buch mehr im Regal steht. Hätte man das Rezept gefunden, hätte man die restlichen Bücher nicht mehr untersuchen müssen. Und es ist ja sehr unwahrscheinlich, dass Clermont es ausgerechnet im allerletzten Buch versteckt hatte.«

»Aber vielleicht sind sie im Bett fündig geworden«, gab Bastian zu bedenken. Denn auch dieses hatten die Eindringlinge – wenn es denn mehrere waren – offenbar gründlich gefilzt. Kopfkissen und Decke befanden sich zusammengeknüllt am Fußende, ebenso die Bezüge und das Laken, das man von der Matratze gerissen hatte.

»Unwahrscheinlich«, sagte Marianne, »auch auf dem Bett liegen einige Bücher. Es wurde also zuerst untersucht.«

Bastian fand diesen Einwand ziemlich scharfsinnig. Er nahm eines der Bücher zur Hand, blätterte ohne großes Interesse darin herum und stellte es wieder ins Regal.

»Wie dem auch sei. Ein Brötchen kann eine noch so große Gaumenfreude sein, trotzdem geht niemand dafür ein so großes Risiko ein, dass man ihn als Mörder verdächtigt. Entweder ist dieser Vermummte so weich im Kopf, wie die Brötchen, die er so gerne isst, oder es steckt noch etwas anderes dahinter.«

»Ja«, sagte Marianne. »Schließlich hat der Mörder dem toten Clément ja auch eines dieser Brötchen in den Mund gestopft. Als wolle er damit irgendeine Botschaft mitteilen. Und hattest du nicht auch bei der Leiche des Reeders Hansen ein Zimtbrötchen gefunden?«

»Schon. Aber es scheint mir etwas weit hergeholt, deshalb auf denselben Mörder zu schließen. Immerhin ist ein Brötchen in einer Bäckerei nichts Ungewöhnliches. Ebenso wenig wie in der Hand eines Mannes, der sich auf seinem Spaziergang eine kleine Leckerei gekauft hat. Das Brötchen gibt es ja scheinbar auf allen Märkten zu kaufen.«

»Nur schmecken die, die es noch gibt, nicht so gut wie die von Clermont.«

»Das mag ja sein. Aber ein Junge vor dem Millerntor hat mir an dem Abend, als ich mit der Leiche unterwegs war, eines angeboten, das auch nicht von schlechten Eltern war.«

»Ein Junge?«

Schon wieder stellte sich bei Marianne dieser nach innen gerichtete Blick ein, bei dem man besser verstummte, sofern man sich keinen Ärger einhandeln wollte. Ein wenig wie in Trance fragte sie nach einer Weile: »Weiß man eigentlich schon, woran der Hansen gestorben ist?«

»Wahrscheinlich ist er ertrunken. Er hing ja mit dem Kopf unter Wasser.«

»Und was hat er da gemacht? Im Wasser, meine ich.«

»Hansen war ein alter Mann. Ich nehme an, er ist auf dem Schnee ausgerutscht und hinein gefallen. Vielleicht hatte er auch einen Herzanfall.«

»Und dann ist er auf zwei Schwänen gelandet und hat die im Sturz gleich mit in den Tod gerissen?«

»Ja, die Schwäne … Das ist wirklich eine komische Sache … Der Tod des einzigen schwarzen Schwans auf Hamburger Gewässern war für die Zeitungen ja fast eine größere Sache als der des Reeders.«

»Warum stand Hansen dort am Wasser? Und warum waren die Schwäne in seiner Nähe?«

»Vielleicht hat er sie gefüttert.«

»Und womit?«

Marianne und Bastian sahen sich schweigend an und sagten dann wie aus einem Mund: »Mit dem Zimtbrötchen!«

»Mein Gott, Marianne! Das Brötchen war vergiftet! Das erklärt auch, weshalb der Junge am Millerntor darauf bestand, dass ich ein Brötchen von ganz unten nehme!«

»Das vergiftete Brötchen war für Hansen vorgesehen, der wahrscheinlich kurz nach dir durch das Tor gegangen ist. Vermutlich war das sein täglicher Abendspaziergang und der Junge wusste das. Und er wusste auch, dass Hansen verdammt gerne Zimtbrötchen aß.«

»Aber welches Interesse hat ein Straßenjunge, einen Reeder umzubringen? Und woher wusste er von dessen kulinarischen Vorlieben?«

»Vielleicht wollte er gar nicht den Reeder umbringen, sondern dessen Zwillingsbruder, den Ratsherrn Hansen. Er hatte einen Auftraggeber – vielleicht jemand aus dem Rathaus – und hat dann einfach den Falschen erwischt. Kannst du dich noch erinnern, wie der Junge aussah?«

»Er trug Elbsegler und einen großen Goldohrring.«

38. Kapitel

Ich sage es noch einmal: Grün und blau haben sie den Mann geschlagen. Er kann froh sein, dass er mit dem Leben davongekommen ist.«

»Also ich habe mit diesen Menschen kein Mitleid.«

»Sollten Sie aber, Herr Kollege. Als guter Christenmensch.«

»Diese Ausschweifungen müssen wirklich ein Ende haben.«

»Ausschweifungen? Die Ämter walten nur ihres Amtes, um es einmal prosaisch auszudrücken.«

»Aber die Mittel sind doch zuweilen etwas rüde.«

»Rüde Mittel für rüde Burschen. Wer ohne Erlaubnis in unserer Stadt ein Handwerk ausübt, dem muss das Handwerk gelegt werden!«

»Ganz recht. Der ehrliche Bürger ist letztendlich der Leidtragende.«

»Also da muss ich Ihnen widersprechen. Sehen Sie diese Schuhe? Die habe ich in der Vorstadt erworben. Ganz hervorragende Qualität, sage ich Ihnen. In Hamburg hätte ich fast das Doppelte dafür zahlen müssen!«

»Würden Sie bitte Ihre Füße vom Fisch nehmen, Herr Kollege! Sie befinden sich hier im Rathaus und nicht in einer Ihrer Spelunken!«

»Eine meiner Spelunken? Was wollen Sie damit sagen?«

»Damit möchte unser lieber Hansen zum Ausdruck bringen, dass Sie zuweilen an höchst liederlichen Orten anzutreffen sind.«

»Was erlauben Sie sich!«

»Ich erlaube mir nur, die Wahrheit zu sagen.«

»Meine Herren, bitte!«

»Was soll man auch von einem erwarten, der seine Schuhe bei einem Bönhasen fertigen lässt.«

»Ist es vielleicht verboten, auf dem Hamburger Berg Schuhe zu kaufen?«

»Verboten ist es nicht, aber moralisch höchst bedenklich. Damit fallen Sie allen rechtschaffenen Schuhmachern, die sich in unserer Stadt abrackern, in den Rücken.«

»Dann sollen unsere rechtschaffenen Handwerker ihre Waren zu vernünftigen Preisen anbieten.«

»Und wie sollen die Ämter für die Unterstützung der Witwen und arbeitsunfähigen Angehörigen aufkommen, wenn die Handwerker keinen Überschuss mehr erwirtschaften? Die Gewerbefreiheit ist die Fäule auf dem Dach der Hilfsbedürftigen.«

»Ganz recht. Größere Freiheit bedeutet größeres Elend, sage ich immer.«

»Das haben Sie noch nie gesagt.«

»Dann sage ich es jetzt.«

»Meine Herren, ich denke, wir stimmen darin überein, dass ein Mann, der in unserer Stadt heimlich und ohne Erlaubnis des Amtes ein Handwerk ausübt, bestraft werden muss.«

»Allerdings sollte die Härte der Strafe auch angemessen sein.«

»Was hat denn die Härte der Straße damit zu tun?«

»Strafe, Herr Kollege, nicht Straße! Wenn Sie den Besuch des Doktors scheuen, sollten Sie wenigstens ihr Hörrohr nutzen!«

»Ich denke, wir stimmen darin überein, dass es zu viel des Guten ist, wenn die Amtsherren einen Bönhasen auf offener Straße einfach totschlagen.«

»Ja was denn nun: Straße oder Strafe?«

»Zuviel des Guten – das haben Sie schön gesagt.«

»Der Totschlag unterläuft die guten Sitten.«

»Ganz Ihrer Meinung.«

»Wollen Sie den Rest Ihres Zimtbrötchens noch essen, oder dürfte ich vielleicht ...?«

»Unerhört! Ich bewahre mir das süßeste Stück bis zum Schluss auf und er will es mir wegschnappen!«

»Keineswegs, mein Lieber. Ich dachte nur ...«

»Daran sieht man, dass es mit dem Denken in dieser Runde nicht immer zum Besten bestellt ist.«

»Ich muss doch sehr bitten, Herr Kollege!«

»Immer bittet er, aber nie sagt er, um was.«

»Ich bitte darum, sich Ihrem Stand angemessen zu benehmen!«

»Darf ich Sie daran erinnern, dass wir in unserer freien Stadt keine Stände dulden? Der Adel ist genauso verabscheuungswürdig wie die Bönhasen es sind.«

»Ich sprach von einem Stand im übertragenen Sinn.«

»Sie meinen, wie unser Goethe im übertragenen Sinn von des Pudels Kern spricht?«

»Nein, der Pudel ist ja echt.«

»Aber der Kern, mein Bester! Hat man jemals davon gehört, dass ein Pudel einen Kern hat?«

»Jedenfalls nicht so, wie eine Kirsche einen hat.«

»Er hat überhaupt keinen. Das wird Ihnen jeder Viehdoktor bestätigen.«

»Meine Herren, Sie schweifen schon wieder ab!«

»Keineswegs. Schließlich ist so ein Bönhase doch auch eher Tier als Mensch. Das lässt sich ja schon aus dem Namen herleiten.«

»Nun, dann vergessen Sie das nächste Mal Ihre Bergsteigerausrüstung nicht, wenn Sie auf dem Hamburger Berg unterwegs sind.«

»Festes Schuhzeug hat er sich dort ja schon zugelegt.«

»Ausrotten sollte man diese Bönhasen. Sie sind eine wahre Plage!«

»Kurzen Prozess sollte man ihnen machen.«

»Gar keinen Prozess sollte man ihnen machen.«

»Sie halten es also für richtig, dass die Ämter die Sache auf ihre Weise regeln?«

»Natürlich. Soll unsere Polizei sich auch noch um die Bönhasen kümmern? Sie hat weiß Gott genug zu tun. Denken Sie nur an unsere Gängeviertel! Eine wahre Brutstätte des Verbrechens.«

»Dagegen ist kein Kraut gewachsen.«

»Deshalb heißt es: durchgreifen!«

»Nur ist unser Präfekt nicht der Mann dafür. Dem tanzen die bösen Buben doch auf der Nase herum.«

»Ich glaube, Sie unterschätzen den guten Roderich. Gestern wurde ich zufällig Zeuge, wie er einem dreisten Dieb das Handwerk gelegt hat.«

»Ach, das müssen Sie erzählen!«

»Nun, es war unten am Hafen. Ein ziemlich herausgeputzter Herr steht dort am Kai und schaut hinaus aufs Wasser. Eine auffällige Figur, sage ich Ihnen. Trägt einen dunkelblauen Mantel aus edelstem Stoff. Da nähert sich ihm eine hagere, zwielichtige Gestalt, tippt dem Herrn auf die Schulter, um ihm mitzuteilen, dass eine Möwe hinten seinen edlen Zwirn vollgekotet habe. Zufällig kommt Roderich mit seiner werten Gattin des Weges. Natürlich fällt ihm das ungleiche Duo sofort ins Auge. Er bedeutet seiner Frau, den Schritt zu verlangsamen, beobachtet, wie der feine Herr aus seinem Mantel schlüpft, um den Schaden in Augenschein zu nehmen. Dabei ist ihm dieses Subjekt behilflich. Aber die Höflichkeit ist nur vorgetäuscht. Kaum hat der Herr seinen Mantel vollständig abgestreift, entreißt der andere ihm das wertvolle Stück und will sich damit aus dem Staub machen. Freilich hat er nicht mit Roderich gerechnet ...«

»Ei, sieh, unser Roderich.«

»Mit flinken Schritten, die man ihm niemals zugetraut hätte – seine Gestalt gleicht ja eher einem Bacchus als einem Adonis –, setzt er dem Dieb nach und packt ihn am Schlafittchen, als hätte er es mit einem Bönhasen zu tun.«

»Ist es Sitte, einen Bönhasen am Schlafittchen zu packen?«

»Ich spreche von diesen Katzenviechern, Herr Kollege, die sich ebenfalls gerne auf unseren Dachböden gemütlich einrichten. Von ihnen haben unsere verbrecherischen Schuhmacher, Zigarrendreher und Näherinnen schließlich den Namen geerbt.«

»Wissen wir doch. Nun spannen Sie uns nicht weiter auf die Folter!«

»Roderich also packt diesen durchtriebenen Menschen im Nacken, wie man es mit einem Katzenvieh tut, und es hätte mich nicht gewundert, wenn er ihn ebenso in die Höhe gehoben und durchgeschüttelt hätte. Nur seine mäßige Körpergröße hat ihn wohl davon abgehalten.«

»Alle Achtung! Unser Roderich!«

»Dabei war der Mann nicht einmal im Dienst.«

»Ich hoffe, er hat den Dieb gleich vor Ort einer ordentlichen Züchtigung unterzogen.«

»Wo denken Sie hin? Er hat ihn in einen Speicher einschließen lassen und nach zwei Polizisten geschickt, die ihn dort abholen sollten.«

»Und das alles haben Sie so genau beobachten können? Sie müssen sich ja ganz in der Nähe dieses Gecken aufgehalten haben, der auf ein so leicht durchschaubares Spiel hereingefallen ist.«

»Ich wage die Behauptung, dass unser ehrenwerter Kollege selbst der Geck gewesen ist. Jedenfalls habe ich ihn schon einmal in edlem blauen Zwirn an der Alster flanieren sehen.«

»Jetzt wird es interessant.«

»Ich versichere Ihnen, dass mir der Bestohlene vollkommen unbekannt war.«

»So, so. Er versichert.«

»Was gibt es denn da zu kichern?«

»Nun, die Geschichte ist doch recht putzig, das müssen Sie zugeben. Er dachte, eine Möwe hätte ihn beschissen, dabei war es ein dreister Tagedieb, der desgleichen tat. Wäre ich der Betroffene, ich würde es auch nicht an die große Glocke hängen.«

»Hätte er den Mantel bei einem dieser Pfuscher, einem Bönhasen, fertigen lassen, hätte sicher niemand seine langen Finger danach ausgestreckt.«

»Sich vor Verbrechern schützen, indem man bei Verbrechern einkauft? Ein zweifelhaftes Unterfangen.«

»Es gäbe eine sehr einfache Möglichkeit, den Ärger mit den Bönhasen ein für alle Mal zu beenden.«

»Hört, hört! Ein Patentrezept!«

»Wir öffnen die Stadttore und führen in Hamburg die Gewerbefreiheit ein.«

»Unser Hansen nun wieder. Immer für eine Überraschung gut. Und nie weiß man, ob er es ernst meint.«

39. Kapitel

Natürlich hatte er es ernst gemeint. Hatte Abendroth vielleicht gedacht, er würde scherzen? Ziemlich unverfroren, dieser Kerl, dachte Hansen, als er mit aufgeblasenen Wangen und finsterem Blick den Großen Burstah entlang ging, um noch eine Runde um die Binnenalster zu drehen. Und wie schäbig es gewesen war, sich über ihn lustig zu machen. Verstohlene Blicke hatten sie sich zugeworfen und dann ständig dieses gehässige Kichern, nur weil er, Hansen, nicht bemerkt hatte, dass ein Stück vom Zimtbrötchen auf seine Halskrause gefallen war. Und als Bartels, dieser einfältige Sohn eines Zuckerbäckers, ihn dann spöttisch gefragt hatte, ob er es für angemessen hielte, das Zeichen seiner Amtswürde in einen Kuchenteller zu verwandeln, fingen alle an zu blöken wie eine übermütige Schafherde.

Tief atmete Hansen die klare Mittagsluft ein. Es gab Tage, da spielte er mit dem Gedanken, sein Amt niederzulegen. Mitten in der Ratssitzung würde er auf den Tisch steigen und mit donnernder Stimme in die verblüfften Gesichter hinein verkünden: »Meine Herren, mir ist das alles hier zu dumm! Und bilden Sie sich bitte nichts darauf ein, dass ich nicht sage, SIE sind mir zu dumm, denn dies zu sagen verbietet mir nur mein Anstand, nicht aber meine Einsicht. Nehmen Sie wohlgefällig oder meinethalben auch mit der Ihnen eigenen Spottlust oder Gleichgültigkeit zu Kenntnis, dass ich fortan nicht mehr als Ratsherr zur Verfügung stehe, weil ich meine letzten Lebensjahre lieber in kultivierten Kreisen verbringen möchte.«

Der plötzliche Tod seines Bruders, auch wenn er kein allzu enges Verhältnis zu ihm gehabt hatte, hatte Hansens Gedanken zusätzlich verdüstert. Da kommt einer unbeschadet durch die Franzosenzeit, in der 30.000 Hamburger ihr Leben ließen, und dann ersäuft er so mir nichts dir nichts im Stadtgraben. Nein, einen solchen Tod hatte Olaf nicht verdient! Niemand hatte solch einen Tod verdient. Nicht einmal der »eiserne Franzosenmarschall« Davout hätte solch einen Tod verdient. ›Obwohl – der vielleicht schon‹, dachte Hansen, als er eben in die Alte Wallstraße einbog. Schmale Gänge zwischen den Häusern führten links zum Alsterfleet und rechts zum Klosterfleet, wo sich kleine Anleger für die Schuten befanden.

Plötzlich verspürte der Ratsherr den Drang, durch einen dieser Gänge hinunter ans Wasser zu gehen. Doch kaum hatte er ein paar Schritte zwischen die hoch aufragenden Hauswände getan, da hörte er ein Geräusch hinter sich. Er blieb stehen, drehte sich um und sah, dass oben ein Mann, dessen Gesicht er nicht erkennen konnte, ein Fass, das eben noch an der Straße gestanden hatte, in den Gang geschoben hatte. ›Wahrscheinlich hatte es im Weg gestanden oder sollte verladen werden‹, dachte Hansen und setzte seinen Weg nach unten fort. Dann hörte er hinter sich abermals ein Geräusch und als er sich ein zweites Mal umwandte, sah er das Fass, das fast so breit war wie der Gang, bedrohlich polternd auf sich zurollen. Erschrocken schrie Hansen auf. Bis zum Anleger waren es höchstens noch zwanzig Schritte. Aber Hansen war kein junger Mann mehr und obwohl er ein geübter Spaziergänger war, kam er doch nur langsam voran. Er spürte wie sein Puls nach oben schoss, setzte hastig einen Fuß vor den anderen, während seine Hände an den rauen Backsteinwänden Halt suchten und das rollende Geräusch hinter ihm immer lauter wurde. Dann rutschte er auf dem nassen, abschüssigen Boden aus. Im letzten Moment aber fing der Ratsherr sich wieder. Er fluchte, schnaufte, rang nach Luft und machte so schnelle Schritte wie wohl seit Jahrzehnten nicht mehr. Schon dachte er, das polternde Fass direkt hinter sich zu hören, doch es war nur der von den hohen Wänden zurückgeworfene Schall, der diesen Eindruck hervorrief. Noch ein, zwei verzweifelte Sprünge, dann erreichte Hansen den Anleger und warf sich mit letzter Kraft zur Seite. Das Fass schoss mit lautem Getöse an ihm vorbei und landete klatschend im Klosterfleet. Mit angstgeweiteten Augen starrte Hansen seinen hölzernen Verfolger an, der – seicht im Wasser schaukelnd – mit einem Mal ganz harmlos wirkte. Erst die Kanonenkugel auf dem Stintfang und nun das rollende Fass! Langsam dämmerte es Hansen, dass wohl er das Mordopfer hätte sein sollen. Dass man eigentlich ihn und nicht seinen Bruder Olaf in den Wallgraben hatte stoßen wollen.

40. Kapitel

Die Sonne schien aus strahlend blauem Himmel auf die nassen Dächer der Stadt, als die Fleetenkieker den leblosen Körper von Kaufmann Jeppe Jensen aus dem Klosterfleet zogen. Gniffkes Ausbeute war an diesem Tag nur mäßig gewesen. Fast zwei Stunden war er im Schlamm umhergewatet und hatte mit seiner Stange, an deren Ende ein Haken befestigt war, nach Gegenständen aus Metall gesucht, die man bei Schmieden oder Blechmachern zu Geld machen konnte. Er war es auch gewesen, der den von Schlamm bedeckten Körper entdeckt hatte und wollte ihn, weil ihm der Leichenfund im Hinterhof des Bäckers noch in den Knochen saß, zuerst einfach dort liegen lassen. Dann aber sagte er sich, dass ein wahrer Christenmensch so nicht handeln dürfe, und rief die anderen Fleetenkieker herbei, um mit ihnen gemeinsam den Toten an Land zu ziehen, bevor die Flut ihn wieder mit Wasser bedecken würde. Das war aber gar nicht so leicht, da das Fleet auf beiden Seiten von den hohen Fachwerkfassaden der Kaufmannshäuser gesäumt wurde. Die vier Männer mussten den Leichnam also zunächst eine nicht unerhebliche Strecke tragen, wobei sie mit ihren langen Stiefeln tief in den morastigen Untergrund einsanken und die nasse, schlammige Fracht ihnen mehrmals entglitt. Endlich erreichten sie einen Anleger, vor dem ein Holzfass und zwei Schuten wie gestrandete Meeresfische auf der Seite lagen. Vom Anleger aus führte eine Treppe hinauf in einen schmalen Gang, der zwischen zwei Häusern zur Alten Wallstraße führte. Hier wurden die Fleetenkieker bereits von einer Gruppe schaulustiger Frauen, Männer und Kinder erwartet, die dem aufregenden Spektakel von der Brücke aus zugesehen hatte und nun aus nächster Nähe ihren niedergestreckten Hamlet betrachten wollte.

Aber ach! Ein junger, schöner Prinz war es nicht, der ihnen dort zu Füßen lag. Es war, wie gesagt, der Kaufmann Jeppe Jensen. Und hatte er sich durch sein unbeirrtes Streben nach dem eigenen Vorteil auch schon zu Lebzeiten nicht viele Freunde gemacht, so zeigte er sich nun auch äußerlich in einem unvorteilhaften Licht: Mit weit aufgerissenen Augen, Haaren, die wie bleiches Seegras an seinem Kopf klebten, und einer unnatürlich zur Seite verschobenen Kinnpartie schien der Todeskampf des alten Mannes aus dessen Physiognomie in übertrieben plastischer Weise einen Wesenszug herausgearbeitet zu haben, der Jensen wohl schon in die Wiege gelegt wurde: Gier. Nur dass man zu diesem Zeitpunkt noch gar nicht wusste, dass es sich hier um den Jensen handelte. Zum einen war er nicht jedem bekannt. Zum anderen hätten die, die ihn kannten, ihn in diesem Zustand wohl auch nicht ohne weiteres identifizieren können, so verändert sah der Mann jetzt aus.

Erst als eine alte Frau jammernd und weinend mit hoch erhobenen Armen herangelaufen kam, über dem Toten zusammenbrach und unablässig »Ach, Jeppe! Mein armer Jeppe! Du unvernünftiger Mensch!« jammerte, dämmerte es einigen, dass hier wohl der Kaufmann Jensen vor ihnen lag. Dessen Haus lag ganz in der Nähe direkt am Fleet. Sicher war die Alte durch die aufgeregten Rufe der Männer auf das Schauspiel im Schlamm aufmerksam geworden und war, da sie ihren Jeppe bereits seit einem Tag vermisste, nun auf das Schlimmste gefasst. Ohne sich einen Mantel überzuziehen war sie auf die Straße gerannt und hatte, während ihre Füße auf dem feuchten Kopfsteinpflaster kaum Halt fanden, immer wieder zum lieben Herrgott gebetet: »Bitte lass es nicht meinen Jeppe sein!« Als sie aber die stille Menschenmenge auf der Straße sah, wusste sie – noch bevor die Leute ihr Kommen bemerkt und ihr Platz gemacht hatten: Er war es. Sie wusste es, ohne ihn gesehen zu haben. Und als sie ihn dann wirklich zu ihren Füßen liegen sah, schien sein entstelltes Antlitz ihre späte Gewissheit nur noch zu verhöhnen. Nicht, indem es ihr widersprach, sondern, indem es sagte: »Wie konntest du auch nur im entferntesten daran zweifeln, dass ich es bin? Du dumme Nuss! Ich, dein Mann, der dich und deine drei Kinder ernährt hat und der, mag er auch manchem kalt und berechnend erschienen sein, seine Familie nie im Stich gelassen hat. Nicht für einen Tag!«

So hörte sie ihn, der doch tot war, immer noch sprechen. Und noch eine zweite Stimme versuchte, zu ihr durchzudringen. Eine Stimme, die sie nicht kannte und die beruhigend auf sie einsprach: »Kommen Sie, liebe Frau. Das macht Ihren Mann ja auch nicht wieder lebendig.«

Gniffke hatte sie an den Schultern gefasst und zog sie von dem Toten fort: »Bei einem wie mir können Sie sich ruhig ausweinen. Ich hab schon einige sterben sehen, auf See und auch zu Lande. Aber daran gewöhnt hab ich mich nie.« Er war aufgebrochen, um dem Fleet zu entreißen, was andere für wertlos befunden hatten. Und nun stand er mit einer Frau im Arm da, die gerade das verloren hatte, was ihr am kostbarsten gewesen war.

›Wie seltsam die Dinge sich doch manchmal entwickeln‹, dachte er und erwiderte fast mechanisch den flüchtigen Gruß des Polizeipräfekten Roderich, der soeben vom Pferd stieg.

41. Kapitel

Du hast 400 Schillinge verspielt? Das ist nicht dein Ernst!«

Deshalb also wollte Anton seinen Bruder unbedingt zur Apotheke begleiten. Um einen Moment mit ihm unter vier Augen reden zu können. Um ihn anzupumpen, wie er es schon so oft getan hatte.

»Ist dir nicht klar, in was für einer Situation wir uns zurzeit befinden? Seit ich abgeführt wurde, zerreißen die Leute sich das Maul über uns. Der Laden läuft schlecht. Viele kaufen lieber beim Peemöller, weil ich des Mordes verdächtigt und vielleicht bald hinter Gittern landen werde. Und da verspielst du 400 Schillinge? Denkst du auch einmal an unsere Eltern? Du siehst ja selbst, wie es Vater geht! Er hat schon wieder angefangen zu husten.«

»Du hast ja Recht, das war eine dumme Sache …«

»Eine dumme Sache? Wenn ich Mutter das erzähle, wird sie dir die Leviten lesen!«

»Deshalb sollst du ihr ja auch nichts sagen, Basti.«

»Ich soll still und heimlich deine Spielschulden aus der Familienkasse begleichen?«

»Von Schulden habe ich nichts gesagt. Nur ist das Geld eben weg.«

»Als wenn das nicht schlimm genug wäre.«

»Ich werde mir gleich morgen eine Arbeit im Hafen suchen. Dann zahle ich alles zurück. Bald heuere ich sowieso an, dann seid ihr mich wieder los.«

»Ja, so hast du es immer gemacht, wenn es schwierig wurde. Hast deine Sachen gepackt und bist einfach verschwunden. Und die anderen konnten sehen, wie sie zurechtkamen. Hast du einmal im Leben für irgendetwas die Verantwortung übernommen?«

»Glaubst du vielleicht, ein Seemann trägt keine Verantwortung?«
Bastians Miene verdunkelte sich.
»Das ist nicht die Art Verantwortung, die ich gemeint habe.«
Beide gingen eine Weile schweigend nebeneinander her.
»Vielleicht hat es sogar etwas Gutes, dass ich gestern in der Spelunke war.«
»Da bin ich aber gespannt.«
»Es hat sich nämlich herausgestellt, dass der verehrte Monsieur Clermont dort kein Unbekannter ist.«
Bastian sah seinen Bruder irritiert an, der die Ankündigung einer überraschenden Trumpfkarte noch etwas wirken lassen wollte, bevor er sie ausspielte: »Es ist nämlich so, dass Clément Clermont dort kurz vor seinem Ableben noch eine große Summe verspielt hat. Und im Gegensatz zu mir hat er sogar kräftig Schulden gemacht. Bei einem ominösen Unbekannten, der ihm das Geld geliehen hat.«
»Ist das wieder eine deiner Geschichten?«
»Ganz und gar nicht, Bruderherz. Ich war selbst überrascht, als man es mir erzählte.«
»Und wer war dieser spendable Herr? In welcher Beziehung stand er zu Clermont?«
»Das ist ja das Merkwürdige daran. Offenbar kannten die beiden sich gar nicht. Und der Herr sei vorher auch nie im ›roten Rettich‹ gesehen worden. Ein Monokel soll er getragen haben. Komisch, nicht?«
Die Brüder waren inzwischen am Ziel angelangt und unterbrachen ihr Gespräch. Da Anton draußen warten wollte, betrat Bastian die Apotheke allein. Eine fast andächtige Stille herrschte in dem hohen Raum mit den Schränken aus dunklem Holz, die bis zur Decke reichten und in denen in säuberlich geordneten Reihen eine beachtliche Anzahl von Dosen und Flaschen stand. Tatsächlich schien es Bastian in diesem Augenblick, als würde er vor einem mächtigen Altar stehen. Da es den Normalsterblichen aber nicht erlaubt war, selbst mit der Gottheit in Kontakt zu treten, teilte man seine Nöte und Wünsche einem Priester mit, der dann mit eiligen Schritten und Griffen zu ebener Erde oder – für besonders schwere Fälle – eine kleine Trittleiter besteigend, eine Art Beschwörungstanz ausführte, um den höheren Mächten jenes Mittelchen abzuringen, das, wenn auch nicht immer vollständige Genesung, so doch zumindest Linderung

versprach. Als Bastian an die Reihe kam, zeigte sich der Priester – es handelte sich um Apotheker Wölffel – zunächst ratlos. Bei einer Bronchitis im Anfangsstadium, besonders, wenn ihr ein chronisches Leiden zugrunde liege, habe sich das Gurgeln mit der Brechwurzel als günstig erwiesen. Allerdings sei das Mittel derzeit nirgends zu bekommen und da die Pflanze in Südamerika beheimatet sei, dürfe man auf schnellen Nachschub kaum hoffen. Man könne es aber auch mit Huflattich, Breitwegerich oder Thymian versuchen.

Mit geschickten Fingern füllte Wölffel ein kleines Fläschchen mit einer Essenz, die alle drei Heilkräuter enthielt. Als Bastian wieder auf die Straße trat, konnte er seinen Bruder nirgends erblicken. ›Dabei hatte er mich schon so weit, dass ich ihm das Geld gegeben hätte‹, dachte er. ›Vielleicht war ihm das bewusst und er ist gegangen, weil ihm letztendlich doch Skrupel gekommen waren.‹

Plötzlich verspürte Bastian den Drang, nicht sofort nach Hause, sondern hinunter an die Elbe zu gehen. Bald stand er an der Kaimauer, an der das Wasser in kleinen silbrigen Wellen mit einer fast zärtlichen Bewegung auf- und abglitt und es schien ihm ganz unfassbar, dass dieses zahme, unscheinbare Element mit allen Weltmeeren in Verbindung stand. Nie hatte er seinen jüngeren Bruder verstanden, der schon früh das Elternhaus verließ mit dem Entschluss, zur See zu fahren. Jetzt aber sah er über die goldglänzende Fläche der Elbe und stellte sich vor, er sei nicht er selbst. Nicht der Bäcker, der Tag für Tag in seiner engen, schummrigen Backstube stand, um Teige zu kneten. Nicht der Sohn, der sich mit zweiundvierzig Jahren noch von einem alten Vater herumkommandieren ließ. Nicht der arme Teufel, dem ein anderer, wirklicher Teufel einen Toten in den Backtrog geschmuggelt hatte. In diesem Augenblick sehnte sich Bastian danach, mit unbekümmerter Gier dem Horizont nachzujagen und sich ganz ins Weite zu dehnen, auch wenn er ahnte, dass diese Weite ihn wohl zerreißen würde. ›Wahrscheinlich ist Anton der Glückliche‹, dachte Bastian, ›und ich, der Zurückgebliebene, muss für dieses Zuviel an Glück geradestehen.‹ Mochte sich Anton auch am anderen Ende der Welt befinden, so waren Brüder doch immer mit einem unsichtbaren Band verknüpft. Ein Band, das tausend Mal stärker war als die Trossen, die die Reepschläger auf ihren Bahnen flochten. Und baumelte der eine mit verwegener Abenteuerlust daran umher, musste der andere die ganze Last tragen, oder beide stürzten in den Abgrund. Manchmal aber hegte Bastian den Verdacht, sein Bruder habe sich klammheimlich vom Seil losgemacht und – damit Bastian nur weiter seine ihm zugedachte Aufgabe erfülle – stattdessen einen schweren Stein daran gebunden.

›Was aber lässt uns so melancholisch werden, wenn wir am Wasser stehen?‹, dachte er. ›Und weshalb sehnen die Menschen sich nach diesem verwässerten Trübsinn? Einerseits fühlen sie in der beruhigenden Gleichmäßigkeit der Brandung eine Kraft, die uns alle überdauert. Andererseits spüren sie in dieser Ahnung der Ewigkeit auch das Bedrohliche. Denn das Wasser leckt nicht nur an den Ufersteinen, es kann auch ganze Schiffe verschlingen. All die Witwen niemals heimgekehrter Seemänner können Lieder davon singen!‹ Bastian hörte ein Lachen in der Ferne und dachte, dass es nun Zeit sei, heimzukehren.

42. Kapitel

Er fühlte sich elend. Schon vier Tage waren vergangen, seit man ihn abgeführt hatte. Seither hatte sich der Vermummte nicht mehr blicken lassen. Offensichtlich wusste er, dass die Polizei sich inzwischen mit der Sache befasste, so dass die beiden Häscher, die die Backstube abwechselnd beobachteten, ihren Dienst wohl vergeblich taten. ›Die Zeitungen sind schuld‹, dachte Bastian, ›sie haben ja mit Sensationslust darüber berichtet, wo es doch für alle Beteiligen ratsamer gewesen wäre zu schweigen.‹

Auch über den spektakulären Leichenfund im Klosterfleet berichteten die Zeitungen und zerrten jedes noch so unbedeutende Detail im Leben des Kaufmanns Jeppe Jensen ans Licht der Öffentlichkeit: dass er ein komfortables Gartenhaus in der Vorstadt Hamm besaß, dass seine Schuhe in England angefertigt wurden, dass er eine bedauernswerte Witwe und drei erwachsene Töchter zurückließ und dass er seinen Wohlstand zum großen Teil dem Handel mit edlen Gewürzen verdanke. So seien zum Beispiel Zimtstangen und -pulver mehr als zwei Jahrzehnte lang nur über ihn zu beziehen gewesen, bis er dieses Monopol an einen anderen Händler abgetreten habe.

Bastian stutzte. Was sollte das nun wieder heißen? Ein Monopol tritt man doch nicht einfach ab. Er wurde in seinen Gedanken unterbrochen, als die Mutter die Stube betrat und demonstrativ die Brötchentüte auf den Tisch warf.

»Ich hätte nicht gedacht, dass ich auf meine alten Tage noch einmal Brötchen beim Peemöller kaufen muss. Dass du deiner Mutter so etwas zumutest!«

Tatsächlich hatte Bastian sich an diesem Morgen nicht imstande gefühlt, die Bäckerei zu öffnen oder auch nur für den eigenen Familienbedarf zu backen. Nur der Hilfe der Mutter und Leefke war es zu verdanken, dass die Kunden in den letzten Tagen beim Plüsch-Bäcker auf ihre bissfesten Brötchen nicht verzichten mussten, denn Bastian war mit den Gedanken oft so weit entfernt von allen alltäglichen Verrichtungen, dass er zuweilen mitten in einer Bewegung erstarrte und kaum noch ansprechbar schien. Mehrmals hatte er die Brote viel zu lang im Ofen gelassen. Einmal war die Mutter – durch den Brandgeruch aufgeschreckt – die Treppe hinab in die Backstube geeilt, wo ihr Sohn teilnahmslos auf einem Hocker saß und sich das Ende seiner Schürze vor die Nase hielt, als nähme er den beißenden Qualm zwar wahr, ohne sich jedoch seine Herkunft erklären zu können. In schlaflosen Nächten jedoch hatte Bastian seine Backexperimente auf der Suche nach dem geheimnisvollen Zimtbrötchenrezept fortgesetzt, nicht weil er sich dem unbekannten Erpresser jetzt noch verpflichtet fühlte, sondern weil es ihm ein ganz persönliches Anliegen geworden war, aus dem alchemistischen Allerlei von Butter, Mehl, Zimt und anderen fein abgewogenen Substanzen den alles überstrahlenden Stein der Weisen zu gewinnen, der ihn dann in Form dieses göttlichen Brötchens von allen bösen Geistern befreien mochte. Leefke war ihm dabei zur Hand gegangen und hatte die erstaunliche Entdeckung gemacht, wie die zwei nebeneinanderliegenden Spiralen des Gebäcks zustande kamen: Das Brötchen bestand aus einem aus einer Teigrolle herausgeschnittenen Stück, das in der Mitte mit dem Stiel eines Kochlöffels so eingedrückt wurde, dass sich die beiden Enden der Rolle nach oben bogen.

»Und jedes Mal trägt mir der junge Peemöller auch noch die allerliebsten Grüße auf«, setzte die Mutter, die jetzt mit einer Kanne Kaffee aus der Küche kam, ihr Lamento fort.

»Er lässt mich grüßen?«

»Dich? Das täte ihm im Traum nicht einfallen! Die Grüße gehen natürlich an deine Tochter. Und gestern sagte er auch ganz frei heraus, dass es doch ein Gewinn für beide Seiten wäre, wenn die Bäckereien Peemöller und Plüsch sich zusammentäten. Er sagte es ganz beiläufig und gab vor zu scherzen, aber natürlich hat er es sehr ernst gemeint und dabei so getan, als wenn es seinen Vater gar nicht mehr gebe und ihm der Laden schon jetzt gehöre. Was für ein unangenehmer Mensch!«

»Es tut mir leid, Mutter. Morgen werde ich Brötchen kaufen gehen. Aber nicht beim Peemöller.«

»Als ob dieser Peter Aussichten bei unserer Leefke hätte. Ich glaube ja, dieser Hummel hat ihr ganz gut gefallen. Seit der Geschichte mit dem Franzosen habe ich sie das erste Mal wieder lächeln sehen.«

»Von welchem Hummel redest du?«

»Von welchem Hummel? Na, du kannst Fragen stellen! Von welchem Hummel rede ich wohl? Gibt es denn mehrere bei uns in Hamburg?«

»Du meinst den Wasserträger?«

»Natürlich meine ich den Wasserträger. Wen hätte Leefke denn sonst gestern bei uns gesund gepflegt?«

»Sie hat was?«

»Ich habe dir doch davon erzählt!«

»Nein, Mutter, das hast du nicht.«

»Nicht? Wem habe ich denn davon erzählt?«

»Jetzt einmal der Reihe nach. Der Hummel ist hier bei uns in der Wohnung gewesen?«

»Wenn ich es doch sage.«

»Und wieso kommt der Hummel, wenn er krank ist, zu uns? Er kennt uns doch gar nicht.«

»Na, ich glaube, in seinem Zustand hat er gar niemanden mehr gekannt. Da ist es doch ganz gleich, von wem er sich behandeln lässt.«

»Aber was zum Teufel war denn mit ihm los?«

»Die Straßenjungen haben ihn irgendwie zu Fall gebracht und da hat er sich so bannig den Dööts angestoßen, dass ihm die Lichter ausgegangen sind. Dann haben die Leute ihn hier heraufgetragen und wir haben Doktor Hinrichs geholt. Das heißt, der Junge mit dem Elbsegler und dem großen Ohrring hat den Doktor geholt.«

»Sagtest du, ein Junge mit Elbsegler und Ohrring?«

»Erst hat er dem Hummel ein Bein gestellt, und danach hatte er wohl ein schlechtes Gewissen.«

»Was war das für ein Ohrring?«

»Ich glaube, ein goldener.«

»Mein Gott! Wer war dieser Junge?«

»Woher soll ich das wissen? Ein Straßenjunge eben.«

»Ihr habt ihn einfach so weggehen lassen?«

»Was hätten wir denn sonst machen sollen? Ihn auf dem Dachboden in Ketten legen? Apropos Dachboden: Dieser Hummel hatte eine recht einträgliche Geschäftsbeziehung zu unserem Franzosen.«

»Welcher Franzose?«

»Manchmal stellst du dich aber wirklich dumm an, mein Junge. Wie viele Franzosen sind denn in letzter Zeit in deinem Backtrog gestorben?«

»Du meinst Clermont?«

»Natürlich meine ich Clermont.«

»Nun erzähl schon!«

»Was gibt es da zu erzählen? Hummel hat Clermont das Wasser gebracht. Und einmal ist er zu ihm hinaufgestiegen und hat einen von Clermonts Freunden kennengelernt.«

»Was denn für einen Freund? Mutter, bitte ...«

»Du machst mich ja ganz bregenklöterich! Was willst du denn noch von mir wissen?«

»Wie sah dieser Freund aus?«

»Klein und schmächtig, sagt Hummel. Er trug einen Hut mit einer ungewöhnlich breiten Krempe, hatte stechende Augen und einen französischen Akzent.«

»Clermont hatte einen französischen Akzent, Mutter.«

»Das weiß ich. Aber dieses Männchen eben auch.«

»Und Hummel? Was hat dieser Hummel mit Leefke gemacht? Als er hier bei uns war, meine ich.«

»Nichts hat er gemacht. Dagelegen hat er. Was hätte er denn machen sollen?«

»Ihr schöne Augen, zum Beispiel.«

»Ach, was du wieder denkst.«

»Sie hat doch gelächelt, hast du gesagt.«

»Na und? Ist es in dieser Wohnung denn verboten zu lächeln? Ein Vater sollte froh sein, wenn seine Tochter ab und an auch mal lächelt.«

»Ja schon, aber … Wie lange war der Hummel denn hier?«

»Etwa zwei Stunden hat er in Leefkes Bett gelegen …«

»In Leefkes Bett?«

» … und dann hat er noch einige Zeit in der Stube gesessen.«

Bastian spürte, wie seine Gedanken sich immer schneller im Kreis drehten. Er hatte die Beschreibung eines Mannes erhalten, der womöglich Clermonts Mörder war. Der Junge mit dem Elbsegler war hier gewesen. Hier in seiner Wohnung! Und man hatte ihn einfach gehen lassen! Es gab einen Kaufmann, der auf ungeklärte Weise ums Leben kam und zuvor mit Zimt gehandelt hat. Und es gab Marianne, die am Abend mit ihm in den Zirkus gehen wollte. Zum Teufel mit dem Zirkus! Was war das nun wieder für eine Idee! Natürlich wusste Bastian, dass Marianne es gut mit ihm meinte, dass sie ihn auf andere Gedanken bringen wollte. Aber musste es denn wirklich der Zirkus sein? Doch beide hatten die Sache schon am Vorabend abgemacht und Marianne duldete bei bereits gefassten Entschlüssen keine Widerrede. Dann würde aber auch sie nicht widersprechen dürfen, wenn er gemeinsam mit ihr am Nachmittag noch der Witwe Jensen einen Besuch abstatten wollte.

43. Kapitel

Sie standen vor dem barocken Portal eines jener mehrstöckigen Außendeichhäuser, die vornehmlich im Kirchspiel St. Katharinen und auf den Marschinseln Grimm und Cremon das Stadtbild prägten. Nachdem sie mehrmals an die große Doppeltür geklopft hatten, öffnete eine Bedienstete und ließ Bastian und Marianne, nachdem diese den dringlichen Wunsch geäußert hatten, mit der Hausherrin sprechen zu dürfen, in die Diele eintreten. Die Bedienstete verschwand durch eine Tür und die beiden Gäste standen nun in einem Raum, der sich in der Höhe über zwei Stockwerke erstreckte, wobei die rechte Wand im oberen Bereich in eine Galerie mündete, zu der eine rustikale Treppe hinaufführte. Hinter den länglichen, deckenhohen Sprossenfenstern auf der gegenüberliegenden Seite erstreckte sich das Fleet. Einige Kisten und Fässer standen auf dem geschmackvoll gekachelten Boden unter der Treppenschräge. Ein großer Kamin nebst einer reich verzierten Anrichte und mehreren lederbezogenen Stühlen verliehen dem Raum Wohnlichkeit. Es war kaum zu übersehen, dass diese Diele gleichermaßen Arbeits- und Wohnraum war, dass von hier aus mittels einer Winde neue Warenlieferungen auf die Lagerböden unter dem Dach verteilt wurden, dass hier aber auch Empfänge stattfanden und wohl manches Fest gefeiert wurde. Nun aber gab es vorerst nichts mehr zu feiern im Hause Jensen. Und nach allem, was Bastian über den alten Jeppe gehört und gelesen hatte, war er auch nicht der Typ gewesen, der gerne gefeiert hätte oder mit dem man gerne hätte feiern wollen.

Inzwischen war die Bedienstete zurückgekehrt. Die Hausherrin wolle sie empfangen, bitte aber darum, sich kurz zu fassen, mit Rücksicht auf ihren angeschlagenen Zustand. Die Türflügel zum Kontor wurden geöffnet und Bastian und Marianne gebeten, einzutreten. An einem Schreibpult saß mit durchgedrücktem Rücken eine Frau von etwa sechzig Jahren und blickte die Ankömmlinge über ihre Brillengläser hinweg an.

»Was kann ich für Sie tun? Ich habe der Presse doch schon alles gesagt.«

»Wir sind nicht von der Presse«, antwortete Bastian.

»Wir sind hier, weil wir glauben, dass Ihr Mann womöglich das Opfer eines Verbrechens wurde«, fügte Marianne hinzu.

»Was Sie nicht sagen.«

»Eines Verbrechens«, ergänzte Bastian, »das womöglich im Zusammenhang steht mit einem Verbrechen, das zuvor in meinem Haus verübt wurde.«

Die Frau sah ihn an.

»Wie kommen Sie darauf?«

»Es gibt Hinweise.«

»Um was für ein Verbrechen handelt es sich?«

»Um Mord.«

»Dann sind Sie der Bäcker, von dem in der Zeitung berichtet wurde?«

»Ganz genau. Plüsch ist mein Name. Und das ist Frau Lewark.«

»Ihre Verlobte?«

»Nein, sie ist Näherin.« Als Bastian merkte, dass sich auf der Stirn der Frau einige Falten abzuzeichnen begannen, fügte er hastig hinzu: »Eine sehr gute Näherin.«

Aber er hatte die Falten auf Hanna Jensens Stirn offenbar falsch gedeutet, denn ihr Blick begann sich nun zu verklären und sie sagte in mildem Ton:

»Ja, ich habe früher auch einige Zeit als Näherin gearbeitet, bevor ich meinen Jeppe geheiratet habe.«

»Sehen Sie, Frau Jensen, das mit Ihrem Mann tut uns schrecklich leid, aber Sie würden uns einen großen Dienst erweisen, wenn Sie uns ein wenig von ihm erzählen könnten.«

»Sie sind also doch von der Presse.«

»Nein, Ehrenwort. Wir versuchen nur die Wahrheit herauszufinden.«

»Wie, sagten Sie, war doch gleich Ihr Name?«

»Plüsch. Bastian Plüsch.«

»Und Ihre Bäckerei, wo liegt die?«

»In der Peterstraße.«

»Das ist in der Neustadt, nicht wahr?«

»Ganz genau.«

»Ich erinnere mich. So hat es in der Zeitung gestanden.«

»Mögen Sie Zimtbrötchen, Frau Jensen?«, versuchte Marianne dem Gespräch eine andere Wendung zu geben.

»Wie kommen Sie jetzt auf Zimtbrötchen? Natürlich mag ich die.«

»Wir glauben, dass der Mord oder die Morde etwas mit diesem Brötchen zu tun haben könnten.«

Hanna Jensen sah Marianne und Bastian ungläubig an: »Sie glauben, mein Jeppe wurde eines Brötchens wegen umgebracht?«

»Im weitesten Sinne«, sagte Marianne.

»Im allerweitesten Sinne«, sagte Bastian. »Stimmt es, dass Ihr Mann mit Zimt gehandelt hat?«

»Aber ja. Alle haben ihren Zimt bei uns gekauft, bis die Franzosen die Handelssperre verhängt haben.«

»Und danach?«

»Danach haben wir die Einfuhr wieder aufgenommen. Allerdings nur für kurze Zeit.«

»Und weshalb nur für kurze Zeit?«

»Es gab ein Angebot, dass wir zukünftig auf den Zimthandel verzichten sollten, den dann jemand anderes übernehmen würde.«

»Ihr Mann hat seine guten geschäftlichen Kontakte gegen eine Abfindung verkauft, mit der Zusicherung, dem neuen Händler geschäftlich nicht in die Quere zu kommen?«

»Das klingt vielleicht etwas abenteuerlich, aber so ist es gewesen. Unsere Töchter sind verheiratet und wir wollten uns ohnehin langsam zur Ruhe setzen. Da kam uns das Angebot gelegen.«

»Aber ist so ein Vertrag überhaupt rechtsgültig?«

»Nein. Er widerspricht den gesetzlichen Grundlagen des freien Handels.«

»Und Ihr Mann hat diesen Vertrag deshalb auch nicht eingehalten?«

Lange starrte Hanna Jensen vor sich hin. Dann nickte sie fast unmerklich mit dem Kopf.

»Dann würden wir jetzt gerne noch den Namen des Handelspartners wissen.«

»Den würde ich selbst gerne wissen.«

»Hat Ihr Mann Ihnen denn nichts erzählt? Hat er nicht Buch geführt?«

»Er hat gesagt, es sei besser, wenn ich nicht alle Namen kenne. Aber Buch geführt hat er natürlich.«

Hanna Jensen schob den Folianten, der aufgeschlagen vor ihr auf dem Schreibtisch lag, zu Bastian herüber und deutete auf eine Stelle. Der Eintrag lautete: »8. September 1814: Zimtrechte an L.S.S. verkauft.«

»L.S.S.? Wer könnte das sein?«

Hanna Jensen schüttelte den Kopf: »Ich weiß es nicht.«

»Haben Sie den Mann jemals gesehen?«

»Nein, mein Mann hat immer unter vier Augen mit ihm geredet. Er war, soweit ich weiß, sowieso nur einmal hier. Ansonsten wurden nur Briefe ausgetauscht. Nein, das stimmt nicht ganz. Diesen Sommer gab es nochmals eine Unterredung hier im Kontor.«

»Ging es dabei immer noch um die Rechte am Zimtverkauf?«

»Ich denke schon.«

Hanna Jensen nahm einen weiteren Folianten aus dem Wandregal und begann zu blättern.

»Es muss irgendwann im Juli oder August gewesen sein … Hier ...«

Sie hielt Bastian und Marianne die aufgeschlagene Seite hin, so dass beide lesen konnten: »3. August 1815: Keine Einigkeit in Sachen Zimt. Brechwurzel komplett an L.S.S. abgegeben.«

»Ich fürchte«, sagte Bastian, »es gab noch ein drittes Treffen Ihres Mannes mit L.S.S. Eines, das nicht in den Büchern verzeichnet ist.«

44. Kapitel

Obwohl es wieder kälter geworden war, glühten ihre Köpfe, als sie sich abends auf den Weg zum Zirkus machten. Bastian und Marianne waren froh, dass Leefke darum gebeten hatte, mitkommen zu dürfen, schien es ihnen doch ein Anzeichen dafür, dass das Mädchen langsam seine Lethargie hinter sich ließ, die nach dem Vorfall in der Backstube Besitz von ihm ergriffen hatte. Die Plakate versprachen eine pantomimische Rosskomödie nach englischem Vorbild. Auf dem Hamburger Berg hatte der Zirkus Conitz vor einiger Zeit eine feste Spielstätte errichtet. Wie ein Lauffeuer hatte sich herumgesprochen, dass die zahlreichen Pferde, Statisten, Pantomimen und Akrobaten höchste Unterhaltungskunst boten und hier auf ebenso humorvolle wie spektakuläre Weise die jüngste Geschichte der Stadt Hamburg aufs Korn genommen wurde. Nicht mehr unter den Repressalien des Feindes leiden zu müssen, war eine Sache, über ihn lachen zu können, eine ganz andere. Hier auf dem Hamburger Berg, wo das zügellose Leben von jeher zu Hause gewesen war, werde nun der endgültige Sieg über die Franzosen gefeiert, und das mit der durchschlagenden Kraft einer Lachkanone, witzelten die Gazetten. Auf keinen Fall solle man die vorerst letzte Vorstellung verpassen, bevor die Zirkustruppe für vier Wochen durch das Land ziehen werde.

Der Zirkus war so beliebt, dass der Rat beschlossen hatte, gegen neun Uhr, kurz nach Vorstellungsende, das Millerntor noch einmal für eine halbe Stunde zu öffnen, damit die zahlreichen Besucher wieder in die Stadt gelangen konnten, ohne das Sperrgeld entrichten zu müssen. Dass der Zirkus Conitz den finanziellen Schaden ausglich, indem er regelmäßig einen gewissen Geldbetrag in die Hamburger

Stadtkasse einzahlte, gehörte zu jenen Gerüchten, die von der Presse gestreut, aber von offizieller Seite niemals bestätigt wurden.

Bewohner der Nachbarstadt Altona brauchten sich um derlei Hindernisse auf ihrem Heimweg nicht zu scheren. Sie konnten nach dem Zirkusbesuch den Abend sogar in einem der Vergnügungslokale, die nach der Einebnung des Hamburger Bergs nun nach und nach wieder aufgebaut wurden, ausklingen lassen, ohne später ein Sperrgeld entrichten zu müssen. Zwar wurde auch das Nobistor nachts geschlossen, aber es ließ sich leicht umgehen: Man musste nur ein paar Schritte durch den Pfeffermühlenbach waten. Und wer würde sich nach einem feuchten Kneipenabend schon an nassen Füßen stören? Manch jungem Nachtschwärmer bot sie zudem die für beide Seiten nicht unwillkommene Gelegenheit, seine Liebste über das Wasser zu tragen, und man erzählte sich, dass viele Ehen in Altona ohne den Pfeffermühlenbach nie zustande gekommen wären. Es hatte eben auch Vorteile, nicht von einem Stadtwall und Befestigungsanlagen umgeben zu sein.

Vor dem Zirkuseingang hatte sich bereits eine lange Schlange gebildet. Man trat von einem Bein auf das andere und rieb sich die Hände – es hatte wieder zu frieren begonnen. Die Vorfreude auf das, was einen erwartete, war allenthalben spürbar. Bastian, Marianne und Leefke wunderten sich über eine Händlerin, die den Wartenden Eier zum Verkauf anbot, die regen Absatz fanden. Als sie an der dicken Frau vorbei kamen, war der Korb schon leer, und weil sie in der Schlange so weit hinten standen, bekamen sie nur noch Plätze in der vorletzten Reihe. Die Seitenwände des Zirkus waren – wie die der meisten anderen Spielbuden auch – aus Holz gezimmert, während das Dach aus spitz in den Himmel ragendem Zeltleinen bestand. Die Arena wurde – so etwas hatte man in Hamburg bisher noch nicht gesehen – mit achtunddreißig rund um die Spielfläche angeordneten Gaslaternen erhellt. In London wurden seit kurzem sogar schon ganze Straßenzüge auf diese Weise beleuchtet. Der Direktor, der nun begleitet von einer Blaskapelle einmarschierte, entzündete mit einer Fackel ein Kohlenfeuer in einer großen Kupferschale im Zentrum der Arena, das zusätzlich Licht und Wärme spenden sollte. Dann ließ er eine Bassstimme ertönen, mit der er sich auch als Sänger am Deutschen Nationaltheater am Gänsemarkt hätte bewerben können.

»Willkommen, werte Hamburger zu meiner Rechten und werte Altonaer zu meiner Linken …«

Das Publikum ließ sich, wie der Direktor aus Erfahrung wusste, von derlei Späßen durchaus erheitern, weshalb er jedes Mal zu Beginn der Vorstellung diese fiktive Trennungslinie zwischen den Stadtzugehörigkeiten durch sein Theater zog.

»… heute Abend werden Sie Zeuge eines prächtigen Hippodramas, wie man es hier auf dem Hamburger Berg und auch auf anderen Bergen nie zuvor gesehen hat!«

Ein erwartungsvolles Murmeln ertönte aus den Reihen der Besucher.

»Werden Sie Zeuge, wie der Franzmann die schöne Stadt Hamburg erobert …«

Nun schlug dem Direktor ein Schwall von Buhrufen entgegen.

»Ja, buhen Sie nur. Wir befinden uns hier auf neutralem Gebiet. Hier darf jeder seine Meinung sagen. Hier darf jeder seine Kessel und Schuhe flicken, ohne dass ihm ein Amtmann dabei auf die Finger klopft! Und hier darf man auch die Deern küssen, mit der der Papa niemals einverstanden wäre.«

Lachen und Pfiffe erfüllten das Zelt.

»Und wer von den Herren sich jetzt auf die Bühne traut, der bekommt den ersten Kuss gleich gratis. Nämlich einen Pferdekuss!«

Auf diese Weise machte der Direktor noch eine ganze Weile seine mehr oder weniger derben Späße, bis endlich eine Schar von zwölf Reitern auftrat, die in jenen blau-weißen Uniformen steckten, die man in Hamburg nur allzu gut kannte: Es waren die Reiter Napoleons, die hier mit ausgepolsterten Bäuchen und Oberschenkeln rotweinflaschenschwenkend karikiert wurden. Beim zweiten Hinsehen erkannte man, dass die Hälfte der Reiter Frauen waren. Diese sprangen jetzt, nachdem sie zu den Klängen einer plärrenden »Marseillaise« einige Ehrenrunden gedreht hatten, von ihren Pferden und führten mit ihren Bajonettgewehren ein ziemlich groteskes Ballett auf, während die Männer – und mit ihnen das Publikum – die Tänzerinnen in ihren Hosenrollen kräftig anfeuerten. Doch plötzlich erstarrte alle Bewegung und die Musik verstummte. Durch den roten Vorhang betrat in übertrieben majestätischer Pose Marschall Louis-Nicolas Davout, der »Robespierre von Hamburg« die Arena – unschwer zu erkennen an seiner roten Schärpe, seinem fast kahlen Kopf und den dicken Brillengläsern. Sobald das Publikum ihn erblickte, brach es in Tumult aus. Protestrufe und schrille Pfiffe ertönten und mit beherzter Treffsicherheit wurden nun die vor dem Zelt erworbenen Eier auf Flugbahnen geleitet, die fast alle auf der prächtigen Uniform des Herrn Davout endeten. Mit stolz gerecktem Haupt ertrug der französische Befehlshaber die Schmach. Dann hob er langsam die Hand und als alles verstummte, sprach er mit weihevoller Stimme: »Hat jemand von euch meine Stute gesehen? Sie wollte eben mal pissen gehen und scheint sich dabei verstrullt zu haben.«

Das Publikum brach in brüllendes Gelächter aus. Davout und seine französischen Soldaten hatten ihr Fett weg bekommen und die Schau konnte beginnen. Man sah, wie der Marschall und seine Männer die Hamburger zwangen, die Schanzen zu errichten, wie sie sich an den Silbervorräten der Hamburger Bank bereicherten, wie sie ganze Familien bei eisiger Kälte aus der Stadt trieben, weil diese nicht genug Proviant für eine drohende Belagerung nachweisen konnten, und sah sie zuletzt gegen die Russen kämpfen, die schließlich als bejubelte Befreier in die Stadt einzogen. Dabei gesellten sich zu den ebenso abenteuerlichen wie burlesken Reiter- und Kampfszenen auch zahlreiche akrobatische Nummern, die man mehr oder weniger geschickt auf das Franzosenthema zugeschnitten hatte. So wurden zum Beispiel mehrere lange Hanfseile parallel über den Boden gespannt, die unschwer als eine Nachbildung der auf dem Hamburger Berg gelegenen Bahnen der Reepschläger zu erkennen waren. Nur wurden diese hier für eine komische Seiltanznummer verwendet, bei der die Reeper in ihrer typischen Arbeitskleidung flink über die Seile huschten und federnd von einem zum anderen sprangen, während die unbeholfenen Franzosen sie zu haschen versuchten, dabei immer wieder das Gleichgewicht verloren, sich verhedderten, stolperten und schließlich mit übertrieben verrenkten Gliedern am Boden landeten.

Noch gefährlicher wurde es für einen Franzosen, als der Direktor den »unvergleichlichen Fantin Bonnet« ankündigte. Der Vorhang wurde beiseite gezogen und ein kleiner, schmächtiger Mann, der ganz in Schwarz gekleidet war, betrat die Arena. Er verbeugte sich tief, nahm eines der rotgriffigen Messer vom Tisch, den man ihm bereitgestellt hatte, und warf das im Schein des Feuers funkelnde Metall so flink von sich, dass man zuerst gar nicht registrierte, wohin: ins Zentrum einer Spirale, die auf eine große hölzerne Scheibe gemalt war. Durch das Feuer hindurch hatte Bonnet mitten ins Schwarze getroffen! Ein Raunen ging durch das Zelt. Auch ein zweites und drittes Messer blieb in unmittelbarer Nähe des ersten im Holz stecken. Nun führte man einen Darsteller im Franzosenkostüm herbei und spannte ihn mit gestreckten Armen und Beinen auf das Rad. Das Murmeln der Besucher wurde durch einen Trommelwirbel übertönt. Bonnet warf das erste Messer, das nur wenige Zentimeter auf Hüfthöhe neben dem Geräderten im Holz stecken blieb. Auch ein zweiter und dritter Wurf verfehlten den armen Teufel nur knapp. Das Publikum spendete reichlich Beifall, hielt aber gleich wieder den Atem an, als das Rad in Drehung versetzt wurde und Bonnet zum nächsten Messer griff. Nun schienen einige Zuschauer sogar Mitleid mit dem Franzosen zu haben und riefen, es sei genug, man solle aufhören. Aber Bonnet kümmerte sich nicht darum. Er warf seine drei Messer so geschickt durch die lodernden Flammen, dass er den Franzosen jedes Mal – wenn auch nur um Haaresbreite – verfehlte. Das Rad wurde angehalten und ein Uniformierter der Hamburger Bürgergarde mit der rotweißen Kokarde der Hanseaten am Revers kam mit einem Nachttopf gelaufen, den er eiligst unter dem Franzosen abstellte, dessen Hose sich nun im Schritt und an den Innenseiten der Beine dunkel färbte.

Das Publikum johlte und war so hingerissen, dass es von den Holzbänken aufsprang und dem Messerkünstler begeistert zujubelte. Der verbeugte sich in drei Richtungen und bedankte sich mit einem »Merci, Mesdames et Messieurs!«. Er schien der einzige »echte« Franzose unter den Darstellern zu sein und man fragte sich unwillkürlich, weshalb einer sich freiwillig an einem Spektakel beteiligte, bei dem seine Landsleute so sehr der Lächerlichkeit preisgegeben wurden.

Doch Bonnet war noch nicht fertig. Während der Beifallssturm anhielt, erklomm er eine lange Leiter, die hinaufführte zu einem Seil, das hoch über den Köpfen der Zuschauer quer durch die Arena gespannt war, und wollte nun offenbar auch noch Kunststücke ganz anderer Art vorführen. Oben auf dem schmalen Trittbrett angelangt, setzte Bonnet sich einen Hut auf. Noch einmal streckte er die Arme aus und ließ sich bejubeln. Zwar konnte man auf diese Entfernung seine Augen nicht sehen, dennoch schien es Bastian, als spürte er einen stechenden Blick, der unter der breiten Hutkrempe hervorloderte, über die Horde der Zirkusbesucher hinwegstreifte und für einen winzigen Augenblick an ihm, Bastian, hängen blieb. Natürlich bildete er sich das nur ein, aber wie so oft, war auch hier die Einbildung der Auslöser für eine Ahnung von Zusammenhängen, die sich letztendlich als höchst real erweisen konnten. Nur wäre jener flüchtig aufflammende Verdacht in diesem Fall womöglich vom Andrang der fesselnden Ereignisse dort oben auf dem Seil sogleich wieder erstickt worden, hätte Leefke in diesem Augenblick nicht die zündenden Worte hervorgestoßen: »Er ist es!« Obwohl sie diese Worte nur geflüstert hatte, bahnten sie sich ihren Weg in Bastians Ohr mit jener alle Fasern des Körpers erfassenden Gewalt, mit der uns ein gänzlich unerwartetes und unbekanntes Geräusch nachts aus dem Schlaf auffahren lässt. Bastian sah seine Tochter an, sah ihren in die Höhe gerichteten Blick, gerichtet auf jene Stelle, wo Bonnet nun mit einer Stange balancierend auf dem Seil federnd und tänzelnd seine Kunststücke zeigte, und wie ein Lauffeuer spürte er einen heißen Strahl in sich aufsteigen, der sich von leicht entzündlichen Materialien nährte: die schmächtige Statur, der breitkrempige Hut, der französische Akzent und ein Arsenal von Messern mit roten Griffen! Nun fiel ihm auch der Mann wieder ein, der ihm nachts auf der Straße den Zettel in die Hand gedrückt hatte und eine auffallende Ähnlichkeit mit dem messerwerfenden Seiltänzer aufwies. Unwillkürlich packte Bastian Mariannes Handgelenk. Als sie aber nur leicht mit dem Kopf nickte, ohne den Blick von Bonnet abzuwenden, wusste er, dass ihr soeben der gleiche Gedanke durch den Kopf geschossen war. »Er ist es«, flüsterte nun auch sie.

45. Kapitel

Es war stockfinster um Christian Allmers. Er wollte sich bewegen, aber es ging nicht. Er hockte eingezwängt und zusammengekauert in einem engen Käfig und fühlte sich elend. Er betastete die Wände. Sie waren leicht nach außen gewölbt. Er begriff: Das war kein Käfig. Er steckte in einem Fass! Womöglich eines der Fässer, die er selbst angefertigt hatte! Er schlug mit seinen Händen gegen das Holz und wollte schreien. Aber kein Laut kam aus seinem Mund. Man musste ihn geknebelt haben. Plötzlich sah er einen Lichtschein, der durch ein Astloch drang. Ein Astloch in einem Fass: die größte Sünde im Katechismus des Böttcherhandwerks. Ihm fiel ein, wie er als Geselle seinem Vater einmal einen Pipenstab gereicht hatte, der ein Astloch enthielt. Da er es übersehen und versäumt hatte, ein Querholzplättchen einzusetzen, hatte der alte Herr ihm so kräftig eins hinter die Ohren gegeben, dass er die folgende Nacht nur auf der rechten Seite hatte schlafen können. Seither hatte er jedes Brett, das er verarbeiten wollte, peinlichst genau auf Astlöcher untersucht und sie gegebenenfalls sorgfältig gestopft. Nein, dieses Fass, in dem er steckte, konnte keines von seinen eigenen sein.

Als er mit einem Auge durch das Loch spähte, erblickte er ein Paar Stiefel. Darin steckten die Beine eines Mannes, der draußen auf und ab ging. Zumindest noch ein weiterer Mann musste anwesend sein, denn Christian Allmers hörte Stimmen. Noch einmal versuchte er vergeblich, sich bemerkbar zu machen. Dann sah er für einen kurzen Augenblick zwei Finger direkt vor seinem Gesicht und der Ausguck wurde verschlossen. Es war gar kein Astloch gewesen, sondern eine Tülle, durch die man etwas in das Fass hineinfüllen konnte. Der Mann hatte von außen einen Schlauch aufgesetzt und schon begann eine Flüssigkeit, ins Fass zu laufen. Sie verströmte einen widerlich gärenden, süßlichen Gestank, durchtränkt von einer beißenden Zimtnote. Christian Allmers rang nach Luft und wurde von Ekel geschüttelt. War ihm zuvor schon schlecht gewesen, spürte er nun den unwiderstehlichen Drang, sich zu übergeben. Plötzlich riss er die Augen auf und realisierte, dass er zu Hause in seinem Bett lag. Neben ihm atmete gleichmäßig und ruhig seine Frau Annemarie.

Christian Allmers beugte sich zur Seite und entleerte seinen Mageninhalt in eine auf dem Boden bereitstehende Schüssel. Schon am Nachmittag hatte er sich übergeben müssen, nachdem er eines dieser Zimtbrötchen gegessen hatte, die er so gerne mochte und das seine Frau ihm vom Markt mitgebracht hatte. Seltsamerweise war es ihm so sehr auf den Magen geschlagen, dass er für den Rest des Tages die Arbeit niederlegen musste. Er schlüpfte in seine Pantoffeln, zog sich einen Morgenrock über und tappte mit unsicheren Schritten in die Küche, um sich ein Glas Wasser zu holen. Der Ofen war längst erloschen und in der Wohnung war es bitterkalt. Fahl schien der Mond durch das kleine Fenster, hinter dem sich die spitzen Silhouetten der Dächer auf der gegenüberliegenden Straßenseite abzeichneten. Als er den Herd erreichte, spürte er plötzlich einen stechenden Schmerz in der Magengegend. Er stützte sich auf der Herdkante ab, wollte nach seiner Frau rufen, sank dann aber wortlos zu Boden.

46. Kapitel

Bastian sah mit dem für seinen Kopf viel zu kleinen Hut ziemlich komisch aus. Aber Leefke und Marianne war nicht zum Lachen zumute und Marianne zischte, er solle das Ding bitte ganz schnell wieder absetzen, es sei womöglich der Hut eines Mörders! Fantin Bonnet hatte den Hut mit einem schwungvollen Wurf ins Publikum geschleudert, nachdem er aus selbigem ein schwarzes Tuch hervorgezogen hatte. Damit hatte er sich die Augen verbunden und war nun blind über das Hochseil gewandelt. Der Besucher, der den Hut gefangen hatte, hatte ihn nach der Vorstellung auf seinem Platz liegen lassen – ganz in der Nähe von Bastian. Jetzt standen die drei in einiger Entfernung vor dem Zelt und warteten darauf, dass Bonnet zurückkehren würde, um nach seiner Kopfbedeckung Ausschau zu halten. Nervös knetete Marianne ihre kalten Finger.

»Bitte, Bastian, lass uns nach Hause gehen und die Sache der Polizei überlassen!«

»Hast du vergessen, dass der Zirkus morgen für vier Wochen auf Reisen geht? Bevor ich Roderich davon überzeugen kann, dass er Bonnet einen Besuch abstattet, ist der womöglich schon über alle Berge. Außerdem: Was haben wir schon gegen ihn in der Hand? Einen Hut!«

»Aber was willst du denn unternehmen?«

»Ich werde ihn zur Rede stellen.«

»Das ist Wahnsinn, Bastian! Du weißt, wozu der Mann fähig ist!«

»Ich habe keine Wahl, Marianne. In vier Tagen muss ich beim Präfekten vorstellig werden. Wenn ich ihm dann keinen Namen liefere, werden sie mich für die Tat verantwortlich machen.«

»Aber wie willst du Bonnet denn zum Sprechen bringen? Freiwillig wird er doch kein Geständnis ablegen.«

»Dann werde ich ihn eben zwingen.«

Marianne machte ein Gesicht, das zu sagen schien: »Diese Sache wird nicht gut ausgehen«, und Leefke zog am Ärmel ihres Vaters, wie sie es als kleines Mädchen immer getan hatte, wenn sie wollte, dass er ihr eine von diesen Grillen kaufte, die findige Händler im Sommer auf den Feldern sammelten und in kleinen Papierhäuschen zum Verkauf anboten, damit man sich auch Daheim an ihrem Zirpen erfreuen konnte. Doch Bastian stieß ihre Hand zurück, denn soeben näherte sich eine kleine dunkle Gestalt mit einer brennenden Fackel dem Zelteingang. Mit hastigen Schritten folgte er dem Schatten und verschwand wie dieser im Inneren des Zeltes. Einige Gaslichter brannten noch und das Feuer in der Kupferschale hatte sich in einen rotglühenden Kohlehaufen verwandelt. Bastian sah, wie Bonnet den Schein der Fackel über die Bänke streifen ließ, ungefähr dort, wo sein Hut, wie er glaubte, aufgefangen worden war. Als er nicht fündig wurde, hob er das Feuer höher und schaute sich ratlos um. Dabei erblickte er Bastian, der sich ihm bis auf zehn Schritte genähert hatte.

»Suchen Sie Ihren Hut?«

»Ah, da ist mein gutes Stück! Warum haben Sie ihn denn nicht einfach liegen lassen?«

»Ich hatte Angst, er könnte von jemandem mitgenommen werden.«

»Also haben lieber Sie ihn mitgenommen …«

»Aber ich bringe ihn ja wieder zurück.«

»Dafür danke ich Ihnen.«

Bastian hielt Bonnet den Hut hin, doch im selben Moment, als dieser danach griff, riss Bastian seinem überraschten Gegenüber die Fackel aus der Hand.

»Was soll das?!«, fauchte Bonnet ihn an.

»Ich möchte nur etwas Licht in eine Sache bringen.«

»Was für eine Sache?«

»Kennen Sie einen gewissen Clément Clermont?«

Bonnets Augen verengten sich zu Schlitzen.

»Wer soll das sein?«

»Ein Landsmann von Ihnen, der für Sie gearbeitet hat.«

Bonnet wich vor Bastians Fackel zurück. Fast hatten sie die hintere Zuschauerbank erreicht, da trat Bonnet blitzschnell zur Seite und flüchtete die Sitzreihe entlang in den hinteren Teil des Zeltes, denn der Weg zum Ausgang war ihm durch Bastian versperrt. Bastian versuchte, Bonnet von der Manege aus den Weg abzuschneiden und näherte sich ihm bis auf wenige Schritte, da setzte der andere flink über die Brüstung, bugsierte sich damit aber selbst in eine Richtung, wo die Requisiten zusammengeschoben waren und kein Durchkommen war. ›Jetzt hab ich dich‹, dachte Bastian. Aber er dachte es zu früh. Bonnet, als er seine scheinbar ausweglose Situation erkannt hatte, stand kaum eine Sekunde lang unschlüssig da, machte wieder kehrt und lief Bastian entgegen, als wolle er ihn ganz einfach über den Haufen rennen. Dann aber wendete er sich nach links und kletterte mit der Leichtigkeit eines geübten Akrobaten die Leiter zum Hochseil hinauf. »Ich glaube es nicht!«, stöhnte Bastian, dem schon schwindelig wurde, wenn er nur ein Pferd bestieg – weshalb er es auch niemals tat. In diesem Augenblick aber war er so wütend, dass der kleine Franzose ihm schon wieder entwischt war, dass er dem Flüchtigen, ohne lange nachzudenken, folgte. Als er schwer atmend das schmale Trittbrett in zehn Metern Höhe erreichte, befand Bonnet sich bereits mitten auf dem Seil und Bastian bereute, die Fackel vor dem Aufstieg abgelegt zu haben, hätte er mit ihr doch drohen können, das Hanfseil durchzubrennen, sofern Bonnet nicht die Wahrheit sagte. Aber was wäre mit der Wahrheit überhaupt gewonnen? Wenn Bonnet den Mord gestehen würde, hätte er dieses Geständnis vor der Polizei später leugnen können. Bastian hatte jedoch keine Zeit, über derlei Spitzfindigkeiten nachzudenken, denn Bonnet näherte sich bereits der gegenüberliegenden Leiter, die sich in der Nähe des Zeltausgangs befand. Würde er den Abstieg erreichen, hätte Bastian die Verfolgung aufgeben müssen. Es gab also nur noch eine Möglichkeit: Mit zitternden Knien glitt Bastian in die Hocke, griff nach dem Seil, und schwenkte es hin und her wie eine Pfanne über dem Feuer, wodurch Bonnets Balance empfindlich gestört wurde. Dieser schrie auf und versuchte, seine Schritte zu beschleunigen.

»Halt«, schrie Bastian, »oder du wirst bei hohem Wellengang segeln! Und zwar nach unten!«

Tatsächlich wagte Bonnet sich keinen Schritt mehr nach vorne.

»Was willst du von mir?«, rief er.
»Ich will, dass du dich umdrehst!«
Bonnet gehorchte und wendete sich mit einer flinken Drehung zu Bastian. Hier oben unter dem Zeltdach war es fast dunkel. Dennoch glaubte Bastian, Bonnets stechende Augen erkennen zu können.
»Und jetzt?«, fragte der Kleine herausfordernd.
»Jetzt erzählst du mir, was du mit Clermont gemacht hast!«
»Gar nichts habe ich mit ihm gemacht.«
Bastian ergriff das Seil, das sofort wieder in Bewegung geriet. Bonnet schwankte.
»Halt, schon gut! Was genau willst du wissen?«
»Kanntest du Clément Clermont?«
»Ja, ich kannte ihn.«
»Woher?«
»Wir sind Franzosen. Da kennt man sich. Wir haben zusammen im Lazarett gelegen. Er wurde beim Abzug der Truppen in Hamburg zurückgelassen, weil er nicht transportfähig war. Das heißt, eigentlich war er schon wieder bei Kräften. Er hat sich aber versteckt, weil er hier wohl ein Mädchen hatte.«
Bastian spürte, wie es ihm den Hals zuschnürte, und bemühte sich, das Thema zu wechseln.
»Weißt du, dass Clermont ein Bönhase war?«
»Ein Bönhase, klar. Wie die anderen auch.«
»Welche anderen?«
»Na, die anderen französischen Bäcker, Schuster, Zigarrendreher … Was glaubt ihr Hamburger denn, wo die 5.000 Franzosen geblieben sind, die nach Abzug der Truppen in den Lazaretten zurückgelassen wurden?«
»Bist du in der Nacht zum ersten November in Clermonts Backstube gewesen?«
»Tut mir leid, aber ich habe gerade meinen Kalender nicht dabei.«
Diesmal brauchte Bastian den Griff zum Seil nur anzudeuten, um Bonnets Gedächtnis auf die Sprünge zu helfen.
»Warte! Einen Moment! Am ersten November, sagst du? Das könnte schon sein.«
»Was hast du von ihm gewollt?«
»Das war ein rein geschäftlicher Besuch.«

»Was für Geschäfte hat Clermont gemacht?«

»Lass mich überlegen ... Er war Bäcker ... Dann hat er wohl Nachttöpfe verkauft.«

Wütend stieß Bastian gegen das Seil.

»Arrête! Tu es fou? Man wird ja wohl noch einen Spaß machen dürfen! Brötchen! Mon Dieu! Er hat Brötchen gebacken!«

»Was für Brötchen?«

»Die besten Brötchen von ganz Hamburg! Was sage ich? Die besten auf der ganzen Welt!«

»Waren es diese Zimtbrötchen, nach denen alle so verrückt sind?«

»Ihr Deutschen seid wirklich gut im Kombinieren!«

»Hast du ihm diese Brötchen abgekauft?«

»Moi? Warum sollte ich? Ich bin Künstler, kein Kaufmann! Ich habe nur die Konditionen mit ihm verhandelt.«

»In wessen Auftrag?«

»Das kann ich nicht sagen.«

»Wir werden gleich sehen, ob du kannst!«

Bastian streckte seine Hand nach dem Seil aus, in dem Glauben, das würde genügen, um Bonnet auch diesmal zum Reden zu bringen. Aber er täuschte sich. Selbst als er das Seil in Bewegung setzte, versuchte Bonnet einen Moment lang, die Schwankung durch Verlagerung seines Körpergewichts auszugleichen. Doch er merkte schnell, dass er sich nicht lange würde halten können.

»Arrête! Arrête! Sein Name ist Düwell! Caspar Düwell!«

»Wer ist dieser Düwell? Woher kennst du ihn?«

»Wir sind doch Brüder!«

»Brüder? Und was wollte dein Bruder von Clermont? Hat er dir den Auftrag erteilt, Clermont zu töten?«

»Clément wurde zu gefährlich für uns! Ich sollte dafür sorgen, dass er den Mund hält!«

»Also hast du ihn umgebracht!«

»Ich habe ihm Angst gemacht. Wollte ihn ein bisschen mit dem Messer kitzeln, aber der feige Hund ist einfach davongelaufen ...«

»Wie du eben vor mir davongelaufen bist ...«

»Ich jage ihm also hinterher, bis in diese andere Backstube ...«

»Meine Backstube.«

»Wieso deine Backstube?«

»Weil ich auch Bäcker bin.«

»Du bist Bäcker? Und ich dachte die ganze Zeit, du bist von der Polizei! Ein Bäcker? Kein Witz?«

»Sehe ich aus wie einer, der Witze macht?«

»Also wo du mich so direkt fragst …«

»Spare dir deine Antwort.«

Ein schiefes Grinsen zog sich über Bonnets Gesicht. Dann begann er leise zu glucksen, bis er schließlich schallend lachte. Bastian griff unwillkürlich wieder nach dem Seil. Diesmal nicht, um Bonnet Angst zu machen, sondern weil er das Gefühl hatte, diesen lachenden Teufel irgendwie vom Abgrund wegziehen zu müssen, in den er gleich zu stürzen drohte. Sein Gefühl täuschte ihn nicht. Ganz ohne Bastians Zutun verlor Bonnet plötzlich das Gleichgewicht. Sein rechter Fuß befand sich noch auf dem Seil, während sein linkes Bein schon abgespreizt in der Luft hing. Die reflexartige Gegenbewegung mit den Armen kam zu spät, so dass der ganze Körper wie eine vom Wind erfasste Vogelscheuche zur Seite kippte. Augenblicklich verstummte das Lachen, als habe Bonnet mit seinem Schwerpunkt auch seine Stimme verloren. Dann fiel er wie ein vom Schuss getroffener Adler nach unten und landete mit einem staubigen Aufprall mitten in der Feuerschale. ›Ein Mensch, der lebendigen Leibes auf glühenden Kohlen liegt, würde schreien‹, dachte Bastian. Fantin Bonnet schrie nicht.

47. Kapitel

Bastian hatte Marianne und Leefke eingebläut, sich während seiner Unterredung mit Bonnet vom Zelt fernzuhalten. Aber nach kurzer Zeit hatten die beiden es nicht mehr ausgehalten und waren ihm gefolgt. Vorsichtig durch die Zeltöffnung spähend, hatten sie die Szene auf dem Hochseil miterlebt und als Bonnet das Seil unter den Füßen entglitt, hatte Marianne Leefke schnell die Hand vor die Augen gehalten. Es waren also drei Ohrenpaare, die das Gespräch zwischen Bastian und Bonnet mit angehört hatten. Und es waren drei Köpfe, die einen Tag später überlegten, was sie mit den neuen Informationen nun eigentlich anfangen sollten. Alles, was man hatte, war ein Name:

Caspar Düwell, der angebliche Bruder von Fantin Bonnet, der nun nicht mehr unter den Lebenden weilte. Aber wer war dieser Düwell? Um das herauszufinden, müsse man vermutlich nur in das Hamburger Adressbuch sehen, meinte Marianne. Aber weder sie noch die Familie Plüsch besaßen ein solches Buch. Deshalb erklärte Leefke sich bereit, in der Buchhandlung von Friedrich Perthes am Jungfernstieg nachzusehen, ob dort das aktuelle Adressbuch vorrätig und der entsprechende Name enthalten sei. Es dauerte keine Stunde, bis Leefke wieder in Mariannes Stube erschien und mitteilte, dass es im Rathaus einen Schreiber mit Namen Caspar Friedrich Düwell gebe. Marianne kochte eine große Kanne Kaffee, schenkte allen eine Tasse ein und verfeinerte das schwarze Getränk, auf das man während der Franzosenzeit lange hatte verzichten müssen, mit einer Prise Zimt.

»Das wundert mich nicht«, sagte sie dann, »schließlich sollte ja auch ein Ratsherr ermordet werden.«

»Du glaubst also tatsächlich, dass ein Zusammenhang zwischen den Morden an Clermont und Hansen besteht?«, fragte Bastian.

»Das habe ich schon vorher geglaubt. Aber jetzt liegt es auf der Hand.«

»Dann sind wir ja in eine richtige Staatsaffäre verwickelt!«

»Lasst uns noch einmal zusammentragen, was wir von Bonnet erfahren haben«, sagte Marianne, nachdem sie einen Schreibkiel und ein Blatt Papier herbeigeholt hatte.

»Ich fürchte, das war nicht viel. Eigentlich hatte ich ihn auch noch zu dem Gift befragen wollen und ob er etwas mit dem Fall Jeppe Jensen zu tun hat.«

»Immerhin wissen wir, dass er in der Mordnacht bei Clermont auf dem Dachboden war. Wir wissen, dass es offenbar noch andere Franzosen gibt, die als Bönhasen ohne Erlaubnis der Ämter in Hamburg arbeiten – darunter viele Bäcker. Und wir wissen, dass Clermont von Dingen Kenntnis hatte, die niemand erfahren durfte. Leefke, weißt du etwas darüber?«

Leefke schüttelte den Kopf.

»Hat Clément dir niemals von Bonnets Besuchen erzählt?«

Wieder Kopfschütteln.

»Hast du dich nie gefragt, an wen Clément seine Brötchen verkauft?«

»Die Markthändler haben sie für ihn verkauft.«

»Und wie sind die Brötchen zu den Markthändlern gekommen?«

»Er hat die Dielen mit den frischen Brötchen mit der Winde hinuntergelassen und unten stand dann der Junge.«

»Du wusstest also, wo Clément seinen Unterschlupf hatte!«, fuhr Bastian seine Tochter an.

»Warum hast du es uns dann nicht erzählt?«

Leefke sah zu Boden.

»Ihr habt mich ja nicht danach gefragt. Außerdem hat er es mir verboten.«

»Aber Clément ist tot! Was er dir verboten hat, zählt doch jetzt nicht mehr!«

»Beruhige dich, Bastian«, ergriff Marianne wieder das Wort. »Leefke, du hast eben etwas von einem Jungen gesagt. Was war das für ein Junge?«

Leefke zuckte mit den Schultern.

»Würde mich nicht wundern, wenn es der Junge mit dem Elbsegler war«, sagte Marianne wie zu sich selbst. Die ganze Zeit über hatte sie sich Notizen gemacht und den Kiel immer wieder in das Tintenfass getaucht. Jetzt aber malte sie eine spiralförmige Figur auf das Papier.

»Was ist das?«, wollte Bastian wissen.

»Das war die Figur auf der Holzscheibe, auf die Bonnet seine Messer geworfen hat. Merkwürdig, nicht wahr?«

»Eine Zielscheibe. Was soll daran merkwürdig sein?«

»Zielscheiben bestehen eigentlich aus mehreren Kreisen, von denen der nächst größere die jeweils kleineren umschließt. Diese hier bestand aber aus einer Spirale, die soweit geführt wurde, dass man sie mit drei kurzen Bögen leicht zu drei Kreisen vervollständigen könnte.«

»Du sprichst in Rätseln, Marianne.«

»Genau wie dieses Gedicht.«

»Welches Gedicht?«

»Das man uns auf der Straße zugesteckt hat.«

Sie sprang auf, holte aus einer Schublade einen kleinen Zettel und las:

Alles an drei Ringen hänget,
und wird der äußere gesprenget,
steigt die Sünd' vom Berg herab,

verschlingt der Bürger Gut und Hab.
Zeigt der größte sich auch klar,
sind die andren unsichtbar,
und die Mitte schließet ein
uns'ren ersten Gottesschrein.
Auf Schutz und Stärke darf man hoffen,
dennoch sind die Ringe offen.
In ihrer Gleichgerichtetheit
verbindet sie der Staub der Zeit
und ihre Kraft erstrahlt zugleich
wie hier, so auch im Himmelreich!

Im Grunde ist diese Spirale nichts anderes als eine Ansammlung von drei Ringen, die sich in ihrem Verlauf immer weiter öffnen und dabei miteinander verschmelzen!«

»Und was willst du uns damit sagen?«

»Es ist von einem Berg die Rede. Aber in Hamburg und Umgebung gibt es keine Berge ...«

»Es gibt den Hamburger Berg. Das ist zwar eher ein Hügel, aber zumindest dem Namen nach ein Berg.«

»Und bei manchen Leuten steht er in dem Ruf, dass hier die Sünde und das Laster zu Hause seien. Welcher Ring könnte uns davor bewahren, dass die Sünde vom Hamburger Berg in die Stadt herabsteigt?«

»Der Stadtwall mit seinen Befestigungsanlagen.«

»Genau. Er bietet Stärke und Schutz. Zumindest glauben das viele Hamburger.«

»In dem Gedicht ist noch von zwei anderen Ringen die Rede. Ich sehe aber in Hamburg keine weiteren Ringe, die mit dem Wall vergleichbar wären.«

»Weil die anderen Ringe unsichtbar sind«, sagte Leefke.

»Genau«, sagte Marianne.

»Ringe, die es gar nicht gibt? Dann können wir ja lange suchen«, sagte Bastian.

»Es ist vom ›Staub der Zeit‹ die Rede. Es könnte sich also um Ringe handeln, die es einmal gegeben hat!«

»Was meinst du damit?«

»Die Hammaburg unserer Vorfahren war sicher auch von einem Wall umgeben.«

»Und der dritte Ring?«

»Die Burg mit ihrem Ringwall, die früher den St.-Marien-Dom schützte«, sagte Marianne.

»Da hat es eine Burg gegeben? Woher weißt du das?«

»Das hat mir Herr Rodatz erzählt.«

»Wer ist Herr Rodatz?«

»Amandus Eberhard Rodatz. Er war Organist in St. Marien, bis sie den Dom vor zehn Jahren abgerissen haben.«

»Und woher kanntest du diesen Rodatz?«

»Wir haben uns damals zufällig auf dem Weihnachtsmarkt im Dom kennengelernt. Ich wollte dort Noten für meine Nichte kaufen und Herr Rodatz empfahl mir die ›Sonaten für Kenner und Liebhaber‹ von unserem Herrn Bach. So kamen wir ins Gespräch.«

»Aber wieso sollte mit einem der erwähnten Ringe ausgerechnet der Ringwall um den Dom gemeint sein?«

»Weil er in seiner Mitte unseren ›ersten Gottesschrein‹ eingeschlossen hat. Nach der Hammaburg war doch der Dom das Samenkorn, aus dem unsere Stadt hervorgewachsen ist. Wusstest du das denn nicht?«

Bastian gab ein leises Brummen von sich, weil er nicht zugeben wollte, dass er es tatsächlich nicht gewusst hatte.

»Aber was macht dich so sicher, dass mit den drei Ringen die Wälle der Hammaburg, des Doms und unser heutiger Stadtwall gemeint sind?«

»Weil es nur diese drei Wälle gibt beziehungsweise gab. Der Text versucht, die große Bedeutung der damaligen Festungsanlagen für diesen Ort auf den heutigen Stadtwall zu übertragen, der uns in gleichem Maße ›Schutz und Stärke‹ bieten soll.«

»Und durch die sechs Stadttore ist der Ring offen. Auch die älteren Wälle haben natürlich Tore gehabt. Aber was bedeuten die letzten beiden Zeilen?«

»Dort entlarvt sich unser Schreiber als jemand, der an höhere Mächte glaubt. Hamburgs schutzbringende Wallanlagen werden zum Spiegelbild einer göttlichen Ordnung.«

»Das klingt aber ganz schön verrückt«, sagte Leefke.

»Außerdem begreife ich nicht, was das alles mit unserer Sache zu tun haben soll«, sagte Bastian, der langsam ungeduldig wurde. Marianne aber ließ sich nicht aus der Ruhe bringen.

»Zuerst möchte ich dich daran erinnern, dass Clément drei Kreise in deinen Backtrog geschnitzt hat, bevor er starb.«

Daran hatte Bastian überhaupt nicht mehr gedacht. Nun tauchte Marianne den Federkiel erneut ins Tintenfass und zeichnete über die erste Spirale eine zweite. Dann schrieb sie neben die obere Spirale »Himmel«, neben die untere »Erde«. Bastian wollte etwas anmerken, aber Marianne legte ihm einen Finger auf den Mund und sagte: »Erinnert dich das an irgendetwas?«

Bastian starrte auf das Papier. Diese Spiralen erinnerten ihn an überhaupt nichts. Aber dann, mit einem Mal, als hätte jemand in seinem Kopf mit dem Finger geschnippt, sah er ein Bild vor sich. Das Bild eines Brötchens. Natürlich! Das Zimtbrötchen hatte genau diese Form! Und wenn man den Vergleich noch weiter führen wollte, war das bräunliche Gemisch aus Zimt und Zucker, dass in den Fugen des spiralförmig gedrehten Teigs sichtbar wurde, der »Staub der Zeit«, der die einzelnen Ringe miteinander verband.

»Es ist das Zimtbrötchen«, hauchte Bastian.

»Das denke ich auch«, sagte Marianne. »Allerdings bringt uns das im Moment kaum weiter. Wir wissen nur, dass sich hier jemand sehr viele Gedanken gemacht hat. Jemand, der es liebt, seine Gedanken symbolisch zu unterfüttern und der damit vermutlich irgendwelche politischen oder religiösen Ziele verfolgt. Vorerst müssen wir uns aber an das halten, was wir haben ...«

Marianne zog einen langen Strich unter ihre Aufzeichnungen.

»Es sieht folgendermaßen aus: Wir wissen, dass Bonnet vermutlich der Mörder von Clermont ist ...«

»Wieso vermutlich?«, unterbrach Bastian.

»Weil er den Mord abgestritten hat.«

»Das würde ich auch tun, wenn ich ein Mörder wäre. Aber es gibt doch gar keinen anderen Täter, der in Frage käme.«

»Da hast du wahrscheinlich Recht. Allerdings kennen wir nicht den Grund, weshalb Clermont und die anderen ermordet wurden, außer, dass es irgendetwas mit diesen Brötchen zu tun hat. Um Näheres herauszufinden, bleibt uns nichts anderes übrig, als diesem

Düwell einmal auf die Finger zu schauen.«

»Und wie stellst du dir das vor?«

Marianne nahm einen großen Schluck aus der Kaffeetasse und musste mit einem Mal so sehr lachen, dass sie sich kräftig verschluckte. Erst als Leefke ihr mehrmals auf den Rücken geklopft hatte, beruhigte sie sich wieder.

»Ich verstehe gar nicht, was es da zu lachen gibt, Marianne«, sagte Bastian.

»Entschuldige, aber ich musste gerade wieder an gestern Abend denken, als du wie eine verschreckte Katze vor dem Hochseil gehockt hast und dich weder vor, noch zurück getraut hast. Hätten Leefke und ich dir nicht geduldig zugeredet, würdest du wohl immer noch dort oben sitzen!«

Marianne versuchte, das Nachbeben ihres Lachanfalls mit einem weiteren Schluck Kaffee zu beruhigen.

»Das ist nicht witzig, Marianne! Hätte Gott gewollt, dass der Mensch auf schmalen Simsen hoch über der Erde sitzt, hätte er ihm Flügel und Krallen wachsen lassen.«

Marianne sah Bastian einen Augenblick lang mit versteinerter Miene an. Dann prustete sie wieder los. Diesmal so stark, dass auch Bastian von der Sprühfontäne nicht verschont blieb. Soeben hatte sie sich den Plüsch-Bäcker mit Flügeln und Klauen auf einem schwankenden Hochseil hockend vorgestellt.

48. Kapitel

Der weiche Stoff der Anzughose umschmeichelte mit jedem Schritt seine Beine. Auch der Gehrock saß wie angegossen, als sei er eigens für ihn gemacht. Außerdem schien es ihm, als würde der braune Zylinder, der nach oben hin seine vornehme Gestalt abschloss, seinen Gedanken irgendwie eine neue, wohlproportionierte Form geben. Sie stachen jetzt nicht mehr seitlich aus seinem Kopf heraus, wie die Zweige eines wild wuchernden Brambuschs, so dass andere Menschen, wenn er sie äußerte, sich an ihnen schrammten oder gar verletzt fühlten, sondern ließen kurze, artige Wendungen in seinem Hirn aufblitzen, die etwa lauteten: »Bitte nach Ihnen, die

Dame«, »Der Rehrücken ist Ihren Köchen wirklich delikat gelungen, mon Maître« oder »Da hat uns die Börse aber wieder einen schönen Gewinn eingefahren«. Gniffke fühlte sich, als sei er in die Haut eines anderen Menschen geschlüpft, was in gewisser Weise ja auch zutraf. Ein Bekannter auf der Straße hätte ihn sicher nicht wiedererkannt. Umgekehrt hätte aber auch Gniffke den Bekannten vielleicht nicht wiedererkannt, so sehr hatte sich der Blick verändert, mit dem er jetzt die Welt anschaute. »Es ist aber doch nur die Kleidung«, sagte er sich immer wieder. »Ich lebe ja immer noch in der Gosse und morgen wird schon wieder alles beim Alten sein.«

Trotzdem wandelte der Mensch im Hier und Jetzt, und da durfte einer, der wie ein Mann von Welt aussah, sich wohl auch wie einer fühlen, ganz gleich, ob das Schicksal ihn am nächsten Tag wieder in den Pfuhl der Armut hinabstoßen würde! Bevor es aber dahin kam, wollte er, Gniffke, das Schicksal noch einmal herausfordern, um zu prüfen, ob es imstande sei, eine Verheißung, die es bisher nur angedeutet hatte, auch im Ganzen zu erfüllen. Schließlich konnte man es doch für ein höheres Zeichen nehmen, dass er den toten Jeppe Jensen im Fleet gefunden und an Land gezogen hatte; dass die verzweifelte Witwe in seine Armen gefallen war und Präfekt Roderich ihm erlaubt hatte, sie nach Hause zu begleiten, bevor er in der Behörde seine Aussage machen würde. Dass die unglückliche Witwe ihm eine ganze Weile weinend gegenübergesessen und hiernach angeboten hatte, ein Bad zu nehmen und sein altes, schmutziges Zeug gegen einen Anzug ihres verblichenen Ehegatten einzutauschen. Gniffke, dem die Vorstellung, die Garderobe eines erst kürzlich verstorbenen Mannes zu tragen, unangenehm war, lehnte erschrocken ab. Da die Witwe aber betonte, wie sehr seine, Gniffkes, Statur der ihres Mannes glich und sie hartnäckig auf ihrem Angebot bestand, hatte er schließlich doch eingewilligt. Wer war er auch, dass er einer vornehmen Frau mit Tränen in den Augen zu widersprechen gewagt hätte?

Eben stolzierte Gniffke auf die Jungfernstiegbrücke zu, als sein Blick rechterhand auf das Werk- und Zuchthaus fiel, das beim Alstertor direkt am Wasser stand. Er beschleunigte seinen Schritt, denn allzu unangenehme Erinnerungen verband er mit diesem Ort. Zwei Mal hatte er bereits dort eingesessen, weil man ihn der Bettelei bezichtigt hatte und immer hatte er es als Verhöhnung empfunden, dass man durch die Fenster des Zuchthauses auf den Jungfernstieg sehen konnte, wo die wohlsituierten, sorglosen Herrschaften darüber nachdachten, welche Kaffeesorte sie wohl heute einmal probieren sollten, oder ob es womöglich gleich zu regnen anfing und man sich dann die Kleider verdarb. Aber sogleich hatte er diese unerquicklichen Gedanken wieder beiseite gewischt, denn nun war er ja vom Ufer der Plackerei zum Ufer der Sorglosigkeit gewechselt.

Auf der gegenüberliegenden Seite der Kleinen Alster lag das Johanniskloster und rechterhand trieb auf der Binnenalster das Badeschiff, das zu dieser Jahreszeit natürlich nicht genutzt wurde. Gniffke blieb stehen, schaute über das Wasser, betrachtete die Windmühle auf dem Wall zwischen Binnen- und Außenalster und stellte sich vor, wie der arme Müller dort täglich seiner schweren Arbeit nachging. Da hatte ein Herr im feinen Anzug und mit Zylinder doch wirklich ein besseres Leben! In diesem Moment fühlte er sich wie ein König, der sich unerkannt unter das einfache Volk mischte, um eine eigene Anschauung davon zu bekommen, was seine Untertanen eigentlich für Menschen sind. Dabei traf – genau genommen – ja eher das Gegenteil auf ihn zu.

Aber schon hatte Gniffke seinen Weg fortgesetzt, denn natürlich konnte ein Mann seines Standes nicht allzu lange an einem Ort verweilen und schlenderte nicht einfach sinn- und zwecklos durch die Gegend, sondern er hatte – wie im Leben überhaupt, so auch bei jedem Schritt, den er zurücklegte – ein festes Ziel vor Augen. Gniffkes Ziel war der Alsterpavillon, den ein Franzose hier eröffnet hatte, wenige Jahre, bevor dessen Landsleute die Stadt in ihre Gewalt brachten. Zuerst hatte Gniffke mit dem Gedanken gespielt, in den angesehensten Klub Hamburgs, der »Harmonie« auf den Großen Bleichen einzukehren. Dann aber hatte er befürchtet, dass einer der Herren ihn dort womöglich zu einer Partie Billard oder zur Konversation auffordern würde, und beidem fühlte er sich nicht gewachsen. Der Alsterpavillon schien ihm in dieser Hinsicht unverfänglicher, obwohl ihm der herausgeputzte Raum, als er ihn nun betrat, aus einem solch fremden Stoff geschneidert zu sein schien, dass er im ersten Augenblick am liebsten auf der Stelle kehrtgemacht hätte. Dann aber sagte er sich, dass er im Kreise der penibel gekleideten Herrschaften keinesfalls unangenehm auffallen würde und sah sich suchend um – schließlich war er nicht zu seinem Vergnügen hier. Da war sie! Die Wand mit den Zeitungen, die, aufgehängt wie erlegte Vögel nach der Jagd, ihre Flügel schlaff herunterhängen ließen. Eine große Wand, denn in Hamburg wurden neben fünfzehn Tageszeitungen auch zahlreiche Zeitschriften, Wochenblätter, Monatsschriften und Fachzeitschriften gedruckt. Gniffke griff sich ein Exemplar des Hamburgischen Correspondenten, setzte sich an einen Tisch und schlug die Beine übereinander, weil er glaubte, dass dies für einen Mann im Anzug die angemessene Haltung sei. Als die Kellnerin kam, bestellte er einen Kaffee und ein Stück Torte und wunderte sich, dass sie ihn so seltsam ansah. Erst als sie sich an den Kopf tippte, begriff er, dass er immer noch seinen Zylinder trug. Er setzte ihn ab und sah sich um. Hier ließen sie es sich also gut ergehen, die solventen Herren, zu denen er, Gniffke, nun ja auch zählte, denn die Witwe Jensen hatte ihm zum Abschied noch drei Reichstaler Finderlohn in die Hand gedrückt.

Mit einer Geste, als wolle er die Welt umarmen, faltete er, der niemals richtig Lesen gelernt hatte, die Zeitung auseinander. Sein Blick überflog das Meer schwarzer Buchstaben, wobei er nicht begriff, wie diese ungeordnete Menge von Strichen, Spitzen, Haken und Kringeln dem Auge Halt bieten, geschweige denn irgendeinen Sinn ergeben sollte. Dennoch verharrte er eine Weile in dieser Stellung und malte sich aus, dass in diesem Geflimmer, das ihm sogar einen leichten Schwindel verursachte, womöglich Mitteilungen von höchster Wichtigkeit verborgen lagen und dass ein Teil dieser Wichtigkeit – ganz gleich, ob er sie begriff oder nicht – in diesem Moment auch von ihm Besitz ergriff. Nachdem er umgeblättert hatte, bot sich ihm ein ganz ähnliches Bild, nur dass er es diesmal mit größerer Erregung wahrnahm, weil er wusste, dass irgendwo in dieser Zeitung eine Botschaft für ihn versteckt war. Eine Botschaft, die auch er, Gniffke, würde entziffern können, und deren Entdeckung mit jedem Blättern wahrscheinlicher wurde.

Die Kellnerin brachte die Bestellung und Gniffke sog die Luft unwillkürlich mit tiefen Zügen ein, als der Duft heißen Kaffees in seine Nase stieg. Er legte die Zeitung beiseite, goss etwas Milch in die Tasse, rührte um und es schien ihm, als käme das liebliche Geräusch, das der Löffel verursachte, während er bei seiner Drehung leicht gegen die Seiten der Tasse stieß, von tausend kleinen Glücksglocken, die nur er, Gniffke, hören konnte, und niemand sonst. Mit einer schwerelosen Bewegung führte er die Tasse zum Mund, nahm einen ersten Schluck und sofort durchströmte eine wohlige Wärme seinen ganzen Körper. Für einen kurzen Augenblick sah Gniffke sich an genau dieser Stelle sitzen, aber in einer unbestimmten, fernen Zukunft, und er war vollkommen davon überzeugt, dass er sich auch dann noch an diesen Moment würde erinnern können. Nun griff er wieder zur Zeitung, blätterte, fand aber weder hier noch auf den folgenden Seiten, was er suchte. Schon glaubte er, dass er die Seiten nicht aufmerksam genug studiert habe und wollte wieder von vorne beginnen, da fiel sein Blick auf einen kleinen Kasten, der zuoberst eine aus mehreren Münzen geformte Vignette enthielt, darunter einen kurzen Text und zuletzt eine fünfstellige Zahl. Gniffke griff in die linke Tasche seines Gehrocks und zog einen kleinen Zettel hervor, auf dem ebenfalls eine fünfstellige Zahlenfolge stand. Er verglich die beiden Zahlen miteinander, sein Gesicht wurde bleich, seine Lippen begannen zu zittern, er hielt den Zettel unmittelbar unter die Zeitungsnotiz, verglich noch einmal die Zahlen, so dass nun wirklich kein Zweifel mehr möglich war: Alle fünf Ziffern stimmten überein – Gniffke hatte in der Hamburger Staatslotterie den Hauptgewinn erzielt!

Hatte er beim Probieren des Kaffees eine Wärme in sich aufsteigen fühlen, so war es jetzt ein Feuer, das in seiner Brust zu lodern begann. Unwillkürlich presste er die Finger zusammen, die den Lotterieschein hielten, und blickte sich verstohlen um, als sei jene große Bewegung, die ja nur in seinem Inneren stattgefunden hatte, für alle Besucher des Kaffeehauses sichtbar gewesen und habe in ihnen eine Regung aufkeimen lassen, die der seinen ganz entgegengesetzt war: ein Gefühl von Missgunst und Neid. Aber natürlich war diese Furcht ganz unbegründet, denn die anderen Gäste nahmen überhaupt keine Notiz von dem Mann mit der Zeitung, der nun hastig aufsprang und plötzlich völlig außer Atem zu sein schien, als habe er soeben schwere körperliche Arbeit verrichtet. Gniffke warf sich den Mantel über, griff nach seinem Zylinder, machte einige Schritte zur Tür, kehrte noch einmal um, legte ein Geldstück auf den Tisch, und stand kurz darauf wieder auf dem kalten Jungfernstieg. Zurückgelassen hatte er eine verdutzte Kellnerin, eine dampfende Tasse Kaffee und ein unversehrtes Tortenstück.

Im Lotteriesaal des Eimbeckschen Hauses, wo die Ziehung der Zahlen stattfand, wurden, so vermutete Gniffke, auch die Gewinne ausgezahlt. Er eilte also den Weg zurück, den er gekommen war. Immer größer wurden seine Schritte, fast schon sprang er, als er rechts in den Brettengiebel einbog. Und auch seine Gedanken vollführten tollkühne Sprünge, als er sich auszumalen begann, was er mit seinem neu gewonnenen Reichtum alles anstellen könne! Noch immer konnte er nicht glauben, dass das Schicksal sich ganz offensichtlich entschieden hatte, seinem Leben eine neue Wendung zu geben. Eine Wendung, die ihn Schwindeln machte. Hundert Schritte trennten ihn vielleicht noch von seinem Ziel, aber was bedeuteten diese wenigen Schritte angesichts der Unendlichkeit, die nun vor ihm lag und darauf wartete, von ihm begangen und erforscht zu werden und die ihren Reichtum fortan an ihn, Gniffke, verschwenden würde? Vor seinem geistigen Auge formte sich eine verlockend farbige Welt.

Was ihn aber in diesem Augenblick wirklich umgab, verschwand mehr und mehr aus seinem Gesichtsfeld. Kaum noch nahm er die Menschen, Pferde und Fuhrwerke wahr, die ihm entgegen kamen, ihn überholten, hinter ihm zurückblieben. Er hörte die Ausrufer nur noch wie von Ferne ihre Waren anpreisen und er sah nicht die Postkutsche, die eben, als er die nächste Kreuzung erreichte, aus der Großen Johannisstraße hervorschoss. Die Pferde scheuten, eines bäumte sich auf und Gniffke prallte im letzten Moment, wie aus einem Traum erwachend, zurück. Der Kutscher jedoch konnte die Tiere nicht halten und so setzte sich das Gefährt gleich wieder in Bewegung, wobei Gniffkes Gehrock sich unglücklich an der Türklinke der Kutsche verfing und ihn ein ganzes Stück mit sich fortriss. Endlich brachte der Wagenlenker die Rappen doch noch zur Raison und sprang von seinem Bock, um dem feinen Herrn zu Hilfe zu eilen. Der lag gekrümmt auf dem nassen Kopfsteinpflaster, konnte aber mit Hilfe des Kutschers, der ein kräftiger Mann war, wieder auf die Beine gebracht werden.

Offenbar hatte der feine Herr sich keine ernsthaften Verletzungen zugezogen. Sein Gehrock und seine Hose schienen ihn vor schlimmeren Blessuren bewahrt zu haben, hatten dabei aber selbst übelsten Schaden genommen. Ein kleines Mädchen brachte den Zylinder herbei, der ebenfalls nicht mehr zu gebrauchen war. Das war bedauerlich, aber der Herr konnte ja froh sein, dass ihm nichts Ernsthaftes zugestoßen war. Und sicher hatte er noch viele andere Anzüge bei sich zu Hause im Schrank hängen, so dass er auf diesen hier gut verzichten könne. Ein wenig mitgenommen hatte ihn die ganze Sache aber wohl doch, denn es war schon merkwürdig, dass der Herr sich nun auf alle Viere niederließ und mit einem fast schon irren Blick die Straße abzusuchen schien. Man fragte ihn, ob er etwas Wichtiges verloren habe, aber er stammelte nur etwas von einem kleinen Zettel. Wenn es sich wirklich um einen Zettel gehandelt hatte, konnte der bei einer steifen Brise, die über Straßen und Dächer pfiff und in viele Winkel und Ritzen hineinblies, schon leicht verloren gehen. Aber letzten Endes war der Zettel wohl doch nicht so wichtig gewesen, wie der Herr in seinem verwirrten Zustand es momentan glaubte, womit dieser ganze Vorfall, der zum Glück noch einmal glimpflich ausgegangen war, nur zeige, wie klug man bei dem hektischen Verkehr in den engen Hamburger Straßen beraten war, die Augen offen zu halten.

49. Kapitel

In ihrer blauen Schürze, dem geblümten Kopftuch, Eimer, Feudel und Leuwagen sah Marianne zum Piepen aus. Bastian konnte sich ein Grinsen nicht verkneifen, obwohl er sich ziemlich beklommen fühlte, dass ausgerechnet Marianne sich für ihn in die Höhle des Löwen begeben wollte. Er hatte versucht, ihr die Idee auszureden, sich als Scheuerfrau verkleidet abends ins Rathaus einzuschleichen und in Düwells Büro nach Hinweisen auf die Zimtbrötchen-Morde zu suchen. Aber Marianne hatte nur geantwortet, dass dies die einzige und letzte Möglichkeit sei, Bastian vor dem Galgen zu retten und damit hatte sie wohl Recht gehabt.

Auf der Trostbrücke angekommen, fasste Bastian Marianne beim Arm.

»Ich werde hier auf dich warten. Es ist doch zu auffällig, wenn ich abends untätig vor dem Rathaus herumstehe.«

»Ja, da hast du Recht. Dann drück mir die Daumen, dass alles gut geht.«

»Bist du sicher, dass du die Schreiberei überhaupt finden wirst?«

»Lass das nur meine Sorge sein«, sagte Marianne. Dann kniff sie Bastian in die Nase, drehte sich um und durchschritt kurz darauf – den Leuwagen stolz aufgerichtet wie einen Ritterspeer – das prunkvolle Rathausportal mit dem Stadtwappen. Es war ein gutes Zeichen, fand Bastian, dass die beiden Wachposten genauso regungslos dastanden wie die einundzwanzig steinernen Statuen deutscher Kaiser, die die Fassade des Erweiterungsbaus schmückten. Sie hatten Marianne einfach passieren lassen und so stand sie nun in einem langen, mit dunklem Holz vertäfelten Flur, an dessen Ende eine Treppe zu den oberen beiden Stockwerken hinaufführte. ›Nun lebt man schon so lange in dieser Stadt‹, dachte sie, ›aber hat überhaupt erst einmal in jenes Herz hineingeschaut, das die Stadt am Leben hält!‹ Wenn sie aber genauer darüber nachdachte, schien ihr das Rathaus mit seinen zum Teil hochbetagten Herren doch eher der Kopf als das Herz der Stadt zu sein. Ein etwas störrischer Kopf, wenn man in Betracht zog, wie lange es manchmal dauerte, bis hier Entscheidungen getroffen wurden.

Damals, als Marianne von Altona nach Hamburg gezogen war, weil eine Tante ihr eine kleine Wohnung vererbt hatte, hatte sie hier im Rathaus den Weddeschreiber aufgesucht, um den Bürgereid zu leisten und in den Besitz des begehrten Bürgerbriefes zu gelangen, der ihr die vollen bürgerlichen Rechte zugesichert hätte. Der Schreiber jedoch hatte sie abweisend davon in Kenntnis gesetzt, dass sie hierfür ein Bürgergeld von 15 Lübischen Mark zu zahlen habe. Also hatte sie von ihrem Vorhaben Abstand genommen und den Schutzverwandteneid abgelegt, der ihr ein unbefristetes Wohnrecht innerhalb des Stadtwalls zusicherte, denn eine weitere Tante, die als Schneiderin ein eigenes Gewerbe führte, war bereit, Marianne für sich arbeiten zu lassen. Immer wieder aber hatte man sie aufgefordert, das Bürgerrecht zu erwerben, zwei Mal sogar mit Ausweisung und Pfändung gedroht. Erst als sie sich bereiterklärte, eine jährliche Schutzgeldzahlung zu leisten, hatte man sie stillschweigend geduldet. Obwohl Marianne schon seit zwölf Jahren in Hamburg lebte und sich hier ganz zu Hause fühlte, war sie also den Hamburger Bürgern nicht gleichgestellt, durfte weder ein selbstständiges Gewerbe ausüben noch weiteren Grundbesitz erwerben.

Kurz nachdem Leefke berichtet hatte, dass es sich bei Düwell um den hiesigen Weddeschreiber handeln müsse, hatte Marianne ihren Schutzverwandtenbrief hervorgekramt. Die Unterschrift war zwar nicht gut lesbar gewesen, aber sie war sich doch nahezu sicher, dass die geschwungenen Linien keinen anderen Namen als eben den Düwells darstellten, der hier im Auftrag seines Weddeherrn unterzeichnet hatte. Nun würde sie ihrem ehemaligen Peiniger also nochmals einen Besuch abstatten – außerhalb der üblichen Amtszeit. Allerdings konnte sie sich nicht erinnern, in welchem Zimmer der Weddeschreiber saß. Ohnehin schien sich seit der Franzosenzeit im Rathaus vieles geändert zu haben.

›Hier hockt ihr nun also hinter euren blankpolierten Portalen und bildet euch wer weiß was ein auf euer hanseatisches Nest!‹, dachte Marianne, während sie die mit goldenem Pinselstrich ausgeführten Beschriftungen an den Türen las: »Kommissionszimmer«, »Eintrittszimmer« … Vor der Treppe zeigte ein Pfeil an der Wand nach oben. Darunter stand in ebenfalls goldenen Lettern: »Kämmereischreiberei und Weddeschreiberei«. Im ersten Stock angekommen, musste Marianne noch weiter hinaufsteigen, denn die Schreiber hatten ihre Zimmer offenbar direkt unter dem Dach. Eben hatte sie den Boden erreicht, da öffnete sich eine Tür und ein Mann mit grauem Kopfhaar, Vollbart und einem großen Schlüsselbund trat ihr in den Weg.

»Was wollen Sie denn hier?«, fragte er überrascht.

»Na, wie der Herr an meinem vornehmen Rock und den aristokratischen Utensilien …« – Marianne schwenkte den Leuwagen vor seinem Gesicht – »… wohl leicht erkennt, möchte ich für das Amt des Bürgermeisters kandidieren.«

Der Mann – es musste sich um den Rathausschließer handeln – schaute Marianne ungläubig an, weil es ihm ganz abwegig schien, dass eine Frau ihres Standes sich mit ihm einen Scherz erlaubte. Dann aber zog er diese Möglichkeit doch in Betracht, weil es in diesem Fall wohl die einzige Möglichkeit war, die man in Betracht ziehen konnte, und er antwortete, wobei er sich bemühte, seinen gekränkten Stolz hinter einem strengen Tonfall zu verbergen:

»Ich habe Sie hier noch nie gesehen.«

»Ein bedauerlicher Umstand, der auf Gegenseitigkeit beruht, werter Herr.«

»Soweit ich weiß, wird heute gar nicht geputzt.«

»Ich soll nur schnell im Zimmer des Weddeschreibers Düwell einen Swienkram beseitigen.«

»Was denn für einen Swienkram?«

»Wenn ich Ihnen das verrate, bekäme ich großen Ärger mit Herrn Düwell. Die Sache ist ihm nämlich etwas peinlich, wenn Sie verstehen, was ich meine …«

Marianne ließ ihre Augenbrauen in bedeutungsvolle Höhen fahren und war äußerst zufrieden, als sie merkte, dass der Schließer ihrem Beispiel folgte und sogar mit dem Kopf nickte, da er sich offenbar nicht die Blöße geben wollte, zuzugeben, dass er rein gar nichts verstanden hatte.

»Hat Herr Düwell Sie persönlich beauftragt?«, fragte er jetzt im Flüsterton.

»Höchstpersönlich sogar. Und weil es sich um eine so delikate Angelegenheit handelt und es dem Ruf des Herrn Düwell ganz und gar nicht zuträglich wäre, wenn die Sache sich herumspräche, wollte er auch nicht eine der hausbekannten Scheuerfrauen darauf ansetzen. Sie wissen ja: Frauen meines Schlages können einfach nicht den Mund halten und bauschen eine Sache dann gleich so auf, dass am Ende Dinge dabei herauskommen, die mit der Wahrheit nicht mehr viel zu tun haben!«

»Das ist mir bekannt.«

»Es ist gut zu wissen, dass ein verständiger Mensch wie Sie hier im Rathaus die Schlüsselfunktion innehat. Wenn Sie mir jetzt noch schnell die Tür zur Schreiberei aufschließen, werde ich Sie auch gar nicht weiter belästigen.«

»Das würde ich ja gerne tun, aber ich wollte gerade alles abschließen und noch ein Bierchen trinken gehen. Die Wachen verlassen gleich ihre Posten, dann muss auch die Hauptpforte verschlossen sein.«

»Wirklich eine dumme Sache. Wenn Herr Düwell morgen merkt, dass nicht saubergemacht wurde, weil Sie noch ein Bierchen trinken wollten …«

»Warum sind Sie denn nicht früher gekommen?«, jammerte der Schließer.

»Warum kommen Sie nicht etwas früher zurück? Vom Biertrinken, meine ich.«

»Sie meinen, ich soll Sie hier allein im Rathaus lassen?«

»Warum nicht! Wenn ich mit Düwells Zimmer fertig bin, feudel ich noch schnell den Flur durch, bis Sie wieder da sind und mich hinaus lassen. Unter uns: Der hat es dringend nötig!«

Der Mann sah Marianne verwirrt an, denn der Boden glänzte wie ein frisch geölter Ledersattel. Er war es aber leid, sich über diese merkwürdige Person zu wundern, und schloss ihr deshalb ohne weitere Fragen die Tür zu Weddeschreiberei auf.

»Ich bin aber erst frühestens in einer Stunde wieder zurück.«

»Dann mache ich auch gleich noch die Treppe«, erwiderte Marianne, drängte sich an ihm vorbei, setzte ein breites Lächeln auf und schloss die Tür vor dem verdutzten Gesicht ihres Helfers, der vergeblich versucht hatte, einen Blick in den Raum mit der geheimnisvollen Schweinerei zu werfen. Es mochte ihm auch seltsam vorgekommen sein, dass Marianne nicht vorher Licht gemacht hatte, denn nun stand sie ja völlig im Dunkeln. Marianne wiederum ärgerte sich, so voreilig gewesen zu sein und wollte die Tür schon wieder öffnen, um den Lichtschein aus dem Flur einzulassen. Da sie aber nicht riskieren wollte, dass die Neugier des Schließers ihr zum Verhängnis wurde, verzichtete sie darauf, harrte eine ganze Weile unbeweglich in der Dunkelheit aus und stellte sich vor, wie der Mann vor der Tür dasselbe tat. ›Wäre ich nicht selbst eine der beiden Parteien, die sich hier gerade lächerlich machen, ich würde lauthals lachen‹, dachte Marianne. Inzwischen hatten ihre Augen sich an die Dunkelheit gewöhnt und sie konnte die schemenhaften Umrisse der Möbel erkennen. Sie hätte aber auch wirklich daran denken können, ihre Zunderbüchse mitzunehmen! Jetzt tastete sie auf dem Schreibtisch umher. Ganz zuvorderst lagen einige längliche Hölzer, mit denen sie nichts anzufangen wusste. Erst nach einer Weile begriff sie, dass das eine der beiden Fässchen, die auf dem Tisch standen, gar kein Tintenfass war. Es enthielt eine Flüssigkeit, von der ein äußerst stechender Geruch ausging. Bei den Hölzern musste es sich um Tunkhölzer handeln – eine Erfindung, die man den Franzosen zuschrieb. Marianne tauchte eines der Hölzchen in die konzentrierte Schwefelsäure und nachdem sie es wieder herausgezogen hatte, entflammte es wie von Geisterhand. ›Ihr Franzosen seid doch Teufelskerle!‹, dachte sie und entzündete zwei Öllampen. Ein gelblicher Lichtschein erfüllte den Raum.

Sofort fiel ihr Blick auf etwas, was sie in einer Amtsstube des Rathauses nicht erwartet hätte: ein großes Weinregal, in dem sich allerdings nur noch wenige Flaschen befanden. Auf dem Schreibtisch lagen verstreut Papiere. Dahinter gab das Fenster den Blick auf die Mühlenbrücke und den mondgrauen Himmel frei. Marianne öffnete das Fenster, weil ein muffiger Geruch im Raum hing. Seitlich des Fensters stand ein Sekretär, der weitere, teils zusammengebundene Papierstapel enthielt. Ein Regal, das bis zur Decke reichte, war vollgestopft mit Akten. An der linken Wand hingen viele kleine Kupferstiche des prominenten Porträtmalers Christopher Suhr. Sie zeigten typische Hamburger Händler beim Anpreisen ihrer Waren. In der Ecke gegenüber dem Ofen befand sich eine weitere Tür. Wonach aber sollte Marianne nun eigentlich suchen? Sie wusste es nicht. Düwell würde Dokumente, die brisante Details enthielten, wohl nicht offen herumliegen lassen. Oder vielleicht doch, weil er sich sicher wähnte, dass niemand außer ihm dieses Zimmer betrat? Es half alles nichts, Marianne musste sich durch Berge von Papier wühlen in der Hoffnung, irgendetwas zu finden, was Aufschluss geben konnte über Düwells dunkle Machenschaften. Erst in diesem Augenblick kam ihr der Gedanke in den Sinn, dass Bonnet vielleicht gelogen und Düwell nur beschuldigt hatte, um seinen eigenen Kopf aus der Schlinge zu ziehen. Aber warum ausgerechnet Düwell? Ein Zirkusartist, der einen Weddeschreiber als seinen Auftraggeber und Bruder anschwärzt? Das klingt so abwegig, dass man es sich nicht ausdenken kann, während man auf einem schwankenden Hochseil balanciert! Und was half es auch, darüber nachzugrübeln, wo Marianne schon einmal hier war und es gar keine andere Möglichkeit gab, in dieser vigelienschen Sache voranzukommen?

Einen Papierstapel nach dem anderen nahm sie sich vor, erst die auf dem Schreibtisch, dann die im Regal, danach durchsuchte sie auch den Sekretär. Heiratsurkunden, Bürgerbriefe, Anträge und Bittstellungen der jüdischen Gemeinde … Alles deutete darauf hin, dass hier ein Schreiber seiner ganz gewöhnlichen Bürotätigkeit nachging. Es gab keinerlei Hinweise auf irgendwelche illegalen Tätigkeiten. Plötzlich fiel Mariannes Blick auf die Tür in der Ecke. Vorsichtig drückte sie die Klinke herunter. Die Tür war nicht verschlossen. Sie führte aber nicht in einen Nebenraum, wie Marianne vermutet hatte, sondern verbarg einen kleinen Wandschrank, in dem Düwell offenbar seine Garderobe aufbewahrte. Eben wollte Marianne den Schrank wieder schließen, als sie innehielt. Neben einem Mantel und zwei Gehröcken hing dort etwas, das sie nicht einordnen konnte. Sie befühlte den Stoff, zog ihn ein wenig aus dem Schrank hervor und griff schließlich nach dem Bügel. Vor Schreck hätte sie fast die Lampe fallen lassen: Es handelte sich um eine mönchsähnliche Kutte aus schwarzem Stoff! Eine Kutte, wie jener geheimnisvolle Fremde sie getragen hatte, der Bastian mehrmals in seiner Backstube aufgesucht hatte, um ein kunstvoll gebackenes Zimtbrötchen von ihm zu erpressen. Also hatte Bonnet doch die Wahrheit gesagt! Düwell hatte etwas mit der Sache zu tun und war womöglich sogar selbst jener schwarze Mann, nach dem sie so lange gesucht hatten!

Marianne warf die Kutte über den Ofenschirm neben der Tür. Dies war ihr erstes Fundstück, das sie mitnehmen würde. Nun aber, da sie wusste, dass sie auf der richtigen Spur war, wollte sie noch mehr über Düwells wahre Absichten erfahren. Es musste doch noch weitere Hinweise geben. Der Sekretär! Sekretäre hatten meistens verborgene Geheimfächer, die man nur schwer erkennen konnte, wenn man nicht wusste, wo sie sich befanden. Jetzt untersuchte Marianne das Möbelstück genauer und entdeckte, dass sich oberhalb der drei Ablagefächer jeweils eine dünne Schublade aufziehen ließ, die von außen wie ein bloßer Zierrahmen aussah. Als sie registrierte, dass sich in diesen Schubladen Blätter befanden, stieß sie einen leisen Jauchzer aus. Hastig griff sie nach den Dokumenten und hielt sie ins Licht der Lampe, woraufhin sie enttäuscht feststellte, dass es sich lediglich um Schuldscheine handelte. Offenbar führte Düwell einen Lebenswandel, der durch seine Einkünfte als Weddeschreiber nicht gedeckt wurde.

›Er wäre besser Kämmereischreiber geworden‹, dachte Marianne, ›dann hätte er seine Schulden aus der Staatskasse begleichen können!‹ Dann aber entdeckte sie noch etwas anderes: eine Liste mit etwa fünfzig Namen. Als sie sie überflog, wurde ihr schnell klar, dass es sich ausschließlich um französische Namen handelte. Zu jedem Namen gab es eine Adresse, eine Zahl, die oberhalb der Spalte als »Anzahl der Brötchen« ausgewiesen war, und den Namen eines Händlers, der diese Brötchen auf einem der Hamburger Märkte zum

Verkauf anbot. Ganz offensichtlich hatte Marianne hier eine Liste jener Bäcker vor sich, die sich mit dem Backen von Zimtbrötchen ihren Lebensunterhalt verdienten – und das aller Wahrscheinlichkeit nach ohne Wissen, geschweige denn Erlaubnis des für Bäcker zuständigen Amtes. Eine Liste, die, wenn sie in die Hände der Obrigkeit gelangte – wo sie sich genaugenommen ja schon befand – für die betroffenen Bönhasen die schlimmsten Folgen hätte! Und noch eine weitere Liste fand Marianne. Auf ihr standen nur wenige Namen, die sie zum Teil kannte, weil es die Namen der vierundzwanzig Ratsherren waren. An erster Stelle stand der Bürgermeister: Friedrich von Graffen. Einige Namen waren mit einem Kreuz versehen und einer der so markierten Namen war durchgestrichen, danach der Liste aber wieder hinzugefügt worden. Es war der Name des Ratsherrn Hansen.

In dem Augenblick, in dem Marianne begriff, dass sie hier womöglich eine Todesliste in den Händen hielt, hörte sie Schritte auf dem Flur und einen Schlüssel, der von außen ins Schloss gesteckt wurde. Ihr Puls begann zu rasen. Hastig schob sie die Geheimfächer zu, ließ die Lampe auf der Schreibfläche stehen und sprang mit drei Schritten zum Wandschrank. Während sie dessen Tür lautlos von innen zuzog, hörte sie, wie die Zimmertür geöffnet wurde und jemand den Raum betrat. Um sie herum war es stockfinster und ihr Herz klopfte so laut, dass sie fürchtete, man könne es bis ins Zimmer hören. Von dort drang jetzt eine Stimme zu ihr. Sie verstand nicht, was der Mann sagte, aber am Tonfall erkannte sie, dass er fluchte und nicht begriff, weshalb sein Büro in solcher Unordnung war. Die Listen und die Schuldscheine! Wo waren sie? Hatte sie sie etwa auf dem Sekretär liegen lassen? Nein, gottlob, sie hielt sie ja in der Hand! In der Hand, die sich mit einem mal ganz taub anfühlte, so sehr hatte die Panik von Mariannes Körper Besitz ergriffen. Eine innere Stimme sagte ihr, dass es vielleicht klug sei, die Papiere vorerst in einem der Gehröcke zu verstauen, die zu ihren Seiten hingen. Wenn Sie sich durch die Bewegung nur nicht verraten würde!

Sie hörte die Schritte des Mannes auf den Holzdielen, hörte, wie irgendetwas verschoben wurde, vielleicht ihr Putzeimer, der im Weg stand. Dann meinte sie, das Rascheln von Papier zu vernehmen. Plötzlich aber hörte sie nichts mehr. So sehr sie auch in die Dunkelheit hineinhorchte, es umgab sie Totenstille. Hätte der Mann das Zimmer verlassen, hätte sie doch die Tür ins Schloss fallen hören! Oder hatte er das Zimmer verlassen und die Tür nicht geschlossen, weil er gleich zurückkehren würde? Dann wäre dies der beste Moment für Marianne, unbemerkt zu verschwinden! Aber wieso war Düwell zu so später Stunde überhaupt noch einmal ins Rathaus gekommen? Die Gedanken überschlugen sich geradezu in Mariannes Kopf und machten sie völlig unfähig, einen Entschluss zu fassen. Wenn sie jedoch keinen Entschluss fasste, würde Düwell sie womöglich hier im Wandschrank aufspüren! War es überhaupt Düwell? Vielleicht war es auch nur der Schließer, der früher zurückgekommen war, weil ihm die Sache mit der fremden Putzfrau keine Ruhe gelassen hatte. Dann brauchte sie sich nur eine gute Ausrede einfallen zu lassen, wieso im Zimmer eine solche Unordnung herrschte. Doch sie kam nicht mehr dazu, sich etwas auszudenken, weil in diesem Moment die Schranktür von außen aufgerissen wurde.

50. Kapitel

Eine ganze Weile war Bastian vor der auf Pfählen über dem Wasser schwebenden Börse an der Trostbrücke auf und ab gegangen, hatte einige Male vor der Commerzdeputation Halt gemacht und zum Standbild der Gerechtigkeit hinaufgesehen, die auf dem Dach des quadratischen Gebäudes mit der Rechten ihr Schwert zum mondhellen Himmel streckte und auf diese Weise alle Händler und Börsianer ermahnte, sich den unbestechlichen physikalischen Gesetzen jenes Gerätes zu unterwerfen, das sie in ihrer Linken hielt. Die Waage war das künstlerische Abbild jener echten Waage, die sich im unteren Teil des Hauses befand. Das Gewicht, das dort ermittelt wurde, um die Preise für Handelswaren zu bestimmen, lastete zuvor auf den Knochen der acht Knechte, die sich im Tretkran nebenan die Füße wund strampelten, um die Waren von den Kähnen im Alsterhafen aufs Land zu hieven. ›Wenn die einen für wenig Geld strampeln, und die anderen für viel Geld Handelsgüter kaufen und verkaufen, kann es mit der Gerechtigkeit nicht weit her sein‹, dachte Bastian. Eben hatte er sich wieder zum Rathaus umgedreht, als er einen Mann mit grauem Bart aus dem Portal treten sah. Er wechselte einige Worte mit den Wachen und verschloss dann die Tür, während die Wachleute ihre Posten verließen und sich zu ihrer Hütte auf der Trostbrücke begaben.

›Er hat sie eingeschlossen!‹, schoss es Bastian durch den Kopf. ›Wir hätten viel früher kommen müssen! Wenn Sie keine Möglichkeit findet, das Rathaus zu verlassen, wird sie morgen früh entdeckt! Himmelherrgott, was für ein Drümpel ich doch bin! Ich hätte sie niemals alleine dort hineingehen lassen dürfen.‹

Fieberhaft überlegte er, was nun zu tun sei, und kam zu dem Schluss, dass er überhaupt nichts tun konnte. Er wusste ja nicht einmal, in welchem Teil des Rathauses sie sich befand. Aber einfach nach Hause gehen konnte er natürlich auch nicht. Er würde hier stehen bleiben, bis Marianne sich irgendwie bemerkbar machte. Sei es, dass sie sich an einem der Fenster zeigte, sei es, dass sie doch eine Möglichkeit fand, die Tür zu öffnen, sei es, dass sie morgen in Begleitung der Polizei das Gebäude verlassen würde. Eine ganze Weile war er unruhig vor dem Rathaus auf und ab gegangen, von der Trostbrücke bis zum prunkvollen Hotel Kaiserhof und wieder zurück, als er plötzlich einen mittelgroßen, kräftigen Mann bemerkte, der geradewegs auf das Rathausportal zusteuerte.

Bastian blieb unter einem Baum stehen, wo die Dunkelheit ihn, wie er hoffte, gänzlich einhüllte, und sah, wie der Mann die Rathaustür aufschloss und im Inneren des Gebäudes verschwand. Was hatte das nun wieder zu bedeuten? Wer war dieser Mann und was wollte er zu so später Stunde noch im Rathaus? Irgendwie war Bastian der Mann bekannt vorgekommen, was ihn selbst ein wenig wunderte, da er ja nur den schwarzen Umriss der Person wahrgenommen hatte. Aber der etwas schwerfällige Gang und die Art, sich zu bewegen, waren ihm auf seltsame Weise vertraut. War es womöglich Düwell? Bastians Puls beschleunigte sich. ›Aber warum sollte es ausgerechnet Düwell gewesen sein?‹, versuchte er sich gleich wieder zu beruhigen. Es arbeiteten so viele Menschen im Rathaus und vielleicht war es sogar der Alte von vorhin gewesen, der Schließer, der eben von seinem kleinen Spaziergang zurückgekommen war. Aber Bastian wusste, dass das nicht stimmte. Auch wenn es dunkel war, hatte er doch sehen können, dass der Mann von eben keinen Bart trug. Jetzt kam ihm eine Idee. Hatte der Mann die Tür hinter sich wieder abgeschlossen? Wenn nicht, könne er sich nun ebenfalls in das Gebäude schleichen und Marianne zu Hilfe kommen. Er schaute sich nach allen Seiten um und als er niemanden auf der Straße erblickte, lief er zum Rathausportal und drückte die Klinke herunter. Aber die Tür war verschlossen. Wieder begab er sich in den Schatten der Bäume.

Ganz wie die Statue der Gerechtigkeit stand er nun lange unbeweglich in einer Art Dämmerzustand da. Und tatsächlich war er ja diese Nacht im Namen der Gerechtigkeit unterwegs, nur dass er keinerlei Grund verspürte, seinen Arm siegessicher gen Himmel zu strecken. Es schien ihm in diesem Augenblick, als habe die Welt aufgehört, sich zu drehen, als seien das Rathaus, die Börse, die Waage, der Kran und die Häuser auf der gegenüberliegenden Seite des Platzes nur noch Relikte einer längst vergangenen Zeit, die man auf einer Theaterbühne wieder aufgestellt hatte, um den Menschen eine Vorstellung zu vermitteln, wie es in Hamburg einmal ausgesehen habe. Wie aber konnte man, wenn man von hier auf die schmucken Fassaden sah, wissen, was sich hinter den Mauern abspielte? Man hätte, um das Publikum für sich zu gewinnen, das Geschehen doch vor und nicht hinter den Kulissen stattfinden lassen müssen! Vielleicht war es aber auch ganz gut, dass Bastian nicht mitbekam, welch grausiges Drama sich dort in diesem Moment abspielte, denn er hätte es ja kaum verhindern können.

51. Kapitel

Das wutverzerrte Gesicht sah im rötlichen Schein der Öllampe zum Fürchten aus. Es war nicht das Gesicht des Schließers. Es war das faltige Gesicht des Mannes, der Marianne vor zwölf Jahren das Bürgerrecht verweigert hatte.

»Was tust du hier?«, fauchte Düwell. Er war von mittelgroßer Statur, aber sehr kräftig, und hatte kurze schwarze Haare, soweit das im Schein der Lampe zu erkennen war. Einen Augenblick lang dachte Marianne, auch er habe sie erkannt. Dann aber wischte sie den Gedanken beiseite. Sicher hatte er seither tausende ähnlicher Fälle bearbeitet. Fälle, die ihm nicht mehr bedeuteten, als das Papier, auf dem er sie bearbeitete.

»Ich mache hier sauber«, stammelte Marianne. Düwell packte sie am Arm und zog sie so unsanft aus dem Schrank, dass Marianne aufschrie.

»Willst du mich verkackeiern? Was hast du in meinen Sachen zu suchen?«

»Ich wollte nur etwas Ordnung machen.«

»Nennst du das Ordnung?«, herrschte Düwell sie an und zeigte auf die überall herumliegenden Papiere. »Wenn du mir jetzt nicht sagst, wer dich hergeschickt hat, breche ich dir jeden Knochen einzeln!«

»Der Plüsch-Bäcker«, sagte Marianne. Es war ihr so herausgerutscht. Aber was hätte sie auch antworten sollen? Vielleicht war es sogar das Beste, die Wahrheit zu sagen. Düwell lockerte seinen Griff und sah sie scharf an.

»Der Plüsch-Bäcker? Ich kenne keinen Plüsch-Bäcker.«

»Das ist der, den man des Mordes verdächtigt, obwohl eigentlich Sie den toten Clément Clermont, den Reeder Hansen und den Kaufmann Jeppe Jensen auf dem Gewissen haben.«

Marianne hatte sich entschieden, die Flucht nach vorn anzutreten. Düwell stieß sie von sich.

»Was redest du? Bist du irre, Frau?«

»Wir haben mit Ihrem Bruder gesprochen.«

»Meinem Bruder?«

»Dem Messerwerfer Fantin Bonnet.«

»Bonnet ist tödlich verunglückt. Das stand heute in der Zeitung«, bemerkte Düwell trocken und wenig betroffen.

»Mag sein, aber vorher haben wir mit ihm gesprochen. Wir wissen genug, um Ihre Schuld zu beweisen.«

»Wenn ihr genug wisst, warum bist du dann hier?«

Marianne biss sich auf die Lippen. Sie hatte geblufft wie ein Schulmädchen, das seinen Eltern weismachen will, seine Kartoffeln tapfer aufgegessen zu haben, während der Hund sich noch die Schnauze leckt. Andererseits: Wusste sie nicht wirklich schon genug?

»Ich habe die Schuldscheine und die Listen gefunden«, sagte sie und wollte nun noch einmal bluffen – besser als beim ersten Mal. Auch wenn es im Schein der Lampe kaum auszumachen war, schien Düwells Gesicht etwas an Farbe zu verlieren. Er stürzte zum Sekretär, riss die Geheimfächer auf, sah, dass sie leer waren, fuhr zu Marianne herum, hielt dann aber plötzlich inne, setzte ein schiefes Lächeln auf und sagte:

»Was können die Listen beweisen? Eine Sammlung von Namen. Mehr nicht.«

»Namen, die Menschen gehören«, sagte Marianne, »die man aufsuchen und befragen könnte. Außerdem stehen die Listen auf dem offiziellen Rathauspapier und weisen die gleiche Handschrift auf wie die von Ihnen unterschriebenen Schuldscheine.«

Marianne war mächtig stolz, dass ihr all diese Details, die sie vorher nur unbewusst wahrgenommen hatte, plötzlich einfielen.

»Wo hast du sie?«, zischte Düwell.

Marianne zeigte auf das offene Fenster.

»Ich habe sie hinausgeworfen, als ich Sie kommen hörte.«

Düwell Blick wanderte zwischen Marianne und dem geöffneten Fenster hin und her.

»Du hast sie aus dem Fenster geworfen?«, fragte er ungläubig.

»Die Polizei kann sie ja später wieder zusammensuchen.«

Plötzlich schien Düwell sich vor Lachen kaum noch halten zu können.

»Ich habe es ja immer gesagt, dass der Herrgott euch Frauen gerade so viel Hirnschmalz mitgegeben hat, dass man eine Stulle damit bestreichen könnte. Die Polizei soll die Blätter zusammensuchen …?«

Wieder prustete er los.

»… die schwimmen bei der steifen Hamburger Brise wohl schon längst irgendwo in der Elbe!«

Diesen zweiten Bluff hatte Düwell also nicht durchschaut. ›Im Lichte weiblicher Unbedarftheit schluckt der männliche Stolz einfach alles‹, dachte Marianne. Nun aber meldete sich ihr eigener Stolz, denn irgendwie hatte sie doch etwas mehr Zweifel und Widerstand erwartet und sich darauf gefreut, die Figur des Dummchens noch etwas auszubauen. Und so sagte sie ganz ohne nachzudenken: »Wenn die Polizei die Dokumente nicht findet, macht das auch nichts. Ich habe ein sehr gutes Gedächtnis und kann mich an die meisten Namen ohnehin erinnern.«

Düwell stellte sein Lachen ein und sah Marianne feindselig an, der nun langsam dämmerte, dass sie etwas Unkluges gesagt und sich mit ihrer letzten Aussage womöglich in Gefahr begeben hatte.

»Du hast ein ganz schön loses Mundwerk, Frau! Hat dein Bäcker dir nie gesagt, dass du zu viel schwatzt?«

»Wenn der Mann den Mund nicht aufbekommt, muss die Frau halt schwatzen. Sonst wäre ja eine unerträgliche Grabesstille in der Welt.«

»Was willst du mir damit sagen?« Düwell war ganz nahe an Marianne herangetreten und flüsterte fast.

»Ich will wissen, was ihr mit den Zimtbrötchen vorhabt!«, gab Marianne im gleichen Tonfall zurück. Wieder lachte Düwell laut auf. Marianne spürte seinen Atem auf ihrem Gesicht und ein Gefühl von Ekel in sich aufsteigen.

»Wir verkaufen sie. Was hast du denn gedacht?«

»Dass ihr Menschen vergiftet.«

»Wenn du schon alles so genau weißt, warum fragst du noch?«

»Weil ich nicht begreife, warum. Was haben die Franzosen euch getan, dass ihr sie unter diesen Umständen für euch arbeiten lasst? Und warum das Gift?«

»Was sie uns getan haben? Bist du noch bei Trost, Frau? Wo hast du die letzten zehn Jahre gelebt? Hast du nicht am eigenen Leib erfahren, welche Gräuel sie uns angetan haben? Wie sie uns gequält und ausgebeutet haben? Und da fragst du, was sie uns angetan haben!«

»Und jetzt wollt ihr euch an ihnen rächen, indem ihr sie für einen Hungerlohn für euch arbeiten lasst?«

»Da unterschätzt du uns gewaltig.«

Marianne bemerkte, dass Düwell immer von »wir« und »uns« sprach, obwohl er ja im Bilde war, dass Bonnet nicht mehr lebte, und sie war sich nicht sicher, ob er den Toten gewohnheitsmäßig noch in seine Aussagen mit einschloss oder ob es weitere Beteiligte gab, von denen sie und Bastian noch gar nichts wussten. Sie entschied, diese Unklarheit vorerst auf sich beruhen zu lassen, und wollte gerade etwas sagen, als Düwell fortfuhr:

»Wenn wir die hier verbliebenen Franzosen hätten bestrafen wollen, hätte es weitaus wirkungsvollere Methoden gegeben. Uns geht es nicht um die Franzosen, uns geht es um die Hamburger. Sie sollen endlich begreifen, wer ihre Feinde sind und wie sie sich in Zukunft vor ihnen schützen können!«

»Und wer sind ihre Feinde? Die Franzosen sind besiegt und abgezogen.«

»Aber viele von ihnen haben sich unter den Dächern unserer schönen Stadt eingenistet, um unseren ehrlichen Handwerkern mit ihrer billigen Arbeit das Leben schwer zu machen! Ob es sich dabei um einen Franzosen oder einen anderen Parasiten handelt, spielt keine Rolle. Wenn wir aber die Festung schleifen, den Stadtwall in einen Park verwandeln und die Tore öffnen, werden noch mehr von ihnen hereinströmen! Das Gesinde vom Hamburger Berg, all die dänischen Pfuscher und Bönhasen, die dort ihr Handwerk treiben, ohne Steuern zu zahlen, werden dann unsere Stadt mit ihren minderwertigen Waren überschwemmen – ganz zu schweigen von den moralisch verwerflichen Einflüssen, die von diesem Menschenschlag ausgehen!«

»Und deshalb haben Sie alle Ratsherren, die sich für die Beseitigung des Walls stark gemacht haben, auf eine Liste gesetzt?«

»Du hast es erfasst.«

»Eine Todesliste …«

»Zumindest sollten sie auf die eine oder andere Art zum Schweigen oder Umdenken gebracht werden. Aber es gibt natürlich immer besonders hartnäckige Fälle …«

»Wie zum Beispiel Hansen.«

»Ein starrköpfiger, alter Mann. Aber er war, wie die anderen Herren auch, geradezu vernarrt in Clermonts Zimtbrötchen. Ich habe ihnen ja zu den Sitzungen immer welche angeboten, um sie auf den Geschmack zu bringen. Es ist von Vorteil, wenn mächtige Leute einem aus der Hand fressen. Bald schienen sie richtig abhängig von diesen Brötchen zu sein und schrien wie kleine Kinder, wenn es einmal keine gab. Da wurde mir klar, welche Macht derjenige ausüben kann, der die Macht über dieses Brötchen besitzt! Ich musste das, was mir im Kreis der Ratsherren gelungen war, nur auf die Stadt als Ganzes übertragen. Dazu benötigte ich aber viele Bäcker, die in der Lage wären, so gute Zimtbrötchen zu backen wie Clément Clermont.«

»Und Fantin Bonnet hat Ihnen die Kontakte vermittelt.«

»Der Mann war ein Hansdampf in allen Gassen, um einmal unseren Schriftsteller Zschokke zu zitieren. Als Franzose kannte er natürlich seine Landsleute und wusste, wo diese ihren heimlichen Geschäften nachgingen. Viele hatten zuvor in den Militärbäckereien gearbeitet. Hatte man sie erst einmal in ihren Verstecken aufgespürt, konnte man sie leicht erpressen, indem man ihnen drohte, sie dem Amt anzuzeigen.«

»Aber was bezwecken Sie mit alldem?«

»Erst einmal sollten die Hamburger sich nach dem Zimtbrötchen verzehren! Es sollte ein fester Bestandteil ihres Speiseplans werden, wie die Aalsuppe oder der Hamburger National. Nebenbei gesagt, brachte uns das auch gutes Geld ein. Als keiner mehr seine Finger von den süßen Dingern lassen konnte, begannen wir, dem Brötchen weitere Substanzen beizumischen.«

»Brechwurzel«, sagte Marianne.

»Besenginster, Brechwurzel … Wir haben einiges ausprobiert.«

»Wozu?«

»Ich glaube gern, dass diese Form der höheren Diplomatie sich deinem kleinen Frauenhirn nicht unmittelbar erschließt.« Düwell grinste und Marianne dachte, dass es einer Scheuerfrau doch eigentlich gut zu Gesicht stünde, einem Flegel wie Düwell einmal kräftig eine zu scheuern. Da dies aber vermutlich seine Bereitwilligkeit eingeschränkt hätte, ihr Rede und Antwort zu stehen, beherrschte sie sich, und Düwell fuhr unbeirrt fort:

»Wachrütteln kann man die Menschen nur, indem man zerstört, was ihnen das Liebste ist. Unser Plan sieht vor, dass die Menschen auf dem Höhepunkt ihrer Genusssucht erkennen, dass ihr geliebtes Hamburger Zimtbrötchen eigentlich ein trojanisches Pferd ist, mit dem die Feinde innerhalb unserer Stadtwälle unbemerkt unsere Rechte untergraben und unser leibliches Wohl, ja vielleicht sogar unser Leben aufs Spiel setzen. Plötzlich wird vielen Menschen schlecht. Ständig müssen sie sich übergeben und fragen sich, wieso. Schon macht das Gerücht einer unbekannten Seuche die Runde, da enthüllen wir mit einem Paukenschlag: Der Übeltäter ist das ach so beliebte Zimtbrötchen! Die Franzosen haben es heimlich gebacken, mit unreinen Substanzen versetzt und euch untergeschoben, sei es, um späte Rache zu üben, sei es, weil sie – wie alle Bönhasen – im Dreck hausen und mit diesem Dreck ihre ganze Umgebung verpesten! Wer kann unter diesen Umständen wollen, dass Hamburg sich öffnet, um noch mehr von diesem Gesinde einzulassen? Die Einsicht wird in den Augen der Hamburger aufblitzen wie im Kopf des griechischen Helden, der plötzlich erkennt: Nanu! Es war ja meine eigene Mutter, die ich da beschlafen habe!«

Düwell hatte sich so in Rage geredet, dass er nicht merkte, dass der Vergleich mit der Ödipus-Tragödie etwas hinkte. Marianne war inzwischen vollkommen überzeugt, dass sie es mit einem Verrückten zu tun hatte, was nicht zu ihrer Beruhigung beitrug, denn sie befand sich ja allein mit ihm in diesem Zimmer und in diesem Rathaus und er war eindeutig stärker als sie. Wie hatte dieser Mann es überhaupt bis zum Weddeschreiber gebracht? Andererseits war es ja kein Geheimnis, dass der Wahnsinn oft Methode hatte. Fast noch beängstigender war allerdings die Vorstellung, dass dieser Mann womöglich noch Verbündete hatte, die genauso dachten wie er.

»Und Clermont?«, sagte sie.

»Er hat sich unseren Plänen widersetzt, sich geweigert, dem Brötchenteig das eine oder andere Pülverchen beizumischen und sogar damit gedroht, zur Polizei zu gehen. Wir haben versucht, ihm zu erklären, dass das auch für ihn das Ende bedeutet hätte, aber das schien ihn gar nicht zu kümmern. Obwohl ich auch persönlich ein Hühnchen mit ihm zu rupfen hatte, hatten wir eine Engelsgeduld mit ihm. Schließlich war er unser bester Mann. Nur er kannte das wahre Zimtbrötchenrezept und hatte das Geschick, es angemessen kunstvoll umzusetzen. Unsere anderen Bäcker haben ähnliche Rezepte, aber keines kommt an das von Clermont heran.«

Erstaunt sah Marianne, wie Düwells Blick sich verklärte, und sie begriff, dass auch er Clermonts Zimtbrötchen verfallen gewesen war. Und vielleicht war der Grund, weshalb er sich so sehr bemüht hatte, Bastian zum Backen dieses Ur-Zimtbrötchens zu bewegen, zu einem großen Teil sogar seiner eigenen Vorliebe geschuldet. Marianne dachte an die vielen Male, als sie auf dem Markt ein Zimtbrötchen gekauft hatte, und fragte sich, ob es wirklich die Brötchen von Clément Clermont gewesen waren. Wenn nicht, hätte es ja sogar noch eine Steigerung dessen gegeben, was sie bereits für einen unbestreitbaren Höhepunkt der Backkunst gehalten hatte, und sie hätte ihr ganzes Wertesystem noch einmal überdenken müssen. Eine Backkunst, die Teil einer groß angelegten Zimtbrötchen-Verschwörung war. Wer aber waren die Strippenzieher? Es sah nicht so aus, als würde Düwell allein hinter der Sache stehen. Also stellte Marianne die Frage, die ihr am meisten auf den Lippen brannte:

»Wer sind Ihre Komplizen?«

Düwell schien wieder aus seinem süßen Traum zu erwachen und legte eine finstere Miene auf.

»Ich habe schon viel zu lange meine Zeit mit dir verplempert. Dein Pech, dass ich meine Kutte hier vergessen habe und noch einmal zurückgekommen bin. Trotzdem danke, dass du sie mir herausgelegt hast.«

Er sah mit einem durchtriebenen Lächeln zum Ofenschirm, auf dem Marianne den schwarzen Stoff abgelegt hatte.

»Vorher wollen wir uns aber noch voneinander verabschieden, nicht wahr?«

Jetzt sah er wieder zu Marianne. Indem er auf sie zuging, stellte er das Licht auf dem Schreibtisch ab, ergriff eines der Bänder, die Marianne vorhin von den Papierstapeln gelöst hatte, und zog es mit den Händen straff. Eisige Kälte lag nun in seinem Blick. Marianne stockte der Atem, sie wich einige Schritte zurück. Es gab nur einen Ausweg: Sie musste irgendwie zur Tür gelangen! Da ihr Blick aber wohl ihren Gedanken verraten hatte, ließ Düwell nun von ihr ab und ging selbst zur Tür. Als er sie verschlossen hatte und sich eben wieder umdrehte, war er es, der erschrak. Dicht vor ihm stand Marianne. In der Hand hielt sie das Tintenfass … Nein, es war nicht das Tintenfass … Es war das andere Fass …

»Das ist für das kleine Frauenhirn!«, fauchte sie und holte Schwung. Im letzten Moment aber konnte Düwell ihren Arm abwehren, so dass die Schwefelsäure nicht sein Gesicht traf, sondern nur seine Hand. Er schrie auf und ein beißender Gestank breitete sich aus. Ein tiefes, rasselndes Geräusch entströmte seiner Kehle und mit einem Mal begann er, völlig unkontrolliert um sich zu schlagen. Wieder flüchtete Marianne sich hinter den Schreibtisch. Düwell wollte ihr nachsetzen, aber die Schmerzen schienen ihn zu lähmen. Marianne nutzte die Zeit und hielt Ausschau nach einem anderen Gegenstand, mit dem sie sich diesen schrecklichen Mann vom Leib halten könnte. Aber sie fand keinen. Und hätte sie einen gefunden, es hätte ihr kaum genützt, denn schon war Düwell wieder bei ihr und nur mit größter Anstrengung entwand sie sich seinem festen Griff, suchte nach Halt und riss dabei einen der Stiche von der Wand, dessen Rahmenglas auf dem Boden klirrend zerbrach.

Marianne griff sich eine Scherbe und bohrte sie ihrem Peiniger in den Oberarm. Nun hätte man nicht mehr sagen können, ob Düwell vor Schmerz oder vor Wut aufheulte. Dabei stieß er so heftig gegen den Tisch, dass die Lampe zu Boden fiel. Das Öl breitete sich über die Holzdielen aus, die sofort Feuer fingen. Marianne versuchte, die Flammen mit den Füßen auszutreten, hatte aber Angst, dass ihr Rock sich dabei entzünden könnte. Gleich darauf hörte sie hinter sich ein schepperndes Geräusch und fuhr panisch herum. Auch die Papierstapel brannten lichterloh! Düwell hatte die zweite Lampe von der Wand gerissen und sie in eines der offenen Fächer des Sekretärs geworfen. Fürchterlich fluchend strauchelte er zur Tür und es schien Marianne, als habe ein Teil der Säure seinen Schuh getroffen und sich durch das Leder gefressen, denn er humpelte.

Düwell kramte in der Tasche seines Mantels und zog den Schlüssel hervor. Als Marianne sich ausmalte, was er als nächstes tun würde, begannen ihre Zähne wild aufeinanderzuschlagen – als stünde sie unbekleidet in eisiger Kälte. Sie kreischte auf und stürzte wie eine Wahnsinnige auf Düwell zu. Doch der reagierte blitzschnell und stieß sie mit solcher Wucht zurück, dass Marianne hart auf dem Boden aufschlug. Als sie sich wieder aufraffte, hatte Düwell die Tür bereits von außen geschlossen und den Schlüssel herumgedreht. Marianne schrie, rüttelte panisch an der Klinke und schlug verzweifelt gegen das massive Holz, das ihr den Weg in den Flur versperrte. Die Flammen hatten inzwischen ein Drittel des Raumes erfasst. Hitze schlug ihr entgegen und ihre Lungen füllten sich mit beißendem Rauch. Und Düwell, der Mörder, das Ungeheuer! – Er hatte sogar noch daran gedacht, seine Kutte mitzunehmen …

52. Kapitel

Mit einem Mal kam es Bastian in den Sinn, dass die Tür des Rathauses vielleicht doch nicht verschlossen sei, dass er nur nicht kräftig genug an ihr gezogen habe. Noch einmal begab er sich zum Portal und versuchte vergeblich sein Glück. Er drehte sich wieder zum Platz und stand da, wie einer, der jeden inneren Antrieb verloren hatte. Ein fremder Beobachter hätte sich deshalb nicht wenig gewundert, wäre er Zeuge geworden, wie Bastian nun plötzlich mit solchem Schrecken zur Seite sprang, als habe soeben jemand einen Schuss auf ihn abgefeuert. Ein Schlüssel wurde hinter ihm ins Schloss gesteckt. Sogleich öffnete sich die Tür und hinaus huschte eine dunkle Gestalt. Verborgen hinter der Portalsäule eines Nebeneingangs sah Bastian, dass die Gestalt es sehr eilig zu haben schien. Dennoch versäumte sie es nicht, die Tür wieder zu verschließen. Jetzt sah sie sich hektisch nach allen Seiten um. Dabei fluchte und jammerte sie unablässig vor sich hin. Der Atem stockte Bastian aber vor allem deshalb, weil der Mann eine Kutte trug. Eine Kutte aus schwarzem Stoff! Und obwohl der Mann zu humpeln schien, war Bastian sich sicher, dass es sich hierbei um den geheimnisvollen Besucher seiner Backstube handelte, denn im Geiste brachte er nun diese Kostümierung zusammen mit jener Art sich zu bewegen, die er an dem Mann wahrgenommen hatte, der vorhin an ihm vorbei ins Rathaus geeilt war. Es gab keinen Zweifel: Der Vermummte und der späte Rathausbesucher, der womöglich Düwell war, waren ein und dieselbe Person!

Aber was war inzwischen passiert? Wenn Düwell in sein Zimmer gegangen war, hätte er dort doch auf Marianne treffen müssen. Warum hatte er aber ohne Marianne das Gebäude wieder verlassen? War es zwischen beiden zu Handgreiflichkeiten gekommen, bei denen Düwell sich eine Verletzung am Fuß zugezogen hatte? Aber was war mit Marianne geschehen, wenn selbst dieser kräftige Mann solche Blessuren davon getragen hatte? Bastian wollte es sich gar nicht ausmalen. Wenn es nur eine Möglichkeit für ihn gegeben hätte, ins Rathaus zu gelangen! Wenn er hier aber ohnehin nichts ausrichten konnte, wäre es dann nicht klug, Düwell zu folgen? Weshalb hatte er sich die Kutte übergezogen und wohin wollte er jetzt flüchten? Denn tatsächlich kam Bastian die Art und Weise, wie Düwell leicht nach vorn gebeugt über das Kopfsteinpflaster huschte, wie eine Flucht vor. Und möglicherweise war dies seine letzte Chance, diesem Mann beizukommen, denn wenn Düwell wusste, dass man ihm auf die Schliche gekommen war, würde er vermutlich auf schnellstem Weg die Stadt verlassen.

›Sicher ist es auch in Mariannes Sinne, dass ich ihn nicht entkommen lasse‹, dachte Bastian und setzte sich in Bewegung, denn Düwell war schon nach links auf die Brücke abgebogen, die über das Bäckerstraßenfleet führte. Bastian beeilte sich, um ihn wieder ins Blickfeld zu bekommen. Als Düwell links in die Große Bäckerstraße einbog, ließ er ihm wieder einen kleinen Vorsprung, damit er nicht merkte, dass er verfolgt wurde. So ging es weiter über das Kloster-, Alster- und Bleichenfleet und immer wieder blieb Düwell, der mit jedem Schritt schwerer vorwärts zu kommen schien, ganz plötzlich stehen, reckte die Faust gen Himmel, als wolle er seinem Schöpfer drohen. Bastian kam das alles so unwirklich vor, dass er sich nichts sehnlicher wünschte, als endlich aus diesem unsäglichen Traum zu erwachen. Doch einen Traum beenden kann nur derjenige, der sich außerhalb des Traums befindet. In dieser geisterhaften Stunde aber, in der dünne Wolken wie fahle Schlieren am Mond vorbeizogen, schien es kein Innen und Außen mehr zu geben. Es gab nur noch ihn, Bastian, und jenes hinkende Scheusal, das er nun schon so lange verfolgte, dass er jedes Zeitgefühl verloren hatte. Selbst die wenigen Passanten, die sie auf ihrem Weg trafen, schienen nicht in diese Straßen zu gehören und verschmolzen in Bastians Wahrnehmung, kaum dass er sie erblickte, mit jenen Fassaden, Gängen und Gassen, aus denen sie sich kurz zuvor wie wage Behauptungen herausgelöst hatten. Soeben hatten sie den Gänsemarkt überquert und das Nationaltheater passiert, da bog Düwell links in die Große Drehbahn ein. ›Nun kann es nicht mehr weit sein‹, dachte Bastian, ›wir haben gleich die Stadtgrenze erreicht.‹ Mit dieser Vermutung lag er richtig. Düwell steuerte auf ein großes, weißes Gebäude zu, dessen Fassade ein mächtiges Säulenportal zierte: die »Loge des Schwarzen Schwans«.

Düwell war Mitglied der Loge! Und so hatte er auch Fantin Bonnet kennengelernt! Sie waren keine Brüder im eigentlichen Sinne gewesen – sie waren Logenbrüder! Warum war Bastian nicht gleich darauf gekommen? Er musste Düwell zur Rede stellen! Der Verfolgte hatte bereits das Logenhaus betreten, die Tür aber offen stehen lassen. Offenbar wollte er das Mondlicht nutzen, um die Leuchter anzuzünden, denn Bastian sah plötzlich einen schwachen Lichtschein im Inneren des Gebäudes aufflackern. Im nächsten Augenblick rannte er los, so schnell ihn seine Beine trugen. Soeben wollte Düwell die Tür von innen schließen, da prallte sie ihm mit aller Wucht ins Gesicht und warf ihn zu Boden. Bastian riss ihm die Kapuze vom Kopf und herrschte den völlig überrumpelten Mann an:

»Was hast du mit Marianne gemacht?!«

Düwell brauchte eine Weile, um Worte zu formen, die einigermaßen verständlich waren.

»Wer sind Sie? Ich kenne keine Marianne …«

»Lüg nicht, du Hund!«

Düwell wollte sich befreien, aber Bastian drückte ihn mit einer Kraft zu Boden, die er sich selbst nicht zugetraut hätte.

»Sie meinen diese neue Scheuerfrau im Rathaus? Ich glaube, sie hat sich als Marianne vorgestellt …«

»Sie sind ihr also begegnet?«

»Natürlich bin ich ihr begegnet. Sie hat ja mein Zimmer sauber gemacht. Eine sehr nette Person, wie mir scheint.«

Bastian sah Düwell scharf in die Augen.

»Du lügst!«

»Warum sollte ich lügen?«

»Dann sage mir, warum du sie im Rathaus eingeschlossen hast!«

»Ich … Ich habe sie nicht eingeschlossen. Sie kann jederzeit hinaus. Sie hat ja einen Schlüssel von mir bekommen.«

»Das ist doch gelogen!«

Ohne Absicht hatte Bastian seinen Arm so fest auf Düwells Hals gedrückt, dass dieser keine Luft mehr bekam und nur noch röchelnde Laute von sich gab. Bastian löste mit seinem Griff auch die Kordel von Düwells Kutte und drehte ihn auf den Rücken, um ihm die Hände zu fesseln. Erschrocken fuhr er zurück, als er sah, dass Düwells rechte Hand stark angeschwollen und an einigen Stellen das rohe Fleisch zu sehen war. Düwell stöhnte, als er ihm dennoch die Hände zusammenschnürte – etwas lockerer, als er es eigentlich vorgehabt hatte. Während Bastian verschnaufte, sah er sich um. Er befand sich in einem geräumigen Foyer. Zwei Leuchter zeichneten gelbe Ovale an die Wand, zwischen denen ein mächtiges Gemälde hing, das einen schwarzen Schwan in majestätischer Pose zeigte. Gegenüber befand sich ein Empfangstresen, dessen Vorderseite drei konzentrische Kreise zierten. »Das geheime Zeichen der Loge!«, murmelte Bastian. »Das Zeichen, das Clermont in meinen Backtrog geritzt hat!«

Gegenüber dem Eingang stand eine alte Ritterrüstung. Bastian dachte nach. Zuerst schloss er die Tür, damit Düwell nicht auf die Idee käme, sich aus dem Staub zu machen. Dann ging er zum Tresen, schrieb etwas auf Papier, bedeckte das Blatt mit Streusand, pustete das Papier sauber und verstaute es in der Tasche seines grünen Mantels. Anschließend machte er dem hohlen Metallmann seine Aufwartung, der seine Hände auf den Knauf seines Schwerts gestützt hatte, das aufrecht vor ihm vom Boden aufragte. »Das Schwert der Gerechtigkeit!«, murmelte Bastian und löste dem gesichtslosen Beschützer des Logenhauses die Klinge aus den Händen. Mit ihrer Hilfe trennte er die Kapuze von Düwells Kutte und stopfte sie ihm in den Mund. Dann half er ihm auf die Beine und schnitt den überhängenden Teil der Kordel vom Handknoten.

»Das werden wir später vielleicht noch brauchen«, sagte er zu seinem Gefangenen, verstaute den Strick in derselben Tasche, in die er zuvor das Papier gesteckt hatte, und piekte Düwell mit der Schwertspitze aufmunternd in den Rücken.

»Da vorne geht es hinaus!«

53. Kapitel

Die Scheuerfrau! Plötzlich fiel es dem alten Rathausschließer wieder ein: Die hatte er ganz vergessen! Er schaute auf seine Taschenuhr. Eineinhalb Stunden waren bereits vergangen, seit er das Rathaus verlassen hatte! Rasch bezahlte er sein Bier und verließ das Lokal. Als er zehn Minuten später das Rathaus erreichte, weiteten sich seine Augen. Was zum Teufel war denn hier los? Vor dem Rathaus hatten sich zahlreiche Menschen versammelt. Die Rathaustür war aufgebrochen und es herrschte offenbar eine große Aufregung. Jetzt sah der Schließer auch die Sprützenleute der Hamburger Löschanstalten in ihren weißen Uniformen, die soeben einen Schlauch zusammenrollten, der die Kaimauer hinunter führte, vermutlich zu einer Schiffsspritze. Er sah auch, dass viele Menschen leere Eimer zu ihren Füßen stehen hatten. ›Ein Feuer!‹, schoss es ihm durch den Kopf. ›Es gab einen Brand im Rathaus!‹

Er beschleunigte seinen Schritt und alles wurde noch merkwürdiger. Er kam nämlich an eine Stelle, wo ein Mann mit einem Ritterschwert die Sprützenleute auf Abstand hielt, die einen Kreis um ihn herum gebildet hatten und ihn offenbar zu beruhigen versuchten. Der Mann schien geradezu verzweifelt und verlangte immer wieder danach, dass man ihn doch endlich ins Rathaus hineinlassen solle. Schließlich gelang es zwei Uniformierten, ihm das Schwert zu entwenden. Ein dritter legte ihm eine Decke um, denn der Mann war für diese Jahreszeit sehr dünn angezogen. Immer wieder nannte er den Namen Marianne Lewark und wollte wissen, ob man denn wirklich keine Frau in dem Gebäude gefunden habe. Die Sprützenleute schüttelten nur ratlos die Köpfe, tauschten untereinander Blicke aus, die zu sagen schienen: »Was sollte denn um diese Nachtzeit eine einzelne Frau im Rathaus zu suchen haben?« und glaubten offenbar, dass man es mit einem Verrückten zu tun habe. Der Schließer trat an die Gruppe heran. Als er aber erklärte, dass in der Tat eine Frau im Rathaus gewesen sei, riss der Mann sich von den Sprützenleuten los und packte ihn am Kragen: Er solle ihm sagen, in welchem Zimmer sie sich aufgehalten habe! In welchem Zimmer!

»Na, im Zimmer von unserem Weddeschreiber«, antwortete der Schließer, woraufhin der Mann vor ihm auf die Knie sank und in bitteres Schluchzen ausbrach.

Es sei das Zimmer, in dem das Feuer ausgebrochen sei, sagte einer der Sprützenleute. Aber zum Glück habe man es löschen können, bevor es auf die anderen Räume übergegriffen habe. Die Weddeschreiberei allerdings sei vollkommen ausgebrannt.

»Aber dann hat sich die Frau zuvor doch sicher in einen anderen Teil des Gebäudes geflüchtet«, erwiderte der Alte.

Das wäre schlechterdings unmöglich gewesen, antwortete ihm der Sprützenmann, da die Tür zur Schreiberei verschlossen gewesen sei.

»Nein, nein!«, entgegnete der Alte schnell. »Ich habe sie nicht eingeschlossen! Das weiß ich ganz genau!«

Die Sprützenleute warfen sich vielsagende Blicke zu.

»Lassen sie ihn«, sagte Bastian matt, der sich soeben wieder aufgerichtet hatte. »Er sagt die Wahrheit. Er hat sie nicht eingeschlossen.«

Nun schienen die Sprützenleute überhaupt nicht mehr zu begreifen, woran sie waren. Offenbar hatten sich hier zwei gefunden, die demselben Wahn verfallen waren. Man hatte im Rathaus keine Frau gefunden. Und wenn sie sich in der Schreiberei aufgehalten hatte, dann war sie jetzt mausetot. Allerdings hatte man bisher auch keine verbrannten Leichenteile gefunden. Man sollte vielleicht noch einmal genauer nachsehen, sobald der Schlauch aufgerollt war, man sich den Staub von den Uniformen gewischt und die Lage sich wieder einigermaßen beruhigt hatte. Denn in diesem Moment, in dem man den

Sprützenleuten immer wieder anerkennend auf die Schulter klopfte, ihnen zum Dank die Hand schüttelte und sie mit Worten des Lobes überschüttete, konnte wirklich niemand von ihnen verlangen, noch einmal ins Haus hineinzugehen! Schließlich verlässt auch ein Schauspieler die Bühne nur ungern, solange der Applaus noch anhält. Ja, die Hamburger Löschanstalten hatten wieder einmal bewiesen, dass sie jedem Feuer, das ungewollt in der Hansestadt aufflammte, binnen Kurzem den Garaus machen würden!

Aber war es denn möglich, dass die stolze, furchtlose und gewitzte Marianne ein so schreckliches Ende gefunden haben sollte? Hatte es für sie nicht doch einen Weg gegeben, sich aus der brenzligen Lage zu befreien? Bastians Gedanken kreisten nur um diese eine Frage und er hätte alles darum gegeben, die Zeit – dem Kunstgriff eines Dichters gleich – noch einmal zurückdrehen zu können …

54. Kapitel

Schwer atmend, mit dem Rücken an die Tür gepresst, ließ Marianne ihren Blick durch den Raum fliegen. Dann sprang sie zum Schreibtisch, riss eine Schublade heraus, entleerte sie auf dem Boden und durchsuchte hastig ihre Beute. Kurz darauf tat sie dasselbe mit einer zweiten, dann mit einer dritten Schublade. Endlich schien sie gefunden zu haben, was sie suchte: einen Korkenzieher. Mit zwei Sätzen war sie am Weinregal, nahm eine Flasche, versenkte mit einer Drehbewegung, die einige Übung verriet, den gewendelten Metallstab im Korken und zog selbigen forsch aus dem Flaschenhals, was der mit einem »Plopp« quittierte. Nun goss Marianne den kostbaren Traubensaft über die Flammen, so dass ein außenstehender Beobachter zu dem Schluss gekommen wäre, sie habe wohl den Verstand verloren. Denn zum einen hätten die wenigen Weinflaschen niemals ausgereicht, das Feuer zu löschen, und zum anderen hätte sie – der schnelleren Wirkung halber – die Bouteillen ja auch einfach kaputtschmeißen können. Es sei denn, sie führte etwas ganz anderes im Schilde …

Nachdem Marianne die Flasche geleert hatte, hastete sie zum Schrank, nahm die Papiere wieder an sich, die sie in Düwells Gehrock versteckt hatte, rollte sie zusammen und steckte sie in die Flasche. Dabei fiel ihr Blick auf den Stich, den sie vorhin versehentlich von der Wand gerissen hatte. Es waren die »Puppenspieler« – dasselbe Motiv, das man aus Bastians Backstube entwendet hatte und das ihm so sehr am Herzen lag! Auch dieses Blatt rollte Marianne zusammen und steckte es in die Flasche, die sie mit dem Korken wieder verschloss. Nun eilte sie zum Fenster, öffnete den Fensterflügel vollständig und rief, so laut sie konnte, um Hilfe. Nichts schien sich draußen zu bewegen und Marianne spürte, dass die Hitze immer größer wurde. Wieder schrie sie um Hilfe und wünschte sich so sehr, wie sie noch niemals irgendetwas gewünscht hatte, dass ihr Rufen nicht ungehört verhallen würde. Beängstigend nah war das Feuer schon an sie herangekrochen und sie wusste, dass sie es nicht mehr lange in diesem Zimmer würde aushalten können. Dann sah sie unten ein längliches schwarzes Etwas herangleiten. Ihr Herz machte einen Sprung und nochmals rief sie in die Nacht hinaus, damit der Mann auf sie aufmerksam würde. Kein Zweifel: Er hatte sie gehört! Denn der Kartoffelewer steuerte nun direkt auf die Stelle zu, wo das Nikolaifleet unter ihrem Fenster ans Fundament des Rathauses stieß. Und im selben Augenblick, in dem Marianne sich auf den Rock schlagen musste, um eine voreilige Flamme zu löschen, die soeben auf sie übergesprungen war, nahm sie, die nicht schwimmen konnte, all ihren Mut zusammen, schwang erst das eine, dann das andere Bein nach draußen, kauerte im Fensterrahmen, bis der Segler noch näher herangekommen war, und ließ sich dann, die Flasche mit beiden Händen umklammert, die Augen fest verschlossen, zwei Stockwerke hinab ins Wasser fallen.

55. Kapitel

Schließlich hatte man Bastian doch noch erlaubt, die Brandstätte zu betreten. Eine todbringende Schwärze gähnte ihn an und der beißende Geruch von Verbranntem schlug ihm entgegen. Die Inneneinrichtung des Zimmers war komplett den Flammen zum Opfer gefallen. Bastian war so übel, dass er sich übergeben musste. Ein Sprützenmann, der ihn fragte, warum er denn bei der Kälte ohne Mantel herumlaufe, hatte sich bereiterklärt, ihn nach Hause zu begleiten.

Der Weg dauerte normalerweise nur eine Viertelstunde, aber Bastian schien es, als dauerte er eine Ewigkeit. Hatte die Ewigkeit ihm bereits alles genommen, was ihm lieb und teuer war, so drohte sie ihn nun zu verschlingen. Sie belauerte ihn wohl schon, seit er den Toten in seiner Backstube gefunden hatte. Denn wie der Verblichene uns an die Endlichkeit des Lebens gemahnt, stellt er uns doch auch jene Ewigkeit vor Augen, in der die Toten ihr Zuhause haben. Fataler Weise hatte Bastian geglaubt, die Zeit würde nach dem schrecklichen Fund schon bald wieder in geregelten Bahnen weiterlaufen. Dann aber war die Zeit ihm davongelaufen und er hatte vergeblich versucht, sie wieder einzuholen. Nun begriff er die Sinnlosigkeit all seiner Bemühungen und es war sogar so weit mit ihm gekommen, dass er auf der Ellerntorsbrücke, über die er vor einer Woche von den Gardisten in entgegengesetzter Richtung abgeführt wurde, daran dachte, sich in das Herrengrabenfleet zu stürzen, ohne zu realisieren, dass dies ja zu nichts, nicht einmal zum Tod geführt hätte. Auslöser war wohl der Wunsch, sich mit seinem ganzen Denken und Fühlen einem Element zu überantworten, das mit Bastians momentaner Situation nichts zu tun hatte und das ihn sozusagen vollkommen in sich aufgesogen hätte. Und er wäre wohl auch tatsächlich gesprungen, hätte der Sprützenmann in diesem Augenblick nicht gesagt, dass es nun ja nicht mehr weit sei.

Diese wenigen Worte rissen Bastian – zumindest für den Augenblick – wieder zurück in die Welt. Doch plötzlich musste er an Käpt'n Salomon denken, der im rechten Moment versäumt hatte, den Schiffbrüchigen rettend zu Hilfe zu eilen und der nun bis in alle Ewigkeit dazu verdammt war, nach jener Stelle Ausschau zu halten, an der er seine Menschlichkeit verloren hatte. Wieder brach die Verzweiflung über Bastian herein, und diesmal mit solch unbarmherziger Gewalt, dass er mitten auf der Straße stehenblieb, in Tränen ausbrach und zum Weitergehen nicht mehr zu bewegen war. Es dauerte eine ganze Weile, bis sein Begleiter ihm soweit zugeredet hatte, dass beide ihren Weg fortsetzen konnten und sie endlich die Peterstraße erreichten. Bastian stand mit gesenktem Kopf da, während der Sprützenmann in den Taschen des Bäckers nach dem Hausschlüssel suchte. Er fand einen Bund mit mehreren Schlüsseln und fragte, welcher der richtige sei. Aber Bastian antwortete nicht und schien gar nicht bei sich zu sein. Tatsächlich war er in diesem Augenblick ganz woanders, nämlich auf der Trostbrücke, wo er und Marianne sich verabschiedet hatten, bevor sie ins Rathaus gegangen war. Er sah sie vor sich in ihrer Verkleidung als Scheuerfrau, dachte daran, wie er sich über ihr Aussehen amüsiert hatte und schämte sich in diesem Augenblick dafür, ohne dass er hätte sagen können, warum. Er sah ihr geblümtes Kopftuch und ihren blauen Rock und spürte, wie mit einem Mal die Wirklichkeit versuchte, sich in dieses Bild hineinzudrängen. Aber er wollte es nicht zulassen. Die Welt hatte ihn betrogen und deshalb wollte er sie auch behandeln wie eine Betrügerin. Wenn er auch nicht die Macht hatte, sie zu bestrafen, so konnte er sie zumindest ignorieren.

Dann aber merkte er, dass sich jenes zweite Bild, das das Bild in seinem Kopf überlagerte und mit dem die Welt sich wieder bei ihm einschmeicheln wollte, nicht so einfach abschütteln ließ. Es war das Kopftuch. Das geblümte Kopftuch, das Marianne zuletzt getragen hatte und das Bastian nun schon, ohne dass es ihm bewusst gewesen war, eine ganze Weile lang anstarrte. Es lag direkt vor ihm auf dem Boden. Er griff danach wie der Dürstende nach dem Wüstenwasser, presste es sich ins Gesicht, während er in tiefen Zügen die Luft einsog, und erst jetzt begann ihm zu dämmern, was dieser Fund zu bedeuten hatte. Als der Sprützenmann bemerkte, dass sein Schützling sich im Laufschritt von ihm entfernte, befürchtete er das Schlimmste und setzte ihm nach. Als er aber sah, dass der Bäcker nur zur gegenüberliegenden Straßenseite gelaufen war und dort ungehalten und ausdauernd an ein Fenster schlug, verlangsamte er seinen Schritt, um abzuwarten, was die Sache zu bedeuten habe. Nach einer Weile wurde das Fenster geöffnet und eine Frau, deren Gesicht im schwachen Schein der Straßenlaterne sehr erschöpft und mitgenommen aussah, streckte den Kopf heraus. Für Bastian aber war es in diesem Augenblick – und vielleicht nicht nur in diesem – das schönste Gesicht der Welt.

56. Kapitel

Präfekt Walthard Roderich war erstaunt und blinzelte deshalb auffälliger als gewöhnlich, als er am nächsten Morgen eine Gruppe von Menschen sah, die sich vor dem Eingang der Polizeibehörde am Neuen Wall versammelt hatten. Noch erstaunter war er, als die Passanten beiseitetraten und er einen geknebelten Mann im Eingangsportal liegen sah, der an den Füßen und wohl auch an den Händen gefesselt war. Jemand hatte ihn – wohl, um ihn vor der Kälte zu schützen – in einen grünen Mantel eingeknöpft, der dem Präfekten irgendwie bekannt vorkam. Als Roderich sich bei den Umstehenden erkundigte, woher dieser Mann käme, zuckten die Leute nur die Schultern. Aber warum ihn denn keiner befreit habe? Stumm verwies man den Präfekten auf einen Zettel, der über dem Mann in der Tür eingeklemmt war. Der Präfekt griff danach, rückte seine Brille zurecht und las: »Bitte nicht berühren! Polizeilich gesuchter Mörder!«

Roderich sah die Umstehenden an. Das konnte doch nur ein schlechter Scherz sein! Von wem, bitteschön, dieser Zettel stamme, wollte er wissen. Wieder zuckten alle mit den Schultern. Der habe dort schon gehangen, als man den armen Teufel am Boden vorgefunden habe. Daher habe man Zweifel bekommen, ob es wirklich ein armer Teufel sei oder eben doch der Teufel in Person. Deshalb habe man ihn vorsichtshalber so liegenlassen, denn vor dem Teufel habe ja selbst der Herr Goethe wenige Jahre zuvor noch einmal ausdrücklich gewarnt.

Roderich verspürte das dringende Bedürfnis, diese Komödie auf der Stelle zu beenden. Er schickte die Leute fort, nahm dem Gefesselten den Knebel aus dem Mund und fragte ihn nach seinem Namen.

»Düwell«, kam die stöhnende Antwort. »Mein Name ist Caspar Friedrich Düwell. Hiesiger Weddeschreiber. Und jetzt, in drei Teufels Namen, binden Sie mich los!«

Roderich blinzelte sein Gegenüber ein paar Mal kräftig an, weil ihm das doch der Teufeleien zu viel am frühen Morgen waren. Dieser gefesselte Mensch, der allem Anschein nach die Nacht auf der Straße verbracht hatte, sollte der Weddeschreiber sein? Dann wäre er ja vor wenigen Jahren noch ein enger Kollege gewesen, als die Wedde noch mit polizeilichen Aufgaben betraut war.

»Ja, dann kommen Sie erstmal herein«, sagte Roderich, wobei ihm sogleich die Unsinnigkeit dieser Bemerkung auffiel.

»Ich meine, warten Sie bitte hier …«

Auch diese Worte waren nicht geschickt gewählt, musste er sich eingestehen.

»Ich werde ein Messer holen und Sie losschneiden.«

57. Kapitel

Bastian hatte die ganze Nacht bei Marianne verbracht. Zuerst hatten sie sich gegenseitig von ihren jüngsten Erlebnissen erzählt. Danach waren beide in einen tiefen Schlaf gefallen, aus dem sie früh wieder erwachten. Ob die Sonne schon aufgegangen war, blieb das Geheimnis der dichten Wolkendecke, die über den Köpfen der beiden hing, als sie sich auf dem Weg zur Polizeibehörde befanden. Marianne hielt ihre Flasche in der Hand und Bastian vor, wie unvernünftig und leichtsinnig es gewesen sei, Düwell einfach auf der Straße abzulegen.

»Ich habe es dir doch schon gesagt, dass ich ihn eigentlich den Nachtwächtern übergeben wollte. Aber wenn man die Herren wirklich einmal braucht, laufen sie natürlich gerade woanders herum. Bestimmt haben sie ihn noch gefunden. Versteh doch, Marianne, ich wollte unbedingt wieder zurück zum Rathaus. Da war Düwell einfach ein Klotz am Bein.«

»Du hättest ihn im Logenhaus zurücklassen können.«

»Vielleicht hätte ich das. Aber das Logenhaus war sein Rückzugsort, weil er vermutlich wusste, dass er dort um diese Zeit niemanden mehr antreffen würde, und wenn doch, ihm niemand falsche Fragen stellen würde, wenn er so lädiert dort aufkreuzte. Im Schutz der Loge wollte er in Ruhe darüber nachdenken, was als nächstes zu tun sei, denn er musste ja glauben, nun noch einen weiteren Mord auf dem Gewissen zu haben, der immerhin in seinem Arbeitszimmer stattgefunden hat.«

»Hätte«, korrigierte Marianne.

»Das Logenhaus ist womöglich das Zentrum der Zimtbrötchen-Verschwörung, weil bestimmt noch andere oder sogar alle Logenbrüder in die Sache verwickelt sind. Verstehst du jetzt, warum ich ihn dort nicht zurücklassen wollte?«

Mit einem »Hm« signalisierte Marianne, dass sie bereit war, über diese Frage nachzudenken. Ungefähr zur selben Zeit stieß auch Caspar Friedrich Düwell im Zimmer des Polizeipräfekten ein »Hm« aus – etwa eine Oktave tiefer. Roderich hatte ihn soeben gefragt, ob seiner Meinung nach so ein altertümlicher Umhang eine angemessene Bekleidung sei, um in einer Stadt wie Hamburg nachts auf die Straße zu gehen. Als der Präfekt dann noch wissen wollte, woher die seltsamen Verletzungen an Düwells Hand, Fuß und Oberarm stammten, erzählte dieser, er sei hinterhältig in einer dunklen Seitengasse überfallen, ausgeraubt und dann gefesselt worden, womit die Räuber sicher gehen wollten, dass er sie nicht verfolge. War diese Geschichte für sich genommen schon abenteuerlich genug, so hatte der Präfekt bei Opfern eines Überfalls auch noch niemals derartige Verletzungen gesehen, die eher danach aussahen, als habe der Staatsdiener mit beißenden Flüssigkeiten gespielt. Und dass Düwell vehement verneinte, irgendetwas mit dem Brand im Rathaus zu tun zu haben, stellte Roderich ebenfalls nicht zufrieden, denn als erfahrener Polizist, der selbst auf privaten Spaziergängen jenen Dingen seine konzentrierte Aufmerksamkeit schenkte, an denen andere Menschen achtlos vorübergingen, hatte er natürlich den Umhang des Herrn Düwell auch mit der Nase untersucht und festgestellt, dass er – wenn auch nicht stark – nach Verbranntem roch. Nun wollte es dem Präfekten aber ganz und gar nicht einleuchten, weshalb ein Weddeschreiber, der sich bisher nichts hatte zuschulden kommen lassen, nach Feierabend heimlich in sein Arbeitszimmer schleicht, um dort ein Feuer zu legen. Ein entscheidendes Detail aber entging Roderich und es war gut, dass in diesem Moment der Polizeidiener eintrat und meldete, draußen stünden zwei verswiemelte Personen, die den Präfekten dringlichst zu sprechen wünschten. Der Polizeiinstinkt flüsterte Roderich zu, dass diese Personen vielleicht mehr Licht in diese vigeliensche Angelegenheit bringen könnten. Daher ließ er Düwell in ein Nebenzimmer bringen und die morgendlichen Gäste eintreten.

Roderich bat Bastian und Marianne, auf den Stühlen vor seinem Schreibtisch Platz zu nehmen, und obwohl sie tatsächlich übermüdet aussahen, lag doch eine unverhohlene Freude in ihren Augen, weil sie kurz zuvor gesehen hatten, wie Düwell aus diesem Zimmer herausgeführt wurde. Er war also nicht entwischt! Und nun erinnerte sich der Präfekt auch, wo er den grünen Mantel des Weddeschreibers schon einmal gesehen hatte. Es war der Mantel des Plüsch-Bäckers! Er also hatte ihm dieses hübsche Paket geschnürt, das er heute Morgen auf der Straße vorgefunden hatte.

In der nächsten halben Stunde bekam der Präfekt Dinge zu hören, bei denen er nicht nur das Blinzeln vergaß, sondern auch seinen Zigarrenstummel, dem er mehrmals Feuer gab und den er verglimmen ließ, ohne auch nur einen richtigen Zug getan zu haben. Als Bastian und Marianne ihren Bericht beendet hatten, schwieg er eine ganze Weile, zerbröselte nachdenklich den kläglichen Rest seiner Zigarre im Aschenbecher und zeigte auf die Flasche mit den Papieren, die Marianne so behutsam umschlungen in ihren Armen hielt wie einen Säugling, den sie keinesfalls durch eine unbedachte Bewegung aufwecken wollte.

»Dann wollen wir uns das gute Stück einmal ansehen«, sagte er. Roderich kramte einen Korkenzieher aus seiner Schreibtischschublade hervor und Marianne dachte, dass es in Hamburg offenbar üblich sei, auch am Arbeitsplatz – zumindest in den gehobenen Berufen – für das Öffnen von Weinflaschen gerüstet zu sein. Der Präfekt entkorkte die Flasche, sah nun aber, dass er die Papiere auf diese Weise nicht aus dem Gefäß herausbekäme, weil sie zu tief hineingerutscht und zuvor nicht zu einer schmalen Rolle zusammengeschnürt worden waren. Er ärgerte sich, dass ihm dies nicht bereits vor dem Entkorken aufgefallen war, und die Konzentriertheit des Blicks, mit dem er nun auf die Flaschenöffnung stierte, verriet die Schwere des Problems, das er zu lösen hatte.

»Ich fürchte, ich werde sie zerschlagen müssen«, sagte er nach einer Weile und sah Marianne an, als frage er sie um Erlaubnis.

»Die Flasche gehört der Stadt. Wenn Sie nicht sicher sind, ob Sie sie zerstören dürfen, fragen Sie den Bürgermeister«, kommentierte Marianne Roderichs blinzelnden Blick.

»Das wird nicht nötig sein«, erwiderte der Präfekt ernst, legte das Gefäß mit der Längsseite vor sich auf die Schreibtischplatte, zog ein großes Schnupftuch hervor, in das mit rosafarbenem Garn seine Initialen eingestickt waren, und ließ – wie ein Zauberkünstler – das gewölbte Glas darunter verschwinden. Dann griff er nach einem eisernen Briefbeschwerer in Form eines Ankers, zielte, als gelte es, eine flüchtende Kakerlake im richtigen Augenblick zu treffen, und schlug zu. Schweigend beobachteten Bastian und Marianne, wie Roderich die Papiere aus den Scherben zog und sie aufmerksam studierte. Beim letzten Blatt legte er die Stirn in Falten und hielt es Marianne fragend hin.

»Ach, Düwell hatte viele dieser Stiche in seinem Zimmer hängen. Diesen habe ich versehentlich von der Wand gerissen. Als ich sah, dass es dasselbe Motiv war, das aus Bastians Backstube entwendet wurde, habe ich es einfach eingesteckt.«

Marianne nahm das Blatt entgegen und reichte es Bastian, während der Präfekt sich räusperte und damit zum Ausdruck bringen wollte, dass er nun alle ihm zur Verfügung gestellten Erklärungen und Schriftstücke zu einer Konklusion verarbeitet habe.

»Ich denke, die Zukunft des Herrn Düwell sieht nicht allzu rosig aus. Natürlich muss man auch diese Logenbrüder noch einmal genauestens unter die Lupe nehmen. Allerdings scheinen mir diese Listen nicht allzu aussagekräftig. Wir werden sehen, was Düwell selbst dazu zu sagen hat. Den Rest muss der Richter entscheiden. Ihm allerdings …«, jetzt wendete er sich an Bastian, »geht es ja vor allem darum, den Mörder von Clément Clermont zu finden, und da sehe ich noch keinen zwingenden Zusammenhang. Weder kann man Düwell nachweisen, dass er den Mord angeordnet, noch, dass er ihn selbst begangen hat oder überhaupt irgendwie in die Sache verwickelt ist.«

»Aber die Kutte«, rief Bastian.

»Welche Kutte?«

»Die er sowohl bei seinen Besuchen in meiner Backstube als auch gestern Nacht getragen hat!«

»Er meint den schwarzen Umhang? Ich dachte, Sein Besucher habe eine Kutte, also einen Umhang mit Kapuze getragen. Düwells Umhang hat aber keine Kapuze.«

Dies war jenes besagte Detail, das selbst dem scharfsinnigen Präfekten entgangen war: dass man ihm nämlich die Kutte in zwei Teilen geliefert hatte, von denen der eine als Knebel zweckentfremdet wurde.

»Nun denn«, sagte er leicht gekränkt, nachdem Bastian die Sache aufgeklärt hatte, »das verändert den Sachverhalt ein wenig. So eine Kutte sieht man allerdings höchst selten in unserer Stadt und ich muss gestehen, dass mir heute überhaupt zum ersten Mal ein solches Kleidungsstück unter die Augen gekommen ist. Es ist aber denkbar, dass es sich hierbei um die zeremonielle Garderobe der Loge des Schwarzen Schwans handelt. Trifft das zu, würde das den Kreis der Verdächtigen um die Anzahl der Logenmitglieder erweitern. Ich denke, ich werde nun noch einmal Herrn Düwell zum Kaffeekränzchen vorladen.«

»Heißt das, Sie glauben uns endlich, dass Bastian nichts mit dem Mord zu tun hat?«, fragte Marianne hoffnungsvoll.

»Oh, natürlich glaube ich. Ich habe von Anfang an geglaubt. Aber was zählt schon der Glaube eines kleinen Polizeipräfekten, wenn letztendlich das Obergericht die Predigt hält? Nein, meine Allerehrenwerteste, ich kann Ihr und Ihm leider noch nicht die Absolution erteilen, allenfalls den Ratschlag, jetzt nach Hause zu gehen und sich einmal richtig auszuschlafen.«

Marianne seufzte. Sie hatte gehofft, für Bastian sei diese schlimme Sache nun ein für alle Mal vorbei. Wieso war denn alles so verteufelt kompliziert? Enttäuscht erhob sie sich vom Stuhl.

»Komm, Bastian, wir gehen.«

Aber Bastian blieb sitzen und rührte sich nicht.

»Bastian! Was ist denn?«

Als sie sich zu ihm beugte, sah sie, dass eine Träne an seiner linken Wange herunterlief und dass seine Hände, die immer noch das Bild hielten, zitterten. Aber sie hielten das Blatt verkehrt herum, so dass die Rückseite nach vorne zeigte. Und dort stand mit zarter Handschrift geschrieben: »Meinem lieben Bastian zum 27. Geburtstag. Deine Elisabeth«. Daneben befand sich der Abdruck eines roten Stempels, der zwei Tauben zeigte, die sich mit den Schnabelspitzen berührten.

58. Kapitel

Ein Ausdruck des Entsetzens huschte über das Gesicht des Ratsherrn Hansen, als ihm der Plüsch-Bäcker in Begleitung einer Frau im Korridor der Polizeibehörde entgegenkam. Rasch kramte er seine Schnupftabakdose hervor und senkte den Kopf, damit der Mann nicht auf ihn aufmerksam wurde. Aber wie, zum Teufel, konnte es sein, dass dieser Kerl an ihm vorbei so einfach auf die Straße spazierte? Das durfte man doch nicht zulassen! Hansen beschleunigte seinen Schritt und trat ohne anzuklopfen in das Zimmer des Präfekten.

»Roderich, mein Gott! Er geht hier ein und aus, wie in seiner eigenen Stube?«

»Auch Ihm einen wunderschönen guten Morgen, verehrter Ratsherr Hansen.«

»Ja, ja, natürlich. Aber dieser Verbrecher, Sie lassen ihn einfach gehen?«

»Wen denn, verehrter Hansen?«

»Na, diesen Plüsch-Bäcker!«

»Ach, den meint Er. Nun, Menschen, die nichts verbrochen haben, sollte man doch ihres Weges ziehen lassen. Findet Er nicht?«

»Nichts verbrochen? Sie haben ja keine Ahnung!«

»Vielleicht sollte Er erst einmal Platz nehmen und etwas zur Ruhe kommen. Ich werde Ihm einen Tee servieren.«

»Ach, lassen Sie doch den Tee … Mein Gott, hat er versucht, Sie mit einer Flasche zu erschlagen?«

»Wie kommt Er denn auf sowas? Ach, die Flasche … Nein, die habe ich selbst zerschlagen.«

Hansen sah den Präfekten verwirrt an.

»Ein Akt der Beweisfindung, wenn Er versteht, was ich meine.«

Hansen verstand kein Wort. Aber es war ihm auch egal. Denn während er hier mit Roderich sprach, war dieser Bäcker auf freiem Fuß und konnte mit seiner Komplizin neue Pläne schmieden.

»Hören Sie Roderich, dieser Mensch ist gemeingefährlich!«

»Aber nein, wir hatten eben eine lange Unterredung. Der Fall ist so gut wie geklärt.«

»Er hat Sie hinters Licht geführt! Sie wissen ja nicht, was ich weiß …«

»Er weiß sicher viele Dinge, die ich nicht weiß. Deshalb sitzt ja auch Er im Hamburger Rat und nicht ich.«

»Nun hören Sie doch auf zu scherzen, Roderich! Die Sache ist ernst.«

»So erzähl Er doch, lieber Hansen!«

»Dieser Kerl … dieser Bäcker – wenn er überhaupt einer ist – versucht, mich umzubringen!«

»Nicht möglich.«

»Aber wenn ich es Ihnen doch sage! Der Mord an meinem Bruder sollte eigentlich mich treffen!«

»Soweit kann ich folgen.«

»Dann werden Sie nicht überrascht sein, wenn ich Ihnen sage, dass er noch mehrere Versuche unternommen hat, mich ins Jenseits zu befördern.«

»Was Er nicht sagt.«

»Allerdings. Er hat versucht, mich mit einer Kanonenkugel zu erschlagen!«

»Alle Wetter!«

»Und eine Woche später wollte er mich mit einem Fass überrollen!«

»Das ist ungehörig.«

»Ungehörig? Sie haben vielleicht Nerven!«

»Und beide Male hat Er den Herrn Bastian Plüsch dabei direkt erkennen können? Er hat ihm sozusagen Aug in Aug gegenübergestanden?«

»Nein, nicht direkt ...«

»Aber Er hat ihn immerhin deutlich erkennen können?«

»Nun, deutlich nicht gerade ...«

»Also was genau hat Er denn von ihm gesehen, das Ihn so sicher macht, dass es der Plüsch-Bäcker war?«

»Nun, wenn Sie mich so fragen, habe ich überhaupt niemanden gesehen ...«

»Verstehe. Und weil Er denkt, dass dieser Bäcker ein Niemand ist, hat Er ihn dann sofort als Täter identifizieren können.«

»Roderich, Sie vergessen, mit wem Sie sprechen! Dieser Mann hatte doch ein Motiv!«

»Jetzt bin ich gespannt.«

Der Ratsherr senkte seine Stimme nun soweit herab und sprach so undeutlich, dass Roderich ihn nicht mehr verstehen konnte.

»Entschuldigung, aber ich habe Ihn nicht ganz verstanden.«

Noch einmal nuschelte Hansen etwas Unverständliches in seinen Bart.

»Könnte Er vielleicht ein wenig lauter sprechen?«

»Mein Gott, Roderich! Ich habe den Mann nackt gesehen! Verstehen Sie? Vollkommen nackt! Und das im Winter mitten auf der Straße!«, stieß Hansen jetzt so laut hervor, dass der Präfekt zusammenzuckte. Eine Weile sagte keiner der beiden Männer ein Wort. Roderich nahm die Brille von der Nase und begann sie zu putzen.

Als sie wieder dort saß, wo sie hingehörte, fragte er:

»Und Er glaubt, dass der Bäcker Ihn deshalb umbringen will?«

»Zuerst erschien es mir auch etwas weit hergeholt und ich habe deshalb einige Tage gezögert, bei Ihnen, mein Lieber, damit vorstellig zu werden. Aber dann wurde mir klar, dass es Menschen gibt, in deren Kopf wir einfach nicht hineinschauen können!«

»Das trifft sogar auf die meisten zu, will mir scheinen.«

»Nun stellen Sie sich doch einmal so einen kleinen, unbedeutenden Bäcker vor, der mit Brötchenbacken sein Geld verdienen muss. Und daneben einen Ratsherrn wie mich, der sozusagen von der Aura der Weltgeschichte durchdrungen ist.«

»Ich stelle es mir vor.«

»Und was fühlen Sie?«

»Soll ich ganz ehrlich sein?«

»Ich bitte darum.«

»Eigentlich fühle ich nichts.«

»Weil Ihnen die Menschenkenntnis fehlt, Roderich. Ein kleiner Mann muss sich neben einem großen doch noch kleiner fühlen, als er ohnehin schon ist.«

»Das leuchtet ein.«

»Nun stellen Sie sich weiterhin vor, dass der kleine Mann nackt ist, der große aber bekleidet.«

»Ich stelle es mir vor.«

»Und was fühlen Sie?«

»Ich fühle, dass dem Kleinen kalt ist.«

»Ganz recht. Ihm ist kalt, weil er sich ganz fürchterlich schämt und neben dem Großen – entblößt, wie er ist – geradezu auf ein bedeutungsloses Nichts zusammenschrumpft!«

»Könnte schon sein.«

»Das könnte nicht sein, Roderich. Das muss so sein! Das liegt in der Natur des Menschen. Was aber tut der kleine, nackte, unbedeutende Mensch, um sich wieder groß zu fühlen?«

»Er ersäuft den großen im Stadtgraben, erschlägt ihn mit einer Kanonenkugel und überrollt ihn mit einem Fass.«

»Jetzt haben Sie mich verstanden, Roderich.«

»Lieber Hansen, Er hat mir seine Sicht der Dinge dargelegt. Nun erlaube Er mir, auch meine zu äußern …«

Im Folgenden legte der Präfekt dem Ratsherrn in allen Einzelheiten auseinander, was er über den verzwickten Fall der Zimtbrötchen-Verschwörung wusste. Hansen hörte schweigend zu, schüttelte mehrmals ungläubig den Kopf und saß zum Schluss mit offenem Mund da. Nun musste er sich doch eingestehen, dass manchmal – aber natürlich nur in ganz seltenen Fällen – ein Polizeipräfekt mehr wissen konnte als ein Ratsherr. Zum Abschied klopfte Hansen Roderich gönnerisch auf die Schulter und versicherte ihm mit einem festen Händedruck, dass er seinen Besuch im Grunde auch weniger aus echter Sorge, denn der Form halber getätigt habe. Schließlich wisse Roderich als Polizist ja am besten, dass es bei Verbrechen dieser Art immer ratsam sei, nicht nur eine, sondern alle Spuren zu verfolgen.

59. Kapitel

Mochten die Menschen sich auch manchmal über Roderich lustig machen, so bewies er in den nächsten Tagen doch, dass er seiner Aufgabe, in der schönen Stadt Hamburg für Recht und Ordnung zu sorgen, durchaus gewachsen war. Nachdem durch die Widmung auf der Rückseite der »Puppenspieler« eine Verbindung zwischen Düwell und dem Mord in der Backstube des Plüsch-Bäckers hergestellt war – offenbar hatte Bonnet um die Sammelleidenschaft seines Auftraggebers gewusst und sich mit dem Bild bei ihm lieb Kind machen wollen – hatte Roderich den Weddeschreiber so herzhaft in die Mangel genommen, dass der schon bald gestand, Fantin Bonnet mit dem Mord an Clément Clermont beauftragt zu haben, sofern dieser sich den Anweisungen von oben widersetze. Da Düwell nicht nur Weddeschreiber, sondern auch Ratskuchenbäcker war, war es für ihn überdies eine persönliche Demütigung gewesen, dass Clermont so hervorragende Zimtbrötchen gebacken und das Rezept vor ihm geheim gehalten hatte. Düwell gestand auch, das Gift für das Zimtbrötchen des Ratsherrn Hansen besorgt und einem Bönhasen-Bäcker untergeschoben sowie den Kaufmann Jeppe Jensen eigenhändig aus dem Fenster in das Fleet gestoßen zu haben, nachdem er hinterlistig in Erfahrung gebracht hatte, dass der alte Mann nicht schwimmen konnte. Das »L.S.S.« in den Geschäftsbüchern des Kaufmanns stand für die »Loge des Schwarzen Schwans«, in deren Namen Düwell gehandelt hatte. So hatte er zuletzt auch seine Logenbrüder belastet.

Da Roderich und seine Leute den Schwarzschwanern, wie man die Mitglieder des geheimen Männerbunds in der Stadt auch scherzhaft nannte, unverzüglich einen Besuch abstatteten, noch bevor diese von der Verhaftung Düwells Wind bekommen hatten, fand man auch in dem strahlend weißen Prunkhaus an der Großen Drehbahn eindeutige Hinweise, dass die Loge eine Verschwörung im großen Stil geplant und zum Teil bereits durchgeführt hatte. Ihr oberstes Gebot war die Behauptung von Hamburgs Souveränität unter strenger Aufrechterhaltung und Stärkung der wirtschaftlichen und politischen Stadtgrenze. Das Mittel zur Erreichung dieses Zwecks war das Zimtbrötchen, das man zu einem wahrhaft patriotischen Hefe-Blätterteig-Gebäck herangezüchtet hatte, um das allgemeine Entsetzen über die vermeintliche Enthüllung, dass es sich hierbei doch nur um ein perfides Blendwerk der äußeren und inneren Feinde handle, für höchst zweifelhafte politische Ziele zu missbrauchen. Dies war auch der Grund, weshalb die Brechwurzel und andere hochgiftige Kräuter, die in geringen Mengen in der Medizin hervorragende Dienste leisten, schon längere Zeit in den Apotheken kaum noch erhältlich waren. Was hier an Vorrat fehlte, fanden die Polizisten in einem Lagerraum im Logenhaus an der Großen Drehbahn, wo ein solch beachtlicher Vorrat an aggressiven Pflanzen gehortet wurde, dass, hätte man für Marschall Davouts Bataillone ein Süppchen daraus gekocht, die französische Besatzung schon nach einem Tag Geschichte gewesen wäre. Manche dieser unbekömmlichen Substanzen waren den Hamburgern schon auf den Magen geschlagen, weil einige von Düwells Bäckern sich – wissentlich oder unwissentlich – bereits darauf eingelassen hatten, ihre Brötchen mit einem Pulver zu versetzen, das man im abgebackenen Teig weder sehen noch schmecken konnte. Man konnte nur von Glück reden, dass bisher – den seligen Reeder Hansen ausgenommen – niemand ernsthaft durch das Gift zu Schaden gekommen war. Auch der Fassbinder Christian Allmers, den es nach dem Verzehr eines Zimtbrötchen mächtig im Unterleib gezwackt hatte, und der nach einem hässlichen Albtraum nachts am Küchenherd zusammengesackt war, wurde wenig später von seiner Frau aufgefunden und mit ein paar bewährten Mittelchen aus der Hausapotheke wieder vollkommen hergestellt.

Die Brüder der Loge des Schwarzen Schwans aber nahmen allesamt im Spinnhaus beim Alstertor Quartier, wo sie sich die engen Zimmer mit anderen Kriminellen teilten und einige im Zuge ihres langjährigen Aufenthalts sogar lernten, recht passable Zimtbrötchen zu backen – frei von jeglichen Zusatzstoffen. Über das imposante, nun leerstehende Gebäude an der Großen Drehbahn freuten sich die Freimaurer, die dort ihren neuen Hauptsitz einrichteten.

In der Backstube des Plüsch-Bäckers fand sich indes ein Mann ein, den Bastian noch nie zuvor gesehen hatte und der offenbar nicht gekommen war, um bei ihm einzukaufen, da er abseits der Schlange zu warten schien, bis der letzte Kunde den Laden verlassen hatte, um mit Bastian unter vier Augen sprechen zu können.

Seit Bastian die Backstube vor zwei Tagen wieder eröffnet hatte, standen die Leute tatsächlich bei ihm Schlange, wohl um zu zeigen, dass man ihn, wenn schon nicht als Bäcker, so doch als Bürger und Mitglied der Gemeinschaft akzeptiere und wertschätze. Bastian aber wurde, während er seine Brote und Brötchen über den Tresen reichte, zunehmend nervöser, denn mit geheimnisvollen Besuchern hatte er in letzter Zeit keine guten Erfahrungen gemacht. Als zuletzt auch die alte Viechelmann von gegenüber ihre Rundstücke bezahlt, im Korb verstaut und die Tür von außen geschlossen hatte, trat der Mann näher. Er war schlank, etwas kleiner als Bastian, hatte ein schmales Gesicht mit kleinen, wachen Augen und eine ledrige, faltige Haut, wie sie Menschen eigen ist, die ihr Leben größtenteils an der frischen Luft verbringen. Das Haar des Mannes hatte offenbar noch nie einen Kamm gesehen und wenn doch, dann nur von Ferne. Seine Kleidung war abgetragen und schmutzig.

»Sie haben etwas, das mir gehört«, sagte der Mann mit leicht heiserer Stimme.

Bastian sagte nichts. Das schien den Mann zu verunsichern.

»Einen Totenkopf.«

Bastian sah sein Gegenüber verständnislos an. Nahm diese Sachen mit den Toten denn überhaupt kein Ende?

»Ich meine, eine Kette. Eine Kette mit einem Totenkopf als Anhänger. Kein echter Totenkopf natürlich. Ein kleiner aus Silber. Das heißt, die Farbe ist silbern.«

»Sie waren das also, der mich bei der Polizei angezeigt hat!«

Gniffke hatte diesen Moment gefürchtet. Deshalb hatte er eigentlich auch nicht herkommen wollen. Aber er sah keine andere Möglichkeit, seinen Talisman zurück zu bekommen. Auf die Polizei war in dieser Hinsicht kein Verlass. Mehrmals hatte er den Präfekten gebeten, sich den Totenkopfanhänger von diesem Bäcker aushändigen zu lassen. Aber jedes Mal, wenn er in der Behörde nachgefragt hatte, war der Präfekt entweder nicht zu sprechen gewesen oder er hatte ihn auf später vertröstet, weil er nicht daran gedacht hatte, den Bäcker nach dem Halsschmuck zu fragen. Offenbar hatten nach Meinung des Präfekten andere Dinge Vorrang, woran man wieder einmal erkennen konnte, dass die Belange des kleinen Mannes von den Obrigkeiten nicht ernst genommen wurden.

»Es war ja nur um der Ordnung willen«, versuchte Gniffke sich vorsichtig zu rechtfertigen, wobei er nicht ahnte, dass er mit dem Begriff »Ordnung« eine Saite in Bastian zum Klingen brachte, die ein unerwartetes Wohlgefühl in ihm aufsteigen ließ. Ordnung! Genau das war es, wonach Bastian sich die ganze Zeit gesehnt hatte! Die Dinge sollten einfach wieder ihren geordneten Gang gehen. Und natürlich gab es auch im Leben dieses Stadtstreichers eine Ordnung, auch wenn diese für Menschen wie Bastian vielleicht nicht ohne weiteres erkennbar war. Immerhin konnte er sich vorstellen, dass ein Toter auch in dessen Ordnung nicht gut hineinpasste. Deshalb lächelte er nun freundlich, nahm die Halskette mit dem Totenkopfanhänger aus einer Schublade des Verkaufstresens und hielt sie Gniffke hin. Dieser strahlte und entblößte zwei vielfarbige Zahnreihen, in denen das Weiß allerdings fehlte.

»Wissen Sie, seit ich diese Kette bei Ihnen abgelegt habe, sind die Dinge etwas aus dem Lot geraten. Man muss doch wissen, wo man hingehört, finden Sie nicht?«

»Menschen und Dinge haben ihren Platz in der Welt«, sagte Bastian. Dann fiel ihm etwas ein und er machte Gniffke ein Zeichen, sich einen Augenblick zu gedulden. Er holte das mit Intarsien versehene Holzkästchen unter dem Verkaufstresen hervor, öffnete es, ergriff mit Daumen und Zeigefinger das letzte kleine Stück von Clermonts Zimtbrötchen und hielt es sich vor die Augen, wie um die Reinheit eines wertvollen Diamanten zu prüfen. Dann reichte er seinem verwunderten Besucher das schmucke Kästchen hin und bedeutete ihm, seine Kette hineinzulegen. Gniffke tat es, der Bäcker schloss feierlich den Deckel und überreichte seinem Gegenüber die edle Schatulle wie einen Reliquienschrein.

»Und nun, mein Lieber, dürfen Sie sich so viele Gebäckstücke aussuchen, wie Sie möchten.«

»Haben Sie diese Zimtbrötchen, nach denen alle so verrückt sind?«, fragte Gniffke und konnte sich das vielsagende Lächeln des Bäckers bei dem Wort »Zimtbrötchen« nicht recht erklären.

»Genau eins ist noch übrig«, gab Bastian freundlich zurück.

Er packte das Brötchen und zwei weitere Gebäckstücke in eine Papiertüte und überreichte sie Gniffke. Der nickte zum Dank und verließ die Backstube. Bastian trat auf die Straße und sah ihm nach, bis seine immer kleiner werdende Gestalt am Horizont verblasste – der in diesem Fall von der Häuserreihe an den Kohlhöfen gebildet wurde. Gerade wollte er in seine Backstube zurückkehren, da bemerkte er den Schwan auf dem Straßenpflaster kaum fünf Schritte von ihm entfernt. Es schien ihm, als sei er in einer ganz bestimmten Absicht hier gelandet, denn Bastian konnte sich nicht erinnern, jemals einen dieser stolzen Vögel in der Peterstraße gesehen zu haben. So standen sich Mensch und Tier, von der Anwesenheit des jeweils anderen überrascht, eine Weile reglos gegenüber. Als Bastian dem Schwan aber die geöffnete Hand hinhielt, kam er herbei, schnappte sich den letzten Rest von Clément Clermonts Zimtbrötchen und erhob sich in den Himmel.

60. Kapitel

Die Eltern mochten keine langen Abschiedsszenen, deshalb sagten sie ihrem Sohn schon zu Hause Lebewohl. Bastian aber wollte seinen Bruder noch zum Hafen begleiten, wo Anton auf einem Walfänger angeheuert hatte. Während Leefke in der Backstube die Kunden bediente, schritten die Brüder also über den Großneumarkt. Bastian hatte Anton angeboten, den Seesack zu tragen, worüber Anton sich gewundert hatte, aber er verstand, dass der Bruder ihm auf seine Art zeigen wollte, dass er wegen der Geldangelegenheit keinen Groll mehr gegen ihn hegte. Auf dem Markt aber war ein großes Gedränge und als Bastian einem Torfstecher ausweichen musste, der ihm mit seinem vollbeladenen Handwagen entgegenkam, stieß der Seesack so hart gegen die Auslage eines Obsthändlers, dass ein Korb zu Boden gerissen wurde und eine große Anzahl von Äpfeln sich auf dem Boden verteilte. Der Händler schrie Bastian an, wie er die Äpfel denn jetzt noch verkaufen solle und dass diese Achtlosigkeit einem blanken Diebstahl gleich käme. Anton aber beruhigte den Mann, indem er sagte, dass der Seesack ihm gehöre und also eigentlich er die Schuld an dem Unglück trüge. Er drückte dem Mann einige Münzen in die Hand, woraufhin dieser sich wieder beruhigte, half beim Einsammeln der Äpfel und kurz darauf setzten die Brüder ihren Weg fort. Bastian wunderte sich, woher Anton das Geld hatte, fragte aber nicht nach. Als sie kurz darauf an der Gasse vorbeikamen, in der die Spelunke »Zum roten Rettich« lag, fiel ihnen ein sehr adrett gekleideter Mann auf, der – sie sahen es, als er näher kam – ein Monokel trug.

»Das ist der Monokel-Heini!«, flüsterte Anton aufgeregt. »Den knöpfe ich mir vor!«

Schon wollte er sein Vorhaben in die Tat umsetzen, da packte Bastian ihn im letzten Augenblick am Arm und sagte: »Lass gut sein, Anton. Er hat mit der Sache nichts zu tun, das wissen wir doch.«

»Aber warum hat er diesem Clermont das ganze Geld gegeben?«

»Wer weiß? Jede Geschichte hat auch ihre Geheimnisse. Und das ist gut so.«

Anton sah seinen Bruder an. Langsam nickte er, während der feine Herr zum Gruß leicht den Hut lüftete und dann, als hätte es ihn nie gegeben, in einer Seitengasse wieder verschwand.

61. Kapitel

Bastian stand in Clément Clermonts Backstube. Alles sah genauso aus wie an dem Tag, als er mit Marianne hier hinaufgestiegen war. Soeben hatte er die Waage vom Balken gelöst und sich an ihrer statt wie ein Zentralgestirn in der Mitte des Bodens aufgestellt, um sein forschendes Augenlicht gleichmäßig in alle Winkel seines überdachten Universums abzustrahlen. Er blickte hierhin und dorthin, drehte den Kopf mal zur einen, mal zur anderen Seite, wendete auch den ganzen Körper, ohne seinen Standpunkt zu verlassen und schien mehrmals sogar eine Art Witterung aufzunehmen. Es war aber auch möglich, dass ihn nur der Staub in der Nase kitzelte und er deshalb ein wenig schniefte. Einem Außenstehenden wäre dieses seltsame Verhalten vielleicht wie ein geheimnisvolles Ballett vorgekommen oder wie die Vorbereitung eines Tänzers auf seinen großen Auftritt, wobei dieser im Geiste alle Schritte noch einmal durchgeht, während die eine oder andere Bewegung sich schon ansatzweise den Weg in den Körper bahnt. Plötzlich aber taxierte Bastian einen Punkt, an dem sich seine Aufmerksamkeit bündelte wie das Licht der Sonne in einem Brennglas. Es war der Mehlsack. Denn wo versteckt ein Bäcker sein Allerheiligstes, das er vor den Blicken der Welt verbergen möchte, wenn nicht in den unergründlichen Tiefen eines Mehlsacks?

Mit zwei federnden Sprüngen landete Bastian an der Seite des Leinenbeutels und trieb seinen Arm tief hinein in jenes Element, das ihm so natürlich war wie das tägliche Wasser zum Waschen. Er griff hierhin und dorthin, drehte die Hand mal zur einen, mal zur anderen Seite, wendete auch den ganzen Arm, ohne seine Haltung dabei zu ändern – und plötzlich fühlte er etwas Hartes. Er zog den Arm zurück und beförderte ein kleines Kästchen zutage. Sein Herz schlug schnell. Er öffnete das Kästchen, aber was sich darin befand, sah nicht aus wie ein Rezept, sondern wie eine Sammlung von Briefen. Bastian war enttäuscht. Dann begann sein Herzschlag sich wieder zu beschleunigen. Waren dies womöglich Briefe, die Clermont von Leefke erhalten hatte? Bastian stellte sich vor, wie seine Tochter einen Brief, der allerlei jungmädchenhaftes Liebesgeflüster enthielt, auf eine Brötchendiele legte, die Clermont mit der Winde drei Stockwerke zu sich heraufzog, und ihm wurde schlecht. Hatte er ein Recht, diese Briefe zu lesen? Bastian entschied, dass er dieses Recht nicht hatte – faltete das Papier auseinander und las. Und sofort durchströmte ihn eine Welle der Erleichterung, denn dies war nicht die Handschrift seiner Tochter. Es war die Handschrift einer gewissen Constanze, wie die Unterschrift verriet. Mit dem vermuteten Liebesgeflüster lag er allerdings richtig. Und auch der Name Constanze schien ihm mit einem mal vertraut – als hätte er ihn kürzlich irgendwo gelesen. War nicht in dem Zeitungsartikel über die Verhaftung Düwells von seiner bemitleidenswerten Ehefrau die Rede gewesen, die eben diesen Namen trug?

›Unser Clément Clermont war offenbar mit allen Wassern gewaschen und hatte immer mehrere Brötchen im Feuer!‹, dachte Bastian und fragte sich, ob er Leefke seine Entdeckung mitteilen sollte. Sicher wäre der Verlust für sie dann weniger schmerzlich. Oder auch nicht. Bei Frauen konnte man ja nie so genau wissen. Eigentlich wollte er sich darüber jetzt auch keine Gedanken machen, denn er hatte noch immer nicht gefunden, was er suchte. Die Briefe hatte er flüchtig durchgeblättert. Ein Rezept war nicht dabei. Erneut ließ er seinen Blick durch den Raum schweifen. Aber er wusste beim besten Willen nicht, wo er noch suchen sollte. Hatte Clermont sein Rezept, dieses einzigartige, vom Hauch des Göttlichen berührte Rezept tatsächlich nirgends aufgeschrieben und es für immer mit ins Grab genommen? Bastian ließ sich enttäuscht aufs Bett fallen. Sein Blick wanderte von einem Kirchturm zum anderen. Clermont hatte den Kupferstich mit der Stadtansicht Hamburgs fest an die Dachschräge genagelt, so dass man das Bild betrachten konnte, während man im Bett lag. Auf dem Wall am Millerntor saßen auf einer Bank im Grünen französische Offiziere und Hamburger Bürgertöchter Hand in Hand und genossen das Glück der Frischverliebten. Dahinter erstreckten sich die Dächer der Stadt.

Plötzlich schlug Bastian sich mit der flachen Hand an die Stirn. Wie blind war er gewesen! Er sprang auf, holte ein kräftiges Messer, hebelte das Bild vom Balken, löste es aus dem Rahmen, wendete das Blatt und stieß mit geweiteten Augen einen Jauchzer aus. Er hastete hinunter in die Backstube, schrieb in aller Eile einen Zettel und tauschte die Mitteilung an der Ladentür »Bin kurz weg« gegen eine andere aus: »Wegen dringender Familienangelegenheit geschlossen«. Er verriegelte die Ladentür, band sich die Bäckerschürze um, überlegte, schloss die Ladentür wieder auf, lief zur gegenüberliegenden Straßenseite und klopfte an Mariannes Fenster. Als sie den Kopf herausstreckte, teilte er ihr kurz etwas mit, woraufhin Marianne den Mund öffnete, allerdings, ohne etwas zu sagen. Hätte man einen Künstler mit der Aufgabe betraut, ein Gesicht zu malen, auf dem sich in mustergültiger Weise ängstliche Verwirrung und größtes Erstaunen die Waage hielten, er hätte seine Staffelei in diesem Augenblick nur vor Mariannes Fenster aufstellen und die Wirklichkeit kopieren müssen. Bastian war schon längst in seine Backstube zurückgekehrt und von dort die Treppe zur Wohnung hinaufgestiegen, als Marianne immer noch mit diesem Ausdruck hinaus auf die Straße sah, als stünde sie tatsächlich besagtem Maler Modell. Dann aber schloss sie eilig das Fenster, denn es gab noch wichtige Vorbereitungen zu treffen.

Bastian bat seine Mutter, in eineinhalb Stunden das Kaffeewasser aufzusetzen, und auch dem Vater Bescheid zu sagen, denn er habe der Familie etwas Wichtiges mitzuteilen, und wo denn Leefke sei. Er schien beruhigt, als die Mutter, die reichlich erstaunt war über diese unerwartete Anordnung ihres Sohnes, ihm mitteilte, Leefke sei nur kurz spazieren gegangen und wohl bald wieder zurück. Dass seine Tochter eigentlich noch niemals tagsüber spazieren gegangen war, fiel ihm in diesem Moment überhaupt nicht auf, denn sein Herz pumpte das Blut seit der Entdeckung auf Clermonts Dachboden mit solcher Kraft durch seinen Körper, dass dieser Gedanke, der sich sonst vielleicht in seinem Kopf festgesetzt hätte, einfach fortgespült wurde.

Neunzig Minuten später betrat Bastian die Stube und war überrascht, dass neben seinen Eltern und seiner Tochter ein fremder Mann am Kaffeetisch saß.

»Das ist Herr Bentz. Wir haben dir doch von ihm erzählt«, sagte die Mutter. »Er hat Leefke auf ihrem Spaziergang begleitet und ist noch kurz mit hochgekommen.«

Bastian schien nicht zu begreifen. Kurz verfinsterte sich seine Miene. Dann aber fiel ihm ein, dass dieser unerwartete Besuch ihm sogar zum Vorteil gereichen könne, und so begrüßte er den Gast und stellte mit feierlicher Geste einen kleinen Korb auf den Tisch, der mit einem Leinentuch abgedeckt war. Der Vater beäugte misstrauisch den Korb, während die Mutter Kaffee einschenkte und Bastian tief Atem holte, weil er gedachte, eine kleine Rede zu halten, irgendetwas ihn aber noch davon abhielt. In diesem Moment klopfte es. Bastian schien keineswegs überrascht, huschte flink hinaus und öffnete die Wohnungstür. Nun aber war er doch überrascht, denn die Person, die dort vor ihm stand, stimmte in keinem Detail mit jener überein, die er erwartet hatte.

»Entschuldigen Sie, aber ich habe zufällig unten gelesen, dass eine dringende Familienangelegenheit das häusliche Glück belastet, und da wollte ich kurz nachfragen, ob ich vielleicht irgendwie behilflich sein kann«, sagte Peter Peemöller.

»Ja«, erwiderte Bastian ruhig und freundlich. »Sie können uns in der Tat behilflich sein, in der Weise, dass Sie sich hier niemals wieder blicken lassen. Wenn doch, werde ich den Polizeipräfekten, der ein guter Bekannter von mir ist, davon in Kenntnis setzen, dass Sie meiner Tochter mit perfider Aufdringlichkeit nachstellen.«

Peter Peemöller erbleichte, während seine Gesichtszüge sich vergeblich bemühten, im Augenblick des Entgleitens einen Funken Restwürde aufrechtzuerhalten. Ohne ein Wort zu sagen, drehte der beleidigte Jüngling sich um und stapfte die Treppe hinunter, wo er zu allem Überfluss auch noch einer Frau ausweichen musste, die sich, wie er fand, für diese Tageszeit etwas zu sehr herausgeputzt hatte. Aber was ging es ihn an? Dieses Haus war von nun an ein rotes Tuch für ihn!

Als Bastian mit Marianne die Stube betrat, schienen die Eltern wie versteinert. Was war nur in ihren Sohn gefahren, diese Person, die in ihrem Alter ganz alleine lebte und sicher Dinge zu verbergen hatte, von denen man gar nichts wissen wollte, zum Kaffee einzuladen! Marianne entging diese abweisende Haltung nicht, als sie einen Knicks machte und sich angespannt auf den Stuhl setzte, den Bastian ihr angeboten hatte. Nun also waren alle versammelt und Bastian hatte sich entschieden, vorerst doch keine Rede zu halten, sondern – wie es so schön heißt – die Dinge für sich sprechen zu lassen. Mit einem eleganten Schwung, der jedem Torero zur Ehre gereicht hätte, zog er das Tuch vom Korb und eine fast sakrale Stille breitete sich im Raum aus, die wohl auch ein wenig der Ratlosigkeit geschuldet war, mit der man von vier verschiedenen Seiten das Backwerk betrachtete. Dem Korb aber entströmte nicht nur ein goldbrauner Glanz, der sich in vielfältigen Schattierungen auf spiralförmigen Windungen abzeichnete, sondern auch ein aromatisch betörender Duft von Zimt und frisch abgebackenem Teig. Nachdem Bastian den Korb hatte herumreichen lassen, hatte jeder auf seinem Teller ein Zimtbrötchen liegen. Man schnupperte zuerst zögerlich, sog den Duft sogleich in immer gierigeren Zügen ein und tat dann, was in letzter Konsequenz den höheren Daseinszweck eines jeden Brötchens bestimmt: Man biss hinein. In diesem Augenblick breitete sich ein Abglanz ungetrübten Glücks, ein Widerschein reinen Wissens über die Gesichter der Anwesenden, wie man ihn zuweilen auf alten Gemälden sieht, auf denen Heilige in verklärter Erleuchtung dorthin blicken, wohin kein Sterblicher sonst zu blicken vermag: ins Unendliche. Eine Weile lang waren Kieferbewegungen und leise Kaugeräusche die auffälligsten Lebenszeichen in der Stube im ersten Stock der Peterstraße 13. Dann erhob sich Bastian und brach das andächtige Schweigen.

»Liebe Familie, liebe Freunde. Ihr wurdet soeben Zeugen einer kulinarischen Errungenschaft, die ihresgleichen sucht! Was da euren Gaumen so unverschämt wohlig gekitzelt hat, war das Zimtbrötchen nach dem Originalrezept eines Franzosen, der uns viele Scherereien bereitet hat, dem wir aber deshalb nicht böse sein wollen und können, denn sein Erbe ist einzigartig. Clément Clermont war nicht nur meiner Tochter Leefke in … Freundschaft zugetan, er war auch ein begnadeter Bäcker, der vielleicht erst nach Hamburg kommen musste, um hier, inspiriert von einer ihm fremden Kultur, sein ganzes Talent zu entfalten. Die Leichtigkeit französischen Gebäcks, die hanseatische Schlichtheit des Rundstücks und die feine Würze des Orients bilden im Zimtbrötchen eine überaus harmonische Einheit. Und ich habe beschlossen, es fortan in meiner Backstube anzubieten!«

»Ja, klei di an'n Mors! Das ist ja mal eine frohe Botschaft!«, rief der Wasserträger aus und bedachte Bastians kleine Rede mit lautem Beifall, in den die anderen erst zaghaft, dann begeistert einstimmten. Bastian sah mit einigem Stolz, dass selbst sein Vater Zustimmung signalisierte, indem er auf seine Sessellehne klopfte. Als die Tischrunde sich wieder beruhigt hatte, gab Marianne zu bedenken, dass ein exklusives Brötchen auch einen exklusiven Namen haben müsse, damit es nicht zu Verwechslungen mit dem gewöhnlichen Zimtbrötchen käme.

»Das hast du recht«, sagte Bastian und dachte nach.

»Wir können es ja ›Schnecke à la Clermont‹ nennen«, sagte er dann, sah aber an den Gesichtern der anderen, dass dieser Einfall nicht preisverdächtig war.

»Ich könnte mich ja auch in ein Brötchen namens ›Zimtzicke‹ verlieben«, sagte der Wasserträger, der mit seinem Vorschlag besonders bei Leefke auf wenig Gegenliebe stieß.

»Das ist alles viel zu sehr um die Ecke gedacht. Die Hamburger lieben es geradeheraus«, meldete sich jetzt Marianne zu Wort. »Warum nennen wir es nicht einfach ›Franzbrötchen‹, zu Ehren unseres Franzosen Clément Clermont, der es erfunden hat?«

Alle nickten und als sogar der Vater sagte »›Franzbrötchen‹ ist gut. Sie sind eine kluge Frau, Marianne«, war es beschlossene Sache. Nun aber wollte sich Johann Plüsch etwas ausruhen. Die Mutter brachte ihn in die Schlafkammer und der Wasserträger nutzte die Gelegenheit, sich zu verabschieden, da ihn, wie er sagte, die Arbeit rufe. So saß Bastian plötzlich mit Marianne und Leefke allein am Tisch. Er lehnte sich zufrieden zurück, trank seinen Kaffee zu Ende und wurde plötzlich nachdenklich.

»Es ist natürlich ungerecht und unmenschlich das zu sagen, aber wenn Fantin Bonnet unseren Clément Clermont nicht umgebracht hätte, dann wäre dieses wunderbare Rezept womöglich in die Hände von Giftmischern gefallen und für die hohe Backkunst ein für alle Mal verloren gewesen!«

Und dann sagte Leefke einen Satz, den Bastian und Marianne zuerst gar nicht verstanden, weil er in diesem Moment so völlig deplatziert schien, dass man ihn in keinen logischen Zusammenhang einordnen konnte. Sie sagte: »Aber Fantin Bonnet hat Clément ja gar nicht ermordet.«

Bastian sah seine Tochter an, dann Marianne, um sicher zu gehen, dass er sich nicht verhört hatte, aber auch sie blickte ganz verwirrt.

»Wie meinst du das?«, fragte er in der Erwartung, seine Tochter habe eigentlich etwas ganz anderes sagen wollen und sich nur irgendwie unglücklich ausgedrückt. Aber Leefke wiederholte in klaren Worten: »Fantin Bonnet hat Clément nicht umgebracht.«

War diese Äußerung an sich schon beunruhigend, so wäre Bastian fast das Herz stehen geblieben, als er jenen Satz vernahm, der dem ersten folgte: »Ich habe ihn umgebracht.«

Nun aber brach der unterdrückte Schmerz der letzten zwei Wochen so hemmungslos aus dem Mädchen hervor, dass es schien, als wolle sie niemals mehr aufhören zu weinen. Nachdem Marianne und Bastian sie soweit beruhigt hatten, dass es ihr wieder möglich war, in zusammenhängenden Sätzen zu sprechen, berichtete sie Folgendes: In jener Nacht, in der Clermonts Lebenslicht erlosch, war Leefke mit Sodbrennen aufgewacht und in die Bäckerstube hinuntergegangen, um sich etwas Natron zu besorgen. Plötzlich hörte sie Schritte auf der Treppe, weshalb sie sich hinter einem Mehlsack verbarg. Im Schein der Lampe, die sie auf der Arbeitsplatte hatte stehen lassen, erkannte sie Clermont und wollte sich ihm schon zeigen, als ein weiterer Mann, den sie nicht kannte, den Raum betrat. Es war Fantin Bonnet, der eines von Clermonts Zimtbrötchen in der einen und ein Messer in der anderen Hand hielt. Er schleuderte letzteres in Richtung des französischen Bäckers, verfehlte ihn aber, worauf die beiden in ein Handgemenge gerieten. Leefke aber hatte inzwischen unbemerkt ihr Versteck verlassen, sich eine Teigrolle gegriffen und wartete nun den richtigen Moment ab, um Bonnet mit einem gezielten Schlag auf den Hinterkopf außer Gefecht zu setzen. Leider erwies sich der vermeintlich richtige Moment als der falsche, so dass sie in ihrer Aufregung, bei schlechter Beleuchtung und begünstigt durch eine unerwartete Drehung der ineinander verkeilten Männer nicht Bonnets, sondern Clermonts Hinterkopf traf. Völlig überrascht, dass sein Gegner plötzlich wie von selbst zusammensackte und reglos im Backtrog liegen blieb, erkannte Bonnet, dass er und Clermont nicht die einzigen Gäste in der Backstube gewesen waren. Als er aber realisierte, dass es nur ein kleines, verschrecktes Mädchen war, das wohl einmal hatte ausprobieren wollen, was man mit einem Nudelholz noch so alles anstellen könne, außer Teig zu plätten, lachte er laut auf, griff nach dem Zimtbrötchen, dass ihm zuvor auf den Boden gefallen war, stopfte es Clermont in den Mund und flüchtete durch die Hintertür ins Freie.

Als Leefke mit ihrer Erzählung geendet hatte und fragte, ob man sie jetzt für immer ins Spinnhaus sperren würde, sagten Bastian und Marianne kein Wort. Erst nach einer Weile schienen sie wie aus einem Traum zu erwachen und zu bemerken, dass noch eine unbeantwortete Frage im Raum stand.

»Nein, niemand wird dich ins Spinnhaus sperren«, sagte Bastian. »Es war ja überhaupt nicht deine Absicht, Clément weh zu tun. Im Gegenteil, du hast ihm ja nur helfen wollen.«

»Das sehe ich genauso«, bekräftige Marianne. »Ich schlage vor, wir lassen die Sache auf sich beruhen und denken nicht mehr daran.«

»Ja, das scheint mir sehr vernünftig«, sagte Bastian, wischte seiner Tochter mit dem Daumen eine Träne aus dem Gesicht und fragte sich, zu welchem Zeitpunkt Leefke das Buch eigentlich zugeschlagen hatte, in dem er sonst immer so offen hatte lesen können. Wenig später holte er seinen Werkzeugkasten und ein kräftiges Brett aus dem Schuppen und eine Stunde lang hörte man ihn hämmern, sägen und feilen. Er hätte sicher auch einen guten Tischler abgegeben, dachte Bastian, während er auf der untersten Treppenstufe stand und prüfend sein Gewicht verlagerte: ›Jetzt bringt mich so schnell nichts mehr zu Fall.‹

62. Kapitel

Die Geschichte hat an einem Montag begonnen, also soll sie auch an einem Montag enden. Wie ein Lauffeuer hatte es sich herumgesprochen, dass es in der Bäckerei des Bastian Plüsch in der Peterstraße 13 die besten Zimtbrötchen der ganzen Stadt zu kaufen gab, die aber jetzt nicht mehr Zimtbrötchen, sondern Franzbrötchen hießen. Und das Gerücht, dass das streng geheime Rezept von einem Franzosen stammte, der unter Umständen, die eigentlich niemand so richtig begriff, an jenem Ort ums Leben gekommen war, an dem nun seine Brötchen gebacken und verkauft wurden, gab dem Ganzen zusätzlich noch den Hauch einer höchst rätselhaften Verheißung. Weil der große Andrang im Laden kaum noch zu bewältigen war, hatte Marianne das Nähen aufgegeben und arbeitete nun ebenfalls in der Bäckerei, wobei Bastian sie nach und nach in die Kunst des Bäckerhandwerks einwies. Eine Kunst, die nun sogar unter den Händen des Plüsch-Bäckers – beflügelt durch den Erfolg des Franzbrötchens – zu einer veritablen Größe heranwuchs.

Auch andernorts gab es weiterhin Zimtbrötchen zu kaufen, denn der Polizeipräfekt hatte mit dem Dokument, das die Namen sämtlicher Bönhasen-Bäcker enthielt – versehentlich, wie er später unter vieldeutigem Augenblinzeln behauptete – seinen Kamin angezündet, so dass die Franzosen weiterhin ungestört ihrem kulinarischen Handwerk nachgehen konnten.

Bastian und Marianne aber befanden sich soeben auf dem Weg zum Großneumarkt, wo sie ihren Mittagshunger mit ein paar Kieler Sprotten stillen wollten. Zum ersten Mal seit Tagen schien die Sonne wieder und es war wärmer geworden. Das Glücksgefühl über das florierende Geschäft, um das sie sich nun gemeinsam kümmerten, ließ die Ereignisse der letzten Zeit in ihren Köpfen verblassen. Nur hin und wieder dachten sie noch an den Messerwerfer Bonnet, den Weddeschreiber Düwell, den etwas wunderlichen Polizeipräfekten Roderich – und an den Jungen mit dem Elbsegler, über den man nichts hatte in Erfahrung bringen können. Er wurde im Übrigen auch nie mehr in Hamburg gesehen und fast drängt sich der Verdacht auf, er sei nur eine Erfindung des Autors, um die Geschichte voran zu bringen, hätte nicht auf dem Walfänger, mit dem Anton Plüsch in See gestochen war, eines Tages ein junger Matrose beim Kartenspiel einen großen goldenen Ohrring als Einsatz auf den Tisch gelegt. Anton aber wusste um die Verwicklungen des Jungen in die Sache mit den Zimtbrötchen genauso wenig wie dieser um die verbrecherischen Absichten seiner Auftraggeber. Er hatte sich einfach nur ein paar Schillinge verdient, ohne sein Handeln zu hinterfragen. Und so verliert sich seine Spur in den Weiten der Ozeane, wo bereits manch übermütiger Jüngling angesichts der alles beherrschenden Wassermassen zu einem demutsvollen und recht vernünftigen Menschen heranreifte.

Jetzt gelangten Bastian und Marianne zu einem kleinen Menschenauflauf, aus dessen Mitte gut vernehmbar die Stimme eines Mannes ertönte:

»Lassen Sie sich elektrisieren, hochverehrtes Publikum! Lassen Sie das Mysterium des elektrischen Stroms auf sich wirken! Für nur einen Schilling!«

»Komm! Das musst du dir ansehen!«, sagte Marianne, ergriff Bastians Hand und zog ihn durch den Kreis der Schaulustigen hindurch. Sie gab dem Gaukler einen Schilling und hielt die Hand ganz nah über die Glaskugel, die nun mittels einer Kurbel in Drehung versetzt wurde. Bastian zögerte, ließ dann aber dieselbe Prozedur über sich ergehen.

»Und nun, meine Damen und Herren«, rief der Physikus, »werden Sie Zeuge, wie sich zwischen zwei Menschen, die ganz verflucht harmlos aussehen, die Funken der Liebe entladen!«

Marianne spürte, wie die Elektrizität durch alle Fasern ihres Körpers strömte und voller Ungeduld nach einem Ausweg suchte. Alles kribbelte und bebte in ihr. Sie schloss die Augen und spitzte die Lippen. Bastian war ganz nah an sie herangetreten. Auch er spürte dieses Kribbeln und dass ihm plötzlich ganz warm wurde. ›Diese moderne Technik ist doch wirklich ein Teufelswerk‹, dachte er. Dann spitzte auch er die Lippen und schloss die Augen.